L'œil du témoin

DU MÊME AUTEUR CHEZ MIRA

Sang de glace
Le soupir des roses
Meurtre en eaux troubles

SHARON SALA

L'œil du témoin

Roman

MIRA

Titre original :
BUTTERFLY
publié par MIRA®

Traduction de l'américain par VALÉRY LAMEIGNÈRE

Photos de couverture
Femme : © PATRIK GIARDINO / CORBIS
Texture : © ROYALTY FREE / PHOTODISC

83/85 boulevard Vincent Auriol 75646 PARIS CEDEX 13.
ISBN 978-2-2808-3382-0 — ISSN 1765-7792

Prologue

Detroit, Etat du Michigan.
Le 13 juillet 1980.

Le front luisant de sueur, China Brown rampait sous la véranda. Elle s'arrêta, posa le menton contre la terre dure et froide et resta là à écouter. Des voix étouffées lui parvenaient de l'intérieur, parfois ponctuées de pas lourds quand sa mère et son beau-père se déplaçaient d'une pièce à l'autre. Il lui suffisait d'entendre le timbre rauque de Clyde pour être parcourue de frissons. Il n'allait pas tarder à s'apercevoir que sa tasse préférée avait été cassée. Elle ne l'avait pas fait exprès, mais il se moquerait bien de savoir s'il s'agissait d'un accident. Tous les deux se détestaient, et il la grondait sans cesse, pour un oui ou pour un non.

Elle était là depuis un long moment quand un cri de colère retentit, aussitôt suivi d'un martèlement de pas en direction de la porte. Arrachée à sa torpeur, elle tressaillit.

— China Mae ! hurla Clyde. Ramène-toi ici tout de suite !

Il avait sûrement trouvé les morceaux de sa tasse. Elle avait voulu les dissimuler quelque part, mais sa mère était arrivée à ce moment-là. Du coup, elle les avait simplement jetés dans la corbeille à papier avant de s'enfuir à toutes jambes. Il n'y avait plus rien à faire, maintenant : elle était démasquée.

— China… Je commence à perdre patience. Je vais te botter les fesses si tu ne me réponds pas !

Elle retint sa respiration. Lui répondre ? Pas question. D'autant qu'il lui botterait les fesses de toute façon. A quoi bon se jeter dans la gueule du loup ?

D'autres pas, plus rapides, plus légers, se firent entendre. La voix anxieuse de sa mère s'éleva.

— Clyde ? Que se passe-t-il ?

China imagina Clyde faisant volte-face et agitant son doigt noueux sous le nez de sa femme.

— Tu veux savoir ce qui se passe, Mae ? Eh bien, je vais te le dire ! Ton abrutie de fille a cassé ma tasse à café préférée, voilà ce qui se passe !

En entendant sa mère lâcher un soupir nerveux, China fut tentée de sortir de sa cachette. Clyde risquait de s'en prendre à elle faute d'avoir la responsable sous la main. Elle se sentait coupable, mais la peur la clouait sur place. Pétrifiée, elle ferma les yeux et se mit à prier avec une ardeur décuplée.

— Je suis sûre qu'elle ne l'a pas fait exprès, argumenta sa mère. Ça peut arriver à tout le monde…

Une voix douce, apaisante. Sans doute lui caressait-elle aussi le bras dans l'espoir de le calmer. Mais China savait que cela ne marcherait pas. Clyde envoya balader la main qui tentait de l'apaiser et traversa la véranda en poussant des jurons. Horrifiée, elle suivit sa progression à travers les interstices du plancher. Une pluie de terre et de poussière lui fit cligner des paupières, l'obligeant à détourner les yeux. Soudain, son nez se mit à la chatouiller. Elle le pinça pour se retenir d'éternuer.

— China ! Je te donne cinq secondes pour te montrer et rentrer à la maison !

Elle pinça son nez encore plus fort. L'envie d'éternuer ne voulait pas passer.

— Clyde, je t'en prie… Ce n'est qu'une tasse après tout.

Un bruit sec, violent, ponctua la remarque. Main contre joue. China comprit que sa mère venait de recevoir une gifle. Son besoin d'éternuer céda la place à une envie de pleurer irrépressible, mais les larmes restèrent coincées au fond de sa gorge. Elle se mit en boule. Si seulement elle pouvait disparaître sous terre…

— Aujourd'hui une tasse, et demain quoi ? hurla-t-il. Tu passes ton temps à défendre cette petite garce ! Après ça, il ne faut pas s'étonner de son comportement !

— Je ne te permets pas de traiter ma fille de garce. Elle se conduit tout à fait normalement pour une enfant de son âge. Je te rappelle qu'elle n'a que six ans.

Il eut un rire dédaigneux.

— Ouais, et c'est l'une des plus moches que j'aie jamais vues. Elle n'a pas intérêt à se retrouver dans mes pattes, pigé ?

China se mordit la lèvre tandis qu'il rentrait dans la maison en frappant le sol de ses grosses chaussures. Moche ? Elle était moche ? Les larmes lui montèrent aux yeux. C'était sûrement pour ça qu'elle n'avait pas d'amis. Les enfants du quartier la trouvaient sans doute trop laide pour jouer avec elle...

— China, où es-tu ?

Elle sursauta en entendant sa mère l'appeler. Elle faillit répondre, mais l'instinct de conservation lui intima de se taire. Quelques minutes plus tard, elle entendit sa mère rentrer à son tour dans la maison.

Dès qu'elle fut certaine d'être seule, elle se mit à plat ventre et enfouit son visage dans ses bras. A présent, elle comprenait pourquoi Clyde ne l'aimait pas : elle était laide.

Des larmes brûlantes jaillirent de sous ses paupières, et elle resta là, étendue par terre, le visage pressé contre ses bras et les épaules secouées de sanglots silencieux.

Le chat tigré des voisins, qui flânait dans le jardin, vint se glisser sous la véranda. En apercevant China, il mit brusquement un terme à son exploration et signifia son mécontentement par un long feulement. En temps normal, elle se serait enfuie aussitôt, mais aujourd'hui elle s'en fichait. Rien n'avait plus d'importance. Et tant pis s'il s'avisait de la griffer.

Scruffy s'approcha pour renifler ses pieds nus, puis elle sentit son souffle derrière ses genoux. Il poursuivit sa progression jusqu'à son visage où il entreprit de lécher les larmes salées qui ruisselaient sur ses joues.

Au contact de sa langue râpeuse, elle se redressa en étouffant un cri. Sa tête cogna contre le plancher de la véranda avec un bruit mat. Surpris par sa réaction, Scruffy se hérissa et, après avoir feulé de nouveau, s'éloigna à l'autre bout de la véranda, vers les plantes destinées à éloigner les taupes et autres rongeurs du jardin.

Persuadée que le bruit de son crâne contre le plancher l'avait dénoncée, China retint sa respiration. Mais personne ne se précipita hors de la maison. Au bout d'un moment, elle commença à se détendre.

A l'autre bout de la véranda, Scruffy lorgnait une malheureuse sauterelle qui avait atterri sur un brin d'herbe, non loin de là. Il semblait avoir complètement oublié sa contrariété passée. Soudain, il fondit sur sa proie et l'avala sous l'œil indifférent de China. Puis il se remit en chasse, à la recherche d'un gibier plus conséquent.

Abandonnée à sa solitude et à son angoisse, elle eut un nouveau sanglot. Tôt ou tard, la nuit tomberait, et il lui faudrait sortir de sa cachette. La triste vérité était qu'elle avait encore plus peur du noir que de Clyde.

Essuyant son nez du revers de la main, elle se fraya un passage dans la poussière jusqu'à l'extrémité de la véranda. Au moment où elle allait sortir de son refuge, une petite chenille brune se laissa tomber d'un brin d'herbe et commença à ramper vers une zone ombragée. China posa son menton sur ses mains pour observer, fascinée, les ondulations de ce petit insecte velu. Incroyable comme il serpentait entre les brindilles et les cailloux sans déplacer un seul grain de poussière. Il était tellement menu… Dire que s'il ne s'était pas trouvé là, juste sous son nez, elle n'aurait même pas soupçonné son existence.

Alors qu'elle suivait la chenille du regard, une pensée lui vint à l'esprit : si elle réussissait à devenir aussi insignifiante que ce minuscule insecte, peut-être que Clyde la laisserait en paix. Et, si elle était aussi laide qu'il l'affirmait, cela lui permettrait aussi de ne pas gêner les autres par sa présence…

C'était décidément une bonne idée. Elle ferma les yeux en se concentrant pour rétrécir, mais, lorsqu'elle les rouvrit, elle était toujours China et la chenille avait disparu. Elle se remit à ramper jusqu'au bout de la véranda. Une fois debout, elle dépoussiéra ses vêtements avec fatalisme. Certaines choses n'étaient tout simplement pas censées se produire.

Elle se fit oublier pendant le reste de l'après-midi. Quand le soleil se coucha et que les ombres du jardin s'allongèrent jusqu'à former des flaques d'un bleu sombre, elle alla s'asseoir sur les marches du perron, déterminée à attendre que disparaisse la toute dernière lueur du jour avant d'affronter Clyde.

Derrière elle, les charnières de la moustiquaire grincèrent. Elle bondit sur ses pieds, prête à s'enfuir.

C'était sa mère.

— China Mae, mais où avais-tu donc disparu ?

Elle haussa les épaules, les yeux baissés sur ses pieds nus, incapable de trouver une réponse acceptable.

Sa mère ouvrit la porte en grand.

— Eh bien, entre donc, dit-elle doucement. Et va te laver. Tes vêtements sont tout sales. Qu'as-tu fait pour te mettre dans un état pareil ?

— Rien, marmonna China avant de se glisser dans la maison.

Sa mère tendit le bras pour enlever les mèches qui barraient son visage, mais China marchait trop vite. Elle s'éclipsa avant que sa main l'atteigne.

Après avoir refermé la porte d'entrée, Mae se dirigea vers la cuisine, jetant au passage un œil inquiet vers le salon. Clyde, absorbé par le journal télévisé, ne s'était pas aperçu du retour de la fillette, et elle comptait sur le bon petit plat qu'elle avait préparé pour lui faire oublier sa tasse cassée.

Vivre avec cet homme lui posait un problème de conscience. Pas un jour ne passait sans qu'elle s'interroge sur la conduite à adopter. Ce n'était pas la première fois qu'il la frappait — et ce ne serait sûrement pas la dernière. Si elle parvenait, tant bien que mal, à tolérer sa violence à son encontre, l'idée de mettre sa fille en danger la remplissait de honte. Malheureusement, la perspective de quitter Clyde lui semblait plus effrayante encore. Elle n'avait aucune aptitude particulière et avait abandonné l'école à seize ans. Autant dire que le marché du travail n'avait pas grand-chose à lui proposer. En résumé, China et elle avaient besoin du salaire de Clyde pour vivre décemment.

Dans la salle de bains, China sortit le petit escabeau rangé sous le lavabo et grimpa dessus afin d'atteindre les robinets. Elle se raidit en entendant gémir les vieux tuyaux, sûre que Clyde allait débouler d'un instant à l'autre pour lui flanquer une raclée. Dans sa hâte d'en finir au plus vite, elle renversa une bonne quantité d'eau sur sa robe, et le liquide, mêlé à la poussière, forma de fines traces boueuses sur le tissu. Elle tenta de les nettoyer en les frottant avec ses doigts, ce qui ne fit qu'aggraver la situation. Sans compter qu'elle devait maintenant se relaver les mains…

Lorsqu'elle arriva dans la cuisine, ses jambes tremblaient, et elle avait l'estomac noué. Elle se glissa sur sa chaise, tête baissée. Elle sentait la présence hostile de Clyde à ses côtés, à l'affût d'un prétexte pour lui faire passer un mauvais quart d'heure.

— Je croyais que tu lui avais dit d'aller se laver, maugréa-t-il.

China rentra la tête dans les épaules tandis que sa mère se tournait vers elle avec nervosité.

En voyant son visage et sa robe maculés de boue, Mae ne put retenir un soupir.

— Ça ira pour le dîner. Dès qu'elle aura fini de manger, je lui donnerai un bain.

Clyde grommela quelque chose dans sa barbe, satisfait d'avoir raison.

Mae posa le plat de purée sur la table et se laissa tomber lourdement sur sa chaise.

— J'ai fait un pain de viande, annonça-t-elle avec un petit sourire.

Clyde leva les yeux au ciel.

— Je sais, je l'ai sous le nez ! répliqua-t-il en se servant largement. Tu parles d'un scoop…

Elle haussa les épaules. Elle avait enterré la hache de guerre, mais, s'il préférait l'ignorer, c'était son problème.

Elle prit l'assiette de sa fille.

— Je vais te servir, ma chérie. Tu as faim ?

Prenant son courage à deux mains, China releva la tête. Le dîner sentait drôlement bon, et, si elle n'avait pas été persuadée que Clyde allait s'en prendre à elle, elle l'aurait sans doute dévoré de bon cœur.

Elle jeta un coup d'œil inquiet à sa mère.

— Pas vraiment, murmura-t-elle.

— Parle plus fort, nom d'un chien ! cria Clyde en frappant la table avec le manche de son couteau.

Les assiettes et les couverts dansèrent sur la nappe. China sursauta et lança un regard paniqué à sa mère.

— Je l'ai très bien entendue, protesta Mae. Finis de te servir et passe-moi le pain de viande, s'il te plaît.

Avec un air de défi, il vida la moitié du plat dans son assiette, puis le reposa brutalement sur la table. Ensuite, il tendit le bras devant China pour attraper la purée, manquant de lui envoyer son coude dans la figure. Elle avait déjà une fesse hors de sa chaise, prête à décamper, quand il lui agrippa le bras sans ménagement et la tira vers lui d'un coup sec.

— Assise ! ordonna-t-il avant de la servir en purée. Tu ne bougeras pas d'ici tant que tu n'auras pas fini ton assiette.

— Clyde, intervint Mae, tu lui en as donné beaucoup trop… Même moi, je ne pourrais pas terminer.

La main se releva et partit d'un coup. Mae poussa un cri. La bague qu'il portait à la main droite l'avait blessée au menton, et du sang se mit à couler presque aussitôt.

Choquée, China ouvrit grand la bouche, mais aucun son n'en sortit. Après un moment d'hésitation, elle pressa la main contre ses lèvres, de peur d'envenimer la situation avec une parole malencontreuse. Elle se remémora la petite chenille brune et l'envia de pouvoir ainsi échapper au regard des hommes.

Clyde lâcha un juron et attrapa le plat d'épinards.

— Tu as quelque chose à me dire, espèce d'insolente ? gronda-t-il à l'adresse de China.

Elle secoua vigoureusement la tête, les yeux agrandis par la peur.

— C'est bien ce qu'il me semblait.

Et il finit de lui remplir l'assiette avec une énorme portion d'épinards sombres et juteux. Puis il attrapa sa fourchette et la lui fourra violemment dans la main.

— Mange !

Mae fouillait dans les placards à la recherche d'une serviette en papier. China lui adressa un regard implorant.

— Ne compte pas sur ta mère pour te sortir d'affaire ! la prévint-il, fou de rage. Tu vas manger tout ce qu'il y a dans ton assiette, ou je te donnerai une fessée dont tu te souviendras longtemps !

Mae lui fit face, le visage rouge de colère.

— Ne t'avise pas de lever la main sur ma fille !

Persuadée que, s'il frappait de nouveau sa mère, il la tuerait, China ouvrit la bouche et lâcha dans un souffle :

— Ça va aller, maman. Je peux tout manger.

Une serviette en papier pressée sur sa blessure, Mae la considéra un instant. Elle comprit que sa fille avait plus de cran qu'elle, et elle en ressentit une fierté proportionnelle à la honte qu'elle éprouvait vis-à-vis d'elle-même.

China baissa les yeux vers son assiette, enfonça sa fourchette dans la purée et la porta à sa bouche en relevant la tête. Elle avala la première bouchée dans un silence de mort.

Soudain, une douleur fulgurante la frappa à la nuque, et elle se retrouva le nez dans son assiette de purée. Les poings qui la maintenaient dans cette position l'empêchaient d'esquisser le moindre geste. Sa fourchette rebondit par terre tandis qu'elle cherchait un peu d'air, la bouche et les narines obstruées par la nourriture. Enfin, Clyde la relâcha. Elle se nettoya maladroitement les yeux et le nez.

Son instinct lui commandait de ne pas rester aveugle en présence de l'ennemi.

— Regarde ce que tu viens de faire, sale petite garce ! rugit Clyde en la tirant brutalement de sa chaise. Viens par ici, mocheté !

Mae se précipita vers eux. Mais il était trop tard.

Clyde emmena China hors de la pièce et la traîna dans le couloir, puis dans l'escalier. Elle sanglotait, convaincue d'être sur le point de mourir.

— Je n'ai pas fait exprès de casser la tasse... Je ne l'ai pas fait exprès...

Clyde n'en avait rien à faire de ses explications. Il ouvrit la porte de la salle de bains du plat de la main et envoya China dans la douche. Mae tambourinait des deux poings sur son dos en le suppliant de ne pas faire de mal à sa fille, mais il n'entendait rien. Il ouvrit le robinet à fond, et un jet d'eau glacée jaillit aussitôt du pommeau.

Complètement affolée, China se mit à battre des jambes et des bras en tous sens, tout en hurlant. Par accident, elle donna un coup de pied dans l'œil de Clyde. Paralysée par la peur, elle se figea et l'implora du regard, bien qu'elle sache que cela ne servirait à rien.

Avec un grognement furieux, il la saisit à la gorge et la poussa vers le jet d'eau, dru et glacé.

— Je vais t'apprendre à faire la maligne avec moi ! hurla-t-il. Je vais te décrasser, petite souillon, même si tu dois y laisser la peau !

L'eau froide la fouettait, l'aveuglait. China sanglotait, à moitié asphyxiée par les doigts de Clyde et par l'eau qui pénétrait dans son nez, se mêlant aux restes de purée. Clyde resserra la pression de ses doigts autour de son cou. Les poumons brûlants, elle sentit la douleur devenir brusquement insupportable. Tout se mit à tanguer autour d'elle. Du coin de l'œil, elle aperçut sa mère qui brandissait un escabeau au-dessus de la tête de Clyde.

Et elle perdit connaissance.

1.

Dallas, Etat du Texas.
De nos jours, le 11 décembre.

Alors que China se baissait pour ramasser son sac, le bébé lui donna un coup de pied dans le ventre comme pour lui rappeler qu'elle n'était pas la seule à être jetée à la rue. George Wayne, son propriétaire, s'agita nerveusement derrière elle. Appuyé contre l'encadrement de la porte, il la regardait s'affairer sans esquisser un geste.

— Je ne suis pas responsable de cette situation, vous savez. Les règles sont les mêmes pour tout le monde. Vous avez plus de trois mois de retard pour le loyer.

Elle se retourna et planta ses yeux dans les siens.

— Si vous m'aviez dit plus tôt que Tommy ne vous versait pas l'argent, je n'aurais pas continué à le lui donner. Je vous l'aurais envoyé directement.

Il eut l'air dubitatif.

— Ça, c'est ce que vous dites, mais vous n'avez aucun moyen de le prouver. Pour moi, vous vous êtes partagé l'argent, et, quand il n'y a plus rien eu, votre copain est allé voir ailleurs.

Elle retint des larmes de désespoir. Cela faisait huit jours que Tommy, le père du bébé qu'elle portait, s'était volatilisé, emportant avec lui tout son argent. Elle avait reçu le coup de grâce quand M. Wayne lui avait appris que, par-dessus le marché, son soi-disant petit ami ne payait plus le loyer depuis trois mois.

Ravalant ses larmes, elle le fusilla du regard, ramena le plus possible les pans de son manteau sur son ventre arrondi et hissa son sac sur son épaule. Puis, la démarche raide et la tête haute, elle s'éloigna dans le couloir pour ne pas s'humilier davantage.

L'appartement était situé au troisième étage, et l'escalier lui avait toujours paru interminable. Pourtant, elle le descendit en un temps record. Ce n'est qu'une fois passé la porte de l'immeuble que la cruelle morsure de l'hiver texan lui fit perdre sa superbe.

Le bébé lui donna un autre coup de pied, puis se mit à bouger. Elle posa la main sur son ventre avant de repositionner la bretelle du sac sur son épaule. Malgré ses yeux baignés de larmes, elle déclara d'une voix déterminée vers son ventre :

— Ne t'inquiète pas, mon bébé. Maman va bien s'occuper de toi.

Un vœu pieux. Elle se mit à marcher droit devant elle à la recherche d'une église. Peut-être pourrait-elle y trouver refuge pendant quelque temps. Elle en avait vu plusieurs à travers les vitres du bus qui l'emmenait au travail et la ramenait chaque jour du boui-boui où elle était employée comme serveuse. Elle y touchait un salaire de misère, mais les pourboires étaient plutôt bons. Tout ce dont elle avait besoin, c'était d'un endroit où rester le temps d'économiser assez d'argent pour louer un autre appartement.

Au bout d'une demi-heure de marche sans apercevoir la moindre église, elle sentit le découragement la gagner. Ses pieds étaient si froids que ses orteils avaient perdu toute sensibilité. Elle avait eu beau s'habiller aussi chaudement que possible — un survêtement et deux paires de chaussettes —, la morsure du vent sur ses mains nues commençait à entamer sa résistance. Et, comme si cela ne suffisait pas, la neige se mit à tomber. Pas des jolis flocons, non, une pluie de glace hostile qui piquait la peau. Plissant les yeux, China rentra la tête dans les épaules pour se protéger des impitoyables rafales qui s'insinuaient sous ses vêtements, et, les mains tremblantes, rabattit les pans de son manteau sur son ventre.

Quelques rues plus loin, elle s'arrêta à l'abri du vent et s'adossa à un mur pour reprendre des forces. Un camion poubelle passa devant elle dans un grondement assourdissant. Après tout, songea-t-elle pour se rassurer, la douleur qu'elle ressentait en bas du dos n'était pas si pénible. Et puis, partout autour, les maisons prenaient un air de fête avec leurs décorations de Noël. Mais toujours aucune église en vue.

Elle reprit son chemin tout en se maudissant. Tous ces matins, en partant au travail, elle aurait mieux fait d'observer la route au lieu d'apporter la touche finale à son maquillage.

— Il y en a forcément une dans le coin, murmura-t-elle.

Avisant la vitrine d'un fleuriste, elle traversa la rue afin de lui demander son chemin.

Quand elle poussa la porte, une chanson de Noël l'accueillit gaiement. Elle referma le battant et s'y appuya un instant, s'abandonnant au plaisir de la chaleur ambiante.

— Bonjour, jeune fille. Puis-je vous aider ?

Tirée de sa torpeur, elle porta son attention sur la fleuriste. Grande et bien en chair, la femme avait des cheveux d'un roux flamboyant. A bien y regarder, sa taille imposante était en partie due à sa coiffure, haute et bouffante.

— Euh… oui… Enfin, j'espère, répondit China. Je cherche une église.

— Vous voulez devenir membre d'une communauté religieuse ?

— Non. A vrai dire, je suis un peu perdue, et j'espère y trouver de l'aide. Je voyais des tas d'églises depuis le bus que je prenais pour aller au travail, mais apparemment elles ont toutes disparu.

— Vous preniez le bus ?

China hocha la tête.

— Alors pourquoi ne pas le reprendre et demander au chauffeur de s'arrêter quand il passera devant une église ? suggéra la fleuriste.

China sentit la honte la submerger. Comment avouer qu'elle n'avait plus un sou en poche ? C'était terriblement embarrassant, surtout devant une inconnue.

— Je l'ai raté, expliqua-t-elle vivement. Pourriez-vous m'aider ?

L'expression de la fleuriste se radoucit, et ses yeux s'emplirent de compassion.

— Bien sûr. Je vais aller chercher l'annuaire et nous y jetterons un œil ensemble. Ça vous va ?

— Merci beaucoup, répondit China avec un soupir de soulagement.

Elle suivit la fleuriste vers le comptoir au fond du magasin tout en caressant son ventre rond d'un geste instinctif.

Elles étaient en train de compulser les pages jaunes quand le carillon de la porte retentit, signalant un visiteur. Une vraie cliente, cette fois.

— Je suis désolée, s'excusa la fleuriste. J'en ai pour une minute.

Restée seule, China la regarda s'éloigner vers la nouvelle venue, puis elle se repencha sur la liste des églises en s'efforçant de repérer la plus proche. Dans sa situation, elle ne pouvait se permettre de faire la difficile. Peu importait l'ordre religieux : tout ce dont elle avait besoin était d'un peu de charité.

Elle était toujours plongée dans l'annuaire quand la fleuriste revint au comptoir avec sa cliente.

— Vous trouvez ce que vous cherchez ? demanda-t-elle en passant derrière le comptoir.

China haussa les épaules.

— J'ai un peu de mal à faire un choix. L'une de ces églises se trouve-t-elle à proximité ?

La cliente, une femme bien mise d'environ trente-cinq ans, la toisa avec impatience. Elle se retourna vers la fleuriste.

— Je suis assez pressée.

— Bien sûr, excusez-moi.

Tandis que la fleuriste remplissait une facture, elle écarta China du coude avec un « pardon » articulé du bout des lèvres pour poser son sac à main sur le comptoir. Puis elle jeta un regard insistant sur ses affaires posées par terre.

Une humiliation de plus, songea China. Une de trop.

Avec l'envie de disparaître sous terre, elle ramassa son sac et se dirigea vers la sortie sans l'adresse qu'elle était venue chercher.

— Mademoiselle, attendez ! lança la fleuriste depuis le comptoir. Je n'en ai plus pour longtemps.

China s'arrêta et se retourna.

— Merci pour votre gentillesse.

Elle franchit la porte. Aussitôt, une bourrasque de neige fondue lui fouetta le visage comme pour lui rappeler la raison qui l'avait poussée à pénétrer dans la boutique. Non seulement elle avait perdu un temps précieux, mais elle ne savait toujours pas dans quelle direction aller.

Ravalant ses larmes, elle était sur le point de retourner chez la fleuriste quand la vitrine du magasin lui renvoya son reflet. Ses cheveux étaient hirsutes, et son visage était tout rouge. On aurait dit l'un de ces SDF dépenaillés qu'on voit si souvent dans les rues.

Et c'est alors qu'elle comprit. Elle ne ressemblait pas à une clocharde : elle en était une.

2.

A mesure que tombait la nuit, China dut admettre que l'Ancien Testament disait vrai : l'orgueil mène à la déchéance. Si elle n'avait pas quitté la boutique de la fleuriste sans l'adresse qu'elle cherchait, si elle n'avait pas été si fière, elle ne serait pas dans ce pétrin. Car elle marchait encore, au hasard, sous la neige et les bourrasques de vent.

Si seulement sa mère avait été là… Jamais Mae ne l'aurait laissée s'enticher d'un type comme Tommy Fairheart. Elle savait lire dans les hommes, elle voyait au-delà de leurs belles paroles. Le lendemain du jour où Clyde avait failli noyer China dans la douche, elle l'avait prise avec elle et était partie. China l'entendait encore lui demander pardon alors qu'elles s'éloignaient de la maison de cette brute. Par la suite, jamais Mae n'avait jeté un regard en arrière. Cet épisode l'avait définitivement guérie des hommes, et même ce beau parleur de Tommy n'aurait pas réussi à lui faire tourner la tête, avec ses promesses et ses compliments. Malheureusement, songea China, elle n'avait pas son expérience, et elle était tombée dans le panneau.

Avec un soupir, elle s'arrêta à un feu et attendit qu'il passe au rouge pour traverser. Les mains dans ses manches, elle se mit à marteler le sol de ses pieds. Etre au chaud n'allait pas de soi, elle en connaissait maintenant le prix.

Il n'avait pas fallu longtemps avant qu'elle tombe sous le charme de Tommy. Il était si beau, si adorable ! Dans les premiers temps, il se mettait en quatre pour lui être agréable. Elle devait admettre que, même si sa mère avait été là pour la mettre en garde, elle ne l'aurait sans doute pas écoutée. Pas à ce moment-là. Elle se sentait prête à aimer, prête à commencer sa vie de femme. Elle voulait croire en Tommy, elle voulait croire que son âme était à l'image de sa beauté. Elle s'était lourdement trompée.

Le feu passa enfin au rouge. Alors qu'elle s'apprêtait à traverser, une voiture déboula de nulle part en dérapant dangereusement sur la chaussée enneigée. C'est à peine si China eut le temps de remonter sur le trottoir pour éviter le chauffard. Les pneus de la voiture crissèrent et aspergèrent le bas de son survêtement d'un mélange de sable, de sel et de neige fondue.

— Espèce de salaud !

Le mouvement qu'elle fit pour essuyer son survêtement lui arracha un grognement de douleur. Regardant à droite et à gauche, elle redescendit du trottoir et traversa la rue au pas de course. Lorsque ses deux pieds se posèrent sur le trottoir d'en face, elle poussa un soupir de soulagement.

Elle reprit sa marche en tentant d'ignorer la douleur qui lui vrillait le dos. Un peu plus tôt, quelqu'un lui avait parlé d'une communauté de missionnaires dont les locaux restaient ouverts toute la nuit. Elle devait la trouver. Et vite. Car, en plus de la douleur lancinante dans son dos, elle avait des crampes d'estomac, et ses doigts étaient à présent aussi engourdis que ses orteils.

Les rues étaient illuminées, et les bars pleins à craquer. Partout l'on entendait des chants de Noël, depuis les vitres ouvertes des voitures ou les portes des restaurants qui battaient au rythme des va-et-vient incessants. China retint un haut-le-cœur. Les odeurs de cuisine qui lui parvenaient lui donnaient la nausée, pourtant, il fallait qu'elle mange. Sur les trottoirs, des bandes de jeunes complètement éméchés piétinaient devant les vitrines des bars, prêts à poursuivre leur virée un peu plus loin.

Au bout d'un moment, la rue se fit plus sombre et moins animée, et les établissements de plus en plus douteux. China pressa le pas en passant devant les portes aveugles surmontées de néons criards. Elle s'aventura dans le quartier d'Oakcliff, surnommé le Versant ensoleillé par les jeunes branchés. Sauf qu'il n'y avait pas un rayon de soleil et qu'elle aurait donné n'importe quoi pour être ailleurs.

Serveuses topless à l'intérieur.

Danseuses nues.

Strip-tease intégral.

Côté pile et côté face.

Quand elle vit un homme d'un certain âge sortir d'un bar au bras d'une fille en minijupe et talons aiguilles, elle détourna la tête, terriblement mal à l'aise. Bien sûr, elle avait déjà vu des endroits pareils, mais toujours depuis la vitre d'un autobus ou bien installée dans une voiture. Jamais elle ne s'était sentie aussi peu à sa place — et, surtout, vulnérable.

Alors qu'elle pensait que cela ne pouvait être pire, trois

jeunes gens jaillirent de l'ombre. L'un d'eux l'attrapa par le bras et tenta de la tirer dans une impasse obscure.

— Par ici, ma belle, ne fais pas de manières… Je vais te montrer la meilleure façon de se réchauffer.

— Lâchez-moi ! cria-t-elle en lui donnant un coup de pied dans le tibia.

Il poussa un juron sous l'effet de la douleur et relâcha son emprise. Se libérant, elle s'enfuit à toutes jambes. Il se lança aussitôt à sa poursuite.

Lorsqu'il la rattrapa, elle se mit à hurler et à se débattre autant que le lui permettait son ventre. Le visage déformé par la colère, il lui plaquait une main sur la bouche pour la faire taire quand l'un de ses acolytes s'interposa.

— Laisse-la partir, Ruiz. Elle a un bébé dans le ventre.

— Ça tombe bien, répliqua le dénommé Ruiz en ricanant. J'ai toujours eu un faible pour les femmes enceintes.

Comme il agrippait China par les cheveux, l'autre s'avança dans la lumière et lui saisit fermement le poignet. En les voyant se défier du regard, China comprit que leur conflit dépassait la simple altercation. Il ne s'agissait pas d'imposer un point de vue, mais d'asseoir sa domination sur l'autre.

La douleur qu'elle ressentait sur son cuir chevelu cessa d'un coup. Ruiz avait lâché prise. Elle était libre. Sans perdre de temps, elle se pencha pour récupérer son sac, mais le jeune homme qui avait pris sa défense s'en empara avant elle. Ne sachant trop qu'en penser, elle recula d'un pas.

Il la dévisagea un long moment en silence. Son regard posé sur elle semblait aller au-delà des apparences, au-delà de ses traits pétrifiés par le froid, au-delà de son manteau trop petit pour couvrir son ventre épanoui.

Elle retint sa respiration. Son sauveur allait-il se retourner contre elle ?

— Où est ton homme ? demanda-t-il enfin.

Elle ne s'attendait pas à cette question qui venait lui rappeler l'origine de tous ses problèmes.

— Je n'ai pas d'homme, murmura-t-elle entre ses dents.

Il pointa du doigt la protubérance qui émergeait du manteau.

— Où est celui qui t'a mise enceinte ?

— Je ne sais pas. Il a disparu après avoir volé tout mon argent.

— Que fais-tu ici ? Ce n'est pas un endroit pour une *chica* comme toi.

Son menton se mit à trembler.

— Je cherche une communauté de missionnaires… Quelqu'un m'a dit qu'il y en avait une ouverte toute la nuit dans ce quartier.

— Tu n'as pas de maison.

Ce n'était pas une question, et elle sentit son cœur se déchirer. Elle voulut lui répondre, mais les mots s'étranglèrent dans sa gorge. Elle dut se résoudre à le fixer en silence à travers un mur de larmes.

— Allons, ne pleure pas, dit-il doucement. Viens avec moi.

Il la conduisit hors de l'impasse. Une fois dans la rue, il désigna une direction du doigt.

— Tu vois la croix, là-bas ? Regarde bien, entre les deux bâtiments… Tu y es presque.

Plissant les yeux, elle réussit à distinguer la croix lumineuse, tel un phare dans la nuit. L'église s'élevait parmi les néons aux accroches obscènes, guidant les brebis égarées dans la tempête de débauche qui soufflait sur la rue.

China se mit à trembler des pieds à la tête. Sans doute le contrecoup de sa peur.

— Je la vois, répondit-elle avec un coup d'œil nerveux à son sauveur.

Il sourit.

— Quand tu y seras, dis au père Doyle que tu viens de la part de Miguel. Il s'occupera bien de toi.

— Tu t'appelles Miguel ?

Il haussa les épaules comme s'il venait de se rappeler que ceux qui vivent dans la rue ne dévoilent pas impunément leur identité.

Ses deux acolytes attendaient, de nouveau embusqués dans la pénombre de l'impasse. Elle leur jeta un regard, avant de revenir à Miguel. Elle lisait dans ses yeux qu'il ne leur ressemblait pas. Malgré tout, la prudence lui commandait de partir, et elle commença à s'éloigner, son gros sac sur l'épaule. Elle n'avait pas fait deux mètres que, poussée par la culpabilité, elle rebroussa chemin et revint vers lui. Elle posa timidement sa main sur son bras. Sa force était perceptible sous l'épais tissu de son manteau.

— Merci, Miguel. Merci du fond du cœur.

Elle vit sa mâchoire se contracter, et une lueur sauvage brilla au fond de ses yeux.

— Ne reste pas dans la rue, marmonna-t-il d'une voix bourrue avant de disparaître dans l'impasse.

Elle perçut des éclats de voix puis le bruit de pas qui s'estompent. Après un dernier regard inquiet par-dessus son épaule, elle se mit en route vers la croix illuminée en faisant attention à ne pas glisser sur les trottoirs enneigés.

Elle franchit ainsi deux pâtés de maisons sans jamais perdre de vue la croix qui brillait dans la nuit, promesse d'un abri sûr et chauffé, voire d'un repas. Elle était tellement occupée à maintenir le cap vers l'église qu'elle en oubliait de regarder où elle marchait.

Tout à coup, elle percuta quelqu'un. Une femme aux cheveux blonds, grande, élégante, vêtue d'un manteau de fourrure. Déséquilibrée, elle tenta de se maintenir debout, mais son sac glissa de son épaule et tomba dans la neige fondue. Elle était sur le point de tomber à son tour quand deux mains solides la saisirent aux épaules.

— Attention, ma chérie, dit la femme. Ce serait dommage de vous blesser, surtout dans votre état.

— Je suis vraiment désolée. Je ne vous avais pas vue.

Elle eut un sourire narquois et brossa son manteau du revers de la main. Puis elle tapota sa coiffure, comme pour s'assurer qu'elle était bien en place.

— Encore heureux…

China réajusta son manteau et se pencha pour ramasser son sac. Courbée en deux, elle attrapait les lanières quand un homme cria. La femme qu'elle avait percutée répondit par un juron. Ensuite, il y eut un bruit de course sur la chaussée boueuse. China fit volte-face, le cœur battant à tout rompre. De violents éclairs de lumière l'aveuglèrent, et elle laissa échapper un hurlement. Il lui fallut quelques secondes pour comprendre qu'il s'agissait seulement du flash d'un appareil photo.

Avec une stupéfaction mêlée d'horreur, elle vit la femme

sortir un revolver de son sac à main et faire feu à trois reprises. L'homme vacilla, l'air de ne pas comprendre ce qui lui arrivait, puis il tenta de s'enfuir. Une quatrième balle l'atteignit dans le dos. Fauché par l'impact, il s'écroula face contre terre, éclaboussant le trottoir de neige boueuse. Une mare de sang se forma aussitôt sous son corps inerte, de plus en plus grosse.

China contemplait la scène, interdite. Son regard passait de la femme au revolver à l'homme qui gisait au sol. Une voix lui hurlait de s'enfuir, mais ses jambes refusaient de lui obéir. Pétrifiée, elle porta la main à sa bouche pour s'empêcher de crier. Il y avait forcément une explication à ce qui venait de se passer. L'homme avait dû se montrer menaçant, et la femme avait utilisé son arme comme moyen de défense. Oui, c'était sûrement ça. Elle n'avait eu d'autre choix que de tirer pour se protéger. Et la protéger, elle et son bébé.

Mais, quand la femme se pencha vers le cadavre pour lui arracher du cou son appareil photo, China prit conscience que son hypothèse ne tenait pas debout. On ne pouvait décemment invoquer la légitime défense en pareil cas. Certes, les flashes d'un paparazzi constituaient pour certains une agression, mais une photographie n'avait jamais tué personne.

Elle commençait à reculer d'un pas incertain quand la femme se redressa. En voyant son visage déformé par une rage sans nom, China sentit son cœur manquer un battement. Le danger auquel elle avait été exposée avec Ruiz et ses acolytes n'était rien comparé à celui-ci.

Elle couvrit son ventre de ses mains en murmurant :

— S'il vous plaît…

— Et merde, grommela la femme.

Elle posa une dernière fois son regard sur son ventre arrondi avant de la mettre en joue.

— Non ! supplia China en reculant sous la panique. Je ne dirai rien. Je ne vous ai jamais vue. Je ne dirai rien, je vous le promets !

— Je ne peux pas me permettre de prendre ce risque, ma chérie. Je suis navrée.

Le première balle fut indolore, mais elle la propulsa en arrière. La seconde lui traversa l'épaule au moment où elle s'écroulait, et termina sa course dans le trottoir. Etendue sur la neige, les membres tordus dans une position inconfortable, China se sentit sombrer dans une inconscience mêlée de douleur. Dans un ultime sursaut de lucidité, elle ouvrit les yeux. Des milliers de flocons tombaient du ciel, telles les gouttes d'eau de la douche quand Clyde avait essayé de la noyer. Sa tête s'affaissa sur le côté. Du coin de l'œil, elle vit les contours de la croix lumineuse et prit conscience qu'elle était en train de mourir. En quelques secondes, tout devint sombre. Une larme, une seule, s'échappa de ses yeux, et un grand calme l'envahit. Elle ressentait une telle quiétude qu'il lui semblait entendre le bruit que faisait chaque flocon en s'écrasant sur son visage. Au loin, des gens se mettaient à accourir, mais ils arriveraient trop tard.

Les ténèbres l'attendaient.

Elle était fatiguée, si fatiguée… Et ce froid qui la pénétrait…

Elle battit des paupières, une fois, puis ferma les yeux pour de bon.

Un soupir passa le seuil de ses lèvres. Et ce fut tout.

*
* *

China se déplaçait en état d'apesanteur, flottant vers un lointain bourdonnement, quand elle entendit une enfant appeler sa maman et lui crier de l'attendre.

Une fillette aux cheveux noirs, qui n'avait pas plus de trois ou quatre ans, courait vers elle en riant. Sa fille.

China sourit. Bien sûr… Qu'est-ce qui lui était passé par la tête ? Elle ne pouvait quand même pas quitter cette terre sans son enfant. Elles se frappèrent dans les mains, selon leur rituel, et poursuivirent ensemble le voyage vers la rumeur cadencée qu'on entendait au loin. China n'était pas étonnée que son enfant ne soit plus un bébé. Elle savait, sans l'ombre d'un doute, que cette petite fille était la sienne.

Elles progressèrent en devisant gaiement, montrant ici un oiseau sur une branche, s'arrêtant là pour respirer le parfum des fleurs qui poussaient le long du chemin. Le son se faisait de plus en plus fort au fur et à mesure qu'elles avançaient. Bientôt, China distingua des voix, puis comprit ce qu'elles disaient.

— Bienvenue… Bienvenue… Nous sommes là pour vous guider.

Submergée par une sensation de plénitude, elle s'accroupit pour prendre sa fille dans ses bras, soudain impatiente de rejoindre les voix. L'épaisse chevelure de l'enfant lui caressait le visage comme des rubans de soie.

Elle eut un rire joyeux au moment où elle reconnut sa mère parmi la foule qui lui ouvrait les bras. Mae la serra dans ses bras et lui murmura des paroles réconfortantes, des paroles d'amour. Soudain, China la vit prendre sa fille et s'éloigner avec elle.

— Attendez-moi ! cria-t-elle.

Un mur de lumière apparut devant elle, l'empêchant de les rejoindre.

— Non ! supplia-t-elle. Ne m'abandonnez pas ici !

Sa mère s'arrêta et se tourna vers elle, l'enfant confortablement calée sur sa hanche.

— Ton heure n'est pas encore venue, China Mae.

Avant de pouvoir protester, China se sentit sombrer dans un abîme de douleur et de froid.

Seule.

Brandissant son insigne, l'inspecteur Bennett English se fraya un passage à travers l'attroupement, puis se glissa sous la bande en plastique jaune qui délimitait la scène du crime.

— English, brigade criminelle.

L'officier en faction lui fit signe de passer avant de repousser derrière la barrière quelques badauds un peu trop curieux. La neige fondue était noirâtre maintenant, et, tout en s'approchant des deux policiers debout devant l'ambulance, Ben se félicita d'avoir mis des bottes. L'un de ses collègues buvait un café dans un gobelet en plastique tandis que l'autre se servait de sa matraque pour racler l'amas de neige collé à ses semelles.

— Alors, comme ça, c'est tombé sur toi ! lança ce dernier. Pas de bol, hein ? Et ton pote Fisher, il est où ?

— Au lit, avec une grippe carabinée, répondit Ben. Bon, quelle est la situation ?

Le premier flic haussa les épaules.

— Il y a des morts, pour changer. Pas de témoin. Personne n'a rien vu, rien entendu, ce qui n'est guère étonnant, vu le quartier.

Ben jeta un rapide regard alentour. En effet, cela ne l'étonnait pas. La faune qui peuplait cette partie de la ville n'était pas réputée pour collaborer avec les forces de l'ordre.

— Sale nuit pour casser sa pipe, lâcha l'autre flic en considérant d'un œil mauvais la neige qui ne cessait de tomber.

— Parce que tu crois qu'il existe des bons moments pour mourir ?

Ben se tourna vers le corps recouvert d'une couverture qui gisait au milieu de la rue.

— On a identifié les victimes ? demanda-t-il.

— Celui-ci est un homme blanc, la quarantaine. Dès que le médecin légiste en aura terminé avec lui, on tâchera de mettre un nom sur son visage.

Ben hocha la tête et indiqua du menton le trottoir où des urgentistes s'affairaient sur un autre corps.

— Encore un homme ?

— Non, une femme. Vingt-cinq ans, trente au grand maximum. Et elle était enceinte.

Un frisson glacé le parcourut, mais le froid n'y était pour rien.

— Merde, marmonna-t-il entre ses dents. Alors ça nous fait trois victimes, et non deux.

Un regain d'activité autour du corps lui fit lever la tête.

— Que se passe-t-il ? s'enquit-il en s'approchant des urgentistes.

— Elle est encore en vie, lui répondit-on tandis qu'on emportait la jeune femme sur une civière.

Si elle parvenait à s'en sortir, les chances de découvrir le responsable de ce carnage augmenteraient considérablement, songea-t-il avec espoir.

Quand la civière passa devant lui avant de s'engouffrer à l'arrière de l'ambulance, il aperçut le visage de la victime. Malgré la neige qui fondait sur ses joues et plaquait ses cheveux sur son crâne, elle était très belle. Un petit nez droit au-dessus de lèvres bien dessinées, des cils si noirs et épais qu'on aurait dit des ombres... Le froid avait rougi ses joues pâles, mais il aurait fallu être aveugle pour ne pas voir la délicatesse de ses traits et la petite fossette qui s'insérait parfaitement au milieu de son menton.

Ben posa son regard sur l'épaule blessée, puis sur son ventre où le trou caractéristique d'une balle teintait ses vêtements d'un rouge sombre.

— Et le bébé ? demanda-t-il.

L'urgentiste secoua la tête d'un air navré.

Ben sentit la tristesse l'envahir. Il n'osait imaginer le désespoir de la jeune femme si d'aventure elle survivait : se réveiller dans un lit d'hôpital et s'entendre dire que votre bébé n'a pas eu la même chance que vous... Il se redressa et détourna le regard, incapable de poursuivre ces pensées. Dans son métier, on ne pouvait se permettre de laisser les émotions prendre le pas sur la lucidité.

Le dernier urgentiste venait de grimper dans l'ambulance. Voyant qu'il s'apprêtait à refermer les portières, Ben cria :

— Où l'emmenez-vous ?

— A l'hôpital de Parkland.

Le véhicule démarra sur les chapeaux de roues et s'éloigna dans la nuit. A son bord, une femme entre la vie et la mort avait besoin d'un miracle.

Ben sortit son calepin et revint vers l'homme abattu au milieu de la rue. Le médecin légiste était lui aussi sur le point de s'en aller. Ben le rattrapa alors qu'il s'asseyait au volant de sa voiture.

— Salut, Gregson... Tu as une minute à me consacrer ?

Le médecin leva les yeux vers lui.

— Toute la soirée, si ça te chante, railla-t-il. Alors c'est toi qui t'y colles ce soir ? Au fait, où est ton ombre ?

— Red est hors service. Il a la grippe. Que peux-tu me dire sur la victime ?

— La mort a été causée par plusieurs balles. Je ne pourrai te dire laquelle lui a été fatale que quand j'aurai pratiqué l'autopsie, mais je doute que ce soit important. La vérité, c'est que quelqu'un était décidé à lui faire la peau et qu'il a continué à tirer jusqu'à ce qu'il soit sûr que le pauvre gars avait son compte.

— N'oublie pas d'envoyer un exemplaire de l'autopsie à mon bureau, O.K. ?

— J'espère que tu n'es pas trop pressé, grommela Gregson en démarrant sa voiture. On est complètement débordés.

Son agacement était légitime, bien sûr. Mais les informations récoltées dans les premières vingt-quatre heures qui suivaient un meurtre se révélaient souvent déterminantes pour résoudre une affaire.

Ben regarda s'éloigner la voiture avant de revenir vers le cadavre.

— Il avait une pièce d'identité sur lui ? demanda-t-il.

L'un des policiers lui tendit un sac en plastique. Il renfermait un portefeuille et quelques cartes de visite professionnelles.

— Le mec s'appelle Finelli... Charles Finelli.

A ce nom, Ben sentit son pouls s'accélérer.

— Attends une seconde, dit-il en se baissant vers le corps.

Il tira sur la fermeture Eclair du sac mortuaire, juste assez pour faire apparaître le visage de la victime.

Ce qu'il vit lui arracha un juron. Son collègue s'approcha.

— Quoi ? Tu le connais ?

— J'ai souvent entendu parler de lui. Officiellement, il travaillait comme barman. Mais, la nuit, il s'armait d'un appareil photo et se mettait à traquer les célébrités. Un vrai obsédé ! Il s'était déjà fait boucler une demi-douzaine de fois pour violation de propriété privée et non-respect de la vie privée. Il se prenait pour un paparazzi hollywoodien. A-t-on retrouvé un appareil photo à son cou ou près de lui ?

Les policiers secouèrent la tête.

— Vous avez effectué des recherches dans les parages ?

— On a regardé partout. Quand on est arrivés sur les lieux, on a pensé qu'il s'agissait d'un drame conjugal. Un homme et une femme enceinte... Ça ressemblait à une dispute qui aurait mal tourné. Le seul problème, c'est qu'aucune des deux victimes n'était armée. On a quadrillé le secteur, et je peux te garantir que pas un papier de chewing-gum n'est passé au travers des mailles. S'il y avait eu un appareil photo dans le coin, on l'aurait trouvé à coup sûr.

Le policier montra le ciel et les flocons qui continuaient leur danse folle.

— Même les putes sont restées chez elles ce soir. Et si j'en crois les clients du bar, ajouta-t-il en indiquant l'établissement devant lequel s'était déroulé le crime, personne n'a rien entendu.

— Le contraire m'aurait étonné, commenta Ben avec une mimique entendue. Les gens sont tellement lâches. On sait comment s'appelle la jeune femme ?

— On n'a trouvé que ce sac de sport à côté d'elle. Je n'ai pas encore eu le temps de regarder ce qu'il contient.

Ben ramassa le sac tandis que les policiers se dirigeaient vers leurs voitures de patrouille. Ils avaient sécurisé la scène du crime et transmis toutes les informations en leur possession à la brigade criminelle. Ce n'était plus leur problème désormais.

Ben balança le sac de sport dans le coffre de sa voiture et y ajouta le sac en plastique dans lequel se trouvaient les effets personnels de Charles Finelli. Il comptait tout apporter au siège de la police dès qu'il aurait lui-même interrogé le personnel et les clients du bar.

C'était un établissement à la fois glauque et quelconque, avec une enseigne lumineuse plutôt excentrique accrochée au-dessus de la porte d'entrée. Un oiseau exotique aux ailes déployées sous lequel était écrit « Le Perroquet Bleu » en orange.

Ben prit le temps de s'imprégner de l'atmosphère, ignorant la fumée pour goûter la chaleur rassérénante des lieux. Quand il s'avança vers le comptoir, le brouhaha des conversations cessa net, et plusieurs clients tournèrent la tête afin de le dévisager. Quelques secondes leur suffirent pour le jauger. Puis, comme à un signal, tous replongèrent le nez dans leurs verres dans un silence de mort.

Ben étouffa un soupir. Voilà qui ne présageait rien de bon quant à la suite des opérations. Il s'installa sur l'un des hauts tabourets disposés devant le comptoir.

— Qu'est-ce que ce sera ? lança le barman.

— Vous avez du café ?

— Non.

— Alors rien, merci.

Le barman haussa les épaules. Il s'apprêtait à lui tourner le dos quand Ben plaqua son insigne sur le cuivre du comptoir. L'homme y jeta un coup d'œil blasé, puis reporta son regard vitreux sur lui.

— Deux personnes viennent d'être abattues devant votre établissement, expliqua Ben.

— Ouais, c'est ce que j'ai entendu dire, répliqua le barman sans le quitter des yeux.

— J'imagine que vous n'avez pas entendu les coups de feu ?

— Vous imaginez bien.

— Alors qui a prévenu la police ?

Le barman fit la grimace.

— Un type est entré en disant qu'il y avait deux corps étendus dans la neige. Je lui ai montré où se trouve le téléphone et je l'ai vu s'en servir. C'est tout ce que je sais.

— Et, ce type, il est toujours là ?

— Non.

— Vous pourriez me le décrire ?

— Non.

Ben dut se faire violence pour ne pas l'attraper par le col de sa chemise hawaïenne et lui faire passer l'envie de jouer au petit malin avec lui.

Il se tourna vers la salle et éleva la voix de façon à être entendu de tous.

— Est-ce que quelqu'un a vu ce qui s'est passé dehors ?

Aucune réponse.

— Personne n'a entendu des coups de feu ? Une voiture qui démarre en trombe ? Non ?

Des visages hermétiques aux bouches serrées le considérèrent en silence.

— Très bien, articula-t-il en ravalant sa colère. Je tiens à vous remercier pour votre aide. Soyez certains que la jeune femme que l'on vient d'emmener à l'hôpital sera touchée d'apprendre vos efforts pour nous aider à retrouver le salopard qui vient de tuer le bébé qu'elle portait dans son ventre.

Sur ces mots, il posa sa carte sur le comptoir et quitta le bar, dégoûté par l'attitude des clients et par la race humaine en général. Il était presque arrivé à sa voiture quand il s'aperçut que les flocons avaient cessé de tomber. Un étrange silence régnait sur la rue, amplifiant le crissement sinistre de ses bottes sur l'épaisse couche de neige qui recouvrait le trottoir. Alors qu'il déverrouillait les portières, un chat déboula sans crier gare d'une ruelle avoisinante. Instinctivement, Ben fit volte-face en posant la main sur la crosse du semi-automatique caché sous son manteau. Fausse alerte.

Maudissant Red d'être malade, il se glissa derrière le volant et tourna la clé de contact avec un geste rageur.

3.

Frappant sèchement le clavier de son ordinateur, Ben apposa le point final à son rapport. Puis il se renversa sur sa chaise et le relut en diagonale. Dieu sait qu'il avait connu des tueries plus sordides encore que celle-ci, mais quelque chose dans cette affaire lui restait en travers de la gorge.

Son regard se posa sur les deux portefeuilles empilés près du téléphone. Il avait déjà appelé les proches des victimes — l'une des tâches les plus pénibles de son travail. Le père de Charles Finelli vivait à Krebs, au sein d'une petite communauté d'origine italienne réputée dans tout l'Oklahoma pour la qualité de sa cuisine et de son vin. Anthony Finelli s'était effondré en larmes lorsqu'il avait appris la mort de son fils unique. Quant à China Brown, après plusieurs coups de fil, Ben en avait conclu qu'il ne restait personne pour pleurer sur son sort.

Il attrapa le vieux portefeuille rouge de la jeune femme et le rouvrit ainsi qu'il l'avait déjà fait à maintes reprises depuis une heure et demie. L'objet, fin et craquelé, tenait fermé grâce à un élastique. Il ne contenait pas d'argent, mais un permis de conduire sur lequel China souriait de cet air compassé, typique des photographies d'identité. En revanche, ses traits, eux, n'avaient rien de banal. Son visage, encadré par une épaisse chevelure sombre, était d'une grande délicatesse. Même sur un document administratif, sa beauté sautait aux yeux.

Ben remit le portefeuille à sa place et, posant les coudes sur son bureau, se cacha le visage dans les mains. Il ferma les yeux, incapable de chasser la jeune femme de ses pensées.

Dernier domicile connu : adresse invalide.

Il songea avec mépris à ce type, George Wayne, qu'il avait eu au téléphone. Il fallait vraiment être un salaud pour jeter une femme enceinte à la rue, et par un temps pareil de surcroît ! A l'en croire, le père du bébé était un certain Tommy Fairheart, qui s'était volatilisé quelques jours plus tôt avec toutes les économies de sa compagne.

Ben se leva brusquement et se dirigea vers la salle de repos, sa tasse de café à la main. Comment pouvait-on se comporter ainsi ? songea-t-il, les mâchoires serrées. *Qu'ils aillent tous se faire foutre !*

Le café avait un goût amer, mais il était brûlant. Ben n'en demandait pas plus. Il le but à petites gorgées dans l'espoir de se réchauffer. Peine perdue : l'image de China Brown, le visage rougi sous la neige, le fit frissonner. C'était à croire qu'il n'arriverait plus à se débarrasser de cette sensation de froid.

Un regard sur sa montre lui apprit que la nuit était terminée. Il était temps de rentrer chez lui, de prendre un petit déjeuner et une douche. Quant à dormir… il ne fallait pas trop y compter. Cette affaire soulevait trop de points d'interrogation, et, tant qu'il n'aurait pas au moins des ébauches de réponses, son instinct de flic l'empêcherait de trouver le sommeil.

Il abandonna sa tasse sur la machine à café et revint à son bureau pour prendre son manteau. Sans l'enfiler, il quitta le siège de la police d'un pas décidé. Il lui restait une dernière chose à faire s'il voulait réussir à s'endormir.

A l'unité de soins intensifs de l'hôpital de Parkland, l'infirmière de garde surveillait les pulsations cardiaques d'un de ses patients sur son écran de contrôle quand les portes s'ouvrirent violemment sur un homme de grande taille. Elle se leva précipitamment de son bureau et toisa l'intrus aux cheveux ébouriffés d'un air réprobateur.

— Vous ne pouvez pas entrer comme ça, monsieur. Les visites ne commencent que dans une heure…

Ben présenta son insigne.

— Que vous soyez de la police ne change rien ! répliqua-t-elle, visiblement indignée. Aucun de mes patients n'est en état de répondre à des questions.

— Je ne suis pas venu pour un interrogatoire, expliqua-t-il calmement. J'ai seulement besoin de la voir.

Elle parut déconcertée.

— Voir qui ?

— China Brown… La femme enceinte qui a été blessée par balles.

L'expression de son interlocutrice changea du tout au tout.

— Elle est toujours vivante, n'est-ce pas ? s'enquit-il, soudain très inquiet. N'est-ce pas ?

Elle le rassura d'un signe de tête, puis précisa :

— Mais son bébé n'a pas survécu.

— Je sais… Comment va-t-elle ?

L'infirmière se rassit derrière son bureau et consulta un graphique sur son écran.

— Elle est dans un état critique, déclara-t-elle avant de lui jeter un regard suppliant. Je vous en prie, inspecteur, vous ne pouvez pas rester ici.

Dans l'espoir d'apercevoir le visage de China, il se tourna vers les lits séparés par des rideaux.

— Où est-elle ?

— Quatrième lit en partant du fond.

Il était sur le point de se diriger vers cet endroit quand l'infirmière posa la main sur sa manche.

— Revenez demain, insista-t-elle en exerçant une petite pression sur son bras.

Après une hésitation, il se résigna, et ses épaules s'affaissèrent sous l'effet de la fatigue.

— Vous avez sans doute raison. Désolé pour le dérangement… C'est juste que je ne cesse pas de penser à elle depuis…

Il laissa sa phrase en suspens, peu habitué à s'épancher auprès d'inconnus.

— C'est vraiment affreux pour le bébé, murmura-t-elle. C'était une petite fille.

Il lui adressa un sourire triste en guise de réponse, puis se dirigea vers les portes. Alors qu'il s'apprêtait à sortir, il s'arrêta et se retourna. Il connaissait la procédure en pareil cas. Le bébé avait été extrait par césarienne et envoyé à la morgue afin que l'on procède à une autopsie, même si la cause de son décès semblait assez évidente. Mais après…

— A propos du bébé…

L'infirmière leva la tête.

— Oui ?

— Elle n'a aucune famille… Je parle de Mlle Brown.

— Je ne peux rien vous dire à ce sujet, inspecteur, répondit-elle, sachant où il voulait en venir. Il faudra en parler avec le chirurgien qui a pratiqué l'opération.

— Comment s'appelle-t-il ?

— Le Dr Ross Pope.

— Je lui en toucherai un mot dans la matinée. Je compte réclamer le corps du bébé en attendant que Mlle Brown puisse le faire elle-même.

— Très bien. J'inscrirai votre nom sur le dossier.

Il jeta un dernier coup d'œil en direction du lit où reposait China et revint sur ses pas pour tendre sa carte à l'infirmière.

— Si son état se modifie de quelque manière que ce soit, je tiens à en être immédiatement averti. De quelque manière que ce soit, c'est bien compris ? Mon numéro personnel figure sur ma carte, ainsi que celui du bureau. Appelez l'un ou l'autre, jour et nuit.

Sans un mot, elle agrafa la carte au dossier de China.

Ben resta un moment immobile, le regard fixe, comme pour estimer la distance qui le séparait du quatrième lit en partant du fond. Puis il quitta la salle aussi brusquement qu'il y était entré.

Bobby Lee Wakefield avait de la prestance, et il en était parfaitement conscient. Son costume Armani lui allait à merveille. D'une part, il mettait en valeur sa silhouette mince et robuste, et, d'autre part, il rallongeait encore ses longues jambes. L'association costume-bottes de cow-boy n'était peut-être pas du meilleur goût — même s'il avait payé les bottes plus de mille dollars la paire —, mais ici, au Texas, cela se révélait tout à fait dans le ton.

Il lança un dernier regard au miroir, lissa ses cheveux des deux mains et alla s'asseoir à son bureau. Ainsley Been, son directeur de campagne, devait arriver d'une minute à l'autre pour l'accompagner à l'hôtel Wyndham Anatole où l'attendait un parterre de journalistes. L'établissement, l'un des plus réputés de Dallas, lui semblait digne de servir de cadre à l'importante déclaration qu'il s'apprêtait à faire. Il jeta un œil à son discours, avant de le repousser d'une main impatiente. Il connaissait par cœur la moindre virgule inscrite sur ce foutu morceau de papier. Cela faisait des années qu'il retournait ces mots dans sa tête.

Enfant d'un spéculateur malchanceux d'Amarillo, Texas, Bobby Lee Wakefield avait parcouru un sacré bout de chemin pour arriver là où il en était actuellement. Durant toute sa scolarité, il s'était habillé avec des vêtements récupérés dans des organisations caritatives, ce qui ne l'avait pas aidé à se faire des amis. Et, quand son père avait enfin fait fortune, lui servait son pays au fin fond du Vietnam. A son retour, la demeure luxueuse de ses parents lui avait paru tout aussi exotique que la jungle dans laquelle il avait failli mourir. Un regard sur leur nouveau style de vie lui avait suffi pour comprendre qu'il faudrait plus que des fonds illimités pour leur donner, à lui et sa famille, une assise sociale en accord avec leur nouveau mode de vie. Il n'était pas rentré du Vietnam depuis six mois qu'il assistait à ses premiers cours à l'université Southern Methodist. A partir de ce jour-là, il avait consacré tous ses étés à faire des stages au côté d'hommes politiques. Lorsqu'il avait été sur le point d'obtenir son diplôme, il avait déjà un pied solidement ancré dans les sphères gouvernementales. A trente-cinq ans, il effectuait son second mandat à la Chambre des représentants, et, sept ans plus tard, il décrochait un siège au Sénat. Dallas était à ses pieds. Divorcé depuis des années, riche et séduisant, unanimement apprécié des membres du Congrès, il ne lui restait plus qu'à se lancer dans la course à la présidence des Etats-Unis. C'était précisément ce qu'il comptait annoncer aux journalistes ce soir-là.

Son père aurait été fier de lui.

Alors qu'il consultait sa montre, la porte de son bureau s'ouvrit avec une telle violence qu'elle vint frapper le mur bruyamment. Il n'avait pas besoin de lever les yeux pour savoir qui venait d'entrer, pourtant, il pivota sur son fauteuil pour lui faire face.

Sa mère s'avança dans la pièce, laissant dans son sillage les effluves d'un parfum de luxe. Il se raidit et étouffa un juron. Son père n'avait jamais su que faire d'elle. Lui non plus, hélas.

— Maman, ça ne te viendrait pas à l'idée de frapper avant d'entrer ? grommela-t-il en se levant.

Mona Wakefield souffla un baiser dans sa direction. Puis, se faufilant jusqu'à lui, elle ramassa ses longs cheveux blonds dans sa main et les passa par-dessus son épaule. La nuque ainsi dégagée, elle lui présenta son dos.

— Bobby Lee, trésor, tu sais bien que je ne frappe pas aux portes de ma propre maison, voyons. Sois mignon, ferme la robe de ta maman. Je tiens à être présentable quand Ainsley arrivera.

Il contempla la tenue de sa mère, bouche bée. Il y avait si peu de tissu au dos de cette robe qu'on se demandait à quoi servait la fermeture Eclair.

— Non, mais dis-moi que je rêve, maman ! Je te préviens, il n'est pas question que tu portes ce truc lors de ma conférence de presse. Tu as l'air d'une putain !

Elle haussa les épaules sans se formaliser.

— Une call-girl à la rigueur, admit-elle en battant des cils. Une call-girl hors de prix, mais sûrement pas une putain. Combien connais-tu de femmes de soixante-huit ans aussi bien conservées que moi, hein ? Hein ? Aucune, bien sûr. Alors ferme cette robe et cesse de me dire comment je dois m'habiller.

Il la saisit par les bras et la tourna vers lui.

— Enlève cette horreur tout de suite et enfile quelque chose de décent, ou je te fais enfermer dans ta chambre. Si tu veux continuer à te pavaner à mes côtés en te gargarisant d'être la mère du sénateur Wakefield, je te conseille de choisir un habit plus approprié à la circonstance.

Les joues de sa mère s'empourprèrent sous la colère, et elle le défia du regard. Leur ressemblance était frappante. Des corps à la fois fermes et minces, des visages similaires — fronts hauts, nez droits, mentons têtus.

Ni l'un ni l'autre ne semblait décidé à céder quand, brusquement, Mona haussa de nouveau les épaules.

— Vraiment, ça ne te plaît pas ? Eh bien, d'accord, je trouverai autre chose à me mettre.

Les yeux dans les siens, elle laissa glisser les bretelles de sa robe sur ses bras, puis la fit tomber à ses chevilles. Le fait qu'elle ne porte rien d'autre que des sous-vêtements transparents, un porte-jarretelles rouge pour tenir ses collants et des sandales à talons aiguilles ne semblait pas l'embarrasser le moins du monde. Elle attendit de voir la colère se muer en stupeur sur le visage de son fils avant de quitter la pièce d'un pas tranquille.

Il se remettait à peine de cette sortie théâtrale quand la sonnette de la porte d'entrée résonna au rez-de-chaussée.

Ainsley venait d'arriver.

— C'est pas vrai, marmonna-t-il en ramassant la robe qui gisait en boule sur le tapis.

Il se précipita dans le couloir et intercepta la gouvernante avant qu'elle aille ouvrir la porte.

— Delia, assurez-vous que ma mère s'habille convenablement, ordonna-t-il en lui fourrant la robe dans les bras. Je ne veux pas la voir ici tant que ce n'est pas le cas !

La gouvernante acquiesça et, la robe à la main, poursuivit son chemin vers le hall. Travailler au service des Wakefield avait de quoi rendre fou, mais le salaire était substantiel et on ne s'ennuyait jamais.

Bobby Lee passa la tête dans l'escalier pour s'assurer que sa mère avait cessé de s'exhiber en petite tenue dans toute la maison. Puis il plaqua son sourire de commande sur son visage et vint à la rencontre de son directeur de campagne.

— Ainsley, vous avez l'air prêt pour le combat rapproché, on dirait ! lança-t-il en accentuant son accent texan.

Il adorait faire son numéro de brave sudiste, de type simple avec les pieds sur terre.

— Le cuistot a concocté de bons petits casse-croûte, et Delia a mis le plateau dans la bibliothèque, poursuivit-il.

Allez-y et faites comme chez vous. Je vous rejoins tout de suite, je vais juste prévenir maman de votre présence.

Ainsley Been lissa sa veste du plat de la main avec un sourire. Se faire engager comme directeur de campagne du sénateur Wakefield s'était révélé une aubaine. Il s'apprêtait à conduire sa première campagne présidentielle — et pas la dernière, s'il faisait bien son boulot.

— Excellente idée, Bobby Lee. Je crois bien que je vais aller grignoter quelque chose. J'ai sauté le déjeuner aujourd'hui.

Il partit en direction de la bibliothèque, sans se douter une seconde des remous familiaux qui agitaient la somptueuse demeure des Wakefield.

Moins d'une heure plus tard, le trio se faisait conduire à l'hôtel à bord d'une limousine blanche. La presse était déjà sur place. Mona, assise face aux deux hommes, ne décolérait pas. Suite à son accrochage avec son fils, elle regardait la ville défiler à travers la vitre, refusant de croiser le regard de son fils. Elle avait fini par descendre en tailleur et talons hauts, comme il l'avait souhaité, mais il n'avait même pas eu l'air content. Bien sûr, la jupe remontait largement au-dessus du genou et le premier bouton de sa veste se situait juste sous son décolleté… Mais c'était quand même un tailleur !

Quand il l'avait vue apparaître, Bobby Lee avait failli s'étouffer de rage. Du cuir. Il était sur le point d'annoncer sa candidature aux élections présidentielles, et sa mère n'avait rien trouvé de mieux que de s'habiller en cuir ! Il ne manquait plus qu'un fouet et une Harley Davidson pour compléter le tableau.

— Nous y voilà, annonça gaiement Ainsley alors que le chauffeur garait la limousine devant l'hôtel. A partir de maintenant, je veux voir tout le monde sourire. On va faire un malheur !

Bobby Lee inspira profondément. Le regard qu'il jeta à sa mère se voulait un avertissement sans frais.

Elle hésita une seconde, puis concéda un sourire.

— Vous savez, Ainsley, je vais me faire toute petite : après tout, c'est mon fils, le héros de cette soirée. Je ne suis là que pour témoigner de mon soutien à notre cher sénateur.

Cette déclaration parut ravir le directeur de campagne.

— En effet, et vous devez être très fière de lui.

Mona se tourna vers Bobby Lee. Ses yeux brillaient, et il contractait les muscles de la mâchoire afin de conserver son sérieux. Elle lui adressa un clin d'œil, satisfaite de voir qu'il devait lutter pour rester en colère.

— Bien sûr que je suis fière de lui. Quelle mère ne serait pas fière d'un tel enfant ?

Il secoua la tête, ironique. Quels que soient ses efforts pour la contrôler, sa mère finissait toujours par n'en faire qu'à sa tête.

— Merci, maman, dit-il simplement.

— Tout le plaisir est pour moi, mon chéri. Et, maintenant, allons donner un peu de grain à moudre à ces journalistes. Compose ton plus beau sourire et montre-leur de quel bois tu te chauffes.

— Bien, m'dame.

La porte de la limousine s'ouvrit.

Ainsley leva les deux pouces pour encourager son candidat.

— Après vous, monsieur le président.

Bobby Lee rassembla ses forces et sortit de la voiture. L'air conquérant, il se dirigea d'un pas décidé vers la porte de l'hôtel où l'accueillirent des dizaines de flashes. Pas une fois il ne regarda en arrière pour voir si Ainsley et sa mère le suivaient. Il s'était fixé un but, et rien ne viendrait lui mettre des bâtons dans les roues.

Il était 7 h 10 quand Ben pénétra pour la deuxième fois dans l'unité de soins intensifs de l'hôpital de Parkland.

L'infirmière de garde qu'il avait vue pendant la nuit avait été remplacée. Son insigne à la main, il prenait des nouvelles de China quand un médecin aux cheveux blonds arriva pour effectuer son inspection matinale. Un coup d'œil sur sa blouse blanche lui apprit qu'il était en présence du Dr Pope, le chirurgien qui avait opéré China.

— Dr Pope ? demanda-t-il en s'approchant.

— Lui-même.

Ben lui tendit la main.

— Inspecteur Bennett English de la brigade criminelle. Je viens vous voir à propos de China Brown, la jeune femme que vous avez opérée hier soir. C'est moi qui suis en charge de l'enquête.

Le Dr Pope lui serra la main.

— J'espère que vous allez m'annoncer que le salopard qui a fait ça est derrière les barreaux, inspecteur.

— Non, malheureusement. Mais il ne perd rien pour attendre.

Le chirurgien poussa un soupir.

— Que puis-je faire pour vous ?

— Me donner la permission de la voir.

— Il n'en est pas question. Elle est dans le coma — un coma artificiel. Elle ne peut en aucun cas répondre à vos questions, et il n'est pas même certain qu'à son réveil elle se souvienne de ce qui lui est arrivé.

— Je crois que vous m'avez mal compris. Mon intention n'est pas de m'entretenir avec elle.

— Etes-vous un membre de la famille ? demanda le médecin en le dévisageant.

— Pour autant que l'on sache, elle n'a plus aucun proche.

Le Dr Pope parut perplexe.

— Puisqu'elle n'est pas en état de parler, quel est le but de votre visite ?

Ben ne répondit pas tout de suite. Il se tourna vers le lit de China et plissa les yeux pour la voir. C'est à peine s'il distinguait les contours de son corps sous les draps.

— Est-ce qu'elle va s'en sortir ?

— Sous réserve de complications inattendues, je vous répondrai par l'affirmative.

— Quand se réveillera-t-elle ?

— Lorsque son corps aura eu le temps de récupérer, nous diminuerons progressivement la médication. Ensuite, ça dépendra d'elle. Nous la laisserons se réveiller quand elle se sentira prête.

Ben passa la main dans ses cheveux, les laissant plus ébouriffés qu'avant. Ses traits trahissaient la confusion qui régnait dans son esprit. Sans comprendre pourquoi, il ressentait la nécessité de voir China, de la toucher.

— Ecoutez, commença-t-il, j'ignore comment l'expliquer,

mais j'ai le sentiment qu'il me faut être auprès d'elle. Peut-être est-ce plus pour moi que pour elle, je ne sais pas... Le fait est que cette jeune femme n'a personne d'autre. D'après nos renseignements, le père de l'enfant l'a abandonnée. Son propriétaire l'a expulsée de son appartement hier matin, et, le soir même, elle agonisait sur un trottoir. Elle a perdu son bébé, une terrible nouvelle qu'il lui reste encore à apprendre. Lorsqu'elle se réveillera... Comment vous dire ? Il me semble que ce ne serait pas juste de la laisser seule face à ce drame.

Le médecin l'étudia avec attention, comme s'il venait seulement de découvrir sa présence. Après un instant d'hésitation, il se tourna vers l'infirmière de garde.

— Veuillez mettre une note sur le dossier de Mlle Brown indiquant que l'inspecteur English est autorisé à lui rendre visite quand bon lui semble.

Puis il se retourna vers lui et brandit un doigt sous son nez.

— Je compte sur votre bon sens pour ne pas abuser du privilège que je viens de vous accorder.

Ben réprima un sourire.

— Vous n'avez aucun souci à vous faire, docteur.

— Très bien, dit le médecin. Suivez-moi. Je vais vérifier son état, et vous pourrez ensuite rester à son chevet cinq minutes, montre en main. Si vous avez l'intention de lui parler, je vous recommande de faire attention à ce que vous direz. Les personnes dans le coma sont incapables de communiquer, mais elles perçoivent ce qui se passe autour d'elles. Merci de vous en souvenir. Sa coupe est trop pleine pour qu'on en rajoute.

— Vous pouvez me faire confiance.

Le Dr Pope eut un petit sourire.

— Il me semble que c'est déjà le cas… Ne me le faites pas regretter.

Ben approuva d'un signe de tête et le suivit jusqu'au lit de China. Ce n'était plus la femme couverte de sang et de neige qu'il avait vue partir la veille au soir sur une civière, et, pourtant, elle ne lui parut pas si différente. Elle était toujours aussi menue. Silencieuse. Blessée.

Il observa le médecin, notant la douceur avec laquelle il étudiait tableaux et graphiques et la douceur dont il revêtait chacun de ses gestes en auscultant sa patiente.

Il ne put s'empêcher de grimacer en apercevant les agrafes en étain plantées dans sa peau. Peu lui importait que la médecine moderne chante les louanges du métal pour faire des points de suture, il trouvait choquant de voir une peau humaine agrafée ainsi qu'un vulgaire document administratif. Sans compter que le fil en coton faisait sûrement beaucoup moins mal. Pour la première fois, il se félicita que China soit inconsciente. Tant qu'elle était dans un coma artificiel, elle ne pouvait ressentir les traumatismes qu'avait subis son corps et la douleur causée par les soins.

Quand il eut terminé, le Dr Pope le mit en garde une dernière fois, avant de s'éloigner pour aller s'occuper de ses autres patients.

Enfin seul avec China, Ben inspira profondément et s'autorisa à regarder son visage. Bouleversé par la douceur de ses traits, il ne put résister à lui caresser la main du pouce. Son cœur fit un bond quand l'un des doigts de China se leva brusquement. Cela avait beau n'être qu'une réaction inconsciente à un stimulus, il en fut tout retourné. Se penchant vers elle, il ôta avec mille précautions une mèche prise dans le coin de sa bouche et la replaça derrière son oreille.

— Je suis là, China Brown, murmura-t-il. Vous êtes en sécurité, maintenant. Je suis là.

Bien qu'il sache qu'il ne fallait pas espérer de réponse, le silence qui suivit lui donna un coup au moral. Il se redressa sur sa chaise et posa sa main sur la sienne. Puis il resta là, laissant sa chaleur le réconforter.

Il s'inquiétait de son état psychologique. Le coma dans lequel elle était plongée permettait à son corps de récupérer, ce qui était important, bien sûr. Mais lorsqu'elle se réveillerait, comme l'avait implicitement promis le chirurgien, se souviendrait-elle de ce qui lui était arrivé ? Serait-elle à même d'identifier l'homme qui avait tiré sur elle et sur Charles Finelli ? Ou bien la perte de son bébé et le fait d'être passée si près de la mort engendreraient-ils des traumatismes si profonds qu'ils oblitéreraient tout autre souvenir de cette tragique soirée ? Seul le temps pourrait le dire. Or, malheureusement, Ben n'en avait pas : les chances de mettre la main sur l'assassin s'amenuisaient d'heure en heure.

Au bout des cinq minutes, une infirmière vint poser la main sur son bras.

— Désolé, s'excusa-t-il en se levant. J'étais perdu dans mes pensées.

— Ça arrive souvent dans cette unité. Vous pourrez revenir plus tard, mais, pour le moment, je dois vous demander de la laisser seule.

Il se pencha vers China et lui serra doucement la main.

— Je reviendrai, promit-il.

Le cœur plus léger, il remonta dans sa voiture et prit la direction de son bureau. C'était à n'y rien comprendre. Pourquoi ce sentiment d'avoir été délivré d'un poids ? La situation n'avait pas changé. China Brown restait leur seul témoin, et, pour le moment, elle n'était pas en état de s'exprimer. Mais à être resté même cinq minutes à son chevet s'était créé un lien qu'il ne voulait pas perdre.

Une demi-heure plus tard, il s'engageait dans Commerce Street. Il pénétra sur le parking de la police de Dallas et se gara entre deux congères. Il était sur le point de sortir de voiture quand Red Fisher, son coéquipier, poussa les portes du bâtiment en lui faisant signe de rester assis.

— Je t'ai vu arriver depuis la fenêtre du bureau, articula Red entre deux respirations hachées. Je me suis dit qu'on gagnerait du temps si je venais te rejoindre.

Ben l'accueillit avec un large sourire.

— Content de te revoir. Qu'est-ce qu'il y a de si pressé ?

— J'étais en train de parcourir ton rapport sur l'homicide d'Oakcliff quand j'ai reçu cet appel téléphonique, expliqua Red en lui agitant un morceau de papier sous le nez. Tu me rencarderas en chemin sur ce que je n'ai pas eu le temps de lire.

— On va où ?

— Rendre visite à la petite amie de Finelli. Elle a appelé ce matin pour signaler sa disparition. Il paraît qu'elle a piqué une crise de nerfs quand les collègues lui ont appris qu'il était mort.

Ben referma sa portière. Red s'installa sur le siège passager tout en poursuivant :

— D'après certains trucs qu'elle beuglait entre deux sanglots, le capitaine s'est dit qu'elle pourrait peut-être nous conduire sur la piste du meurtrier.

— J'ignorais qu'il avait une petite amie, observa Ben en remettant le moteur en marche.

— A l'en croire, ils vivaient ensemble depuis à peu près un an. Peut-être qu'elle pourra nous expliquer ce que Finelli faisait hier soir dans ce quartier.

— Peut-être…

Après un trajet rendu difficile par la neige, Ben se gara le long d'un trottoir, sous les fenêtres d'un grand immeuble. Des bandes de voyous s'étaient approprié le quartier à coups de tags et de graffitis. Les murs et les trottoirs en étaient recouverts, ainsi que quelques véhicules.

— Eh bien, grommela Red. Avec Rita, on a vécu ici les deux premières années de notre mariage. Ça s'est drôlement dégradé depuis.

— Ça fait combien de temps que vous avez quitté le coin ?

— Presque quinze ans. C'est fou comme un quartier peut se transformer en si peu de temps.

Ben songea à China Brown, dont la vie avait basculé en moins de vingt-quatre heures.

— Quinze ans, c'est une éternité, remarqua-t-il. Quand on pense à ce qui peut arriver en quelques secondes…

Red le considéra avec surprise.

— Tu te sens bien, Ben ?

Il se secoua mentalement. Cela ne lui ressemblait pas de se laisser aller ainsi à ses émotions. Il se tourna vers Red en souriant.

— Ce serait plutôt à moi de te poser la question. C'est toi le malade, que je sache. Allez, on va dire un mot à cette jeune dame. Comment s'appelle-t-elle, déjà ?

Red baissa les yeux sur ses notes.

— Jackie Porter. Appartement 610.

Ben leva les yeux au ciel.

— 610 ? Je te parie cinq dollars que l'ascenseur est en panne.

— Et moi, je t'en donne cinq de plus pour monter dedans s'il fonctionne, répliqua Red.

Ben éclata de rire. Bon sang, cela faisait du bien de le retrouver…

A deux doigts de la crise de nerfs, Jackie Porter pleurait toutes les larmes de son corps quand la sonnette de la porte d'entrée retentit. Après un bref instant de surprise, elle se mit à brailler de plus belle. Elle se dirigea vers la porte avec force sanglots et gémissements — le stade qui précède l'internement de force.

— Qui est là ? cria-t-elle avant de se moucher si bruyamment qu'elle n'entendit pas la réponse. Qui ?

— Police de Dallas, mademoiselle Porter. Auriez-vous l'amabilité de nous laisser entrer ?

Elle se hissa sur la pointe des pieds et colla son œil au judas. A travers l'œilleton, les inspecteurs ressemblaient à des poissons rouges dans un aquarium. Lâchant un hoquet sonore, elle défit chaînes et verrous et s'effaça pour les laisser entrer.

— C'est bien vrai, dites ? Mon Chaz est mort ?

Ben confirma la nouvelle d'un signe de tête.

Elle émit un long gémissement et se couvrit le visage des deux mains. Il la conduisit vers le canapé tandis que Red refermait la porte.

— Je vous en prie, asseyez-vous, dit-il gentiment.

Elle se renversa sur les coussins et attrapa un tas de Kleenex neufs. Les deux hommes attendirent patiemment qu'elle se mouche de nouveau, sèche ses larmes et se ressaisisse un peu.

— Vous voulez un verre d'eau, mademoiselle ? demanda Red.

— Non, merci, répondit-elle en secouant la tête comme une petite fille. Ça va aller.

Red ouvrit la bouche, mais dut attendre qu'elle fasse un ultime usage de son mouchoir en papier avant de poser sa question.

— Vous vous appelez Jackie Porter, c'est bien ça ? demanda-t-il enfin.

Elle se redressa légèrement et écrasa le Kleenex entre ses doigts.

— Mon vrai nom, c'est Jackwilyn Kate Porter. Ça s'épelle J-A-C-K-W-I-L-Y-N, mais, de toute façon, tout le monde m'appelle Jackie. Quand je suis née, maman adorait la série *Drôles de dames*, et je dois mes prénoms à Jaclyn Smith, l'actrice qui jouait Kelly, et à Kate Jackson, celle qui jouait Sabrina. Le problème, c'est que maman s'est trompée en épelant Jaclyn quand elle m'a déclarée à la mairie. Kelly et Sabrina étaient ses drôles de dames préférées. L'autre, la troisième, était blonde, et maman n'a jamais trop aimé les blondes.

Ben se retint de croiser le regard de Red, de peur d'être

pris de fou rire. Ce qui aurait été pour le moins déplacé, étant donné les circonstances.

— Enfin, bref… Hier soir, Chaz et moi, on devait aller dîner au restau et voir un film. Et voilà qu'à la dernière minute il m'appelle pour m'annoncer qu'il est sur un supercoup.

— Un supercoup ? répéta Ben, intrigué.

— Ouais, vous voyez ce que je veux dire… Si une célébrité se baladait en ville, Chaz voulait être disponible pour la prendre en photo. Mine de rien, il arrivait à gagner pas mal d'argent avec ses clichés. Je sais de quoi je parle, parce qu'il m'est arrivé de déposer du liquide à la banque pour lui.

Elle renifla un peu, puis reprit :

— Il voulait devenir l'un de ces grands photographes qui travaillent pour les journaux à scandale.

Sa lèvre inférieure se mit à trembler, et de grosses larmes roulèrent sur ses joues.

— Quand je me suis réveillée seule ce matin, j'ai tout de suite compris qu'il lui était arrivé quelque chose. Il me prévenait toujours lorsqu'il devait passer la nuit dehors.

Ben leva les yeux du calepin sur lequel il prenait des notes.

— Vous viviez donc ensemble ? demanda-t-il.

— Oui, depuis presque un an.

Il jeta un œil sur les informations qu'il venait de griffonner sur son carnet.

— Pourtant, l'adresse inscrite dans son portefeuille ne correspond pas à la vôtre.

— Ouais, je sais. Il avait conservé son ancien appartement, même s'il n'y vivait plus. Il l'utilisait comme bureau. C'est là qu'il développait ses pellicules et entreposait son matériel. Je crois qu'il y rangeait également ses dossiers.

— Quel genre de dossiers ? s'enquit Red.

— Je n'en sais rien. Des trucs pour son travail, j'imagine.

— Vous êtes donc certaine qu'il avait son appareil photo avec lui hier soir ?

— C'est forcé. Il ne me posait jamais de lapin, sauf pour prendre des photos… Et je ne lui en voulais pas, vous savez. C'était sa passion. Chaz était vraiment doué pour ce boulot.

Dix minutes plus tard, ils avaient récolté toutes les informations en possession de Jackie Porter, y compris la marque et le modèle de l'appareil photo que Finelli avait emporté avec lui ce soir-là. Ils avaient même récupéré la clé de son appartement.

Red se leva et lui tendit sa carte.

— Surtout, n'hésitez pas à nous appeler si vous pensez à quoi que ce soit qui puisse nous aider à mettre la main sur le meurtrier. Vous avez le numéro du bureau et celui de mon biper. Appelez-moi quelle que soit l'heure.

— Merci.

Elle les raccompagna jusqu'à la porte et les regarda partir. Ils s'éloignaient dans le couloir couvert de graffitis quand elle les rappela.

— Oui ? dit Ben en se retournant.

— Le type qui a fait ça… Comment saurai-je que vous avez réussi à l'arrêter ?

— Nous vous tiendrons au courant, promit-il.

Elle referma la porte avec un sourire triste, et ils entendirent quatre verrous coulisser.

Tout en reprenant sa route vers l'ascenseur, Red indiqua les graffitis qui constellaient les murs avec une moue dégoûtée.

— Quoi ? fit Ben. Tu te prends pour un critique d'art, maintenant ? Au moins c'est assorti à la façade extérieure.

Red ravala un rire de peur que la jeune femme ne l'entende.

Une fois devant l'ascenseur, ils échangèrent un regard dubitatif avant d'opter pour les escaliers. Deux flics coincés dans l'ascenseur d'un immeuble comme celui-là constitueraient une trop belle cible pour le premier excité venu.

Ils respirèrent plus librement en remontant dans la voiture.

— Alors qu'est-ce que tu en penses ? s'enquit Red au moment où Ben freinait à un feu rouge.

— Je n'en sais trop rien… Finelli n'avait pas d'appareil photo avec lui quand les urgentistes sont arrivés. Le meurtrier l'a peut-être descendu pour s'en emparer, et China Brown s'est simplement trouvée au mauvais endroit au mauvais moment.

— Ouais, ça se pourrait bien, acquiesça Red en se penchant pour augmenter le chauffage. A moins que Finelli n'ait été l'amant de China Brown… Le bébé qu'elle portait était peut-être le sien. Elle a tout avoué à son petit ami, entraînant une grosse dispute. Son mec a foutu le camp, et elle est venue retrouver Finelli pour lui demander de l'aide…

Ben eut un rire goguenard.

— Quels médicaments as-tu pris pour ta grippe ? Des

hallucinogènes ? Je ne t'avais pas entendu débiter autant de conneries depuis le jour où tu as dit du mal de notre équipe de football.

— Depuis quand est-ce un crime de critiquer l'équipe de Dallas ? Bon, j'admets que mon scénario est peut-être un peu tiré par les cheveux. N'empêche que c'est plausible.

Ben refusa de céder un pouce de terrain.

— Pas elle, trancha-t-il. Elle n'aurait jamais pu tromper qui que ce soit. Elle est incapable de mentir.

— Qui est incapable de mentir ?

— China Brown.

Red pivota sur son siège et le dévisagea avec de grands yeux.

— Alors ça, c'est la meilleure ! s'exclama-t-il. Je serais curieux de savoir comment tu peux affirmer une chose pareille.

Ben s'agita sur son siège.

— Disons que c'est un pressentiment, expliqua-t-il vaguement en haussant les épaules.

— Un pressentiment ? Non, mais tu t'entends parler ?

Ben s'engagea sur l'autoroute et consulta l'heure affichée sur le tableau de bord.

— Tu n'as pas un petit creux ? demanda-t-il.

— J'ai toujours un creux, mais il n'est jamais petit. Et tu n'as pas répondu à ma question.

— Pendant que tu choisis un endroit où manger, je vais aller faire un saut à l'hôpital de Parkland, déclara Ben comme s'il n'avait pas entendu.

— Ah bon ? Pourquoi ?

— Je veux voir comment se porte China.

— China ? Parce qu'on l'appelle China, maintenant ? répliqua Red, goguenard.

Ben lui lança un coup d'œil.

— Ecoute, Red, on fait équipe depuis douze ans, non ?

— Ouais, et alors ?

— Ai-je jamais trahi ta confiance ?

Son coéquipier soupira.

— Non, admit-il comme à contrecœur.

— Alors lâche-moi un peu avec China Brown, O.K. ?

Sur ces mots, Ben se tut et quitta l'autoroute. Il fonça en direction de Parkland, obnubilé par l'idée de revoir la jeune femme.

Red cala les mains derrière sa nuque et s'étira.

— Très bien, bougonna-t-il. Mais c'est toi qui invites.

— Ça peut s'envisager.

— Alors je vais prendre un steak. Un bon gros steak pané avec des frites.

— Je croyais que Rita t'avait mis au régime.

— Tu as tes secrets, et moi j'ai les miens, rétorqua Red.

Arrivé sur le parking de l'hôpital, Ben se gara et arrêta le moteur.

— Ne t'inquiète pas, je n'en aurai pas pour longtemps.

Red ouvrit sa portière.

— Je m'inquiète d'autant moins que je t'accompagne, décréta-t-il. Il faut que je voie cette femme de mes propres yeux.

4.

Dans l'ascenseur qui menait à l'unité de soins intensifs, Red observa le visage de son coéquipier — le muscle de la mâchoire en action, son regard perdu dans le vide. La cabine s'immobilisa avec une légère secousse, et, sitôt les portes ouvertes, Ben se précipita dans le couloir. Red le suivit en secouant la tête. L'attitude de son coéquipier frisait l'obsession, et cela commençait à l'inquiéter sérieusement.

Ben, lui, se moquait bien de ce qu'il pouvait penser. Rien d'autre ne comptait que de capturer l'assassin et de s'assurer de la sécurité de China. En voyant les portes de l'unité de soins intensifs, il accéléra le pas. Red dut presque courir pour ne pas se laisser distancer.

Une fois à l'intérieur, ils durent attendre que l'infirmière de garde raccroche le téléphone.

— Heureusement qu'on ne va pas plus loin, marmonna Red entre ses dents. Je suis déjà à bout de souffle.

— Trop de steaks panés avec des frites, répliqua Ben, railleur.

— Non, c'est parce que je suis court sur pattes. Toi, tu dois mesurer presque un mètre quatre-vingt-dix, non ? Eh bien, moi, je ne mesure qu'un mètre soixante-dix. Mes jambes font la moitié des tiennes, et je dois donc faire deux fois plus de pas que toi pour couvrir la même distance... Steaks panés, mon cul !

Ben le détailla des pieds à la tête.

— Il ne s'agit pas de ton cul, mais plutôt de ton bide.

Red s'esclaffa. Décidément, Ben avait toujours le dernier mot. Avant qu'il ait eu le temps de trouver la repartie adéquate, l'infirmière mit fin à sa conversation téléphonique.

— Je peux vous aider ? leur demanda-t-elle.

— Inspecteurs Fisher et English, déclara Ben en présentant son insigne. Nous sommes là pour voir China Brown.

— Navrée, mais je ne peux accepter plus de deux visiteurs à la fois, et il y a déjà quelqu'un à son chevet.

Ben se retourna pour scruter la salle visible derrière la vitre. Une silhouette était penchée sur le lit de la jeune femme.

— Qui est-ce ?

— Il ne m'a pas donné son nom, répondit l'infirmière.

Ben sentit son ventre se nouer.

— Comment ça, il n'a pas donné son nom ? Cette patiente est l'unique témoin d'un meurtre, et vous laissez entrer le premier venu ?

— Je n'ai reçu aucune directive me demandant de filtrer les visites, rétorqua-t-elle avec nervosité.

Il se pencha par-dessus le bureau de la réception.

— Si vous ne le faites pas partir sur-le-champ, je m'en occuperai moi-même, la menaça-t-il, la voix tremblante de colère contenue.

Elle ne se le fit pas dire deux fois. Bondissant de sa chaise, elle se précipita dans la salle où reposait China et raccompagna l'homme vers la porte. Ben en profita pour passer un coup de fil depuis son portable. Quand l'infirmière et le visiteur mystérieux arrivèrent à sa hauteur, il avait pris toutes les dispositions nécessaires pour qu'un policier vienne garder le lit de China.

— On ne s'énerve pas, lui conseilla Red à voix basse. C'est sans doute le petit ami. Souviens-toi, le gars qui l'a larguée. Faut croire que même les salauds peuvent avoir des remords…

Mais le jeune hispanique qui revenait avec l'infirmière ne ressemblait pas à un type en proie aux remords. Il paraissait plutôt nerveux à l'idée de voir des flics.

Ben lui barra le passage.

— Inspecteur Bennett English, brigade criminelle. Et voici mon coéquipier, l'inspecteur Fisher. Si tu veux bien venir par ici, on aimerait te poser quelques questions.

Le jeune homme pâlit, et son visage mat prit une teinte gris cendre.

— Je sais que dalle, lâcha-t-il.

— Laisse-moi en juger, répliqua Ben en l'empoignant par le bras pour le conduire vers la salle d'attente.

Une fois la porte refermée derrière eux, Red et lui s'assirent en face du jeune homme. Pas question de le laisser filer avant qu'ils en aient fini avec lui.

— Comment tu t'appelles ? demanda Ben. Et comment connais-tu China Brown ?

Le jeune hispanique se contenta de lui lancer un regard noir.

— *¿ Hablo Inglese ?* s'enquit Red.

L'autre porta son attention sur lui. Ce n'était plus de la colère qu'on lisait sur son visage, mais un profond mépris.

— Vous, je n'en sais rien, répondit-il avec un sourire goguenard. Mais moi, oui.

Devant l'air interdit de Red, il ajouta, sans se départir de son air moqueur :

— Au lieu de dire : « Parles-tu anglais ? », vous avez dit : « Je parle anglais ? » *¿ Habla usted español ? A mi me parece que no...*[1]

Pris au dépourvu, Red haussa les épaules.

— On dirait bien que j'ai un avantage sur vous, conclut le jeune homme.

Ben glissa son pied entre ses jambes et se pencha vers lui — une façon de lui rappeler qui était le boss.

— Si tu as fini d'essayer de nous convaincre que c'est toi qui as la plus grosse, j'aimerais que tu répondes à mes questions. Ton nom ? Comment connais-tu China Brown ?

Le jeune homme abandonna d'un coup son attitude belliqueuse. Ses épaules s'affaissèrent, et il se courba en avant pour mettre son visage dans ses mains. Lorsqu'il releva la tête, Ben fut surpris de voir des larmes briller dans ses yeux.

— Miguel. Je m'appelle Miguel Hernandez. Je ne la connais pas. C'est la pure vérité.

— Ça t'arrive souvent de rendre visite à des gens que tu ne connais pas ?

— Ecoutez, les mecs, voilà ce qui s'est passé. Moi et mes potes, on traînait du côté d'Oakcliff l'autre soir quand on a vu cette *chica*[2] qui sortait de nulle part. Ruiz a commencé

1. « Vous parlez espagnol ? Je n'en ai pas l'impression. »
2. Gamine.

à lui faire du rentre-dedans, vous voyez. Seulement, moi, j'ai remarqué son gros ventre.

Il planta ses yeux dans les siens avec un air de défi.

— Ma sœur aussi, elle va avoir un bébé… C'est pour ça que j'ai défendu cette fille. Ça vous va ?

Curieusement, Ben avait envie de le croire.

— Alors tu as joué les bons Samaritains. Et ensuite ?

Miguel se raidit.

— Je ne sais pas qui sont ces Samamachins dont vous parlez, et je n'ai pas joué à quoi que ce soit depuis l'âge de cinq ans… En tout cas, j'ai dit à Ruiz de lui foutre la paix et j'ai conseillé à la *chica* de ne pas s'attarder dans la rue.

— Et après ? demanda Ben en sentant son cœur se serrer à l'idée de ce qu'avait enduré China se soir-là.

Le jeune homme haussa les épaules.

— J'ai compris qu'elle n'avait pas de maison, et je lui ai demandé où était celui qui avait mis le bébé dans son ventre. Elle m'a répondu qu'il s'était fait la malle avec toutes ses économies.

A présent, Ben était presque sûr qu'il disait la vérité. Son récit concordait avec le témoignage de George Wayne, le propriétaire de China.

— Que faisait-elle dans ce quartier ? s'enquit-il.

— Elle cherchait une église où s'abriter. Elle avait froid et faim. Elle espérait que Dieu la protégerait.

Miguel se leva brusquement, le visage fermé.

— Dieu… Dieu n'existe pas. Où était-Il quand elle a eu besoin de Son aide ?

Il alla se planter devant une fenêtre qui donnait sur le parking.

Ben le suivit.

— Je n'ai aucune réponse à ta question, et, de toute façon, les questions, c'est moi qui les pose, O.K. ? Dis-moi pourquoi tu es venu lui rendre visite.

Miguel se retourna pour lui faire face, les traits déformés par la colère.

— Je lui ai indiqué une communauté de missionnaires dont je connais un membre, mais je ne l'ai pas accompagnée. Pourtant, on se trouvait juste à côté. Mais, moi, je me suis contenté de lui montrer la croix avant de m'en aller. Si je l'avais emmenée là-bas, rien de tout ça ne serait arrivé, et son bébé serait encore vivant.

Ben poussa un soupir. C'était donc ça... Le jeune homme s'était rendu à l'hôpital mû par un sentiment de culpabilité. Passant la main dans ses cheveux, il se tourna vers Red pour avoir son avis. Mais son coéquipier lui adressa une moue dubitative : il ne fallait pas compter sur lui pour se prononcer.

— Bon, je veux bien croire à ton histoire, lâcha Ben après un moment. Autant que tu saches que, si tu l'avais accompagnée, mon collègue et moi aurions peut-être un meurtre de plus sur les bras.

— Pourquoi on lui a tiré dessus ? demanda Miguel.

— On n'en sait encore rien. Peut-être se trouvait-elle juste au mauvais endroit...

Le jeune homme baissa la tête, l'air abattu.

— Tu as entendu parler d'un type qui s'appelle Charles Finelli ? intervint Red.

— Non, je ne connais personne de ce nom. C'est le mec qui s'est fait descendre ?

— Ouais. Certains l'appelaient Chaz.

— Ça ne me dit rien du tout, répéta-t-il avant de leur lancer un regard las. Je peux y aller, maintenant ?

— Ouais, c'est bon.

Ben lui tendit sa carte de visite.

— Tiens, au cas où tu entendrais quelque chose d'intéressant dans les rues de ton quartier…

Miguel la prit avec une réticence manifeste.

— Je ne suis pas un indic, maugréa-t-il. Je veux bien prendre votre carte, mais c'est pour la *chica* que je le fais.

— Je sais. Pour la *chica*.

Une fois sur le seuil de la salle d'attente, le jeune homme marqua une hésitation. Quand il se retourna, son visage était sombre et déterminé.

— Il faut le coincer, inspecteur, lança-t-il à Ben. Il faut coincer le type qui a fait ça.

— On fait tout notre possible, Miguel.

Le jeune homme hocha la tête et quitta la pièce à grands pas.

— J'ai bien l'impression que tout notre possible n'est pas assez pour lui, remarqua Red.

— Parfois, ce n'est pas assez pour moi non plus, répondit Ben. Suis-moi, je voudrais te présenter quelqu'un.

China était toujours dans le coma. Dieu merci, son cerveau ne percevait rien de ce qui lui arrivait. Pourtant, de temps à autre, elle émergeait de sa léthargie pendant un bref instant. Cette lueur de conscience s'accompagnait d'une douleur perçante, ponctuée de cris muets, intérieurs. Son corps se remettait lentement, mais, si elle avait pu s'exprimer, elle aurait demandé qu'on la laisse mourir.

Elle reposait sous les couvertures, reliée à des machines dont dépendait sa vie, ignorant tout des soins permanents prodigués par les infirmières et les médecins, ou de la compassion obstinée d'un inspecteur de la police de Dallas.

D'une certaine façon, China Brown vivait dans une chrysalide. Toute sa vie, elle avait été une victime. D'abord sous la domination brutale de son beau-père. Puis tout au long de sa scolarité où elle avait été une fillette réservée, incapable de s'imposer aux autres. Par la suite, elle était devenue une proie facile pour un homme sans scrupule comme Tommy Fairheart. Il l'avait étourdie avec de belles paroles dans l'unique but de se trouver un toit et de quoi se remplir le ventre sans être obligé de travailler. Elle était tombée entre les griffes d'un prédateur qui ne connaissait que les lois de la survie.

Avant de se faire tirer dessus ce soir-là, la plupart de ceux qui l'avaient maltraitée étaient des gens qu'elle connaissait : des hommes censés l'aimer et la protéger. Au fond, qu'elle ait été la victime d'un acte de violence arbitraire de la part d'une inconnue semblait la suite logique à la vie qu'elle avait menée jusque-là.

Restait à découvrir quelle femme elle serait au sortir de cette épreuve.

A peine Ben eut-il pénétré dans la salle des soins intensifs qu'il oublia la présence de son coéquipier. Plus rien n'existait que le lit où reposait China. Tandis qu'il s'en approchait rapidement, il paria avec lui-même qu'elle ouvrirait les yeux avant qu'il atteigne son chevet. Il avait tant besoin de croiser son regard. Besoin qu'elle sache qu'il était là pour elle.

Arrivé près de son lit, il se pencha vers elle jusqu'à ce que sa bouche lui frôle l'oreille. Elle n'ouvrit pas les yeux.

— Vous voyez, j'ai tenu promesse, murmura-t-il doucement. Je suis revenu vous voir. Et j'ai amené un ami avec moi, ajouta-t-il en se rappelant soudain son coéquipier. Il s'appelle Red.

Il se redressa et lui adressa un regard sévère, comme s'il le mettait par avance au défi de protester.

— Red, dis bonjour à Mlle Brown.

Red se tortilla nerveusement. S'adresser à quelqu'un qui n'avait même pas conscience de sa présence lui semblait des plus étranges.

— Bonjour, mademoiselle Brown, bredouilla-t-il malgré tout. Je suis vraiment navré de ce qui vous est arrivé.

Satisfait de la façon dont il s'était prêté au jeu, Ben hocha la tête. Il posa la main sur le bras de China, puis sur son front : sa température avait baissé. Il intercepta une infirmière qui revenait vers le bureau de la réception.

— Comment va-t-elle ? demanda-t-il.

— Son état est stable.

— Y a-t-il du mieux ? insista-t-il. Des signes encourageants ?

— Pas encore. Mais elle tient le coup, et c'est déjà une victoire… Puis-je faire autre chose pour vous ? ajouta-t-elle devant son silence.

— Nous allons poster un policier dans le couloir, répondit-il. Aucune visite pour Mlle Brown sans mon accord express, nous sommes d'accord ?

— Oui, inspecteur. Je vais mettre une note en ce sens sur son dossier.

Il la remercia avant de se tourner vers son coéquipier.

— Alors ?

Red baissa les yeux vers le lit où China reposait.

— Elle est vraiment toute menue, hein ?

Ben posa la main sur celle de la jeune femme.

— Oui, toute menue…

— Elle ne doit pas être bien vieille non plus, renchérit Red.

— Si j'en crois son permis de conduire, elle a à peine vingt-six ans.

— Et tu m'as dit qu'elle n'avait plus de famille, c'est ça ?

— Pas que l'on sache, en tout cas.

Un silence pesant s'installa entre eux. Au bout d'un moment, Red n'y tint plus.

— Pourquoi, Ben ? Pourquoi cette fascination ?

Ben s'apprêtait à débiter toute une série d'explications vaseuses, à invoquer un intérêt strictement professionnel, quand quelque chose l'en empêcha. Il posa son regard sur la jeune femme allongée dans le lit, sur sa peau pâle, presque transparente, et songea aux souffrances physiques qu'elle avait endurées, au bébé qu'elle venait de perdre. Il voulut exprimer ce qu'il ressentait, mais les mots refusèrent de sortir.

Finalement, il se racla la gorge et lâcha :

— Je n'en sais rien, Red. Franchement, je n'en sais rien.

— Je comprends.

Ils restèrent un moment face à face, chacun perdu dans ses pensées. Soudain, ils entendirent China inspirer profondément, puis pousser un gémissement. Ben se précipita pour poser sa main sur sa joue.

— N'ayez pas peur, je suis là.

Une larme perla sous la paupière de la jeune et vint lui couler sur la main. Dévasté, il la regarda rouler sur la peau de son poignet. Il se pencha vers China, la voix et les yeux empreints d'une immense compassion.

— Allez-y, pleurez… Pleurez tout votre soûl. Et, quand les larmes se seront taries et que vous vous sentirez prête à chasser le malheur de votre cœur, je serai là pour vous rendre le sourire. Vous m'entendez, China ? Je vous en fais la promesse.

Red détourna le regard. Lui aussi commençait à sentir l'émotion le gagner.

— Il est temps d'y aller, intervint-il d'une voix mal assurée. L'assassin court toujours, et ce n'est pas en restant ici qu'on risque de l'attraper.

Ben se redressa, le visage durci.

— Premier arrêt chez Chaz Finelli, décréta-t-il. Peut-être qu'on y trouvera enfin un début de piste.

Bobby Lee traversa le salon d'un pas guilleret et s'installa derrière sa tasse de café. Il gratifia la gouvernante d'un large sourire.

— Bonjour, Delia. Dites au cuisinier que j'aimerais des œufs brouillés, ce matin. Et qu'il y ajoute des pommes de terre et des saucisses. Je suis affamé !

— Bien, monsieur le sénateur. Votre mère prendra-t-elle le petit déjeuner avec vous ?

Mona fit son apparition dans la pièce avant qu'il ait eu le temps de répondre.

— Bonjour, tout le monde, lança-t-elle de sa voix traînante. Delia, je veux des toasts et des fraises, mais pas de surgelé ! Et préparez-moi cette infusion que j'aime bien.

— Tout de suite, madame.

La gouvernante se hâta de quitter la pièce avant le déclenchement des hostilités. A en juger par la tenue de sa mère, le sénateur n'allait pas tarder à perdre son sourire. Certes, Mona portait un long peignoir de soie, mais il aurait fallu être aveugle pour ne pas voir qu'en dessous elle était nue comme un ver.

De fait, Bobby Lee regarda sa mère s'asseoir d'un air réprobateur. Lorsqu'elle se pencha en avant pour rabattre les pans de soie sur ses genoux, une partie non négligeable de sa généreuse poitrine s'échappa du peignoir. Il leva les yeux au ciel, exaspéré.

— Pour l'amour de Dieu, maman, ferme ce peignoir comme il faut ou ne te balade pas sans rien en dessous ! Tu n'as donc aucune pudeur ?

Elle jeta un œil distrait sur sa mise et rajusta son peignoir en soupirant.

— Comme tu es prude ! Si la douleur de l'accouchement n'était pas encore si vivace dans mon souvenir, je jurerais que tu n'es pas mon fils.

— Si seulement c'était le cas, marmonna-t-il avant de poursuivre la lecture du *Dallas Morning News*.

— Je t'ai entendu, remarqua-t-elle sèchement. Pourrais-tu avoir la gentillesse de me passer une partie du journal au lieu de m'insulter ?

Il détacha plusieurs pages situées à la fin du quotidien et les lui tendit.

— Quoi, tu me donnes les petites annonces ?

Il étouffa un juron et arracha une autre section du journal. Chez les Wakefield, ce type d'altercation faisait partie de la vie de tous les jours, et ni l'un ni l'autre ne les prenait trop à cœur. Le silence régna dans la pièce pendant cinq bonnes minutes, jusqu'à ce que Delia revienne avec un plateau chargé de nourriture. Ils profitèrent d'un échange de sucre et de beurre pour se traiter de noms d'oiseaux, puis reprirent leur lecture entre deux bouchées. Mona buvait sa dernière gorgée d'infusion quand son regard tomba sur un entrefilet en bas de page.

— Tiens, tiens… Ecoute un peu ça, Bobby Lee.

Il laissa tomber son journal avec un soupir appuyé.

— Maman, tu sais très bien que je déteste qu'on me fasse la lecture.

Comme il s'y attendait, son intervention la laissa de marbre. Pourquoi se donnait-il encore la peine de protester ? Elle n'en faisait jamais qu'à sa tête.

Elle pressa sa serviette contre ses lèvres et s'éclaircit la voix avant de commencer à lire les passages imprimés en gras.

— Coups de feu tirés dans le quartier d'Oakcliff… Deux morts… Aucun témoin… La police dans le brouillard…

— La police est toujours dans le brouillard, la coupa-t-il d'une voix sourde.

— Je te trouve bien sévère. Tu dis ça parce que tu es

encore furieux d'avoir eu une amende pour excès de vitesse le mois dernier.

Un éclair de colère traversa le regard de Bobby Lee.

— Ce petit morveux de flic aurait mieux fait de rester à sa place.

— Mais c'est ce qu'il a fait, répliqua sa mère avec un sourire. Tu es sénateur du Texas, pas Dieu le père… Chaque chose en son temps, ajouta-t-elle, de plus en plus radieuse. Quand tu seras élu président des Etats-Unis, là oui, tu pourras devenir Dieu.

Il lui renvoya son sourire.

— Tu sais que tu es une véritable sorcière ?

— Je ne sais rien de tel, répondit-elle, l'air malicieux. Maintenant, sois gentil de me laisser terminer mon article.

Elle parcourut la page du doigt, à la recherche de l'entrefilet.

— Ah, voilà ce que je voulais te lire… Le nom du bonhomme assassiné… C'est Chaz Finelli… Je ne l'ai jamais porté dans mon cœur, celui-là, observa-t-elle en faisant la grimace.

Il la regarda, bouche bée. La réputation de Finelli n'était plus à faire. Les personnalités les plus en vue de Dallas se méfiaient unanimement de ce photographe sans scrupule dont le but avoué était de les immortaliser dans des situations aussi compromettantes que possible. L'idée que sa mère puisse avoir connu personnellement ce type lui donnait des sueurs froides.

— Tu as déjà eu affaire à lui ? demanda-t-il.

Elle se tourna pour regarder en direction de la porte.

— Ma théière est complètement vide. Mais où donc est passée Delia ?

— Maman, insista-t-il en lui agrippant le poignet. Je t'ai posé une question.

— Je sais, j'ai entendu.

— Alors réponds-moi, gronda-t-il en resserrant son étreinte. Nom d'un chien, je viens tout juste d'annoncer ma candidature à la présidence. La dernière chose dont j'ai besoin, c'est de voir mon nom associé d'une manière ou d'une autre à ce fouille-merde ! Dis-moi exactement quel type de relation tu entretenais avec Finelli.

Elle haussa les épaules avec insouciance.

— Quelle importance, maintenant ? Il est mort, que je sache.

Il se leva d'un bond, tremblant d'une telle rage qu'à cet instant elle eut presque peur de lui.

— J'exige une réponse ! hurla-t-il. Et tout de suite !

— Il n'y a pas de quoi en faire un plat, rétorqua-t-elle. J'ai seulement bu un ou deux verres de trop à la soirée donnée par le maire l'an dernier.

Il fronça les sourcils. Il n'avait pas oublié le scandale qu'avait provoqué sa mère en se soûlant ce soir-là. Il avait même dû tirer de nombreuses ficelles pour étouffer l'incident.

— Et ?...

— Tu sais, mon garçon, les femmes aussi ont besoin d'assouvir certaines pulsions... Figure-toi que je me trouvais dans la serre avec John Woodley quand nous avons été éblouis par une série de flashes. Nous avons cru qu'il s'agissait des feux d'artifice tirés dans les jardins de la mairie. Jusqu'à ce que John reçoive des photos dans sa boîte aux lettres.

Elle lui jeta un regard par en dessous. Bobby Lee affichait maintenant un calme plus inquiétant encore que ses éclats de voix.

— Que vous voit-on faire sur ces photos ?

— A ton avis ? lança-t-elle, ironique. Tu imagines bien que nous n'étions pas en train d'admirer les plantes vertes...

Il poussa un profond soupir.

— Seigneur Jésus... Avec toi, je cours droit à ma perte.

— Oh, pas la peine de dramatiser. John a donné à Finelli l'argent qu'il réclamait, et il a même récupéré les négatifs.

— Aucun maître chanteur digne de ce nom ne se sépare de toutes les preuves en sa possession. Je peux t'assurer qu'il existe des doubles de ces photos quelque part, et qu'elles vont refaire surface au pire moment.

Comme son fils, Mona détestait être dans son tort et, comme lui, elle avait tendance à répondre aux problèmes par des accès de colère. Elle se leva si brusquement que sa chaise tomba en arrière.

— Et comment veux-tu qu'elles refassent surface, hein ? riposta-t-elle en lui envoyant sa serviette au visage. Par zombissimo express avec accusé de réception ? Il est mort, Bobby Lee. Et les cadavres n'ont pas la réputation d'être bavards.

Il résista à l'envie de lui coller son poing dans la figure.

— Il faut que j'appelle Ainsley tout de suite, répondit-il d'une voix blanche avant de la mettre en garde : toi, tu ne bouges pas de cette maison de toute la journée, c'est clair ? Si les médias associent ton nom à ce meurtre, on pourra dire adieu à nos ambitions ! Les tiennes comme les miennes !

Tandis qu'il quittait le salon d'un pas rageur, elle se dirigea vers la fenêtre d'où l'on pouvait contempler le jardin. De longs stalactites pendaient de la gouttière telles des flèches de cristal. Un couple de cardinaux rouges voletait de buisson en buisson en quête de nourriture, aussi visibles que deux taches de sang dans la neige.

Un instant, elle suivit des yeux leur vaine recherche. Elle ne quitta son poste d'observation que lorsque les oiseaux, bredouilles, s'en furent à tire-d'aile. Elle avait conscience de vivre dans un monde sans pitié. Les oiseaux, la beauté de la nature, ne lui inspiraient aucune émotion. D'ailleurs, à ses yeux, ils importaient peu : s'ils n'avaient pas les qualités nécessaires pour s'en sortir, ils ne méritaient pas de survivre.

Une fine poussière recouvrait les meubles de Finelli. Dans la cuisine, des cartons à pizza empilés sur la table étaient surmontés d'une « trois fromages » momifiée. Par terre se côtoyaient deux petits bols en plastique avec, dans le premier, un reste de croquettes pour chats. L'autre, vide, avait dû contenir un jour de l'eau. Il fallait espérer que l'animal à qui la nourriture était destinée avait quitté les lieux. Dans le cas contraire, il était probable que la puanteur qui régnait dans l'appartement soit celle de son cadavre. Ben et Red n'étaient aucunement pressés de se trouver nez à nez avec la seconde possibilité.

— Bonté divine, qu'est-ce que ça schlingue ! grogna Red, sur le pas de la porte. Pourvu que ce ne soit pas le chat. Par où veux-tu commencer ?

Ben enfila des gants en latex.

— Je m'occupe de la chambre à coucher, puis je progresserai à partir de là. Tu n'as qu'à commencer par la cuisine, O.K. ?

— Qu'est-ce qu'on cherche, au juste ?

— Tout ce qui pourrait expliquer pourquoi il s'est fait descendre.

— Ça marche, fit Red en tâtant ses poches. Euh… tu n'aurais pas une autre paire de gants ? J'ai oublié les miens dans la voiture.

Ben fouilla les poches de son manteau.

— Tiens, en voilà. Maintenant que tu es équipé, montre-nous de quoi tu es capable.

Ils partirent chacun de son côté en quête de réponses à ce crime pour le moment opaque. Pendant une bonne demi-heure, ils se déplacèrent de pièce en pièce sans aucun résultat. Quand il fallut inspecter la salle de bains, Red refusa tout net d'y mettre le pied : l'odeur nauséabonde semblait venir de là. C'est donc Ben qui s'y colla.

A peine eut-il franchi le seuil que l'odeur le prit à la gorge. Après avoir rapidement fouillé placards et tiroirs, il conclut que cela provenait de l'évier. L'émail était non seulement maculé de crasse et de cheveux, mais aussi couvert de résidus chimiques. Bien qu'il y ait fort à parier qu'il s'agisse de produits de développement, Ben en recueillit un échantillon afin de le faire analyser. Qui sait si Finelli n'avait pas transformé sa chambre noire en laboratoire destiné à produire des amphétamines ? Cela pourrait expliquer pourquoi on avait souhaité l'éliminer.

En fouillant dans l'armoire à pharmacie située à côté de l'évier, il trouva un assortiment de flacons, la plupart renfermant des produits chimiques. C'était sûrement avec cela que Finelli développait ses photographies. Il souleva les flacons un par un et lut attentivement leurs étiquettes, mais il ne décela rien de suspect. Ce n'est qu'en reposant l'un d'eux à sa place qu'il trouva quelque chose : cela sonnait creux. Il retira quelques flacons et tapota l'étagère. De nouveau, cela sonna curieusement creux.

— Dis donc, Red, viens un peu voir par ici !

La silhouette de son coéquipier se découpa aussitôt dans l'encadrement de la porte.

— Que se passe-t-il ?

— Tu as ta torche électrique sur toi ?

Red sortit une minitorche de sa poche et la brandit fièrement.

— Toujours prêt, comme les scouts.

Ben la prit et braqua le faisceau sur le bas de l'armoire à pharmacie. Très vite, il s'aperçut que cette partie avait été modifiée. Il vida l'armoire de son contenu, ouvrit son canif et en inséra la pointe dans l'extrémité d'une fissure à peine visible.

— Tu as trouvé quelque chose ? s'enquit Red en s'approchant.

— Je ne sais pas. Je me fais peut-être des idées.

Mais il continua à triturer la fissure. Quelques secondes plus tard, un morceau céda sous la pression, et Ben reçut la partie inférieure de l'armoire dans les mains.

— Ça alors ! s'exclama Red avant de se pencher en avant pour regarder par-dessus son épaule. Il y a quelque chose à l'intérieur ?

Ben dirigea la lumière sur l'espace sombre.

— Putain de m…

— Quoi ? fit Red qui trépignait. Qu'est-ce que tu vois là-dedans ?

Ben retira de la cavité un tas de photographies ainsi que de grandes enveloppes en papier kraft pleines à craquer. Et cela ne constituait qu'une infime partie de l'énorme tas de documents que renfermait la cachette. Il fit défiler quelques clichés.

— Nom de Dieu, murmura Red. On dirait Sonny Harold, le joueur de foot des Dallas Lonestars, en train de se faire un shoot d'héroïne ! Je croyais qu'il avait été condamné à deux ans de mise à l'épreuve…

— C'est bien le cas, confirma Ben.

— Et là, la femme nue à califourchon sur un taureau mécanique… Son visage m'est familier, mais je n'arrive pas à…

— C'est la femme du maire. Et, franchement, on ne peut pas dire qu'elle soit à son avantage.

Red ouvrit des yeux ronds.

— Comment a-t-il fait pour se procurer de pareilles images ?

— Avec son fameux petit appareil photo. Tu sais, celui qui a justement disparu, répondit Ben, les sourcils froncés. Il y a sur ces clichés une belle brochette de personnalités, et toutes avaient intérêt à se débarrasser de Finelli. Maintenant, la question est : lequel de ces débauchés a voulu le faire taire à jamais ?

5.

Aaron Floyd frappa son bureau du plat de la main et rejeta au loin la liste que Ben et Red venaient de lui tendre.

— Il ne manquait plus que ça ! Vous voulez mettre la ville à feu et à sang, ou quoi ?

Ben ne chercha même pas à dissimuler sa colère.

— Oui, s'il le faut. Et je peux vous assurer que ça ne me fera ni chaud ni froid, capitaine. Les gens sur ces clichés sont responsables de leurs ennuis. Finelli n'a fait que leur tendre un miroir grossissant, et ça lui a coûté la vie. On cherche simplement à ce que justice soit faite. Cette ordure ne le mérite peut-être pas, mais il en va tout autrement pour China Brown !

Floyd se passa la main sur le visage puis dans les cheveux. Il savait qu'il était allé trop loin. Histoire de se calmer, il inspira profondément et reprit d'une voix où perçait une pointe de regret :

— Mes mots ont dépassé ma pensée. Bien sûr que je veux voir le meurtrier sous les verrous. Et, s'il se trouve sur cette liste, eh bien, on finira par savoir qui c'est.

Il tendit le bras pour récupérer la liste qu'il avait envoyée à l'autre bout du bureau dans son mouvement de colère et y jeta un regard incrédule.

— La femme du maire ? Larry Dee Jackson ? Ariel Simmons ?

Il leva les yeux au ciel à la lecture de ce dernier nom.

— Non, mais vous vous rendez compte ? Ariel Simmons est l'une des évangélistes les plus écoutées de la moitié sud de notre pays ! Des milliers — pour ne pas dire des millions — de téléspectateurs suivent ses prêches chaque dimanche. Et Jackson ! Ce type est une véritable icône pour les amateurs de musique country. Pour le moment, je vous demande de mener votre enquête avec la plus grande discrétion. Du tact dans vos interrogatoires et pas de vagues jusqu'à ce qu'on détermine qui a un alibi et qui n'en a pas. Si cette affaire s'ébruite, on va se retrouver avec sur le dos le préfet, l'Association des chanteurs de country et Dieu sait qui encore ! Je n'ai aucune envie de livrer la brigade criminelle en pâture aux avocats de Dallas… Me suis-je bien fait comprendre ?

Ben haussa les épaules.

— Comme vous voulez. On fera notre possible pour ne pas trop caresser ce joli monde à rebrousse-poil. Mais je me permets de vous rappeler que l'une des victimes est toujours entre la vie et la mort, et qu'à son réveil — et je sais qu'elle se réveillera — il lui faudra entendre les mots les plus douloureux qui soient pour une mère : « Votre bébé est mort. » Voulez-vous être celui qui les prononcera alors que le meurtrier de son enfant court toujours parce qu'on a eu peur de *faire des vagues* ?

Sans lui laisser le temps de répondre, il reprit la liste des suspects et quitta le bureau d'un pas rageur. Resté seul avec son supérieur, Red haussa les épaules.

— Cette affaire lui porte sur les nerfs, capitaine. Mais il va se reprendre.

— Veillez à ce que ça ne tarde pas trop, ou je n'hésiterai pas à le dessaisir du dossier.

— On n'aura pas à en arriver là.

Sur ces mots, il prit congé de crainte de déballer tout ce qu'il avait sur le cœur. Comme Ben, il bouillait. Comme lui, il se disait que c'était maintenant à toutes ces personnalités d'assumer les conséquences de leurs actes. Et que, si elles en étaient incapables, elles auraient mieux fait de rester dans le droit chemin en premier lieu. *A dormir avec les chiens, on attrape des puces,* dit le dicton. Et, vu le genre de photographies découvertes chez Finelli, les meilleures crèmes du monde ne suffiraient pas à soulager leurs démangeaisons.

Il attrapa son manteau au vol et se hâta de rejoindre Ben dans le hall.

— Eh, attends-moi !

Ben fit volte-face, le visage ravagé par la colère.

— La politique me sort par les yeux. Dans ce pays, il suffit d'avoir de bonnes relations ou un portefeuille bien garni pour bénéficier d'une quasi-impunité !

— Essaie de mettre un peu d'eau dans ton vin. Le capitaine a menacé de te retirer le dossier.

— Qu'il essaie un peu, pour voir ! rugit-il. Qui conduit ?

— Moi.

Ben lui lança les clés et s'en fut à grands pas vers la voiture. Red le suivit en secouant la tête.

Vingt-quatre heures plus tard, ils avaient éliminé quinze des quarante-cinq noms de la liste. Certains avaient apporté la preuve qu'ils se trouvaient hors de la ville le soir du crime, d'autres pouvaient justifier d'alibis en béton. Mais tous avaient été horrifiés d'apprendre qu'il existait encore des photographies de leurs moments d'égarement.

Un homme en particulier se montra furieux de voir réapparaître des clichés qu'il croyait détruits à jamais. On l'y admirait en costume d'Adam sur le siège arrière de sa voiture, en compagnie d'une adolescente qu'il venait de prendre en stop.

— Bordel de merde ! J'avais pourtant versé une coquette somme d'argent à ce fouille-merde pour récupérer ces photos. Il m'avait juré n'en avoir conservé aucune et m'avoir remis tous les négatifs !

— On dirait qu'il vous a menti, commenta Red. Quand avez-vous vu M. Finelli pour la dernière fois ?

Jody Franklin plongea la main dans un humidificateur posé sur son bureau et en ressortit un énorme cigare qu'il cala entre ses lèvres après en avoir arraché l'extrémité d'un coup de dents.

Ben le regarda recracher le bout de tabac et allumer son cigare. Ce type était tellement énervé qu'il se demanda si la fumée n'allait pas lui ressortir par les oreilles. Plus sérieusement, il songea qu'une personne capable de perdre ainsi son sang-froid pouvait, dans un accès de rage, se transformer en meurtrier.

— Monsieur Franklin ?

L'homme fusilla Red du regard.

— J'ai entendu votre question ! aboya-t-il. Je réfléchis.

Il tira de longues bouffées de son cigare jusqu'à ce que le bout commence à rougeoyer. Puis il se mit à parcourir la pièce de long en large avant de se rasseoir avec un grognement.

Il décrocha son téléphone et appuya sur une touche.

— Eileen, apportez-moi l'agenda de l'année dernière.

Après quelques minutes, une petite femme coquette pénétra dans la pièce et dévisagea les policiers du coin de l'œil avec curiosité.

— Vous voulez consulter une période en particulier, monsieur ?

— Ouais. Quand me suis-je rendu à la foire agricole de Fort Worth ? C'était au printemps dernier, mais je ne me souviens pas de la date exacte.

La secrétaire tourna les pages, d'abord à toute vitesse, puis de plus en plus lentement. Son doigt parcourut les divers rendez-vous de son patron.

— Nous y voilà, déclara-t-elle enfin. Du 12 au 15 mai. Vous avez séjourné à l'hôtel Hilton.

— Merci, Eileen. Ce sera tout.

Dès que la porte se fut refermée derrière la secrétaire, Franklin se leva pour aller à la fenêtre, abandonnant dans son sillage d'épaisses volutes de fumée grise.

— Je l'ai rencontré le 15 mai à Fort Worth. C'était la dernière nuit que je passais là-bas. Ce salopard s'est pointé à mon hôtel et m'a tendu un exemplaire de la photo que vous avez dans les mains. Il m'a menacé d'envoyer des tirages à ma femme, à mes filles et à ma mère si je ne lui versais pas dix mille dollars.

Il se retourna vers eux. La colère lui déformait le visage.

— A ma mère, vous vous rendez compte ? La pauvre femme a quatre-vingt-quatre ans. Le choc aurait pu la tuer !

— Vous avez payé la totalité de la somme ?

— Evidemment. L'argent n'est pas le problème. Je lui aurais donné le double sans hésiter s'il l'avait réclamé… En échange, il m'a remis les négatifs et tous les exemplaires.

Il jeta un regard furieux vers le cliché que Red tenait dans sa main.

— Du moins, c'est ce que j'ai cru. Jusqu'à aujourd'hui.

— Et vous ne l'avez pas revu depuis ? insista Ben.

Avant de répondre, Jody Franklin tira une longue bouffée de son cigare et dessina quelques ronds de fumée dans l'air.

— Nous ne fréquentons pas les mêmes cercles, inspecteur.

— Que faisiez-vous vendredi dernier dans la soirée ?

L'homme téta de nouveau son cigare, longuement, comme si cela l'aidait à se concentrer.

— J'y suis, lâcha-t-il enfin. J'ai accompagné ma femme et la plus jeune de mes filles à l'Opéra voir un ballet. *Casse-noisettes*, pour ne rien vous cacher. Entre nous soit dit, moi j'aurais plutôt appelé ça casse-bonbons. Tous ces danseurs en train de se trémousser sur la pointe de pieds… Mais vous savez ce que c'est : il faut parfois faire plaisir à sa petite famille.

— On vérifiera tout ça.

Pour la première fois depuis le début de l'entretien, Ben nota une vraie inquiétude dans son regard.

— Allez demander au guichet de vente de l'Opéra, ils vous confirmeront notre présence ce soir-là. Vous pouvez même vous renseigner auprès du maire : nous étions assis à côté de lui et de sa femme. Mais, pour l'amour de Dieu, n'interrogez pas Mary Sue. Je ne veux pas la faire souffrir.

— Il aurait peut-être fallu y songer avant de vous taper une gamine assez jeune pour être votre fille, répliqua Ben d'un ton cinglant.

— Laissez tomber vos leçons de morale, inspecteur. Quant à cette petite ordure, je ne vais pas prétendre n'avoir jamais souhaité le voir crever la gueule ouverte… Mais je jure devant Dieu que je ne suis pour rien dans sa mort.

Ben se leva.

— On vous rappellera, conclut-il sans autre commentaire. Au fait, veuillez ne pas quitter la ville.

Sur ces mots, il quitta le bureau, suivi de Red, laissant derrière lui un homme blafard.

— Nous venons d'avoir la preuve que la richesse ne va pas forcément de pair avec l'intelligence, remarqua Red en appuyant sur le bouton de l'ascenseur. Tu crois qu'il dit la vérité ?

— Probablement. De toute façon, on n'aura pas de mal à vérifier son alibi.

— Quelle est la prochaine étape ?

— On a encore le temps de rendre deux ou trois visites, répondit Ben en jetant un œil à la liste des suspects.

Son portable se mit à sonner, et il fouilla dans sa poche pour décrocher.

— Excuse-moi une minute, Red, fit-il avant de porter l'appareil à son oreille. Ben English, j'écoute ?

— Ici le Dr Pope. Je crois que vous avez demandé à être

mis au courant au cas où l'état de China Brown évoluerait…

Il sentit son cœur s'accélérer.

— Oui, en effet.

— Vous n'ignorez pas que nous avons commencé à réduire les doses de sédatif. Vous savez également que ses blessures sont en voie de guérison…

— Vous ne m'avez quand même pas appelé pour me dire ça, le coupa-t-il. Que se passe-t-il ?

— Elle est en train de nous lâcher, répondit le médecin. Ses signes vitaux sont instables.

Pétrifié, Ben s'immobilisa. Elle ne pouvait pas mourir maintenant, se répéta-t-il pour calmer le début de panique qui s'emparait de lui. Pas après avoir survécu par miracle.

— C'est absurde ! s'écria-t-il. Comment son état peut-il se dégrader alors que ses blessures guérissent ?

— Je pourrais avancer un tas d'hypothèses, mais, si vous voulez mon avis, je crois qu'elle n'a pas envie de vivre.

— J'arrive tout de suite, fit Ben d'une voix blanche.

Il raccrocha et se précipita vers l'ascenseur.

— Que se passe-t-il ? demanda Red en le suivant aussi vite qu'il le pouvait.

Ben s'engouffra dans l'ascenseur avant que les portes soient complètement ouvertes et pressa aussitôt le bouton pour les refermer. Red s'introduisit à son tour dans la cabine, manquant de déchirer le bas de son manteau.

— Alors ? Qu'est-ce qu'il se passe ?

La gorge nouée, Ben dut se faire violence pour lui répondre.

— Ils sont en train de perdre China Brown. Elle se laisse mourir.

— Bon sang… Si elle meurt, notre seul témoin disparaît.

— Comment peux-tu dire ça ? rétorqua Ben sèchement. China est bien plus qu'un témoin.

— Arrête un peu ton délire, mon pote. Ça ne sert à rien de te faire un film. Elle ne sait même pas que tu existes.

— Boucle-la, Red. Contente-toi de la boucler et de me conduire à l'hôpital. Après, tu feras ce que tu veux. Mais moi, je reste à son chevet tant qu'elle n'est pas hors de danger.

L'ascenseur s'immobilisa enfin, et Ben se faufila entre les portes pour piquer un sprint vers la sortie du bâtiment.

— Attends ! s'écria Red qui trottait dans son sillage.

Ben s'arrêta net.

— Quoi ? fit-il en se retournant.

— Et si elle ne s'en sort pas ?

Il réfléchit un moment dans l'espoir de pouvoir lui fournir une réponse sensée. Mais il dut admettre que son attitude depuis le début de cette affaire n'avait rien de sensé. Red devait le trouver parfaitement ridicule.

Sans répondre, il détourna les yeux et se dirigea vers la voiture, les épaules basses.

— Qui conduit ? demanda-t-il après un moment.

— Moi, grommela Red. Je tiens à arriver là-bas en un seul morceau.

China dérivait entre conscience et oubli. C'était là qu'elle se sentait le mieux. Pour y accéder, il lui suffisait de se concentrer sur les ténèbres environnantes, et tout le reste s'estompait, même l'atroce douleur qui envahissait la moindre parcelle de son corps. C'était un refuge en dehors de la réalité, un *no man's land* où elle avait le sentiment d'être en sécurité. Quand elle y réfléchissait — rarement —, elle comprenait qu'elle se trouvait dans un hôpital. De temps à autre, des bribes d'affreux souvenirs venaient même lui rappeler pourquoi elle était là. Dans ces moments-là, elle revoyait des images sordides, puis se sentait sombrer dans le néant. Elle ne demandait que cela : couler à pic, de plus en plus profondément, jusqu'à disparaître corps et âme. La douleur physique n'était rien comparée aux souffrances qu'engendrait la mémoire.

Sans cet homme qui lui enjoignait de tenir bon, elle se serait laissée glisser depuis longtemps hors de ce monde. Etait-ce la tendresse de sa voix ? La douceur de ses caresses ? Si longtemps elle avait espéré trouver pareille attention. Et voilà que cela arrivait, mais trop tard. Rien n'importait plus à présent, sauf cet immense besoin de paix.

Quand le canon du revolver l'avait menacée, quand elle avait senti la balle lui déchirer le ventre et lui voler son bébé, elle avait compris que jamais ici-bas elle ne trouverait cette paix à laquelle elle aspirait tant. A présent, il lui fallait s'en aller, rejoindre ceux qu'elle aimait.

Devant les portes de l'hôpital, Ben bondit hors de la voiture avant que Red se soit complètement arrêté. Il n'avait pas réussi à se raisonner une seconde de tout le trajet. En se précipitant dans l'ascenseur, il faillit renverser un médecin qui en sortait, puis appuya au moins une douzaine de fois sur le bouton. Lorsqu'il émergea à l'étage des soins intensifs, il ne put s'empêcher de traverser le couloir en courant. La panique lui coupait le souffle, et il arriva devant le bureau de la réception complètement haletant.

L'infirmière de garde leva vers lui un œil suspicieux.

— Inspecteur English, articula-t-il entre deux hoquets. J'ai reçu un appel du Dr Pope.

— Il vous attend.

Elle lui montra la salle où reposait China. Sans cesser de marcher, Ben laissa tomber son manteau et ses gants sur une chaise. Il craignait de s'effondrer s'il s'arrêtait maintenant.

Debout au pied du lit de China, le Dr Pope lui fit signe d'approcher.

Mon Dieu, faites qu'elle soit encore en vie…

— Merci de m'avoir appelé, docteur.

— C'était la moindre des choses, répondit Pope en regardant le corps inanimé de China. J'ai cru comprendre que vous vous intéressiez à cette jeune personne.

— Dites-moi ce qui se passe.

Le médecin le prit par le bras et l'entraîna à l'écart pour ne pas être entendu des autres patients.

— Le cerveau humain est une chose aussi puissante que mystérieuse, commença-t-il. En réalité, nous ignorons encore les subtilités de son fonctionnement. Je crois toutefois donner une image assez exacte de la situation en disant que China Brown a cessé de se battre.

— Elle veut mourir ? demanda Ben, le ventre noué par l'angoisse.

— En quelque sorte.

Il revint vers le lit, le regard perdu dans les traits délicats de China. A cet instant, son visage endormi lui parut proche de la perfection. Il n'avait jamais rien vu d'aussi beau. Il posa la main sur son bras, puis sur son poignet. C'était à peine s'il pouvait sentir son pouls ténu, écho lointain d'une vie qui s'effaçait.

Il releva vers le Dr Pope des yeux suppliants.

— Ne la laissez pas mourir.

— Sa survie ne dépend plus de moi.

— Vous ne pouvez rien faire pour elle ?

— Je lui ai donné tous les soins médicaux dont elle avait besoin. Désormais, elle est maître de son destin.

Le médecin posa doucement la main sur l'épaule de China en soupirant.

— Je dois finir ma tournée. Ne vous inquiétez pas : s'il se passe quoi que ce soit, les infirmières me préviendront.

Ben songea que les cinq minutes de visite qu'on lui avait accordées ne suffiraient pas. Il lui faudrait plus de temps pour atteindre China.

— Je reste à son chevet.

— Je m'en doutais, répondit le Dr Pope. J'ai déjà donné des directives afin que vous puissiez rester aussi longtemps que vous le souhaitez. Mais je vous demande d'être discret. La santé des autres patients en dépend.

— Entendu, je vous le promets.

— Très bien… Alors il ne me reste plus qu'à vous dire au revoir.

Ben ne répondit pas. Il avait déjà reporté toute son attention sur la jeune femme étendue dans son lit.

— C'est moi, murmura-t-il en laissant glisser son doigt

sur sa joue. Vous voyez, j'ai tenu promesse : je suis revenu vous voir.

Pour toute réponse, le moniteur branché sur le cœur de China émit trois lents signaux sonores.

— J'ai vu un rouge-gorge par la fenêtre de mon appartement, ce matin. L'hiver ne sera bientôt plus qu'un souvenir. Je peux vous aider à reprendre pied, vous savez, mais il faut d'abord vous réveiller.

Bip… Bip… Bip…

Il enfouit la tête dans ses mains et ferma les yeux. *Mon Dieu, donnez-moi les mots justes avant qu'il soit trop tard.* Il prit la main de China dans la sienne et inspira longuement avant d'essayer de nouveau.

— China, China, vous m'écoutez ? Serrez ma main si vous entendez ma voix.

Bip… Bip… Bip…

— Je sais que c'est difficile. Vous avez été gravement blessée, mais votre état s'est beaucoup amélioré… Je sais que vous pouvez m'entendre, je le sais.

Il lui pressa doucement les doigts.

— Vous avez senti ? C'est moi qui viens de toucher votre main. Essayez de la bouger, ne serait-ce qu'un seul doigt… Faites-moi savoir que vous m'écoutez…

Bip… Bip…

Le signal suivant tarda à venir, et Ben sentit aussitôt l'inquiétude l'envahir.

… Bip…

A ce son, si lent, si sourd, il songea qu'il était en train de la perdre. Que faire ? Lorsqu'il recouvra la force de parler, sa voix tremblait.

— Des infirmières et des médecins ont donné le meilleur d'eux-mêmes pour vous arracher à la mort. Des policiers travaillent eux aussi jour et nuit pour mettre la main sur celui qui vous a tiré dessus. Vous pensez être seule, mais ce n'est pas le cas. Je suis là pour vous, China. Tout ce que je vous demande, c'est de me faire un signe. Essayez de serrer ma main…

Il referma ses doigts sur les siens, dans l'espoir de lui transmettre un peu de sa chaleur.

Bip… Bip…

De nouveau, le moniteur sauta deux battements avant de reprendre son rythme régulier.

Bip… Bip… Bip…

Ben avait l'impression de voir la vie de China se vider comme un sablier. A l'idée qu'il ne la verrait jamais sourire, il crut devenir fou. Il se pencha jusqu'à frôler son oreille de ses lèvres et lui parla d'une voix que la peur avait rendue rauque.

— Ne vous avisez pas de me laisser tomber maintenant, ma petite dame ! Vous m'entendez ? Moi, je ne vous ai pas laissée tomber, et vous devriez avoir la politesse de me rendre la pareille !

Bip-bip… Bip-bip… Bip-bip…

Sans savoir comment interpréter ce changement de rythme, il poursuivit sur le même ton :

— Très bien, mettez-vous en colère si ça vous chante. Même si c'est pour m'envoyer balader, rien ne me ferait plus plaisir que de voir vos yeux s'ouvrir. S'il faut en passer par là, alors mettez-vous en colère ! Vous pouvez faire ce que bon vous semble, sauf me laisser tomber.

Bip-bip... Bip... Bip... Bip...

Il commença à mieux respirer. Il lui passa les doigts dans les cheveux, cédant à son besoin de la toucher. Peut-être ressentait-elle ses caresses. Alors qu'il se creusait la cervelle pour trouver les mots capables de percer le mur du silence, des larmes vinrent se masser sous les paupières closes de la jeune femme. Le choc lui coupa le souffle plus sûrement qu'un crochet au foie. Et, brusquement, il comprit pourquoi elle pleurait.

— Oh, ma pauvre chérie, murmura-t-il en pressant doucement sa main, vous êtes au courant, n'est-ce pas ? Vous savez que votre bébé est mort...

Le moniteur produisit quelques sons irréguliers. Ben était si préoccupé par la fréquence du signal sonore qu'il ne s'aperçut pas que les doigts de China avaient remué dans sa main.

— J'ai beaucoup de peine pour vous, chuchota-t-il.

Sans l'avoir prémédité, il lui posa deux baisers sur la joue.

— Tant de peine pour vous...

Bip... Bip... Bip...

Ben ressentait les intervalles entre les bips du moniteur comme autant de longs sanglots muets. Alors qu'il se redressait, au bord du découragement, il sentit enfin le frémissement des doigts fins contre sa paume.

— China ? fit-il, le cœur battant. Vous m'entendez ? Si vous entendez ma voix, essayez de bouger vos doigts.

Tout d'abord, il lui sembla qu'il ne se passait rien, puis un doigt se leva avec une infinie lenteur, suivi d'un second.

— Merci, merci, bégaya-t-il tandis qu'elle effleurait sa

peau de ses ongles. Je le savais. Je savais que vous pouviez le faire ! Je savais que vous ne me laisseriez pas tomber !

Mais le mouvement cessa pour laisser place à un silence éloquent.

— Vous ne pouvez pas faire ça ! protesta-t-il. Personne ne combat la mort avec un tel courage et une telle volonté pour baisser les bras au dernier moment… Bougez encore vos doigts, China, prouvez-moi que vous n'êtes pas de la race des perdants !

Bip-Bip… Bip-Bip… Bip-bip…

— Merde, c'est pas vrai ! rugit-il, furieux. Je vous interdis de me faire ça ! En vous laissant mourir, vous permettez à un meurtrier de s'en tirer, et pourquoi pas de recommencer… C'est ça que vous voulez, China ? Hein, c'est ça ?

Bip-bip-bip… Bip-bip-bip… Bip-bip-bip…

— Je ne crois pas que vous puissiez renoncer maintenant ! C'est impossible ! Vous aimiez déjà la petite fille dont vous étiez enceinte. Alors aidez-moi à trouver le salopard qui l'a tuée !

Soudain, il la vit inspirer lentement. Il retint sa propre respiration en attendant qu'elle recrache l'air bloqué dans ses poumons. Si elle s'y refusait, il craignait de la suivre dans la mort. A cet instant, il ne voyait aucune autre issue possible.

Après quelques secondes interminables, China expira, et son souffle vint effleurer son visage. Au même moment, ses doigts lui agrippèrent faiblement la main, comme si elle cherchait à s'accrocher à la vie. Il sentit son regard se brouiller.

— Voilà ce que je voulais entendre, murmura-t-il d'une

voix douce. Reposez-vous sur moi jusqu'à ce que vous recouvriez la force de faire face. Dès que vous serez prête, je vous promets qu'ensemble nous traînerons en justice l'assassin de votre bébé.

Bip… Bip… Bip… Bip… Et le moniteur continua à jouer sa petite musique, lente et régulière.

Plus tard dans la nuit, une infirmière installa une chaise contre le lit afin qu'il puisse se reposer. Il s'y assit avec d'infinies précautions, soucieux de ne pas lâcher la main de China, de ne pas briser le lien fragile qui les unissait. Les heures s'écoulèrent, et ses yeux se firent lourds. Il posa la tête sur son bras, juste pour se détendre un peu, juste une minute…

Il se réveilla au petit matin. Pendant un moment, il resta là sans bouger à écouter les pas des infirmières qui venaient prendre la relève, les instructions échangées à voix basse, les va-et-vient de la nouvelle équipe qui passait de lit en lit, prodiguant des soins et de douces paroles. Il lui fallut un moment pour s'apercevoir que China ne lui tenait plus la main : pendant la nuit, elle avait enfoncé ses doigts dans les cheveux du policier.

Même après avoir relevé la tête, il lui sembla conserver l'empreinte de sa main sur son cuir chevelu. Il jeta un œil au moniteur d'où émanaient des sons clairs et réguliers. Un peu rassuré, il se leva et s'étira longuement avant de caresser la joue de China.

— Bonjour, ma beauté. Merci de m'avoir envoyé un message hier soir. Il est bien arrivé, au cas où tu te poserais la question. Tout va bien se passer, tu sais. Je vais vite revenir te rendre visite, et je te promets de me raser. Je n'ai aucune envie de ressembler à un homme des cavernes quand tu me verras pour la première fois.

Il l'avait tutoyée naturellement, sans y songer. Quand il se pencha pour poser ses lèvres sur sa joue chaude, il releva la tête en hésitant. Leurs visages étaient si proches l'un de l'autre qu'il n'eut qu'à décaler sa bouche de deux ou trois centimètres sur la droite pour l'embrasser de nouveau. Sur la bouche, cette fois.

Lorsqu'il se décida enfin à quitter l'unité de soins intensifs, son visage rayonnait.

Bobby Lee posa le journal sur la table et savoura une gorgée de café avant de se renverser sur sa chaise pour contempler le salon. Son intérieur était luxueux, mais sans ostentation — le décor parfait pour un homme en passe de régner sur l'Amérique. A l'approche de Noël, sa mère avait engagé un décorateur hors de prix qui avait parsemé la maison de touches festives rouges et vertes.

Il songea à la suite de sa campagne. Pour se faire élire, il pouvait jouer à fond la carte du garçon pauvre devenu riche, sans parler de son aura d'authentique héros de guerre. Au souvenir de ses années passées dans l'enfer du Vietnam, une ombre passa sur son visage. A l'époque, il n'aurait pas parié un centime sur ses chances de revenir chez lui en un seul morceau. Si quelqu'un lui avait dit à l'époque qu'il pourrait un jour utiliser ces années de cauchemar comme tremplin politique, il lui aurait ri au nez.

Au fond, tout cela est assez cocasse, pensa-t-il en avalant une autre gorgée de café. La vie pouvait être la pire des garces, mais elle savait aussi se faire belle et excitante. Pour le moment, il lui semblait évoluer dans un monde de lumière et de beauté.

— Bobby Lee ! Où es-tu ?

Au son de la voix haut perchée de sa mère, l'instant de perfection explosa comme un ballon trop gonflé. N'apprendrait-elle donc jamais ? Une femme du monde ne hurle pas. Il bondit sur ses pieds et se précipita dans le hall où sa mère enfilait une paire de gants de soirée en s'apprêtant à crier de nouveau.

— Pourquoi te sens-tu obligée de gueuler comme ça ?

— Parce que j'aime être entendue, répondit-elle avant de sautiller vers lui sur ses talons hauts d'au moins sept centimètres.

Il eut une grimace de mépris en voyant sa tenue. C'était un ensemble en velours rouge, court, rehaussé d'un col en imitation renard. Pour tout dire, ses gants étaient sans doute plus longs que sa jupe, et sa poitrine généreuse, comprimée sous la veste, semblait à la merci du moindre éternuement.

— Où vas-tu ? demanda-t-il.

— Je sors.

— Mais encore ?

Elle leva les yeux au ciel.

— Je vais faire du shopping, ça te va ?

— Ce qui me va, c'est la vérité. Où vas-tu ?

— Je suis ta mère, pas ta fille, articula-t-elle en ponctuant chaque syllabe d'une pichenette rageuse sur son torse. Tu n'as pas à me dire ce que je dois faire, ni où je dois aller, est-ce clair ?

Il lui saisit le doigt entre deux pichenettes et commença tout doucement à le tordre.

— Tu es une bombe à retardement. Je ferai ce qu'il faut pour t'empêcher de nuire, même si je dois pour ça t'enfermer dans ta chambre, est-ce clair ?

Elle sentit la douleur remonter dans son bras et se dégagea en hurlant.

— Tu es fou ! Comment oses-tu faire mal à ta mère ?

Il s'approcha d'elle, si près qu'elle put sentir son haleine mentholée.

— Je ferai bien pire que ça si tu t'avises de me mettre des bâtons dans les roues, maman chérie.

Elle blêmit.

— Qu'est-ce que ça veut dire, au juste ?

Il lui sourit, et sa ressemblance avec elle — une ressemblance dont il n'avait même pas conscience — se fit d'autant plus frappante.

— Fais un effort d'imagination. Toi qui te crois si maligne, tu ne devrais pas avoir de mal à trouver.

Folle de rage, elle lui tourna le dos et pressa le pas vers la porte, ses jambes se dandinant en cadence sous sa jupe moulante. Elle était bien décidée à quitter la maison sans se retourner pour ne pas lui montrer combien ses paroles l'avaient blessée. Mais une fois sur le seuil elle ne put s'empêcher de faire volte-face pour l'insulter.

— Fils de pute !

— Tu es bien placée pour le savoir, railla-t-il.

Elle referma la porte à toute volée, ce qui eut pour effet de décrocher un cadre fixé sur le mur du hall. Bobby Lee resta un moment immobile à contempler le verre brisé. Puis, avec un soupir las, il retourna boire son café avant qu'il soit complètement froid. Il devait se rendre à un rendez-vous et n'avait que trop perdu de temps avec l'obsédée sexuelle qui lui avait donné la vie.

6.

Ben English se trouvait dans d'excellentes dispositions au moment où son coéquipier et lui arrivèrent devant les grilles de la propriété d'Ariel Simmons. Red montra du doigt les silhouettes imposantes de deux anges en fonte qui gardaient l'entrée de la vaste demeure.

— A moins de trouver l'explication du siècle pour la photo dégotée chez Finelli, il lui faudra plus de deux de ces gars-là pour éviter l'enfer.

— Peut-être s'est-elle simplement fourvoyée en choisissant son déguisement d'Halloween, plaisanta Ben.

Il baissa sa vitre pour appuyer sur l'Interphone.

Red sourit.

— Le cuir noir, le fouet et les talons aiguilles, à la rigueur. Mais le costume de l'homme menotté qu'elle piétine est un peu trop sommaire à mon goût…

— N'empêche que, si Finelli n'avait pas écrit son nom au dos du cliché, on ne l'aurait peut-être jamais identifiée. Le moins qu'on puisse dire, c'est qu'on est loin de la grande blonde innocente qui galvanise des dizaines de milliers de fidèles chaque dimanche à la télévision.

Les grilles en fer forgé s'écartèrent lentement pour les laisser passer.

— Et si on allait la voir pour lui demander de vive voix ce qu'elle pense de tout ça ? proposa Red.

Ben remonta sa vitre et redémarra.

Lorsqu'une femme de ménage en uniforme les fit pénétrer dans le salon, les deux inspecteurs purent apprécier une des nouvelles facettes de l'évangéliste. La pièce regorgeait de meubles aux angles tranchants et de sculptures sans queue ni tête, telle une ode futuriste de cristal et d'acier.

— Putain, grommela Red. Qu'est-ce que tu penses de ça ?

Mains dans les poches, Ben promenait un regard distant autour de lui. Bien qu'il admette que le bon goût reste une notion subjective, le premier mot qui lui vint à l'esprit fut *dépotoir*.

— On se croirait dans un mauvais film de science-fiction, répondit-il.

— Bonjour, messieurs. En quoi puis-je vous être utile ?

La voix claire et puissante d'Ariel Simmons avait retenti derrière eux. Ils se retournèrent d'un même mouvement. La haute silhouette anguleuse de l'évangéliste se dessinait dans l'embrasure de la porte. Ses cheveux blond platine étaient coupés plus court encore que ceux de Red. Elle portait une chemise sans col qui lui tombait presque aux genoux, avec une grosse chaîne en or en guise de ceinture. Des collants opaques bleu pâle épousaient avantageusement le galbe de ses jambes, et ses pieds étaient chaussés de petites ballerines bicolores.

— Inspecteur Bennett English, brigade criminelle, annonça-t-il en présentant son insigne. Et voici mon coéquipier, l'inspecteur Fisher.

Red exhiba à son tour son insigne tandis qu'elle s'avançait vers eux.

— Alors, inspecteurs, que me vaut le plaisir de votre visite ?

Ben s'efforça de superposer mentalement le visage de la femme en tenue sadomaso au sien, mais cela ne donna rien de probant. Et s'ils s'étaient trompés ?

— Peut-être devriez-vous vous asseoir, proposa-t-il. Ça risque de prendre un moment.

Elle passa devant eux, tout sourire, avec la démarche chaloupée d'une danseuse. Du cinéma, songea-t-il, ironique. Elle se laissa tomber gracieusement dans un étrange fauteuil et croisa les jambes.

— Voilà, je suis assise, dit-elle. Et maintenant, en quoi puis-je vous aider ?

Il s'installa sur le canapé face à elle et déclara :

— En nous expliquant ça.

Et il posa la photographie sur la table basse qui les séparait.

S'il n'avait pas été aussi attentif, le regard horrifié d'Ariel lui aurait sûrement échappé tant il avait été fugace. Lorsqu'elle releva la tête, elle semblait parfaitement maîtresse d'elle-même.

— Une âme en peine, commenta-t-elle en posant la main sur la photographie. Donnez-moi le nom de cette malheureuse, inspecteur English, et je prierai pour elle.

A côté de lui, Red se tortilla nerveusement et lui jeta un regard interrogateur. Ben ne baissa pas les bras : il avait vu cette fraction de seconde durant laquelle son interlocutrice avait perdu son aplomb.

— Si l'on en croit les informations laissées par Charles Finelli, elle s'appelle Ariel Simmons.

La jeune femme se prit la tête dans les mains en poussant un petit cri.

— Que Dieu ait pitié de moi ! s'écria-t-elle. Vous ne pouvez décemment pas me confondre avec cette… pécheresse ! Vous savez qui je suis, vous savez que je vis dans l'amour du Très-Haut.

— Pour être honnête, mademoiselle Simmons, nous ne savons pas vraiment qui vous êtes. Et c'est un peu la raison de notre visite… Pourriez-vous nous dire où vous étiez le 11 décembre aux alentours de 22 heures ?

— J'étais à l'antenne, rétorqua-t-elle. Consultez n'importe quel programme télé si vous ne me croyez pas.

Sur ces mots, elle se leva brusquement et alla décrocher le téléphone. Après avoir rageusement frappé sur les touches de l'appareil, elle se tourna vers eux pour leur offrir une composition inspirée de la femme accusée à tort.

— Ecoute, Ben, murmura Red, le capitaine ne va pas nous rater si on se met à dos toutes les associations de bigots du Texas… Ce n'est peut-être pas elle, après tout. Quand j'y pense, la femme sur la photo a les cheveux bruns.

Ben ne répondit pas. Il était trop occupé à scruter le visage d'Ariel.

— Langley, j'ai besoin de vous tout de suite, gronda-t-elle dans le téléphone. C'est une urgence. Il se passe quelque chose de parfaitement odieux. Je suis sur le point d'être calomniée et j'ai besoin d'être défendue… Oui, venez le plus vite possible.

Elle raccrocha violemment et tendit le doigt vers la porte,

telle Scarlett O'Hara chassant Rhett Butler de chez elle. Un peu trop surjoué pour être crédible, songea Ben.

— Messieurs, je ne vous raccompagne pas. Je pense que vous saurez trouver seuls le chemin de la sortie.

Il secoua la tête.

— Pas avant que vous ayez répondu à quelques questions supplémentaires.

— Je n'ai pas à répondre à quoi que ce soit. Je connais mes droits, et si vous imaginez que vous allez pouvoir me faire chanter, vous…

Ben s'approcha d'elle avec un regard si menaçant qu'il lui cloua le bec. China Brown ne lui sortait toujours pas de l'esprit. Tout comme le bébé qu'elle avait perdu.

— Il ne s'agit pas de chantage, chère mademoiselle, mais de meurtre. Mais si vous ne souhaitez pas nous parler chez vous, je me ferai un plaisir de vous convoquer au poste. Ici ou là-bas, vous finirez par répondre à nos questions. Sachez que nous ne vous lâcherons pas avant d'avoir obtenu ce que nous voulons. Et si nous estimons finalement que vous mentez, votre avocat ne sera pas de trop pour vous soutenir pendant la lecture de vos droits.

Elle était pâle comme un linge, et ses yeux allaient et venaient entre Red et lui. Ben voyait presque s'actionner les rouages qui allaient lui faire endosser un nouveau rôle. En effet, brusquement, ses yeux se remplirent de larmes, et elle courba la tête en femme humiliée et honteuse. Elle vacilla jusqu'à son fauteuil avant de s'y enfoncer comme si elle voulait disparaître.

— Je suis navrée, vraiment navrée, mais mettez-vous à ma place. Tout ça est un tel choc… Il va de soi que je n'ai rien à voir avec cette Dalila. Je prêche la parole de Dieu et non celle de Satan. Mais je suis prête à vous aider, si toutefois je le peux.

— Vous êtes très différente de votre personnage public, remarqua-t-il. Vos cheveux sont courts et vos vêtements sont aussi éloignés que possible des soutanes que vous portez à la télévision.

Elle lui adressa un sourire de martyr.

— Béni soit le Seigneur, cher monsieur. Si vous avez eu l'occasion d'assister à mes émissions, alors vous avez entendu Sa parole. Mon image a son importance, je ne le nie pas. Et mes apparitions publiques sont désormais si fréquentes qu'il m'est difficile de rester parfaitement coiffée. Voilà pourquoi j'utilise des perruques. J'en ai une petite collection, vous savez. Quant aux soutanes, eh bien…

Elle laissa sa phrase en suspens et haussa les épaules.

— Ça fait partie de votre image, c'est ça ? avança-t-il.

Elle fit oui de la tête en poussant un long soupir, puis tendit la main vers une boîte de Kleenex et essuya ses joues mouillées de larmes.

— Connaissiez-vous Charles Finelli ?

La voix de Red la fit légèrement tressaillir, à moins que ce ne fût la question elle-même. Une fois de plus, Ben vit son trouble disparaître aussi vite qu'il était apparu. Ses réactions étaient si furtives qu'il fallait l'observer sans relâche pour espérer la prendre en défaut.

— Je vous demande pardon… Quel nom avez-vous dit ?

— Finelli. Charles Finelli.

— Non, ça ne me dit rien. Mais je rencontre tellement

de monde dans l'exercice de mon ministère... Si vous aviez une photo, peut-être...

Ben en sortit une de sa poche et la lui fit tomber sur les cuisses. Il s'agissait d'un cliché du cadavre de Finelli étendu dans la rue.

— Doux Jésus ! s'exclama-t-elle en se couvrant les yeux de la main.

Elle inspira profondément, puis jeta un rapide coup d'œil à la photographie avant de la repousser vers Ben.

— Le pauvre homme... Et il s'agit d'un meurtre, si je vous ai bien compris ?

— C'était un maître chanteur, précisa Ben. Et d'après les pièces à conviction retrouvées chez lui, les affaires marchaient bien. Combien l'avez-vous payé pour récupérer les photos de votre séance sadomaso ?

Le visage d'Ariel se crispa. Sa façade angélique se lézardait enfin.

— Je vous le répète, je n'ai rien à voir avec la catin photographiée par ce Chaz Finelli à qui, par conséquent je n'ai jamais donné un centime.

Ben l'écouta sans broncher. Il sentait le regard de Red posé sur lui, mais refusait de détacher ses yeux du visage d'Ariel. Il se pencha vers elle et posa les mains sur les accoudoirs, de part et d'autre de son fauteuil. Il resta ainsi un moment sans rien dire, si proche d'elle qu'il sentait le souffle chaud de son haleine.

— Encore quelques questions avant de m'en aller.

Comme elle relevait la tête, déstabilisée par cette promiscuité, il poursuivit :

— Je croyais que vous ne connaissiez pas M. Finelli.

— En effet, j'ignore qui est cette personne.

— Et pourtant, vous venez de l'appeler Chaz. Or seuls les gens qui le connaissaient personnellement l'appelaient ainsi. Et, dans la mesure où je ne vous avais pas fait part de cette information, j'ai tendance à croire que vous m'avez menti.

Elle se décomposa.

— Il y a autre chose que vous devriez savoir, ajouta-t-il doucement.

— Qu... quoi ?

— J'ai une sainte horreur des mensonges. Avez-vous commandité l'assassinat de Charles Finelli, mademoiselle Simmons ?

— Non, et je me moque bien de savoir ce qui vous fait horreur ! explosa-t-elle tout à coup. Et maintenant, je vous conseille de déguerpir avant que j'appelle la police.

Ben lui agita la photographie du cadavre de Finelli sous le nez avec un sourire goguenard.

— La police, c'est nous. Et si vous êtes responsable de ce crime, je finirai par le savoir. Auquel cas je m'occuperai personnellement de vous ouvrir les portes de l'enfer !

— Sortez, murmura-t-elle, la voix tremblante de rage et d'indignation.

Il se redressa.

— Ne quittez pas la ville. Et inutile de nous raccompagner, on se débrouillera tout seuls.

Une fois dehors, Red observa Ben du coin de l'œil, puis poussa un soupir. Sa fureur ne lui avait pas échappé.

— J'ai l'impression que ça s'est bien passé, commenta-t-il en se grattant la tête.

— Monte dans cette voiture, on s'en va, grommela Ben pour toute réponse.

Pour la première fois depuis des jours, China avait une conscience physique de son environnement. Elle ressentait la douleur, les courants d'air, les mains des infirmières qui lui prodiguaient des soins. Il lui arrivait même de comprendre ce qu'elles disaient. Mais ces moments de lucidité ne duraient pas. Ils disparaissaient sous une vague de souffrance ou succombaient au contenu d'une seringue hypodermique injecté par intraveineuse.

Chaque fois qu'elle se sentait partir, quelque chose en elle résistait. Etait-ce à cause de cet homme qui lui avait promis de retrouver l'assassin de son bébé ? Sa voix lui revenait sans cesse à l'esprit. A présent, il fallait trouver le moyen de se réveiller. Sinon, il risquait d'oublier sa promesse, et jamais justice ne serait rendue. Elle ne pouvait tolérer l'idée que celle qui avait voulu la tuer reste impunie. La police faisait fausse route en recherchant un homme, et ils avaient besoin de son aide pour réussir à coincer la coupable.

Elle voulut s'accrocher à cette pensée, mais les puissants sédatifs l'entraînaient vers la nuit. De toute façon, la douleur était trop aiguë pour s'attarder dans cette zone de conscience.

Une fois de plus, elle se laissa glisser dans l'oubli.

— Où diable avez-vous trouvé ça ? s'exclama Larry Dee Jackson.

Ben rangea dans la poche de son manteau la photographie qu'il venait de lui montrer.

— Pourquoi cette question ? Vous pensiez avoir acheté tout le stock ?

Larry Dee, célèbre chanteur de musique country, s'épongea le front d'une main tremblante et s'écroula sur le bord de son lit.

— Les photos de ce salopard m'ont coûté plus cher que le Renoir accroché dans le salon de ma maison de Nashville.

— Dois-je en déduire que la blonde avec laquelle vous batifolez sur ce cliché n'est pas votre femme ?

— Vous êtes très perspicace, grogna-t-il avant de lui attraper le bras. Il ne faut surtout pas que cette histoire s'ébruite. Si ma femme tombe là-dessus, je peux mettre une croix sur mon mariage.

— Il aurait peut-être fallu y songer avant de faire des galipettes avec une autre femme, rétorqua Ben.

— Oh, c'est pas vrai…

Larry Dee se leva d'un coup.

— J'ai besoin d'un remontant.

— Pas avant d'avoir répondu à mes questions, répliqua Ben. Où étiez-vous le 11 décembre aux alentours de 22 heures ?

— Le 11 ? C'était quel jour ?

— Vendredi dernier.

— J'étais à l'hôtel, pour changer… Mon avion avait atterri vers 15 h 30 et j'étais complètement crevé. J'ai dû me mettre au lit à 20 heures. A l'heure que vous dites, je dormais à poings fermés.

— Quelqu'un pourrait-il confirmer vos affirmations ?

Ben vit son front se couvrir de sueur.

— Qu'est-ce que j'en sais, moi ? s'exclama Larry Dee, de plus en plus inquiet. J'ai utilisé le service d'étage vers 18 heures. J'ai aussi passé quelques coups de fil... Et j'ai regardé un film payable à la séance. Ça doit être vérifiable, non ?

— Pas de visiteur nocturne ? Ou de visiteuse du genre de celle sur la photo ?

Larry Dee détourna les yeux.

— Ça ne vous regarde pas.

— Savez-vous que la peine de mort est toujours appliquée au Texas ?

Il blêmit.

— Je n'ai rien à voir avec le meurtre de cet homme, je le jure devant Dieu !

— Désolé, mais votre parole ne me suffit pas. Alors, et cette visite nocturne ?

Larry Dee secoua énergiquement la tête.

— Je ne suis pas du genre à me vanter de mes exploits amoureux, inspecteur.

— Epargnez-moi votre numéro de gentleman, rétorqua Ben sèchement. Tromper sa femme n'a rien d'élégant, que je sache. Vous avez fait un choix dont il faut à présent assumer les conséquences. Soit vous me répondez maintenant, soit nous poursuivrons cette conversation au poste. A vous de décider.

— Oh, mon Dieu... Connie va me tuer.

— Cette Connie est-elle capable de meurtre ? demanda Ben du tac au tac.

— Quoi ? Non, bien sûr que non, voyons ! C'est juste une façon de parler.

— L'expression était malheureuse.

Le chanteur se leva et alla se verser une bonne rasade de whisky. Il l'avala cul sec avant de se retourner vers Ben et son coéquipier.

— La visite nocturne… c'était Connie Marx.

Red qui prenait des notes sur son calepin s'arrêta net.

— *La* Connie Marx ? La présentatrice vedette du journal télévisé sur Canal 7 ?

Larry Dee confirma d'un hochement de tête.

Red siffla entre ses dents et se remit à écrire tandis que Ben reprenait son interrogatoire en adoptant un angle différent.

— Avez-vous raconté à Mlle Marx que Finelli vous faisait chanter ?

— Pas la peine : Finelli jouait sur les deux tableaux. La blonde sur la photo, c'est Connie. Du coup, on y a eu droit tous les deux. Sauf qu'à moi il faisait payer le double.

— Pourquoi ?

— Il disait que j'avais plus à perdre qu'elle.

— Et c'était le cas ?

Larry Dee poussa un long soupir.

— Ça, oui… Qu'allez-vous faire, maintenant ? ajouta-t-il, le visage empreint d'anxiété.

— Retrouver l'assassin, monsieur Jackson.

— Puis-je compter sur vous pour faire preuve de discrétion ?… Je parle de cette photo, bien sûr.

— Nous n'avons pas l'intention de rendre publique la liste des victimes de Charles Finelli, si c'est ce que vous voulez savoir. Mais, si j'étais vous, je raconterais tout à ma femme en comptant sur sa compréhension. Une fuite est toujours possible, et rien n'est pire que d'apprendre dans les journaux les infidélités de son mari.

— Oh, quelle histoire, gémit Larry Dee en se versant une autre rasade d'alcool.

Ben et Red l'abandonnèrent à son triste sort. Une fois dans le couloir, Ben ressortit la photographie de Larry Dee Jackson et de la blonde.

— Et si on essayait de la coincer dans les bureaux de la chaîne ? lança-t-il à Red. Après ça, on rentre chez nous. Qu'est-ce que t'en dis ?

— D'accord à cent pour cent. Surtout en ce qui concerne la deuxième partie du programme. Je rêve d'un steak et d'une douche bien chaude. Rita était en train de préparer un crumble aux pommes quand je l'ai appelée à midi. Ça te dirait de manger avec nous ? Rien de plus facile que de rajouter un steak sur le grill…

— Pas cette fois, Red, mais merci pour la proposition. Je vais faire un saut à l'hôpital avant de rentrer chez moi. Je n'ai pas beaucoup dormi la nuit dernière.

— Tu es sur un terrain glissant avec elle, tu sais ?

Ben ouvrit la bouche pour le convaincre du contraire, mais il se ravisa.

— Oui, je sais… Seulement, il est trop tard pour faire marche arrière. Je me suis engagé envers elle.

Red le considéra avec inquiétude.

— Et que se passera-t-il si tu ne peux pas tenir tes promesses ?

— Chaque chose en son temps, mon vieux. Elle est en vie, et, pour le moment, c'est tout ce qui compte.

— Mademoiselle Marx, deux inspecteurs demandent à vous parler.

Connie Marx abandonna la lecture de son script pour jeter un coup d'œil impatient aux deux hommes debout sur le seuil de son bureau. Le visage du petit rouquin ne lui disait rien, mais celui du grand brun lui revint tout de suite à la mémoire. English. Bennett English. C'était à lui qu'avait été confiée l'affaire Whitman l'année précédente, une sordide histoire d'enlèvement qu'il avait brillamment résolue.

Elle se leva pour aller les accueillir.

— Inspecteur English, heureuse de vous revoir après tout ce temps, déclara-t-elle en tendant la main.

— Bonjour, mademoiselle Marx. Voici mon coéquipier, l'inspecteur Fisher. Nous aimerions vous poser quelques questions.

— Oh, mais ça m'a l'air très sérieux, remarqua-t-elle avec un sourire ironique. Et moi qui pensais que vous veniez m'inviter au bal de la police.

Elle se raidit en le voyant rester de marbre.

— Qu'est-ce qui vous amène ? demanda-t-elle abruptement.

Il lui présenta la photographie où on la voyait nue en compagnie de Jackson.

Elle resta un moment interdite avant de relever les yeux. Elle semblait furieuse.

— Je ne savais pas que vous donniez dans le voyeurisme, inspecteur. D'où sortez-vous ça ?

— De l'appartement de Charles Finelli, répondit-il.

— Quelqu'un aurait dû descendre ce sale petit enfoiré depuis longtemps, siffla-t-elle. Ça nous aurait épargné beaucoup d'ennuis.

— Vous êtes donc au courant de sa mort.

Elle leva les yeux au ciel et lui agita son script sous le nez.

— Evidemment, qu'est-ce que vous croyez ? C'est mon métier de savoir ces choses-là.

— Où étiez-vous le 11 décembre à 22 heures ?

— A la maison, en tête à tête avec une grippe.

— Ce n'est pas ce que prétend Larry Dee Jackson.

Il la vit écarquiller les yeux, mais la colère prit rapidement le pas sur la consternation.

— Nous n'avons plus rien à nous dire ! explosa-t-elle, folle de rage. Foutez-moi le camp tout de suite ! J'ai une émission à préparer, au cas où vous ne le sauriez pas… Si vous avez d'autres questions, adressez-les à mon avocat, est-ce clair ?

Red la regarda s'éloigner comme une furie, puis se tourna vers son coéquipier tout en rangeant la photographie dans son manteau.

— Elle l'a mal pris ou je me fais des idées ? demanda Red, visiblement impressionné par sa sortie.

— Je n'en attendais pas moins d'elle. Cette femme est un vrai bulldog. Elle ne cède pas un pouce de terrain.

Red hocha la tête.

— Tu la crois capable de commanditer un meurtre ?

Ben hésita. Que Connie Marx ait eu recours au service d'un tueur à gages pouvait paraître absurde. Quoique...

— Tu m'aurais posé la même question le mois dernier, je t'aurais répondu non tout de suite. Mais là, c'est difficile de se prononcer avec certitude. Réfléchis : si cette photo était parue dans la presse, elle se serait retrouvée à coup sûr au chômage.

— En venir au meurtre rien que pour conserver son job...

— Tu sais aussi bien que moi que des meurtres sont commis tous les jours pour des motifs plus futiles encore, remarqua Ben. Allez, tirons-nous d'ici.

Ils se dirigèrent vers l'escalier.

— Tu es vraiment sûr de ne pas vouloir venir à la maison ? insista Red une fois dehors. Ça ferait drôlement plaisir à Rita de te voir.

— Je ne peux vraiment pas. Mais merci quand même.

Red poussa un soupir.

— Alors dis bonjour à China Brown de ma part, d'accord ?

— Je n'y manquerai pas.

Ils se dirigèrent vers la voiture en silence. Ben inséra la clé dans la serrure et s'immobilisa.

— Au fait, Red...

— Quoi ?

— Ne t'inquiète pas pour moi, O.K. ? Je contrôle la situation.

Dans un petit chalet isolé sur les bords du lac Texoma, la musique hurlait à tue-tête. La femme aux cheveux blonds s'assit devant le miroir pour parfaire son maquillage. Un soupçon de blush sur le haut des pommettes, une touche d'eye-liner au coin de l'œil gauche. Voilà. Elle recula pour jauger l'ensemble une dernière fois et sourit à son reflet. D'accord, elle était naturellement belle, mais son art du maquillage permettait de magnifier ses atouts.

— Ma chérie, tu es à tomber par terre, murmura-t-elle.

Elle décroisa ses longues jambes pour se lever et se dirigea d'un pas léger vers le placard où l'attendait une robe blanche brodée de perles.

En décrochant la robe du cintre, elle fut aussitôt parcourue d'un frisson extatique. Dieu, qu'elle aimait la sensation de la soie le long de ses doigts, sur son corps, entre ses jambes… Elle l'enfila sans se presser, tirant le tissu sur ses hanches, avant de glisser avec précaution les bras dans les manches étroites. Sentir la soie frôler sa peau suffisait à l'exciter.

Elle avait fait son hymne du refrain de Rod Stewart, *Do you think I'm sexy ?*[1] Chantant par-dessus le CD, elle remonta la fermeture Eclair de sa robe et chaussa les escarpins assortis. Un rapide coup d'œil à l'horloge l'informa qu'il serait là d'une minute à l'autre. A l'idée que ses mains la toucheraient bientôt, elle fut traversée par une vague de désir. Rien ne valait les caresses d'un homme, sauf peut-être celles de la soie…

Dire qu'elle avait failli perdre tout ça ! Cette pensée la rendait littéralement malade. Elle n'avait aucun regret au sujet de Chaz Finelli. Cette petite ordure en voulait toujours plus. Et puis, quand on joue un jeu dangereux, il faut en

1. « Me trouves-tu sexy ? »

accepter les risques. Non, vraiment, songea-t-elle, il n'avait eu que ce qu'il méritait. En revanche, c'était dommage pour cette jeune femme enceinte qui se trouvait là. Mais bon, elle n'allait pas perdre le sommeil pour autant. Dans ce monde sans pitié, seuls survivent les plus forts. Et elle était l'un d'eux. Tant pis pour ceux qui se mettaient en travers de son chemin.

La chanson se termina, et elle ferma les yeux pour savourer ce moment. Comme sa vie était riche et excitante ! Les secrets se révélaient parfois dangereux, mais n'ajoutaient-ils pas du piment à l'existence ?

Un crissement se fit entendre sur le gravier. Elle s'approcha de la fenêtre. Bien qu'il fasse sombre au-dehors, elle reconnut les phares en amande de la voiture de sport. C'était bien lui. Elle avait entendu parler de son penchant pour, comment dire ? les pratiques sexuelles hors du commun. Un coup de fil avait suffi pour l'attirer dans ses filets, et, désormais, il était tout à elle. Elle vit sa silhouette sortir du coupé. Avant d'appuyer sur la sonnette, il prit le temps de se lisser les cheveux et de brosser le col de son manteau du revers de la main. Le pauvre con. Il avait beau être riche et pervers, il n'avait certainement jamais rencontré quelqu'un comme elle. Avant les premières lueurs du jour, il apprendrait à la connaître d'une façon bien particulière.

Le capitaine Aaron Floyd luttait contre une migraine et les premiers symptômes de la grippe quand les inspecteurs English et Fisher frappèrent à la porte de son bureau.

— Entrez, lança-t-il d'une voix rauque qui le surprit lui-même. Donnez-moi de bonnes nouvelles.

Il sortit de son tiroir des pastilles contre la toux et en fourra plusieurs dans sa bouche.

— China Brown se porte mieux, déclara Ben.

— J'en suis ravi, mais ce n'est pas de ça que je parlais.

Floyd reboucha le tube en frissonnant.

— Je déteste l'hiver et son cortège de maladies et d'intempéries, pesta-t-il.

Les deux inspecteurs optèrent pour un silence prudent en attendant que leur supérieur poursuive.

— Bon, reprit-il, dites-moi où en est l'enquête. Le grand patron commence à me mettre la pression.

— Pas possible, capitaine, Dieu Lui-même s'intéresse à notre affaire ?

Floyd se moucha bruyamment tout en fusillant Red du regard.

— La ferme, Fisher, répliqua-t-il. Je n'ai pas assez d'énergie pour supporter vos pitreries.

Red sourit, satisfait par sa réaction. Ben prit le relais.

— Nous nous sommes montrés aussi discrets que possible sans compromettre la bonne marche de l'enquête. Mais, si ça ne tenait qu'à moi, je ne prendrais pas de gants. Après tout, ces dépravés ont bien cherché ce qui leur arrive.

— Amen, renchérit Red. Et ce qui me débecte le plus, c'est qu'aucun d'eux n'a exprimé le moindre regret. Ils étaient juste furieux de s'être fait prendre la main dans le sac.

— D'accord, admit Floyd, mais quand la femme du maire se retrouve impliquée dans un scandale pareil, on marche tous sur des œufs, O.K. ? English, faites-moi un point sur la situation.

Ben lui tendit la liste des suspects.

— Les personnes dont on a rayé le nom ont un alibi en béton armé. Quant aux autres, s'ils sont soulignés en rouge, c'est que personne n'est en mesure de corroborer leurs affirmations. S'ils ne sont pas soulignés, c'est qu'il existe au moins un témoin pour confirmer leurs dires, mais pour une partie de la soirée seulement.

Floyd se pencha sur la liste.

— Ariel Simmons ? Je croyais que son émission était diffusée à la télévision ce soir-là.

— En effet, confirma Red. Sauf que c'est du différé. Chose qu'elle a omis de nous préciser lorsqu'elle nous a fourni son alibi.

Floyd passa au nom suivant.

— Connie Marx ?

— Elle a prétendu avoir passé la soirée alitée à cause d'une grippe, expliqua Ben. Manque de chance, Larry Dee Jackson affirme de son côté avoir passé la nuit avec elle. Donc l'un des deux ne dit pas la vérité. A moins qu'ils ne mentent tous les deux.

— Bo Milam, le promoteur immobilier ?

— Il était en route pour Las Vegas dans un avion privé. Ça a été vérifié.

— Et les autres ?

— A peu près le même genre d'histoires, mais on procède toujours à des vérifications pour ces deux-là, précisa Red en indiquant du doigt le bas de la page. L'un est banquier et l'autre chirurgien esthétique. Leurs alibis ne valent pas un clou, et on a mis quelques gars sur le coup pour tirer ça au clair.

Floyd releva la tête.

— Très bien, continuez comme ça, et tenez-moi au courant dès que vous aurez du nouveau.

— Patron, commença Ben, à propos du dispositif de surveillance de China Brown, je voulais vous demander…

— Quoi ?

— J'aimerais le maintenir vingt-quatre heures sur vingt-quatre jusqu'à ce qu'on ait une piste sérieuse. Si l'assassin apprenait que notre témoin est encore en vie, elle serait en grand danger.

— Vous craignez une fuite, c'est ça ? Au fait, comment ça se passe avec la presse ?

— Nous avons menti par omission pour protéger Mlle Brown. Le communiqué de presse faisait état de deux morts : Finelli et une seconde victime dont il restait à prévenir les proches avant de pouvoir dévoiler publiquement son identité. Logiquement, le meurtrier devrait conclure que l'autre victime est China Brown, dans la mesure où il doit s'imaginer n'avoir tiré que sur deux personnes. Le fait que nous faisions en réalité référence au décès de son bébé ne lui viendra peut-être pas à l'esprit. Et, tant qu'il croira China Brown morte, elle sera en sécurité.

— Bien joué, fit Floyd en acquiesçant de la tête. Je couvre votre initiative. Maintenez le policier en faction à l'hôpital. Mais lorsqu'elle sortira, ce sera une autre histoire… Elle était SDF, n'est-ce pas ? On n'a pas les moyens de l'installer dans un hôtel avec un policier devant sa porte jour et nuit jusqu'à ce qu'on mette le grappin sur le meurtrier.

Ben avait déjà songé à une solution.

— C'est arrangé, dit-il avec un geste insouciant de la main. Je la ramènerai chez moi.

Floyd en oublia son mal de tête et tous les autres maux dont souffrait son pauvre corps.

— Vous êtes complètement cinglé, English ! s'exclama-t-il en bondissant sur ses pieds. Vous venez de franchir la ligne jaune !

— Je n'ai pas l'intention de la kidnapper. Je veux seulement lui offrir un toit.

— Je m'y oppose. Il y aurait conflit d'intérêts.

Ben refusa de capituler.

— Ecoutez, capitaine, je suis flic, pas avocat. Tant que je reste dans la légalité, ce que je fais en dehors de mes heures de service ne regarde que moi.

— Ça ne me plaît pas du tout…

— J'en prends note. Ce sera tout ?

Floyd lui adressa un regard noir. Ben le soutint jusqu'à ce que son chef finisse par baisser les yeux.

— J'espère que vous savez ce que vous faites, le prévint ce dernier. Si vous me foirez cette affaire, je ne vous raterai pas.

— J'essaie juste d'agir au mieux. Il me semble que c'est la moindre des choses que d'héberger cette jeune femme après ce qu'elle vient de vivre.

— Bon, assez perdu de temps, conclut Floyd. Ramenez-moi vite un coupable.

7.

Midi venait de sonner quand la chance leur sourit enfin. Un certain Tommy Fairheart avait été jeté en prison la veille au soir pour ivresse et désordre sur la voie publique. La probabilité qu'il s'agisse d'un homonyme et non de l'homme qui avait abandonné China était mince. De toute façon, Ben comptait lui rendre une petite visite. Il réquisitionna Red, et tous les deux prirent une voiture de patrouille pour se rendre à la prison de Dallas.

Un peu plus tard, Ben regardait le type en question à travers le miroir sans tain qui donnait sur la salle des interrogatoires. Ses vêtements à la mode étaient froissés, son menton fuyant et ses cheveux blonds un peu longs, mais il dut admettre que c'était le genre d'homme dont les femmes raffolent.

Avoir passé la nuit en cellule semblait ne lui faire ni chaud ni froid. Il faisait son numéro de charme, tout sourire, tandis que Red s'efforçait de l'interroger. De l'autre côté du miroir, Ben trépignait. Il n'avait qu'une envie : lui rentrer dedans, lui faire endurer des souffrances identiques à celles qu'avait subies China.

Au moment où Red adressa un discret signe de tête en direction du miroir, il sentit tous ses muscles se tendre.

C'était le moment de faire son entrée. Red s'était montré conciliant avec Fairheart : il était temps de passer à la manière forte.

Quand la porte s'ouvrit, Tommy Fairheart sourit au nouvel arrivant. Il n'était pas inquiet. Comparée aux ennuis qu'il avait déjà eus avec la police, une arrestation pour désordre sur la voie publique le faisait doucement rigoler. Les flics n'avaient sans doute rien d'autre à foutre pour perdre du temps à l'interroger alors qu'il n'avait agressé personne. Mais, si cela pouvait lui permettre de sortir d'ici plus vite, il voulait bien se prêter au jeu.

L'inspecteur qui s'avançait dans la pièce ne lui rendit pas son sourire. Vu sa tête, il y avait fort à parier qu'il ne le lui rendrait jamais. Un mal luné, sans aucun doute. Pas plus inquiet, Tommy se radossa à sa chaise et attendit tranquillement la suite des événements.

Ben s'approcha dans son dos et s'arrêta à quelques centimètres de lui. Lorsque leurs regards se croisèrent dans le miroir sans tain, le sourire de Tommy s'évanouit lentement.

— Attendez un peu, fit-il en s'adressant à Red. Qu'est-ce qui se passe ?

— Mon coéquipier en a fini avec vous, répondit Ben derrière lui. Mais pas moi.

— Ah… je vois, fit Tommy avec une moue goguenarde. Vous me faites le coup du bon flic/méchant flic, c'est ça ? Vous, vous êtes censé incarner le diable en personne…

— Ta gueule ! gronda Ben, la voix vibrante de colère. Ici, c'est moi qui pose les questions, O.K. ?

Tommy haussa les épaules pour dissimuler sa nervosité.

— O.K., O.K., je vous écoute, dit-il, crâneur, avant de se balancer sur sa chaise.

— Assieds-toi correctement ! ordonna Ben en donnant un coup de pied dans le dossier.

La chaise retomba sur le sol avec un bruit sourd.

— Où étais-tu le 11 décembre à 22 heures ?

Tommy sentit son ventre se nouer. Putain, comment avaient-ils réussi à établir un lien entre lui et le cambriolage de Dallas Heights ?

— Aucune idée, répondit-il. C'était quel jour ?

— Vendredi.

— Ah, si, ça me revient… Je crois que je suis allé au cinéma.

— Quel film as-tu vu ?

— Je ne m'en souviens pas.

Ben contourna la table pour le regarder en face et se pencha vers lui, les bras croisés.

— Je te conseille de faire un effort. Tu possèdes une arme à feu ?

— Non, lâcha Tommy en songeant au pistolet calibre 9 mm semi-automatique caché dans son appartement. De toute façon, je ne vois pas le rapport avec mon arrestation. Après tout, je n'ai fait que boire un peu trop et renverser quelques poubelles.

— Justement, ça n'a aucun rapport. Nous nous intéressons à un double meurtre qui a eu lieu à Oakcliff le 11 décembre. Tu es un familier du quartier, je me trompe ?

A présent, Tommy ne faisait plus le malin. D'accord, il était un petit escroc, un cambrioleur occasionnel. Mais un tueur ? Jamais de la vie. Cependant, il avait assez d'expérience pour savoir qu'un innocent n'est pas immunisé contre la prison.

— C'est grand, Oakcliff… Ça s'est passé où, le meurtre dont vous me parlez ?

— Le Perroquet Bleu, ça te dit quelque chose ? demanda Ben.

— J'en ai entendu parler, mais je n'y ai jamais mis les pieds. Ecoutez, inspecteur, je n'ai rien à voir avec cette histoire, et, de toute façon, je ne fréquente pas ce genre d'établissement. Je ne mange pas de ce pain-là, si vous voyez ce que je veux dire.

— Le Perroquet Bleu est un bar homo ?

— Tout ce que je sais, c'est que c'est le genre d'endroit où il vaut mieux surveiller ses arrières, vous me suivez ? Il y a un peu de tout là-dedans, et, d'après ce que j'ai entendu dire, il s'en passe de drôles…

— Oui, je te suis très bien, le coupa Ben sèchement. Toi, tu es plutôt du genre à t'intéresser aux femmes, pas vrai, Fairheart ?

L'autre sourit d'un air satisfait.

— Comment ne pas les apprécier ? Je suis un homme, inspecteur, un vrai de vrai.

— Nous savons quel genre d'homme tu es, rétorqua Ben. Un voleur et un menteur. Tu séduis les femmes et tu les utilises. Et, une fois que tu les as pressées comme des citrons, tu les abandonnes à leur triste sort. Ça te convient comme portrait ?

Tommy se contenta de hausser les épaules.

Ben frappa violemment la table du plat des mains.

— Tu vas me répondre, sale fils de pute, ou je…

La main de Red vint se poser sur son épaule. Cela suffit à calmer sa colère. Jusqu'à nouvel ordre.

— C'est vrai que je ne suis pas du genre à passer la bague au doigt… Et alors ? Depuis quand est-ce un crime ? demanda Tommy, sainte-nitouche.

Ben se pencha vers lui jusqu'à le toucher.

— Depuis que tu as volé l'argent de China Brown, par exemple.

Tommy ne put retenir un soupir de soulagement.

— Quoi ? C'est pour ça que vous me faites le grand jeu ? De toute façon, c'est sa parole contre la mienne. Enfin, si vous la retrouvez, parce qu'elle s'est fait la malle.

Ben entendit un signal d'alarme se déclencher dans sa tête. D'après ce que lui avait dit le propriétaire de l'appartement, Fairheart avait plié bagage une semaine avant l'expulsion de China. Il ne pouvait donc pas savoir qu'elle n'habitait plus à leur ancienne adresse. Sauf, bien sûr, s'il l'avait rencontrée récemment. Dans la rue, par exemple. Et, pourquoi pas, devant le Perroquet Bleu…

— Où est-elle allée ? s'enquit-il.

— Elle a quitté l'appart', c'est tout ce que je sais.

— Et tu sais pourquoi, je parie ? Parce qu'elle est partie te retrouver après avoir été mise à la porte, c'est bien ça, hein ? Elle était enceinte de ton enfant, Fairheart. Enceinte de six mois, et elle n'avait nulle part où aller. Alors elle se rend à Oakcliff dans l'espoir que tu lui rendes son argent. Seulement, toi, tu ne l'entends pas de cette oreille. Vous vous disputez dans la rue en face du Perroquet Bleu, et tu lui tires dessus à deux reprises. Et là, manque de bol, tu t'aperçois qu'un type a tout photographié. Dans la panique, tu l'abats aussi pour t'emparer de la pellicule…

Tommy avait le cœur au bord des lèvres.

— Non, c'est faux ! Oh, mon Dieu… Je n'ai pas tué China. Je ne savais même pas qu'on lui avait tiré dessus. Je ne suis pas un assassin, les gars. D'accord, j'ai tendance à me soûler, et la vie de couple m'emmerde, mais ça ne fait pas de moi un tueur. Je vous jure que je n'ai rien à voir avec ce meurtre ! Quant au bébé, franchement, y'a pas de quoi en faire toute une histoire. Au moins je ne me ferai pas persécuter par l'administration pendant les dix-huit prochaines années pour subvenir aux besoins d'un sale gosse.

Avant que Red ait eu le temps d'intervenir, Ben avait sauté à la gorge de Tommy. Il le souleva de sa chaise et le plaqua contre le mur.

— Au secours ! cria Tommy d'une voix étranglée. Ce type est cinglé !

Red réussit à saisir le poignet de Ben et l'obligea à baisser le bras.

— Tu ne vas quand même pas bousiller ta carrière pour ce fumier !

Avec un juron, Ben lâcha prise, puis s'éloigna de l'autre côté de la pièce.

— Je vais porter plainte contre vous ! hurla Tommy.

Red pressa la main contre son torse et lui parla d'un ton très calme, plus menaçant qu'un éclat de voix.

— Tu ne vas porter plainte contre personne parce qu'il n'y a aucune trace de coup. Maintenant, va te rasseoir bien sagement et boucle-la. Et, pendant qu'il en est encore temps, je te suggère de réfléchir aux dangers qui attendent un minet dans ton genre dans une prison surpeuplée.

Tommy fut soudain pris de panique. Il avait déjà fait de la prison, mais jamais longtemps et encore moins dans un établissement de haute sécurité. S'ils l'épinglaient pour meurtre, la vie derrière les barreaux serait pire que l'enfer.

— Je n'ai tué personne, répéta-t-il.

Ben se tourna vers lui et le toisa, glacial.

— Alors, prouve-le.

Tommy n'eut besoin que de quelques secondes pour faire ce calcul : il valait mille fois mieux être condamné pour vol avec effraction que pour meurtre. Les conditions de détention seraient loin d'être aussi dures que dans une prison de haute sécurité, et, avec un peu de chance, il serait libéré dans moins d'un an. Sans compter qu'en hiver pouvoir compter sur un abri sûr, trois rations de bouffe par jour et des vêtements propres avait ses avantages. Décidément, cette option lui semblait de plus en plus tentante.

— Pas de problème. Je vais vous dire ce que je faisais le 11 décembre au soir.

Ben enfonça les poings dans ses poches pour s'empêcher de les lui flanquer dans la figure.

— Je t'écoute.

— J'étais en train de cambrioler une maison à Highland Park. Vous pouvez vérifier auprès de vos collègues. Je m'y trouvais le 11 décembre aux alentours de 21 h 30. J'ai mis le butin au clou le lendemain matin chez Frankie, un prêteur sur gages. A moins d'avoir le don d'ubiquité, je ne pouvais pas me trouver à la fois à Highland Park et dans le quartier d'Oakcliff, on est d'accord ?

Il disait la vérité, songea Ben, bien que cela le rendît malade. D'accord, Fairheart allait être jeté en prison, mais c'était une maigre consolation par rapport à la dure réalité : l'enquête en était de nouveau au point mort. Si coincer ce salaud pour meurtre se révélait impossible, Ben comptait bien lui faire rembourser l'argent qu'il avait volé à China.

— J'ai lu sur ta feuille d'admission que tu avais un peu plus de mille deux cents dollars en liquide sur toi quand tu t'es fait arrêter.

— Ouais, et alors ?

— Je me trompe ou tu viens tout juste d'être pris de remords après avoir écouté le récit des malheurs de China Brown ?

Sans attendre sa réponse, il se tourna vers son coéquipier.

— Dis donc, Red, tu n'as pas distinctement entendu Tommy Fairheart proposer cet argent pour payer les frais d'enterrement de son enfant ?

— C'est exactement ce qu'il vient de dire, j'en suis témoin, répondit Red avec un sourire.

Tommy bondit sur ses pieds.

— Attendez une minute, les gars ! Vous ne pouvez pas me faire un coup pareil ! J'ai besoin de ce fric pour payer ma caution, et je…

Ben fit un pas vers lui, et l'autre recula en ouvrant les mains en signe de capitulation.

— C'est bon, c'est bon… Pas la peine de s'emballer, hein ?

Après tout, l'argent n'est pas un problème. Je sais toujours où m'en procurer.

Ce type ne pouvait s'empêcher de faire le fanfaron.

— Cette ville regorge de femmes seules. Comme China. Cette fille était une proie facile. Je ne l'ai jamais battue, vous savez. Avec les femmes, je n'utilise jamais la manière forte. Au contraire, je les gâte quand je suis avec elles… China n'avait pas à se plaindre quand on vivait ensemble.

— Et tu l'as complètement détruite en l'abandonnant du jour au lendemain, acheva Ben avant de s'adresser à son coéquipier : appelle les collègues pour vérifier son alibi, et que quelqu'un le reconduise en cellule. Et n'oublie pas de faire écrire une promesse de don à notre bourreau des cœurs.

A présent que la confrontation touchait à sa fin, Tommy reprenait du poil de la bête.

— Vous ne me faites pas peur, inspecteur, lança-t-il alors que Ben s'apprêtait à sortir.

Ce dernier se retourna lentement.

— Méfie-toi, déclara-t-il sans lever la voix. Fais très, très attention. Ne t'avise pas de rôder autour de China Brown, ou je ferai en sorte que ton avenir se résume aux barreaux d'une prison.

Sur ces mots, il préféra s'en aller de peur de ne pas pouvoir maîtriser sa colère.

Tommy attendit que la porte se referme pour exploser.

— C'était encore une menace ! s'exclama-t-il en regardant Red. Vous l'avez entendu comme moi !

— Je n'ai rien entendu du tout.

Sur ces mots, Red lui passa les menottes, puis procéda à son transfert.

Ben décida de rejoindre les bureaux de la brigade criminelle seul. Il avait besoin de mettre de la distance entre lui et cette petite frappe pour ne pas commettre l'irréparable. Mais, une fois qu'il fut assis à son bureau, son humeur s'assombrit encore plus en voyant le Post-it collé sur son téléphone : *Appeler le médecin légiste.*

Il savait de quoi il s'agissait, mais il composa néanmoins le numéro. Red arriva juste au moment où il raccrochait.

— Quoi de neuf ? s'enquit-il en le voyant attraper son manteau.

— Le bébé de China Brown… Le légiste vient de mettre son corps à disposition de la famille.

— Je croyais qu'elle n'avait pas de famille.

— Elle n'en a pas, en effet, marmonna Ben en se dirigeant vers la porte.

— Où vas-tu ?

— Je vais aller parler avec China. Je dois lui demander où elle souhaite que son bébé soit enterré.

— Mais enfin, Ben, elle est incapable de parler ! protesta Red. Et puis tu ne peux pas juste débouler comme ça et lui annoncer de but en blanc qu'elle a perdu son bébé. Tu veux lui donner le coup de grâce ou quoi ?

— Elle est déjà au courant. Et elle est parfaitement capable de parler, assura Ben, la main sur la poignée de la porte. Elle n'a pas encore décidé de le faire, voilà tout. Je prends le reste de l'après-midi, O.K. ? Si le capitaine a besoin de me joindre, il a mon numéro de portable.

Il referma la porte derrière lui sans laisser à Red le temps d'argumenter.

Quelqu'un lui lavait le visage et lui peignait les cheveux. China aurait voulu lui signaler les quelques gouttes d'eau savonneuse tombées dans son œil, mais se plaindre aurait nécessité une énergie qui lui faisait encore défaut. Plus tôt dans la matinée, elle avait entendu un homme — sans doute un médecin — donner des directives concernant ses soins. Il s'agissait d'augmenter les doses d'antibiotiques et de réduire les analgésiques. On voyait bien que ce type n'était pas à sa place… Elle l'avait traité de fou, mais les mots n'étaient pas sortis de sa bouche. Si ce médecin avait souffert comme elle souffrait, il se serait injecté jour et nuit des doses massives de morphine ou de codéine.

Un bruit assourdissant résonna dans le couloir, et elle fit un bond. Instinctivement, elle avait assimilé ce son à la détonation d'une arme à feu.

— Je suis désolée, s'excusa l'infirmière en lui caressant le bras dans l'espoir de la rassurer. Vous êtes dans un hôpital, en sécurité. Il n'y a pas à s'inquiéter. Nous avons même un policier qui garde l'entrée de la salle. Quant à vous, votre état s'améliore d'heure en heure.

Un soupir passa le seuil de ses lèvres. En sécurité ? Jamais plus elle ne se sentirait en sécurité. Son cerveau cessa de lutter pour se maintenir en surface, et elle sombra dans le sommeil. Lorsqu'elle se réveilla un peu plus tard, elle garda les yeux fermés. La dernière chose qu'elle avait vue était cette femme qui la braquait de son arme, puis les flocons de neige tombant sur son visage. Elle avait peur d'ouvrir les yeux, peur de ce qu'elle risquait de découvrir. Alors elle resta ainsi, immobile, à écouter le murmure des infirmières, les râles épisodiques d'un autre patient.

Elle dérivait encore, perdue quelque part entre conscience et oubli, lorsqu'un autre bruit — un bruit de pas — la ramena à la réalité. Son cœur manqua un battement. Elle reconnaissait ces pas. Cette voix.

C'était l'homme aux promesses.

L'envie de tordre le cou de Tommy Fairheart commençait à peine à disparaître quand Ben quitta l'ascenseur pour emprunter le couloir qui menait à l'unité de soins intensifs. D'ordinaire, il avait hâte de se rendre au chevet de China, mais aujourd'hui l'angoisse lui gâchait le plaisir. Tant de points restaient à éclaircir, et elle était la seule à pouvoir l'aider. Par ailleurs, la culpabilité commençait à le ronger. Et si Red avait raison ? se demanda-t-il tandis que l'infirmière le faisait entrer dans la salle. Si ses visites ne faisaient que compliquer la situation ? Il chassa cette pensée de son esprit : China était une battante, et elle méritait d'être tenue au courant du déroulement de l'enquête. Jusqu'à preuve du contraire, c'était la seule chose qui la maintenait en vie.

A la vue de son visage, ses muscles se relâchèrent, et son corps entier commença à se détendre. Encore quelques mètres et il serait auprès d'elle.

— Bonjour, China.

Il caressa son bras sur toute sa longueur, s'imprégnant de la chaleur de sa peau.

Ses paupières avaient beau être toujours closes, quelque chose en elle avait changé. Sans doute était-ce dû à la position de son corps ou à l'inclinaison de sa tête. On aurait cru qu'elle tendait l'oreille pour mieux l'entendre. Il glissa la main sous ses doigts inertes, les laissant reposer contre sa paume. Après un moment, il les serra doucement pour manifester sa présence.

— C'est moi, Ben. Quelques heures se sont écoulées depuis la dernière fois que nous nous sommes parlé, et il s'est passé beaucoup de choses depuis. J'ai pensé que tu aimerais être informée. D'abord, nous avons retrouvé ton petit ami, Tommy Fairheart.

Elle inspira lentement. Il releva les yeux juste à temps pour voir sa mâchoire se contracter.

— Bon, je suppose que j'aurais dû dire « ton ex-petit ami ». Mais l'important est que nous avons remis la main sur lui. On a d'abord cru tenir notre coupable, mais il a un alibi solide. Ce n'est pas le moment de nous laisser tomber, China. L'enquête ne connaît pas de répit.

Elle soupira. Il avait l'impression qu'elle attendait la suite.

— Il y a quelque chose dont il faut que je te parle.

Il hésita, ne sachant trop par où commencer. Elle était si fragile et dans un tel état… L'idée d'ajouter à sa douleur lui était intolérable. Mais il s'agissait de son enfant, et personne ne pouvait prendre une telle décision à sa place.

— China, tu m'entends, n'est-ce pas ? demanda-t-il en laissant glisser son pouce sur sa joue.

Presque aussitôt, elle hocha doucement la tête. Il s'immobilisa, stupéfait de la savoir consciente. Ce geste si infime l'émut aux larmes avant de lui donner une envie de rire irrépressible.

Se maîtrisant, il se pencha vers elle pour dégager quelques mèches de son front.

— C'est magnifique, ma beauté, vraiment magnifique. Maintenant, j'aimerais que tu fasses quelque chose pour moi.

Elle resta parfaitement immobile, mais il sentit son pouls s'accélérer.

— Pourrais-tu ouvrir les yeux ? Pour me faire plaisir, China.

Elle sentit son cœur cogner douloureusement contre sa poitrine. Sa peur était telle qu'elle l'empêchait de prendre une décision.

— Je t'en prie, la supplia-t-il. Tout va bien se passer, je te le promets.

Elle soupira. L'homme aux promesses en ajoutait une nouvelle à sa liste déjà longue. Oserait-elle lui faire confiance ? Oserait-elle *se* faire confiance ?

— J'ai besoin que tu me dises quoi faire, reprit-il avec douceur. Nous devons enterrer ton bébé, et il y a certaines dispositions à prendre. Je ne peux pas tout décider à ta place.

Elle laissa échapper un gémissement, et ses yeux se remplirent de larmes. Ben sentit une boule se former dans sa gorge. Devait-il lui demander pardon et s'en aller, ou pleurer avec elle ?

— Je sais, China, je sais, murmura-t-il. Je suis si triste pour toi… Tu préfères peut-être que je m'en aille ?

Mais ses doigts lui agrippèrent le poignet.

— D'accord. Alors je reste. Prends tout ton temps. Quand tu seras prête, je serai là pour t'écouter.

Se préparant à une longue attente, il jeta un regard circulaire à la recherche d'une chaise. Mais, avant qu'il ait pu esquisser le moindre mouvement, il l'entendit inspirer doucement. Il baissa les yeux vers le lit. China battait des paupières. Soudain, elle ouvrit les yeux et les referma aussitôt, comme blessée par la lumière trop crue de l'hôpital.

— Ne t'inquiète pas, China, chuchota-t-il. Je suis là.

Elle se tourna vers lui, guidée par le son de sa voix, et souleva de nouveau une paupière tremblante. Ben avait le sentiment d'avoir attendu toute sa vie ce moment où il allait enfin pouvoir croiser son regard.

La lumière... China avait presque oublié qu'il existait un monde au-delà des ténèbres qui recouvraient son esprit. Sous ses yeux, des éclats lumineux traversaient par intermittence des ombres dansantes. Ses paupières frottaient contre la cornée déshydratée, et elle dut les refermer plusieurs fois avant de ne plus avoir mal. Le souffle de l'homme aux promesses lui caressait le visage, et elle sentait sous ses doigts la cadence régulière de son pouls.

— Maman...

Sa voix résonna étrangement dans la salle d'hôpital, comme si elle ne lui appartenait pas.

A ce mot, Ben paniqua. Avait-il sous-estimé la gravité de son état ? Sa mère n'était plus de ce monde. Il fallait qu'elle soit complètement désorientée pour la réclamer.

— Je suis désolé, China, mais ta mère ne peut pas être là avec nous.

Elle passa la langue sur ses lèvres et fit lentement non de la tête.

— Je ne comprends pas, s'excusa Ben en fronçant les sourcils. Qu'essaies-tu de me dire ?

— Bébé… Avec maman.

D'un seul coup, tout devint clair.

— Tu veux que ton bébé soit enterré auprès de ta mère ?

Le corps de China se détendit aussitôt, et elle parvint à hocher la tête dans un mouvement presque imperceptible.

— Peux-tu me dire où ta mère est inhumée ?

— Rest…

Il réfléchit à toute vitesse.

— Je sais que tu veux qu'elle reste pour toujours avec ton bébé, China, avança-t-il au bout d'un moment. Mais j'ai besoin de connaître l'endroit où elle est enterrée.

— Rest… land.

— Ah, je comprends. Tu parles du cimetière de Restland situé au nord de Dallas…

Elle acquiesça d'un léger mouvement de tête et referma les yeux.

— D'accord, China, d'accord. Ta mère est enterrée à Restland, et tu veux que ton bébé repose auprès d'elle. C'est bien ça ?

— Oui, répondit-elle dans un souffle.

— Me ferais-tu confiance pour que je m'en occupe ? Me ferais-tu ce grand honneur, China ? Je te promets d'organiser une belle cérémonie. Quelque chose d'unique.

Les larmes jaillirent de ses paupières et se mirent à rouler sur ses joues sans qu'elle puisse les retenir. L'homme aux promesses… Pourquoi n'avait-elle pas rencontré un tel homme quand il était encore temps ?

— Oh, China, murmura-t-il. Je ne voulais pas te faire de peine. Pardonne-moi, s'il te plaît.

Elle referma ses doigts sur son poignet et poussa un soupir. Elle se sentait lasse, si lasse… Elle aurait voulu dormir, mais elle devait d'abord lui dire quelque chose. Si seulement elle parvenait à se souvenir de quoi il s'agissait…

Ben devinait qu'elle était à bout de forces, et, pourtant, il ne regrettait pas sa venue. Pour la première fois depuis qu'il l'avait vue étendue sur le trottoir avec deux balles dans le corps, il avait la certitude qu'elle se rétablirait.

— Je vais te laisser dormir, maintenant, déclara-t-il. Tu as été magnifique, tu sais ? Je suis vraiment fier de toi, China. Et surtout n'oublie pas que des dizaines de policiers travaillent d'arrache-pied pour arrêter l'homme qui t'a tiré dessus. Crois-moi, on va finir par le coincer. Ce n'est qu'une question de temps.

Tout à coup, elle ouvrit grand les yeux. Elle venait de se souvenir de ce dont elle devait lui parler.

— Non, articula-t-elle péniblement avant de lui enfoncer ses ongles dans le poignet.

Il plissa le front, surpris par sa véhémence.

— Non ? Tu ne penses pas qu'on parviendra à mettre la main sur lui ?

— Non, répéta-t-elle d'une voix à peine audible. Pas l'homme.

— Comment ça, « pas l'homme » ? Tu veux dire que…

Il s'arrêta net au milieu de sa phrase.

— China, es-tu en train de me dire que c'est une femme qui a essayé de te tuer ?

Le sommeil la happait, et ses paupières devenaient lourdes comme du plomb. Mais, avant qu'elle sombre, il devait comprendre que la police cherchait dans la mauvaise direction. Elle entendit au loin la voix de l'homme aux promesses l'appeler.

— China, ma chérie… Encore un petit effort. Tu peux y arriver, je sais que tu le peux. J'ai besoin d'être sûr d'avoir bien saisi ce que tu m'as dit. Le meurtrier est une femme, c'est ça ?

Les yeux rivés sur sa bouche, il attendait le mot qui confirmerait ce qu'il avait cru comprendre. Finalement, un souffle s'échappa des lèvres entrouvertes de China, si ténu qu'il dut se pencher pour entendre sa réponse.

— Oui…

Il resta silencieux un moment, le temps d'assimiler cette révélation.

— Très bien, China, j'ai bien noté. Maintenant, je vais te laisser te reposer. Je reviendrai demain, promis.

Un sourire intérieur vint la réchauffer lorsqu'elle entendit le mot « promis », mais son visage resta impassible.

Ben se releva vivement. Heureux que sa visite n'ait pas été préjudiciable à sa santé, il lui caressa une dernière fois la joue avant de quitter l'hôpital. L'information qu'elle venait de lui fournir éclairait cette affaire sous un jour nouveau, et il fallait avertir Red et le capitaine Floyd au plus vite.

— Sénateur Wakefield, vous devriez allumer votre télévision.

Bobby Lee jeta un regard interrogateur en direction de son assistant, Duffy Melton, qui venait d'entrer dans son bureau.

— Quelle chaîne ? demanda-t-il simplement en attrapant la télécommande.

— Il doit y avoir des flashes spéciaux sur toutes les chaînes d'information.

L'image apparut sur l'écran. Bobby Lee distingua une ambulance et des journalistes massés derrière un cordon de sécurité formé par une douzaine de policiers en uniforme.

— C'est quoi, ce cirque ?

— Tashi Yamamoto a été retrouvé mort dans sa voiture sur le parking d'une banque. Les premiers reportages précisaient que son portefeuille avait disparu, ainsi que ses bijoux. D'après les journalistes, le ou les agresseurs l'auraient tué d'une balle en pleine tête pour le dévaliser.

— Il s'agit bien du patron de Yamamoto Industries ? s'enquit Bobby Lee, l'air soucieux.

— En personne, confirma Duffy. Ça va faire un sacré ramdam dans le secteur sud de Dallas. L'usine emploie plus de mille de vos administrés… Si le site en vient à fermer ses portes, il y aura du monde sur le carreau. Et, dans la conjoncture actuelle, on n'a franchement pas besoin de chômeurs supplémentaires.

— Je n'ai jamais rencontré ce type…

— En effet, monsieur, mais vous avez sans doute eu vent de sa réputation. M. Yamamoto venait rarement à Dallas, mais, lorsqu'il séjournait ici, il vivait comme un reclus.

On le disait amateur de pratiques sexuelles déviantes, vous voyez le genre…

— Paix à son âme, fit Bobby Lee. Je n'ai pas pour habitude de dire du mal des morts. Au fait, où est le rapport de l'Agence pour la protection de l'environnement sur la pisciculture Ellis ? Ces emmerdeurs passent leur temps à mettre des bâtons dans les roues des gens qui travaillent dur pour créer des emplois. Soyez gentil, trouvez-le pour moi. J'ai promis à Edward Ellis de veiller à ce qu'ils ne l'obligent pas à cesser ses activités.

— Certainement, monsieur. Je vous l'apporte tout de suite.

Une fois que Duffy Melton eut quitté son bureau, Bobby Lee jeta un regard nerveux vers l'écran. Il détestait les surprises, et plus encore tout ce qui perturbait le calme de sa ville. Il éteignit la télévision en étouffant un juron et se dirigea vers le bar dissimulé dans un placard en acajou. Il avait besoin d'un remontant.

8.

Le renseignement que China avait fourni à Ben mit la brigade criminelle en ébullition. Les quarante-cinq noms de la première liste de suspects furent reconsidérés à la lumière de cette information, et trois jours d'enquête suffirent à semer l'émoi dans la bonne société de Dallas.

Les hommes déjà rayés de la liste étaient toujours considérés comme innocents, mais la police s'intéressait désormais à leurs épouses. Avant de savoir que le meurtrier était en réalité une meurtrière, les enquêteurs avaient un peu laissé de côté les femmes photographiées par Finelli, même quand celles-ci ne disposaient pas d'alibis convaincants. Maintenant, elles arrivaient en tête de la liste des suspects.

La presse n'avait pas été mise dans la confidence, mais le nombre de personnes impliquées augmentait d'autant les risques de fuite. China Brown avait été transférée de l'unité de soins intensifs vers une chambre privée dont la porte restait sous surveillance nuit et jour. Personne n'entrait à moins d'avoir son nom sur une liste approuvée par Ben.

Son inquiétude augmentait chaque jour : plus le temps passait, plus l'issue de l'enquête devenait incertaine, et plus la sécurité de China était menacée. S'il y avait une fuite à son sujet et que la presse révélait l'existence d'un témoin oculaire, alors sa vie serait grandement menacée.

Quatre équipes d'inspecteurs de la brigade criminelle se répartissaient les interrogatoires, et leurs visites chez les personnalités de la ville faisaient plus jaser que le match de football opposant chaque année l'équipe du Texas à celle de l'Oklahoma.

La présentatrice Connie Marx partageait avec Shelly Milam, épouse d'un promoteur immobilier, et l'évangéliste médiatique Ariel Simmons le triste privilège d'être parmi les principales suspectes. Leurs alibis ne tenaient pas vraiment debout, et personne ne pouvait les confirmer.

Connie Marx avait été suspendue de ses fonctions de présentatrice du journal sitôt que son patron avait appris qu'elle figurait parmi les suspects dans une affaire de double homicide. Elle en voulait tellement aux forces de l'ordre qu'elle menaçait d'engager un avocat et de poursuivre la police de Dallas pour diffamation. D'accord, Larry Dee Jackson affirmait avoir passé la nuit avec elle, mais personne d'autre n'était en mesure de corroborer sa version. Et le fait qu'il soit son amant ôtait toute crédibilité à ses affirmations.

Shelly Milam avait quitté Dallas. Elle avait demandé le divorce après que Ben et Red étaient venus interroger son mari. D'après leurs renseignements, elle s'était réfugiée chez ses parents dans l'Alabama. Ils avaient informé les autorités de cet Etat qu'elle était recherchée dans le cadre d'une enquête sur un double meurtre, et ils attendaient qu'elle soit interpellée, ce qui ne devait plus tarder maintenant.

Quant à Ariel Simmons, son mensonge au sujet de la diffusion de son émission leur était resté en travers de la gorge. C'est donc animés d'une nouvelle motivation qu'ils lui rendirent une seconde visite.

Seulement, cette fois, elle était flanquée de son avocat.

— On dirait qu'elle nous a préparé un comité d'accueil, remarqua Red en se garant devant la propriété de l'évangéliste.

Dans l'allée du garage se trouvait une Jaguar rutilante qui trahissait un compte en banque bien garni. Sur le pare-chocs, un autocollant donnait une idée de la personnalité de son propriétaire : « Gardez vos distances, c'est moi qui poursuis ! »

— Un comité d'accueil ? répéta Ben. Moi, j'appellerais plutôt ça du renfort. Allez, finissons-en. J'ai promis à China de faire un saut à l'hôpital avant de me rendre au ranch.

— Tu vas voir ta mère ?

— Ouais, répondit-il avec un sourire. Maman me reproche sans cesse de ne jamais lui rendre visite. Et, comme je ne travaille pas demain, je me suis dit que c'était l'occasion d'aller lui faire un petit coucou.

Il appuya sur la sonnette de la porte d'entrée.

Presque aussitôt, un homme vint leur ouvrir. Un coup d'œil à son costume sur mesure et au diamètre de sa Rolex, et Ben comprit qu'il s'agissait de l'avocat.

— Inspecteurs Fisher et English pour Mlle Simmons.

— Par ici, messieurs. Et, pour qu'il n'y ait aucun malentendu, permettez-moi de me présenter : maître Herb Langley, avocat. Je représente les intérêts de Mlle Simmons.

— Enchanté, monsieur Langley. Et, pour qu'il n'y ait

aucun malentendu, je vous préviens que votre cliente aura grand besoin d'être défendue.

A sa grande satisfaction, Ben vit rougir la nuque de l'avocat qui les précédait dans le couloir.

Red échangea un regard entendu avec lui quand ils pénétrèrent dans la bibliothèque où les attendait Ariel. La jeune femme leur avait préparé une petite mise en scène. Ses cheveux blonds avaient miraculeusement poussé d'une vingtaine de centimètres, et elle flottait comme un pur esprit dans une robe vaporeuse d'un blanc immaculé. A leur arrivée, elle leva les yeux sans quitter sa chaise et posa la main sur sa bible ouverte, comme si elle avait besoin du soutien des Saintes Ecritures pour trouver la force de les accueillir.

— Asseyez-vous, je vous en prie, dit-elle d'une voix éthérée.

Puis elle inclina la tête et ferma les yeux afin de murmurer une prière.

Lorsqu'elle se redressa, son visage baigné de lumière semblait animé d'une fièvre intérieure. Elle posa sur les policiers des yeux brillants, hallucinés, et referma sa bible pour focaliser son attention sur ses interlocuteurs.

— On m'a informée que vous souhaitiez me poser d'autres questions. J'ai donc demandé à mon avocat, Me Herbert Langley, de bien vouloir assister à notre entretien. J'espère que vous n'y voyez pas d'inconvénient…

Sa nouvelle composition avait beau être très réussie, ni Ben ni Red ne fut impressionné. Ce qui parut l'agacer prodigieusement.

— Très bien… Que puis-je faire pour vous, messieurs ?

Ben sortit son calepin et alla droit au but.

— Lors de notre dernière visite, vous avez affirmé être passée en direct à la télévision le soir du meurtre de M. Finelli. Or, après vérifications, nous avons appris que cette émission était diffusée en différé.

Les mains d'Ariel se soulevèrent de ses cuisses avec un mouvement bizarre, comme reliées au fil d'un apprenti marionnettiste.

— Vous avez parfaitement raison, et je vous prie de m'excuser pour cette erreur. Voyez-vous, mes émissions sont presque toujours diffusées en direct. Je suppose que l'affreuse photographie que vous m'avez montrée m'a perturbée et que j'ai tout simplement oublié que ce n'était pas le cas pour celle-ci. Bien entendu, je me suis aperçue de ma bévue après avoir consulté mon agenda, et j'en ai immédiatement informé mon avocat. N'est-ce pas, maître Langley ?

— Absolument, confirma-t-il. Je suis formel. Et comme vous le savez, avant que j'aie eu le temps d'appeler la police pour corriger cette erreur, vous avez demandé à parler à ma cliente. J'en profite pour dire que Mlle Simmons n'a rien à voir avec cette horrible femme photographiée par Charles Finelli. L'accuser de meurtre est une absurdité.

— Tout ça est bien gentil, mais nous ne pouvons nous contenter des excuses de Mlle Simmons, répliqua Ben. Nous avons toujours besoin de savoir où elle se trouvait le soir du crime.

Ariel le gratifia d'un sourire, bien qu'au fond elle ait envie de hurler. Tout cela était la faute de cette petite ordure de Finelli. Toujours en train de fourrer son nez dans les affaires des autres…

— J'étais ici même, chez moi, répondit-elle en laissant couler des larmes sur ses joues. Je préparais mon sermon pour l'émission du dimanche. Navrée, mais Dieu est mon seul témoin.

Elle se pencha vers Ben.

— Faites-vous confiance à la parole du Très-Haut, inspecteur English ?

— Bien sûr, chère mademoiselle. Dites-lui que je suis tout ouïe et que j'attends qu'il confirme vos propos.

Elle s'empourpra.

— Vous osez vous moquer de la parole de Dieu ?

Elle se tourna vers son avocat, les mains ouvertes comme pour invoquer le ciel.

— Maître Langley, comment faire entendre raison à ce mécréant ?

La patience de Ben avait des limites. Il les avait déjà presque atteintes au début de cette conversation, mais en voyant Ariel verser dans le pathos, là, il explosa littéralement.

— Inutile d'en faire des tonnes, riposta-t-il sèchement. Au lieu d'instruire le procès de mes croyances religieuses, vous feriez bien de préparer le vôtre. Parce que vous risquez fort de vous retrouver devant un tribunal si vous ne me proposez pas un alibi plus crédible.

Elle se leva brusquement. Son visage courroucé avait perdu le masque vertueux qu'il affichait au début de l'entretien.

— Je n'ai plus rien à vous dire. Arrêtez-moi tout de suite ou fichez le camp de chez moi. Et je vous préviens, lors de ma prochaine émission, j'informerai mes innombrables fidèles de vos agissements démoniaques visant à faire du tort au messager de Dieu !

Elle était lancée, et rien ne semblait pouvoir entraver sa colère. Elle se mit à marcher de long en large devant les inspecteurs comme devant son public.

— Cette photo ignoble est un faux grossier. Quelqu'un a collé mon visage sur un corps étranger. Maître Langley m'a affirmé que la technologie moderne mettait ces collages à la portée du premier venu. Ne comptez pas sur moi pour avouer sous la pression des actes que je n'ai pas commis ! Dieu est ma force. Et, si aujourd'hui la vie me met à l'épreuve, je sais pouvoir compter sur Lui pour me guider au travers des méandres glauques de vos calomnies !

Ben se leva à son tour.

— Asseyez-vous, mademoiselle Simmons. Cet entretien ne sera terminé que quand je l'aurai décidé. Je vous l'accorde, truquer des images n'a rien de sorcier de nos jours, mais une photographie trafiquée ne peut pas tromper nos experts. Or, pour le moment, la seule bizarrerie qu'ils aient trouvée est ce qu'on vous voit faire sur ce cliché.

Elle se rassit, incapable de dissimuler sa colère.

— Langley, faites quelque chose, siffla-t-elle entre ses dents.

— Comptez-vous l'arrêter ? s'enquit l'avocat.

— Vous êtes censé me défendre, pas leur prêter main-forte ! glapit-elle, visiblement offusquée.

— Bouclez-la, Ariel. Vous en avez assez fait comme ça pour aujourd'hui.

Elle le regarda comme s'il était le diable en personne, mais resta muette.

Langley se tourna vers Ben et Red.

— Très bien, messieurs, reprit-il. Permettez-moi de résumer la situation. Vous soupçonnez Mlle Simmons de s'être trouvée à Oakcliff le 11 décembre à 22 heures, alors qu'elle affirme être restée chez elle ce soir-là à préparer son sermon. D'accord, elle ne peut pas le prouver. Mais pouvez-vous prouver le contraire ? Avez-vous un témoin qui l'ait vue sur les lieux du crime ? Non, vous n'en avez pas, sinon elle serait déjà en état d'arrestation. Conclusion : vous n'avez rien de concret à reprocher à ma cliente.

Il se leva pour poursuivre sa tirade.

— Ma cliente ayant pleinement coopéré avec vous, messieurs, et puisque vous ne semblez pas avoir l'intention de procéder à son arrestation, il me semble qu'il est temps de mettre un terme à cet entretien.

Ben se leva, aussitôt imité par Red. Il fusilla l'évangéliste d'un regard appuyé, puis lança une dernière pique.

— On s'en va. Mais n'oubliez pas, mademoiselle Simmons, que les mensonges finissent toujours par vous revenir en pleine figure.

Quand Langley se proposa de les raccompagner, Ben l'arrêta d'un geste de la main.

— Pas la peine, nous retrouverons le chemin. Quand on cherche quelque chose, mon coéquipier et moi, on finit toujours par trouver.

Avant même qu'ils aient franchi la porte de la bibliothèque, Ariel se mit à critiquer son avocat à haute voix, puis ils l'entendirent lui hurler dessus en le traitant de tous les noms.

— Finalement, ce type ne vole pas son argent, commenta Red en rigolant.

— Même pour tout l'or du monde je ne travaillerais pas pour une femme comme elle. Elle ment, Red. Mais comment le prouver ?

— Tu crois qu'elle a fait le coup ?

— Je n'en sais rien, avoua Ben. Seule China pourra nous aider à répondre à cette question. Quand je suis passé la voir hier, elle m'a parlé pendant au moins cinq minutes avant de sombrer de nouveau dans le sommeil. J'ai failli insister pour qu'elle me donne d'autres renseignements, mais je me la suis rappelée le soir du crime, pâle et immobile sous les flocons de neige.

Un frisson le parcourut.

— Je croyais qu'elle avait trouvé la mort sur ce trottoir gelé…

— Elle a frôlé la mort, oui, mais entre frôler et trouver la différence est de taille, remarqua Red en lui tapant sur l'épaule. Et puis elle va de mieux en mieux, c'est toi qui me l'as dit. Tu sentiras quand elle sera prête à t'en dire plus. Pour le moment, estime-toi heureux qu'elle soit sortie de son coma artificiel et qu'elle semble disposée à nous aider. Grâce à elle, on a déjà appris que l'auteur des coups de feu était une femme. En somme, il ne nous manque plus que son nom.

China était éveillée quand Ben pénétra dans sa chambre. Le sourire qu'il lui adressa la toucha en plein cœur, l'emplissant de sentiments sur lesquels elle préféra ne pas s'attarder. A quoi bon s'attacher à un homme ? Non, jamais plus. Ils vous couvrent de belles paroles, jusqu'au jour où ils vous laissent tomber comme une vieille chaussette.

— Salut, toi, lança-t-il en posant un petit père Noël sur sa table de chevet. C'est un porte-bonheur, expliqua-t-il joyeusement. Ça me fait plaisir que tu sois réveillée. Comment te sens-tu ?

— Ça va.

Lorsqu'il lui caressa le visage du revers de la main, elle tenta de se convaincre qu'il vérifiait si elle n'avait pas de fièvre. Mais, quand il retourna sa main et que sa paume vint se lover contre sa joue, elle ne sut que penser.

Voir l'état de China s'améliorer de jour en jour le remplissait d'une joie immense. Mais la médaille avait un revers inattendu. Auparavant, elle le laissait lui témoigner son affection sans réserve, mais, maintenant qu'elle avait recouvré une partie de sa lucidité, elle se montrait plus réticente. Il avait beau comprendre sa méfiance, il n'en était pas moins affecté.

— Je comprends, fit-il en posant son manteau au pied du lit.

Elle agita ses orteils sous le poids du vêtement, puis décida qu'en fin de compte la sensation n'avait rien de désagréable.

— Te sens-tu d'attaque pour jeter un œil sur quelques photos ? s'enquit-il.

— Des photos de quoi ?

— De suspects potentiels.

Elle agrandit les yeux à la vue des clichés qu'il sortait de sa veste. Bien sûr, elle voulait que la police mette la main sur cette femme, mais l'idée de revoir son visage la rendait malade de peur.

Ben s'efforça de la rassurer.

— Tout va bien se passer. Ce ne sont que des photos.

Elle se mordit la lèvre, puis balaya l'air de la main.

— Très bien. Je vais les regarder.

— Génial.

Il éparpilla les six portraits sur ses cuisses, de sorte qu'elle puisse clairement les distinguer. Presque instantanément, elle en désigna trois du doigt.

— Pas elle. Ni elle. Ni elle.

Il les rempocha.

— Et les trois autres ? demanda-t-il.

Elle les porta à hauteur de ses yeux, l'une après l'autre, et les considéra longuement. La première était Shelly Milam. Il y avait bien une ressemblance, mais impossible d'être catégorique. Par deux fois, elle revint sur les deux autres portraits — ceux d'Ariel Simmons et de Connie Marx. Après un moment, elle secoua la tête et reposa les photographies.

— Je ne suis sûre de rien. Ces deux-là me disent quelque chose, mais leurs traits ne correspondent pas exactement à mon souvenir.

Pareille remarque aurait été du pain béni pour un avocat, songea Ben. Mais quiconque regardait la télévision aurait pu en dire autant de Connie Marx et d'Ariel Simmons, tant leurs visages étaient familiers à grand nombre d'Américains. Pas étonnant que China ait l'étrange impression de les connaître.

— Prends ton temps, lui conseilla-t-il. Concentre-toi et tâche de te rappeler ce qu'elle…

Elle l'interrompit.

— Inutile de me concentrer. Le visage de cette femme est gravé pour toujours dans ma mémoire.

— Désolé, s'excusa-t-il en ramassant les photographies. Mais ça valait le coup d'essayer.

— C'est moi qui suis désolée. Aucune d'entre elles n'a les mêmes cheveux que la femme qui m'a tiré dessus… Il faisait sombre, mais je me souviens qu'elle portait une sorte de robe de soirée sous un long manteau de fourrure.

Il ressortit les photographies d'Ariel Simmons et de Connie Marx de sa poche et les lui reposa sur les cuisses.

— Imagine-les avec la même coupe et la même couleur de cheveux que la tueuse, et dis-moi si les traits de l'une d'entre elles correspondent à ton souvenir.

Elle obéit, les yeux plissés, et s'attarda sur chacune des photographies. Au bout d'une minute, elle poussa un soupir désolé.

— Non, ce n'est pas tout à fait ça.

Il eut un moment de découragement, mais il n'en laissa rien paraître.

— Ce n'est pas grave. Et ne va surtout pas croire que l'enquête va s'arrêter pour autant, d'accord ?

— D'accord.

— Bon, je ferais mieux d'y aller. Red, mon coéquipier, est chez le dentiste, et je lui ai promis d'aller le chercher avant midi. Surtout que c'est à mon tour de l'inviter à déjeuner.

Elle ne dit rien. Apparemment, ce Ben English était homme à tenir ses promesses.

— Ça va aller ? demanda-t-il en reprenant son manteau. Tu as besoin de quelque chose ?

— Merci, non. Je n'ai besoin de rien. Sauf de paix.

Après avoir enfilé son manteau, il eut une petite hésitation. Il avait envie de prendre China dans ses bras, mais jugea plus approprié de s'en tenir à un sourire et à un petit geste de la main.

— A très bientôt.

Elle lui rendit son sourire. Avant de se laisser gagner par le sommeil, elle jeta un dernier coup d'œil à la longue barbe blanche de la figurine posée sur sa table de chevet.

L'atmosphère de Noël battait son plein dans l'hôpital. Des infirmières vaquaient à leurs occupations coiffées de chapeaux rouges à pompons, et les chants naïfs d'une chorale de jeunes lycéens résonnaient dans le couloir.

Elle se réveilla alors qu'un enfant entamait une comptine en solo. Sa voix cristalline était si pure qu'elle l'émut jusqu'aux tréfonds de son âme.

Dans son manteau rouge et blanc
Sur un traîneau porté par le vent
Il descendra par la cheminée
Petit garçon il est l'heure d'aller se coucher
Tes yeux se voilent et dansent les étoiles
Tout est calme, reposé, entends-tu les clochettes
[tintinnabuler ?
Demain matin, petit garçon, tu trouveras dans tes
[souliers
Tous les jouets dont tu as rêvé,
Petit garçon il est l'heure d'aller se coucher.

Songer à un enfant, n'importe quel enfant, était plus

qu'elle ne pouvait supporter. Elle se mit à sangloter désespérément.

— Oh, mon Dieu…

Debout sous la véranda du ranch de son enfance, Ben écoutait les mugissements d'une vache à la recherche de son petit et le bruit des semi-remorques qui filaient sur l'autoroute, à quelques kilomètres de là. La soirée de la veille avait été des plus agréables. Sa mère, ravie de l'avoir à la maison, lui avait cuisiné son plat préféré. Au dessert, elle était allée chercher l'album de famille, puis avait évoqué son enfance comme si cela datait de la veille. Il s'en voulait d'avoir tant espacé ses visites et se promit d'être plus vigilant à l'avenir.

Demain, il reprenait le travail. Ce qui signifiait également qu'il reverrait China.

Il croisa les bras et s'adossa à une poutre pour observer le ciel. On avait beau être à moins d'une heure de Dallas, on se sentait ici sur une autre planète.

La nuit était fraîche, mais on distinguait dans le ciel une multitude d'étoiles. Les lampes qui brillaient dans la maison parsemaient le plancher de la véranda de flaques de lumière. Sa mère était restée à l'intérieur pour regarder sa série favorite à la télévision. Des bribes de dialogues lui parvenaient, recouvertes de temps à autre par ses rires.

A l'idée qu'elle restait chaque soir en tête à tête avec son poste, il se sentit affreusement coupable. Il aurait dû, aujourd'hui au moins, s'asseoir devant l'écran et partager ce moment avec elle. Mais un sentiment de solitude l'étreignait, une mélancolie que même une mère n'aurait pu soulager.

Cette nuit, comme toutes les nuits, il dormirait seul. A trente-six ans, il n'avait vécu qu'une seule histoire sérieuse, douze ans plus tôt. Toutefois, les fiançailles n'avaient pas tenu deux mois. S'il n'aurait su dire qui avait pris la décision de rompre, il s'en réjouissait chaque jour. Bien sûr, il rêvait de fonder une famille, mais pas avec n'importe qui. Pas juste parce qu'il se sentait seul. Il voulait un mariage, un vrai.

Ses pensées dérivèrent naturellement vers China. Il ressentait une émotion bizarre en sa présence, et, pourtant, il la connaissait à peine. L'homme en qui elle avait placé sa confiance l'avait trahie, mais, en dehors de ça, que savait-il d'elle ? Il ignorait si elle aimait danser, ses goûts culinaires ou sa couleur préférée. Malgré tout, il se sentait proche d'elle, proche comme il ne l'avait jamais été d'aucune femme. Cela dit, il devait admettre que les sentiments qu'il éprouvait — ou croyait éprouver — à son égard restaient à éclaircir.

— Bennett, mon chéri, tu dois être gelé…

Sa mère se tenait sur le pas de la porte, visiblement inquiète.

— Tu as raison, il fait plus frais que je ne l'aurais cru, admit-il en la rejoignant à l'intérieur.

Elle le considéra avec une attention mêlée de tendresse. Elle lui trouva les yeux cernés, le teint pâle. Quant à ce rictus sévère qui déformait sa bouche, elle ne l'avait jamais vu auparavant.

— Bennett ?

— Quoi ?

— Est-ce que tout va bien ?

— Mais oui, maman. Je suis désolé de ne pas être de meilleure compagnie, mais j'ai des tas de choses en tête.

Elle lui prit le bras et l'entraîna dans le salon sans le lâcher.

— Tu veux bien remettre une bûche dans la cheminée ?

— Tout de suite, répondit-il, heureux de s'occuper.

Il poussa le pare-feu sur le côté et jeta une bûche dans l'âtre. Lorsqu'il se redressa, sa mère était assise sur le canapé.

— Viens t'asseoir près de moi, dit-elle en tapotant le coussin à côté d'elle.

Il s'exécuta.

— C'est ton travail qui t'inquiète ? s'enquit-elle.

Il hésita, mais il ne savait pas lui mentir.

— Oui.

— Tu as des ennuis ?

— Non, non, maman, ce n'est vraiment rien de grave, la rassura-t-il vivement. Désolé, je ne voulais pas t'inquiéter.

— Je ne t'ai jamais vu si préoccupé. Tu veux m'en parler ?

— Je crois que ça vaudrait mieux, remarqua-t-il en esquissant un sourire. D'autant que je t'ai impliquée dans l'histoire qui me tracasse.

— Tant que tu ne comptes pas sur moi pour faire une montagne de gâteaux avec les pieds, je suis prête à t'aider, répliqua-t-elle en riant.

Il s'agissait d'une blague qui courait dans la famille depuis l'époque où Ben était louveteau chez les scouts. Il s'était engagé auprès de ses cheftaines à ce que sa mère cuisine des gâteaux destinés à la kermesse de fin d'année. Le seul problème, c'est qu'à ce moment-là elle avait un bras en écharpe et l'autre dans le plâtre…

— Non, je te rassure. Pas besoin de réaliser un exploit culinaire pour me tirer d'affaire, cette fois.

— Je t'écoute.

Il inspira profondément. Comment lui expliquer ? Il décida que le plus simple était de commencer par le commencement.

— Tout a débuté il y a deux semaines, avec un double homicide à Oakcliff. On a retrouvé un homme décédé et une jeune femme laissée pour morte avec deux balles dans le corps.

Il fit une pause, conscient de s'aventurer sur un terrain sensible : sa mère n'avait été enceinte qu'une fois, et elle avait perdu son bébé lors d'une fausse couche. Bien qu'il n'y songeât presque jamais, Ben avait été adopté alors qu'il était âgé de quelques jours. Il poursuivit néanmoins, estimant que, si China devait vivre sous ce toit, sa mère ne pouvait ignorer l'épreuve qu'elle traversait.

— La jeune femme attendait un enfant et le bébé n'a pas survécu.

— Oh, Ben…

Elle lui prit les mains, puis ajouta gentiment :

— Pas la peine de prendre des gants avec moi, mon chéri. Je ne suis pas si fragile, tu sais. La mort de ton père a été la pire chose qui me soit arrivée, et pourtant, je suis encore de ce monde.

— Très bien, mais je préférais te prévenir avant d'aller plus loin.

Elle fit signe qu'elle comprenait et le gratifia d'un sourire rassurant.

— Cette affaire… C'est toi qui t'en occupes ?

— Oui, avec Red.

— Et la jeune femme qui a perdu son bébé… elle va s'en sortir ?

— Elle est restée un moment entre la vie et la mort, mais, maintenant, elle se trouve hors de danger. A vrai dire, elle est même sur le point de quitter l'hôpital. Ça fait d'ailleurs partie des choses qui me préoccupent. Tu vois, le jour où on lui a tiré dessus, elle venait de se faire expulser de son appartement. Pour faire court, elle s'est retrouvée à la rue après que son petit ami s'est enfui avec toutes ses économies. Elle est désormais l'unique témoin d'un double meurtre qui fait chaque jour un peu plus de vagues, et elle ne va pas tarder à sortir de l'hôpital sans nulle part où aller. Quant à moi, je dois m'assurer qu'elle sera en sécurité.

Il resta un moment silencieux, comme s'il cherchait les mots justes.

— S'il lui arrivait quoi que ce soit, je ne me le pardonnerais pas, maman. Et je ne parle pas seulement sur le plan professionnel. C'est pourquoi je voudrais te demander un grand service.

Il releva les yeux vers elle. A l'évidence, elle avait deviné où il voulait en venir.

— Est-elle aimable ? demanda-t-elle. Enfin, je veux dire… Est-ce une fille comme il faut ?

— Tout porte à croire qu'elle s'est trouvée au mauvais endroit au mauvais moment. Elle se méfie des hommes, mais, maman, si tu la voyais… Elle est si menue… délicate, même. Elle est belle, mais, si curieux que ça puisse paraître, elle ne semble pas en être consciente.

Elle le connaissait assez pour comprendre qu'il se passait quelque chose d'important dans sa vie. Jamais elle ne l'avait entendu parler d'une femme avec une telle ferveur. Mais pour rien au monde elle ne voulait le voir se perdre dans une histoire sordide. La meilleure façon de savoir ce qui se passait, songea-t-elle, était de participer.

— Amène-la ici, déclara-t-elle.

— Il faudra accepter que Dave reste dans les parages.

Elle se sentit rougir.

— Oh, Ben, tu sais qu'il me met mal à l'aise. Toujours dans mes pattes à proposer son aide à tout bout de champ. Je me débrouille seule depuis des années, et je n'ai pas besoin de lui.

— Cette jeune femme a été témoin d'un homicide, maman. Une surveillance est indispensable. Dave est un flic à la retraite, il habite près de chez toi et il s'est porté volontaire. Si China vient habiter ici, il faudra aussi lui faire une place.

— China ? Ce n'est pas son vrai prénom, n'est-ce pas ? demanda-t-elle, craignant soudain qu'il s'agisse d'un pseudonyme utilisé pour un numéro de strip-tease.

— Si, m'dame, répondit-il avec un sourire. C'est son vrai prénom. Elle s'appelle China Brown. Pour les plaintes, il est trop tard, sa mère est décédée depuis plusieurs années.

— Il ne s'agissait pas d'une critique. Je trouve juste que ce n'est pas un prénom banal, voilà tout.

— Elle non plus n'est pas banale, commenta-t-il simplement. Alors, c'est d'accord ? Je peux lui dire que c'est arrangé ?

— Je lui annoncerai la nouvelle moi-même. Où est-elle hospitalisée ?

— A Parkland.

— Très bien. Je l'appellerai là-bas, et on aura une petite conversation toutes les deux.

Ben était aux anges. Il tendit les bras.

— Viens par ici.

Elle s'approcha, et il la serra tendrement contre lui.

— Pas la peine d'imaginer le pire, maman. De toute façon, tu seras rassurée dès que tu la verras. C'est la femme la plus douce, la plus inoffensive du monde.

Une ombre passa sur son visage, effaçant son sourire.

— Je me suis occupé de l'enterrement de son bébé hier matin avant de venir au ranch. Nous n'étions que deux à assister à la cérémonie, moi et un prêtre que je ne connaissais pas… Aide-la, maman, parce que moi je ne sais pas comment faire.

A cet instant, elle se sentit plus proche de la jeune inconnue.

— Elle finira par surmonter cette épreuve, assura-t-elle avec compassion. Le temps cicatrise bien des plaies… Et, qui sait, peut-être que nous nous aiderons mutuellement à oublier nos peines ?

Le lendemain, Ben vint rendre visite à China. Elle tressaillit quand la porte s'ouvrit et ne se détendit qu'après avoir reconnu son visiteur.

— Vous m'avez fait peur.

— Désolé.

Il s'approcha du lit à grands pas et s'étonna de la voir assise.

— Ce n'est peut-être pas prudent de rester assise comme ça, ajouta-t-il. Tu risques de…

— J'ai marché du lit jusqu'à la salle de bains, aujourd'hui, le coupa-t-elle.

— Oh, China, mais c'est une excellente nouvelle ! s'exclama-t-il en posant la main sur sa joue.

Il n'avait pas prémédité son geste. Ce n'était d'ailleurs pas la première fois qu'il la touchait ainsi, mais aujourd'hui, le contact de sa paume sur sa peau la rendit mal à l'aise. Comme s'il y avait mis quelque chose de plus personnel. Elle leva la tête. Intimidée par la force de son regard, elle se surprit à retenir sa respiration.

Pendant un moment, ni l'un ni l'autre n'osèrent esquisser un geste. China fut la première à détourner le regard. Elle tapota sa couverture pour se donner une contenance tandis que son corps était traversé d'un long frisson. Elle n'était pas prête pour une telle intimité, et peut-être ne le serait-elle jamais plus. La proximité d'un homme, même sans arrière-pensée, était au-dessus de ses forces pour le moment. Elle se sentait vide. Seuls subsistaient en elle le désir de se rétablir et celui de se venger.

Ben l'observait attentivement. Il lui semblait pouvoir lire en elle comme dans un livre ouvert, et, à cet instant précis, si Tommy Fairheart s'était trouvé à portée de ses poings, il se serait fait un plaisir de lui casser la figure. *Maudit soit ce type pour tout le mal qu'il lui a fait !*

— Le médecin qui te suit est passé te voir aujourd'hui ?

demanda-t-il en chassant délibérément ses envies de meurtre de son esprit.

A sa grande surprise, elle se mit à trembler.

— China ?

— Quoi ?

— Que t'a dit le Dr Pope ?

— Il veut me laisser partir dans deux ou trois jours.

— Et ça te pose un problème ?

Pour toute réponse, elle haussa les épaules avec tristesse.

Il s'accroupit à son chevet et posa sa main sur la couverture. Il sentit ses jambes trembler comme si elle grelottait, sauf qu'il savait qu'elle n'avait pas froid.

— China, tu m'as fait confiance jusqu'ici, n'est-ce pas ? Alors, dis-moi ce qui ne va pas.

Elle se mordit la lèvre, puis se résolut enfin à le regarder.

— J'ai été absente trop longtemps, et je n'ai même pas pu prévenir mon employeur. Je sais qu'il m'a déjà remplacée. Non seulement j'ai perdu mon travail, mais je n'ai plus ni argent ni logement. A ma sortie de l'hôpital, je n'aurai nulle part où aller.

Il aurait voulu la serrer dans ses bras et la couvrir de baisers. Noyer sa souffrance sous une vague de tendresse. Mais cela n'aurait fait que compliquer la situation.

— Pardonne-moi, j'aurais dû t'en parler plus tôt, commença-t-il. Tout est arrangé : tu vas t'installer chez ma mère jusqu'à ce que tu reprennes pied.

— Oh, mais jamais je n'oserais m'imposer chez…

Il l'interrompit d'un mouvement de la main.

— Ça se voit que tu ne connais pas maman, remarqua-t-il avec un sourire. Ça ne la dérangera pas le moins du monde, au contraire. Elle est veuve et j'ai l'impression qu'elle se sent un peu seule. Elle habite dans une grande maison à la campagne et, crois-moi, elle sera ravie d'avoir un peu de compagnie.

China ne semblait pas convaincue.

— Et si cette femme… celle qui m'a tiré dessus… Si elle me retrouve…

— Ne t'inquiète pas. J'ai dégoté quelqu'un qui est disposé à jouer les gardes du corps pour vous deux. C'est un ancien flic et un vieil ami de la famille. Il sera content d'avoir un prétexte pour ne pas quitter maman des yeux.

— Pourquoi ? Il est amoureux d'elle ? demanda China, incapable de contenir sa curiosité.

— Je crois. Mais je ne m'en mêle pas. A présent, cesse de te faire du mauvais sang et concentre-toi sur ta santé. Je vais demander à maman de te passer un coup de fil avant ta sortie afin que vous fassiez un peu connaissance. Comme ça, quand tu la rencontreras en personne, la glace sera déjà rompue.

China ouvrit la bouche pour émettre de nouvelles réserves, mais parut se raviser. Elle baissa la tête avec un soupir.

— J'ai honte de l'admettre, mais je n'ai pas vraiment le choix.

Il lui prit le menton entre deux doigts pour l'obliger à le regarder dans les yeux.

— On a toujours le choix, China. Certaines décisions s'avèrent meilleures que d'autres avec le recul, mais toutes ouvrent des portes. Le pire est de ne pas en prendre, tu comprends ?

Elle approuva de la tête, et, quand ses doigts relâchèrent son menton, il lui sembla perdre son centre de gravité. Cela l'énerva contre elle-même. Elle ne devait rien attendre de cet homme, sinon qu'il l'aide à s'en sortir. C'était un flic et il avait promis de lui porter secours et de la protéger. A elle de garder ses distances et de ne pas trop exiger de lui. Après tout, elle n'était qu'un témoin comme un autre à ses yeux.

— Puisque c'est comme ça, dites à votre mère que je la remercie du fond du cœur.

— Tu la remercieras toi-même quand tu l'auras au téléphone, répliqua Ben. Autre chose : ça me ferait plaisir que tu cesses de me vouvoyer. Tu veux bien ?

Elle acquiesça avec un sourire timide.

— Génial. Et maintenant, je ferais mieux de te laisser te reposer. Je repasserai après-demain.

Elle accusa le coup. Toute une journée sans le voir ? Si elle refusait d'admettre qu'il comptait pour elle, elle ne pouvait nier qu'il était devenu son filet de sécurité.

— D'accord, si tu veux, murmura-t-elle en retenant ses larmes.

Se levant pour partir, il lui jeta un dernier regard. Quelque chose dans son mutisme et l'expression de son visage l'alerta.

— Qu'est-ce qu'il y a ? demanda-t-il.

Pas de réponse.

— Tu as besoin de quelque chose ?

De nouveau le silence.

— China ?

Enfin, elle accepta de lever la tête.

— Tu peux me faire confiance, China. Je te le promets.

De grosses larmes roulèrent sur ses joues. L'homme aux promesses. Jamais encore il n'avait manqué à sa parole.

— Tout va bien, vraiment, bredouilla-t-elle. Depuis quelques jours, je pleure pour un oui ou pour un non. D'après le Dr Pope, c'est normal. Il paraît que c'est à cause des efforts que fait mon corps pour se rétablir.

Elle se mordit la lèvre avant de poursuivre d'une petite voix :

— Tu sais, avec le bébé et tout… Je suppose que mes hormones me jouent des tours.

A ces mots plus douloureux qu'un coup de poing dans le ventre, il sentit un mélange de honte et de désarroi l'envahir. Mais qu'est-ce qui avait bien pu lui passer par la tête pour poser une question pareille ? Bien sûr qu'elle avait besoin de quelque chose ! Elle avait besoin de son bébé.

— Il y a quelque chose que j'aurais dû te dire : j'ai trouvé l'endroit où ta mère est enterrée. Désormais, ta fille repose auprès d'elle.

China se mit à trembler.

— Merci. Je…

Elle se couvrit le visage des deux mains et se mit à pleurer violemment.

— Mon Dieu, faites que ce soit un cauchemar, gémit-elle entre deux sanglots. Faites que je me réveille…

Ben se précipita vers elle.

— China, je suis désolé… Tellement désolé. Viens, fit-il

en la prenant dans ses bras. Je ne sais pas pour toi, mais moi, j'ai besoin de te sentir contre moi…

Elle se lova contre lui et pleura toutes les larmes de son corps jusqu'à ce que, épuisée, elle s'endorme dans ses bras.

9.

— Bobby Lee ! Bobby Lee ! Nous voterons pour vous !

Avec un sourire, il fit un signe de la main aux trois femmes surexcitées qui l'apostrophaient depuis le trottoir d'en face. Le chauffeur referma les portières de la limousine tandis que son directeur de campagne et lui s'engouffraient dans les locaux de la chaîne de télévision. WFAL Canal 7 s'apprêtait à clore le journal du soir avec une interview du nouveau candidat à l'investiture suprême, et il arrivait en retard.

— Je compte sur vous, mesdames ! leur cria-t-il avant de disparaître dans le bâtiment.

Un producteur à bout de nerfs l'attendait dans le hall.

— Sénateur Wakefield ! s'écria-t-il. Dieu merci, vous voilà… Vous passez à l'antenne dans cinq minutes !

Il l'entraîna aussitôt vers le plateau tout en lui installant un micro sans fil sur la chemise.

— Dans cinq minutes ? Vous voulez dire que j'ai un peu d'avance, plaisanta Bobby Lee, avant d'ajouter : je vous présente Ainsley Been, mon directeur de campagne.

Le producteur salua ce dernier d'un signe rapide, puis poussa les deux hommes dans le studio où Ronnie Boyle achevait le journal du soir.

— Ce sera à vous après la coupure publicitaire, sénateur, lui apprit le producteur à voix basse.

Ainsley lui tendit une feuille dactylographiée.

— Voici les questions auxquelles le sénateur est disposé à répondre.

— Quoi ? Vous refusez d'aborder tous les thèmes ?

Bobby Lee lança un regard réprobateur à son directeur de campagne et posa la main sur le bras du producteur.

— Bien sûr que non, voyons ! Je n'ai aucun secret pour mes compatriotes. Dites à Boyle qu'il peut me poser toutes les questions qu'il veut.

— Merci. Et maintenant, soyez assez aimable de me suivre par ici. On va vous installer sur votre siège.

Ainsley voulut protester, mais Bobby Lee le rembarra d'un geste de la main avant de s'avancer sur le plateau. Le pas assuré, il se dirigea droit vers la chaise qui lui était assignée et s'y assit comme un roi sur son trône. Une maquilleuse se précipita afin de lui appliquer un peu de fond de teint sur le visage.

Le passé de Bobby Lee ne renfermait pas de bombe à retardement. Seule sa mère pouvait être source d'embarras, et encore. Tout le monde au Texas connaissait Mona Wakefield ou avait au moins entendu parlé de ses frasques. Pour la plupart des Texans, ce personnage haut en couleur faisait désormais partie du décor. En fait, le passé de Bobby Lee était son atout majeur, son ticket pour la gloire. Ses hauts faits de guerre, ses prouesses de footballeur à l'université, son engagement dans l'action gouvernementale à un âge où d'autres vivent encore aux crochets de leurs parents…, tout cela faisait de lui un homme, un vrai. Sans compter qu'il était fortuné, célibataire et assez séduisant pour tourner la tête de n'importe quelle femme. Toutefois, il ne pouvait plus miser sur sa seule image de petit gars du Sud qui a réussi : il jouait désormais dans la cour des grands. Et, face au pays tout entier, nul ne savait ce que Mona Wakefield risquait de lui coûter.

L'interview aurait dû être conduite par Connie Marx, mais, depuis sa mise en congé forcé, Ronnie Boyle — son coprésentateur — recevait les invités à sa place.

Le journaliste s'installa devant lui.

— Bonsoir, sénateur, déclara-t-il en lui serrant la main.

Bobby Lee répondit par un sourire.

— L'antenne dans deux minutes ! cria quelqu'un.

La maquilleuse fila aussi vite qu'elle était arrivée, et Boyle, sans quitter son invité des yeux, indiqua d'un léger signe de tête qu'il avait entendu l'annonce.

— Tout va bien, sénateur Wakefield ?

— Impeccable, merci.

Avec un sourire, Boyle ajusta le micro qu'il portait au revers de sa veste, puis baissa les yeux sur ses fiches afin de les consulter une dernière fois.

Ainsley se tenait debout derrière les caméras, l'estomac noué. Après tout, se répétait-il pour se rassurer, son candidat n'avait rien à cacher.

Une voix commença le compte à rebours.

— Cinq… Quatre… Trois… Deux…

Ronnie Boyle releva la tête et adressa son plus beau sourire à la caméra.

— Nous voici de retour en direct pour accueillir ce soir

un invité de marque. Je voudrais souhaiter la bienvenue à une grande figure du Texas : le sénateur Bobby Lee Wakefield.

Sans cesser de sourire, il se tourna vers son invité.

— Sénateur, vous avez récemment annoncé votre candidature à l'élection présidentielle. Qu'est-ce qui vous a décidé à entrer dans la course ?

Bobby Lee se pencha légèrement en avant pour créer une illusion de proximité, de causerie informelle sans langue de bois. L'expression chaleureuse de son visage était habilement teintée d'une certaine rigueur.

Dans les coulisses, Ainsley commençait à se détendre. Comment avait-il pu s'inquiéter ? Avec les médias, Bobby Lee était comme un poisson dans l'eau. Un vrai pro.

— Vous savez, Ronnie… Vous permettez que je vous appelle Ronnie, n'est-ce pas ?

— Faites, je vous en prie, répondit Boyle. Nous sommes ici entre amis.

— C'est bien ce qui me semblait, fit Bobby Lee avant de répondre à la question.

A l'autre bout de la ville, Mona, assise en tailleur sur son lit, fixait l'écran de sa télévision. Elle écoutait son fils d'une oreille distraite, plus intéressée par le son de sa voix que par ce qu'il disait. Pour elle, le contenu avait une importance toute relative : seule l'apparence comptait vraiment. Après quelques instants, elle fut pleinement rassurée. Bobby Lee était à son avantage, et il menait ce Ronnie Boyle par le bout du nez.

Son esprit dériva vers l'avenir et la perspective de rendez-vous autrement plus importants qu'une interview avec le présentateur d'une chaîne de télévision locale, si regardée fût-elle. S'adossant contre la tête de lit, elle ferma les yeux et imagina son fils en train de prêter serment au pied des marches de la Maison Blanche, tandis qu'elle se tenait fièrement à ses côtés. Elle porterait du blanc… Non, plutôt du rouge. Que les spectateurs du monde entier la remarquent. Et un chapeau. Ils lui allaient si bien, et puis le mois de janvier était toujours froid dans la capitale.

Elle rouvrit les yeux et jeta un œil sur l'écran au moment où Boyle changeait de sujet. Après les enjeux nationaux, il en venait aux affaires locales.

— Sénateur, vous avez très certainement entendu parler du récent décès de M. Tashi Yamamoto. Le bruit court que son usine implantée à Dallas va mettre la clé sous la porte. Si cela se révèle exact, un grand nombre de vos administrés vont se retrouver sans travail. Que pouvez-vous dire à toutes ces familles qui vivent désormais dans l'inquiétude ?

Bobby Lee pencha un peu la tête de côté pour se donner un air réfléchi. Cette pose était payante, il le savait. Il l'avait perfectionnée pendant des années devant son miroir pour obtenir l'effet escompté.

— La mort de ce grand entrepreneur est une véritable tragédie, déclara-t-il. Je suis au regret de dire que personne ne m'a appelé au sujet des décisions que compte prendre l'entreprise de M. Yamamoto. Mais je voudrais tout d'abord adresser mes plus sincères condoléances à sa famille. Bien sûr, je pense également à tous ceux qui pourraient être affectés par la fermeture éventuelle de l'usine.

Il regarda Boyle droit dans les yeux, parfaitement conscient de l'emplacement des caméras. Chaque spectateur aurait le sentiment qu'il s'adressait à lui en particulier.

— Directement ou indirectement, nous payons tous les conséquences de la violence qui règne dans ce pays. Cette affaire en est la triste illustration. Si les électeurs me font l'honneur de m'élire président, je m'engage à me battre pour instaurer la peine de mort dans tous les Etats de notre pays. Trop de récidivistes sont encore relâchés et viennent ensuite semer la terreur dans notre société.

Le producteur s'agitait dans l'ombre, indiquant à Boyle qu'il était temps de rendre l'antenne. Après lui avoir jeté un regard réticent, le journaliste se débrouilla pour conclure habilement.

L'interview terminée, Bobby Lee se leva prestement et se débarrassa de son micro, l'abandonnant sur sa chaise.

— Vous avez fait du bon travail, dit-il en serrant la main de Boyle.

— Vous m'avez facilité la tâche, sénateur.

A ce compliment, il ne put retenir un sourire de satisfaction. Son ego était un puits sans fond.

— On a pu évoquer beaucoup de sujets en cinq minutes, ajouta le journaliste.

— Nous vivons dans un pays où l'actualité ne connaît pas de répit.

— En effet… Surtout ici, à Dallas.

Bobby Lee hésita un instant. Où Boyle voulait-il en venir ?

— Vous faites allusion à la mort de Yamamoto ? demanda-t-il.

— Et aussi à l'affaire Finelli. Quel scandale !

Il se figea.

— Ah oui… Bon, eh bien, je vais vous laisser. J'ai un autre rendez-vous dans cinq minutes et je suis déjà en retard. Au revoir, ce fut un plaisir.

Il quitta le studio, mais Boyle lui emboîta le pas.

— Comment croyez-vous que la ville va se remettre d'une histoire pareille ? s'enquit-il avant de baisser la voix. C'est tout de même l'élite de notre ville que cette affaire éclabousse…

Bobby Lee sentit son cœur s'accélérer. Il était au courant des photographies trouvées par la police dans l'appartement de Finelli et des interrogatoires qui s'en étaient ensuivis. Il avait perdu le sommeil à se demander si sa mère figurait sur l'un de ces clichés et à combien de fonctionnaires il faudrait graisser la patte pour détruire un éventuel exemplaire.

— Oui, je comprends votre question… Mais l'enquête est en cours et je préfère m'abstenir de tout commentaire.

Il saisit la main de Boyle et la serra vigoureusement.

— C'était vraiment une très bonne interview. Merci encore.

Puis, se tournant vers Ainsley, il ajouta :

— Demandez au chauffeur d'avancer la voiture. Nous en avons terminé ici.

Ronnie Boyle le regarda s'éloigner en se demandant pourquoi la perpétuelle bonne humeur du sénateur s'était soudain envolée.

La télévision fixée au mur était allumée sans le son. Une assiette de pâtes avec du poulet attendait sur une table, froide depuis longtemps, près du lit de China. La mousse au chocolat était à moitié entamée, et elle avait bu presque tout son verre de lait. Elle s'était efforcée de manger un peu histoire de faire plaisir aux infirmières, mais en réalité elle n'avait pas faim. Elle avait perdu l'appétit, sauf pour la revanche. Depuis que Ben lui avait donné de bonnes raisons de se rétablir, elle mettait toute son énergie au service de cet objectif. Elle puisait sa motivation dans ce besoin viscéral de voir la coupable sous les verrous. Quand cette femme aurait payé pour son crime, peut-être parviendrait-elle à trouver un peu de paix…

Elle entendit quelqu'un rire à gorge déployée dans le couloir et en ressentit une profonde blessure. Comment le monde pouvait-il continuer à tourner comme si de rien n'était ? Cela lui parut inconcevable, voire obscène. Elle se sentait aspirée dans un trou sans fond et ne voyait aucune issue à son calvaire. Tout lui semblait à la fois effrayant et dérisoire. Le Dr Pope venait de lui annoncer qu'elle sortirait le surlendemain si son état continuait à s'améliorer à ce rythme. L'idée de quitter la sécurité de cette petite chambre gardée par un policier la terrifiait. Et si la tueuse l'attendait à la sortie pour lui tirer dessus une seconde fois ? Cela ne devait pas être si compliqué pour quelqu'un de déterminé, et cette femme avait toutes les raisons de vouloir sa mort. Après tout, elle seule pouvait l'identifier.

— Mon Dieu, aidez-moi à sortir de ce cauchemar, murmura-t-elle avant de se tourner contre le mur.

Quelques secondes plus tard, la sonnerie du téléphone retentit dans son dos. Elle sursauta et se retourna, le cœur battant à tout rompre. Qui donc pouvait bien l'appeler ? Personne ne savait qu'elle se trouvait là. Sauf Ben, bien entendu. Elle ne l'avait pas vu depuis deux jours. Peut-être voulait-il prendre des nouvelles…

En proie à une terrible angoisse, elle tendit le bras et décrocha le combiné.

— Allô ?

A l'autre bout du fil, Mattie English inspira profondément, déstabilisée par cette petite voix effrayée.

— Vous êtes bien China Brown ?

En entendant une voix féminine, China visualisa aussitôt le visage de celle qui lui avait tiré dessus. Et si c'était elle, à l'autre bout du fil ? Affolée, elle raccrocha sans un mot et s'enfonça sous les couvertures, comme si cela pouvait la protéger du monde extérieur.

Le téléphone ne tarda pas à se remettre à sonner. Paralysée par la peur, elle laissa la sonnerie achever de lui vriller les nerfs. Prise de panique, elle voulut crier, mais aucun son ne sortit de sa bouche. Elle s'enfouit sous ses couvertures et attendit, terrassée, que cesse ce bruit chargé de menaces. A la sixième sonnerie, une infirmière poussa la porte de la chambre.

— Qu'est-ce qui se passe ? Votre téléphone ne cesse de sonner. Vous n'arrivez pas à l'atteindre ?

Sans attendre l'explication de China, elle décrocha le combiné.

— Allô ? Oui, c'est bien la chambre de Mlle Brown… Très bien, ne quittez pas, je vous prie.

China avança une main tremblante vers le combiné que lui tendait l'infirmière.

— Cette dame dit être la mère de l'inspecteur English, expliqua-t-elle.

— Oh, mon Dieu…

Ben l'avait pourtant prévenue qu'elle appellerait, songea China, mortifiée. Et dire qu'elle venait de lui raccrocher au nez…

— A-allô ? bredouilla-t-elle dans le combiné.

Mattie prit les devants de crainte que son interlocutrice ne raccroche de nouveau.

— Je suis navrée, j'aurais dû me présenter la première fois. Je suis la maman de Ben, Mattie English. Je sais que vous traversez une terrible épreuve, mais mon fils m'a dit que votre état s'améliorait de jour en jour.

— Oui, madame, répondit China.

— Votre médecin va bientôt vous laisser sortir, n'est-ce pas ?

— Oui, madame.

Les craintes de Mattie commencèrent à se dissiper. *Madame.* Au moins, cette jeune femme était bien élevée.

— Vous connaissez sans doute la raison de mon appel ? Ben vous a proposé de séjourner chez moi, et je voulais vous confirmer mon accord de vive voix. Vous serez la bienvenue à la maison, au moins jusqu'à ce que le coupable soit arrêté.

— Oui, Ben m'en a parlé, répondit China, un peu hésitante. Mais je suis terriblement embarrassée. C'est beaucoup vous demander que de recevoir une parfaite inconnue sous votre toit…

A ces mots, Mattie se sentit encore plus en confiance.

— Ne vous en faites pas, China. Je me sens plutôt seule ces derniers temps. Ça ne me fera pas de mal d'entendre une autre voix que la mienne dans cette maison.

China sentit ses yeux s'emplir de larmes. Cela faisait si longtemps que personne ne lui avait ouvert les bras avec une telle générosité.

— Je suppose que Ben vous a dit que je n'avais nulle part où aller.

En entendant sa voix trembler, la compassion de Mattie se teinta de sympathie.

— Oui, il me l'a dit. Et il m'a aussi expliqué pourquoi vous vous trouviez dans cette situation. Je suis au courant de vos malheurs, China… Je suis vraiment désolée pour ce qui est arrivé à votre bébé, ajouta-t-elle avec douceur.

La gorge nouée, China serra le combiné dans sa main en essayant de maîtriser le flot de ses larmes.

Quand Mattie crut entendre un sanglot étouffé, ses dernières réserves volèrent en éclats.

— Allez-y, ma chérie, ne retenez pas vos larmes pour moi. Je sais combien ça fait mal. J'ai moi-même perdu mon bébé deux mois avant terme. J'ai cru que j'allais en mourir, j'ai même songé à mettre fin à mes jours.

Sa voix vibrait à ce souvenir douloureux.

— C'est alors qu'il m'est arrivé une chose extraordinaire…

— Quoi ? fit China entre deux hoquets, intriguée malgré elle.

— Pour commencer, je me suis rendu compte qu'il était impossible de se donner la mort en retenant sa respiration.

China ne put retenir un sourire à travers ses larmes.

— Et surtout, poursuivit Mattie, j'ai pris conscience que ma seule chance de reprendre goût à la vie était d'assouvir mon désir de maternité. Malheureusement, à la suite de ma fausse couche, je ne pouvais plus avoir d'enfants. Seulement voilà : j'avais envie d'être maman plus que tout au monde ! Alors mon mari et moi avons eu recours à l'adoption. Le processus a été un peu long, mais, quand j'ai enfin pu tenir Ben dans mes bras, je me suis dit que je n'avais pas vécu toutes ces épreuves en vain.

— Ben a été adopté ?

Cette question la fit sourire. Sous la voix encore hachée de China perçait un véritable intérêt.

— Eh oui… Il ne s'en est pas trop mal sorti si l'on songe à la manière dont son père et moi l'avons gâté, vous ne trouvez pas ?

Les yeux fermés, China tenta de se représenter l'homme qu'elle connaissait en nourrisson abandonné. L'image lui serra le cœur.

— Si, madame.

— Mettons les choses au clair tout de suite : si vous comptez dormir sous mon toit, il faudra oublier le « madame » et m'appeler « Mattie », d'accord ?

Cette fois, le visage de China s'éclaira d'un vrai sourire.

— Oui, mad… euh… oui, Mattie.

— A la bonne heure. Maintenant, je vais vous laisser vous reposer tranquillement. A très bientôt, China.

— A bientôt. Et merci pour tout.

— Tout le plaisir est pour moi… Oh, j'ai failli oublier : avez-vous des allergies ou y a-t-il des aliments que vous n'aimez pas ?

— Non, je n'ai pas d'allergie. Quant à la nourriture, la seule chose que je déteste, c'est de ne pas en avoir.

Mattie s'esclaffa, et son rire chatouilla l'oreille de China, à son grand plaisir.

— Je suis heureuse de voir que vous avez le sens de l'humour, commenta Mattie. Je crois que nous allons nous entendre à merveille. Allez, je vous laisse tranquille. A très bientôt.

Après avoir raccroché, China continua à sourire un long moment. L'infirmière avait quitté la chambre pendant la conversation, emportant avec elle son plateau-repas presque intact. China jeta un coup d'œil à la télévision toujours muette, puis se tourna vers la fenêtre. La vue n'avait pas changé, mais elle sentit une différence dans la façon dont elle percevait le monde alentour. Elle ferma les yeux dans l'espoir de s'endormir. Peine perdue. A rester ainsi allongée, son esprit était la proie d'innombrables questions et inquiétudes. Si seulement…

La porte s'ouvrit. En entendant la respiration rapide de son visiteur, elle tourna la tête.

Ben. C'était Ben. Une fois de plus, l'homme aux promesses avait tenu parole.

— Alors, tu es venu…

— Je ne t'avais pas dit que je passerais te voir aujourd'hui ?

— Si, confirma-t-elle en souriant.

Ils se regardèrent en silence. Ben avait l'impression de l'avoir quittée depuis bien trop longtemps. Il dut se retenir de l'attirer dans ses bras, de la serrer contre lui pour sentir sa chaleur. Il ne fallait surtout pas la brusquer. Sans compter que ce qu'il éprouvait à son égard tenait sans doute du délire.

De son côté, China ne savait trop que penser de ses propres sentiments. Elle regardait Ben, sensible à la tendresse qui se dégageait de lui.

En le voyant s'avancer, elle sentit la panique la gagner. S'il approchait encore, elle risquait de faire une bêtise — du style, se jeter dans ses bras. Elle ne pouvait oublier à quel point elle s'y était sentie en sécurité quelques jours plus tôt.

— Ta mère m'a appelée.

Ben s'arrêta au pied du lit et jeta son manteau sur une chaise.

— Alors, quelle est ton impression ?

— Elle est vraiment très gentille.

Il poussa un profond soupir et fit mine de s'éponger le front du revers de la main.

— Ouf ! Me voilà rassuré… C'est vrai qu'elle est adorable, ajouta-t-il comme pour lui-même.

— Elle… Elle m'a parlé de sa fausse couche, ajouta China d'un trait.

Surpris, Ben parvint à garder un visage neutre. Persuadé d'avoir deviné ce qui allait suivre, il l'encouragea du regard.

— Elle m'a dit que tu avais été adopté, poursuivit-elle.

Il avait vu juste.

— Eh oui, j'avais environ une semaine quand je suis arrivé chez mes parents. J'ai été abandonné à la naissance, c'est à peu près tout ce que je sais.

— Ça te fait quoi de… de ne pas savoir ?

Il haussa les épaules.

— Dans mon métier, j'ai eu l'occasion de voir combien la vie peut se montrer cruelle et sordide. Je suis reconnaissant à ma mère naturelle de ne pas avoir avorté. Et, si elle menait une vie misérable et chaotique, je la remercie de m'avoir épargné ce genre d'existence. Et puis mes parents adoptifs se sont montrés merveilleux avec moi. Au fond, j'ai eu de la chance.

Il y eut un silence. China finit par le rompre, mais sa voix n'était qu'un murmure.

— Ma mère m'aimait beaucoup. Elle a quitté mon beau-père parce qu'il me maltraitait et m'a protégée jusqu'à sa mort.

Elle s'arrêta pour ravaler les larmes qui lui montaient aux yeux. Evoquer sa mère lui était toujours difficile.

— Ça fait presque cinq ans qu'elle est morte. Je venais tout juste d'avoir vingt et un ans. Et pas un jour ne passe sans que je pense à elle. Quand je suis morte, elle était là... Elle m'attendait.

Elle se mordit soudain la lèvre, médusée d'avoir révélé quelque chose d'aussi intime, et détourna les yeux.

Déconcerté, Ben resta un moment sans rien dire.

— Comment ça, quand tu es morte ? demanda-t-il enfin.

Elle ne se retourna pas, préférant éluder la question d'un haussement d'épaules.

Il vint s'asseoir sur le bord du lit et lui prit les mains.

— Je ne me moque pas de toi, c'est juste que je ne savais pas que tu avais vécu une telle expérience.

Elle leva vers lui des yeux noyés de larmes.

— J'étais consciente de ce qui m'arrivait, mais ça n'avait pas d'importance. Mon bébé était là, avec moi. Des voix m'accueillaient, puis j'ai distingué des gens. Ma mère se trouvait avec eux. Elle me souriait et m'appelait…

Elle inspira profondément, le corps parcouru de frissons.

— Oh, Ben, Il m'a renvoyée parmi les vivants. Il m'a dit que mon heure n'était pas venue. Mais pourquoi m'a-t-Il renvoyée seule, sans mon enfant ?

Ben la prit dans ses bras et la berça doucement.

— Tu n'es plus seule désormais. Je suis là, China. Je serai toujours là pour toi, je te le promets.

L'homme aux promesses… Les yeux fermés, elle s'abandonna dans ses bras, y retrouvant cette sensation perdue de protection, de sécurité. Elle s'oublia dans le parfum de son après-rasage et le contact des mains chaudes sur sa nuque.

Ils restèrent ainsi, enlacés et immobiles, pendant un long moment. Ben n'osait plus bouger de crainte de briser cet enchantement.

Puis China se dégagea doucement.

Leurs visages se frôlèrent, et Ben plongea les yeux dans les siens, notant le frémissement de ses narines, la courbe délicate de ses lèvres.

Et il l'embrassa.

Tendrement.

Sans se presser.

Comme pour apprendre la forme et la texture de sa bouche par cœur, tel un poème.

Il l'embrassa encore.

Et encore.

Passionnément.

Eperdument.

Espérant plus qu'elle ne pouvait offrir.

Il fut le premier à interrompre leur étreinte.

— China, je...

Elle posa un doigt sur sa bouche.

— Non. Ne dis rien... S'il te plaît.

Il se releva brusquement et, les mains dans les poches, alla se poster devant la fenêtre. Il devait s'éloigner d'elle avant de se ridiculiser complètement. Lui avait-il fait peur ? Il osait à peine se retourner pour lui faire face. Allait-elle changer d'avis ? Décliner son offre de rester chez sa mère ? Tout mais pas ça, songea-t-il. La tueuse courait toujours, et il avait besoin de la savoir en sécurité.

Décidé à lui présenter ses excuses, il se résolut à affronter son regard. Mais elle avait les yeux perdus dans le vide. Lui qui s'attendait à y lire de la déception, tout au moins un certain embarras, fut frappé par l'expression de son visage. Comme transfigurée, elle avait le rose aux joues et ses yeux pétillaient. Et — non, il ne rêvait pas — un sourire flottait sur ses lèvres.

— Tu es toujours d'accord pour rester chez ma mère ? demanda-t-il.

Elle le regarda droit dans les yeux.

— Tu y seras ?

Il hésita une seconde. Pas question de lui mentir.

— Aussi souvent que possible, répondit-il.

Satisfaite, elle posa les mains sur ses cuisses.

— Alors je suis toujours d'accord. Si tu viens souvent, je sais que ça se passera bien.

La simplicité de sa réponse le toucha au point qu'il ne sut que dire. Il songea confusément qu'il valait mieux quitter cette chambre avant de se laisser aller à Dieu sait quelle folie.

— Je passerai te voir demain, promit-il en enfilant son manteau. Appelle-moi si tu as besoin de quoi que ce soit.

Elle approuva d'un petit signe de tête. Arrivé à la porte, il se retourna.

— Pourquoi ?

— Pourquoi quoi ?

— Après ce que tu as vécu avec Fairheart, pourquoi me fais-tu confiance ?

— Les promesses, répondit-elle.

— Les promesses ?

— Tu es un homme intelligent. Je te laisse y réfléchir. Pourrais-tu avoir la gentillesse d'éteindre la lumière en sortant ?

— Quoi ? Ah oui, la lumière… Bien sûr, fit-il en appuyant sur l'interrupteur.

La main sur la poignée de la porte, il la regarda une dernière fois avant de s'en aller. Elle s'était tournée sur le côté et, les paupières closes, semblait déjà dormir. Pendant une fraction de seconde, le temps que ses yeux s'accoutument à l'obscurité, il crut distinguer une silhouette à son chevet. Mais l'image disparut en un battement de cils.

— Dors bien, China. Je reviendrai demain.

Sa voix engourdie de sommeil le rattrapa au moment où il refermait la porte derrière lui.

— Tu me le promets ?

— Je te le promets, répondit-il en passant la tête dans la chambre.

Il longea le couloir avec un sourire songeur. Devant l'ascenseur, les mots de China lui revinrent à l'esprit, soudain limpides : jour après jour elle l'avait jugé sur sa capacité à tenir ses promesses. Cette pensée le bouleversa. *Elle pourra toujours compter sur moi. Toujours.*

Cette nuit-là, malgré les bruits inévitables de l'hôpital, China dormit d'un sommeil paisible. Un sommeil sans cauchemar, comme quand elle était petite fille et que sa mère veillait sur elle.

Au matin, une infirmière fit irruption dans sa chambre, mettant fin à sa nuit. Sur le plateau se trouvaient des médicaments et une branche de gui. Elle en arracha un brin et le lui glissa sous l'oreiller.

— Ça vous aidera à faire de beaux rêves, déclara-t-elle en lui remplissant un verre d'eau.

Elle le lui tendit avec ses médicaments.

— Le petit déjeuner ne va pas tarder. Voulez-vous que je vous aide à aller jusqu'aux toilettes ?

— Non, merci, je peux y arriver seule.

— Très bien. N'hésitez pas à m'appeler si vous avez besoin de moi.

China fit l'aller-retour de son lit à la salle de bains, agacée par ce léger vertige qu'elle ressentait chaque fois qu'elle se levait. Elle détestait se sentir faible et dépendre des autres. Mais le principal était d'être en vie. D'autant qu'à en croire le Dr Pope elle ne conserverait aucune séquelle physique de ses blessures.

Avant de se remettre au lit, elle fouilla dans le tiroir de sa table de nuit. Elle se souvenait vaguement que Ben y avait laissé sa carte de visite. Quand elle l'eut retrouvée, elle dut s'allonger tant ses jambes flageolaient et attrapa le téléphone posé sur sa table de nuit. Au réveil, le visage de la tueuse lui était revenu à la mémoire avec une telle précision qu'elle avait cru sentir son haleine sur son visage. Pendant que l'infirmière posait le plateau sur son lit, elle avait revu son visage tordu par la rage se transformer et exprimer un profond dédain pour la vie humaine. Elle voulait mettre à profit ce souvenir tant qu'il était encore vivace.

L'horloge de la chambre indiquait presque 7 heures. Sans doute valait-il mieux qu'elle essaye de joindre Ben à son domicile. Elle composa le numéro et attendit.

Ben sortait tout juste de la douche quand le téléphone se mit à sonner.

— C'est pas vrai, grogna-t-il en attrapant une serviette.

Il se l'enroula autour de la taille et courut décrocher.

— Oui ? lança-t-il dans le combiné, le souffle court.

China hésita devant son ton un peu abrupt. Il semblait occupé et hors d'haleine. Peut-être avait-il une femme dans sa vie. Peut-être les avait-elle dérangés au mauvais moment…

— Je suis navrée. Je n'aurais pas dû téléphoner si tôt. Je rappellerai plus tard quand tu…

— China ? C'est toi ?

— Euh, oui, mais… Ecoute, j'ai l'impression de te déranger, et je peux très bien…

— Non, non, la rassura-t-il. Je sors de la douche, c'est tout. Quelque chose ne va pas ?

Inconsciemment, elle resserra l'étreinte de ses doigts sur le combiné tandis que la vision de Ben, nu et dégoulinant, lui traversait l'esprit. Elle se mordit la lèvre devant cette image un peu trop précise, assez fort pour que la douleur l'empêche d'y penser.

— Tout va bien, répondit-elle. Mais, en me réveillant ce matin, le visage de cette femme m'est revenu à la mémoire avec précision. Y aurait-il un dessinateur dans ton service ? Tu sais, quelqu'un qui saurait faire un portrait-robot d'après une description ?

— Bien sûr, et c'est une excellente idée. Pour ne rien te cacher, on y avait pensé, Red et moi, mais je me disais que tu n'étais pas encore prête.

— J'aimerais le faire le plus vite possible.

— Pas de problème. Donne-moi un peu de temps pour tout organiser. On sera à l'hôpital dans deux ou trois heures.

Elle se détendit.

— Ben ?

— Quoi ?

— Merci.

— Non, China, c'est moi qui te remercie. A tout à l'heure, O.K. ?

— Oui, à tout à l'heure.

Elle raccrocha et s'assit tranquillement sur son lit en songeant à l'initiative qu'elle venait de prendre. Pour la première fois depuis qu'on lui avait tiré dessus, elle ne se sentait plus comme une victime. Et c'était une sensation très agréable. Très, très agréable.

10.

En pénétrant dans la chambre de China, Ben et Red la trouvèrent assise dans un fauteuil roulant devant les restes de son petit déjeuner. Un troisième policier les accompagnait, les bras chargés de matériel informatique.

Ben s'approcha d'elle avec un sourire à défaut de pouvoir la serrer dans ses bras.

— Bonjour, China. Je te présente l'agent Matt Avery. On va lui laisser cinq minutes pour s'installer, et ensuite on se mettra au boulot.

Elle qui s'attendait à voir arriver un dessinateur muni de crayons et de feuilles observa le policier d'un air perplexe.

— Vous établissez les portraits-robots sur l'ordinateur ? demanda-t-elle.

— Attendez un peu de voir ce dont cette machine est capable, répondit Avery en souriant.

Otant son manteau, Ben aida son collègue à brancher l'ordinateur tandis que Red se faufilait mine de rien jusqu'à China.

— Bonjour, mademoiselle Brown, dit-il, les yeux rivés sur son petit déjeuner. Je vois que vous n'avez pas mangé votre tartine.

— Je n'avais plus faim.

— Vous permettez ?

Il attrapa le pain grillé puis l'enduisit généreusement de confiture. China le regarda croquer dedans à pleines dents, à la fois surprise et amusée.

Ben leva les yeux au ciel.

— Non mais regarde-toi, Red…

Ce dernier haussa les épaules et mordit de plus belle dans la tartine.

— Faut-il en conclure que Rita te soumet encore à un régime draconien ? s'enquit Ben.

— Ouais, mais sa foutue méthode ne donne aucun résultat, grommela Red en enfournant le reste de la tartine dans sa bouche.

— On se demande pourquoi, répliqua Ben, moqueur, avant de se tourner vers China. Désolé, il n'est vraiment pas sortable.

Elle ne put s'empêcher de s'esclaffer. Presque aussitôt, un sentiment de culpabilité l'envahit. Comme pouvait-elle s'amuser alors qu'elle venait de perdre son bébé ? Elle fixa ses mains, puis une fissure dans un coin de la chambre. N'importe quoi, pourvu que cela empêche ses larmes de couler.

Ben vint s'accroupir devant elle.

— Ne fais pas ça, murmura-t-il doucement.

— Ne fais pas quoi ? demanda-t-elle en évitant son regard.

— Ne t'inflige pas de souffrances supplémentaires. Tu as déjà eu ton lot.

— J'ignore de quoi tu parles.

— De la culpabilité du survivant. Trop souvent, j'ai vu

des gens se reprocher de vivre parce que ceux qu'ils aimaient étaient morts.

Il fit pivoter son fauteuil pour l'obliger à croiser son regard.

— Tu n'es pour rien dans ce qui est arrivé. Tu n'avais pas choisi de te retrouver dans les rues à une heure pareille, et ce n'est pas toi qui as appuyé sur la détente. Le fait que tu sois la seule à avoir survécu à ce drame est un miracle, pas une honte.

Les yeux brouillés de larmes, elle fit un petit signe de la tête. Au fond, elle était d'accord avec lui, mais son cœur avait du mal à entendre raison.

— China ?

— Je sais, je sais… Tu veux bien me passer la boîte de mouchoirs posée sur la table de nuit ?

Il lui tendit les Kleenex, puis s'éloigna pour la laisser sécher ses larmes et reprendre ses esprits en paix.

Un bruit de cuillère cognant contre un bol résonna dans la chambre. Tous se tournèrent vers Red.

— Quoi encore ? grogna-t-il. C'est du porridge. Au cas où vous ne le sauriez pas, le porridge est excellent pour la santé. Lâchez-moi un peu, O.K. ?

Cette fois, China éclata carrément de rire, et une bonne partie de sa culpabilité s'envola, chassée par cette franche gaieté.

— L'ordinateur est en place, annonça Avery. On commence quand vous voulez, inspecteur.

— China, tu es prête ?

Elle acquiesça de la tête.

— Parfait, fit Ben en poussant le fauteuil roulant jusqu'à

la table où son collègue avait installé l'ordinateur. Le programme informatique qu'utilise Avery peut établir un portrait-robot à partir d'une base de données dans laquelle sont stockées des dizaines de milliers de combinaisons de traits physiques. Tu vas commencer par lui décrire la femme qui t'a tiré dessus, et lui élaborera un visage dont les contours se rapprochent de celui que tu as en tête. Puis vous affinerez le dessin ensemble, trait par trait, jusqu'à obtenir un résultat proche de ton souvenir. Tu as compris ?

— Je crois, oui.

— Si tu veux faire une pause pour quelque raison que ce soit, n'hésite pas à le dire. Ta santé passe avant tout.

— D'accord.

Il lui posa la main sur la nuque et s'autorisa une rapide caresse.

— Ne te mets pas de pression, O.K. ? On va faire ça tranquillement.

La main qui lui caressait la nuque reléguait ses angoisses au second plan. Quand Ben s'écarta, elle se sentit comme abandonnée.

— Mademoiselle Brown ?

Elle se tourna vers Avery.

— Pardon. Que dois-je faire ?

— Racontez-moi ce que vous avez vu, répondit le policier avec un air sympathique. Vous comprendrez comment ça fonctionne au fur et à mesure. Je vous propose de commencer avec la forme de son visage et une estimation de son âge.

Elle plissa les yeux pour mieux se concentrer.

— La rue était presque déserte et mal éclairée. Il y avait beaucoup de zones d'ombre, mais nous nous trouvions devant un bar éclairé par un néon. Sans compter toutes les illuminations de Noël… J'ai pu assez bien distinguer son visage à deux reprises. La première fois quand nous nous sommes rentrées dedans, et la deuxième, quand elle a pointé son arme sur…

Elle s'arrêta, secouée de frissons.

— Prenez votre temps, conseilla Avery. Je sais que ce n'est pas facile.

— Ça va aller. Pour ce qui est de son âge, sans être catégorique, je dirais qu'elle n'était pas jeune.

— Vous voulez dire qu'elle était vieille ?

— Non. Elle n'avait pas vingt ans, ni même trente. Elle était très belle, mais c'était une femme d'âge mûr. Elle devait avoir entre quarante-cinq et cinquante ans. Elle avait un visage ovale, un menton volontaire et un nez droit. Ses traits m'ont semblé très réguliers.

Ben se tenait debout à côté de l'ordinateur, l'œil rivé sur l'écran où se dessinait un visage.

— Dis donc, Ben, intervint soudain Red, je vais aller faire un tour dans le hall. Il faut que j'achète des antiacides. J'en ai pour une minute.

— O.K., mais, si tu reviens avec des miettes de sandwich sur le revers de ta veste, je te dénonce à Rita.

— C'est pas vrai, ça… On ne va pas faire un drame pour un petit casse-croûte, quand même !

Il quitta la pièce en maugréant, laissant à Ben le soin de superviser la séance. Dix minutes plus tard, il revenait dans la chambre et se postait sans rien dire à côté de son coéquipier.

Avery posait ses questions posément, sans brusquerie,

mais il ne laissait rien passer. Grâce à son savoir-faire, China retrouvait dans sa mémoire des détails dont elle ne se rappelait pas quelques instants plus tôt.

Un sourcil légèrement plus arqué que l'autre.

Des lèvres tout sauf plantureuses.

Au bout d'une heure, elle commença à montrer de sérieux signes de fatigue. Pâle et tremblante, elle s'affala vers l'avant.

— Ça suffit comme ça, décréta Ben en l'aidant à se redresser. Tu dois te reposer, maintenant.

Mais elle lui empoigna le bras.

— Non, attends un peu. Tu m'as dit qu'on s'arrêterait quand je serais satisfaite du résultat, et ce n'est pas encore le cas.

Elle se pencha vers l'écran et détailla le visage qui y était dessiné trait après trait.

— Il y a quelque chose qui cloche…

— Son front était peut-être plus haut ? proposa Avery.

Il pianota sur son clavier et le front de la femme s'agrandit, modifiant complètement son apparence.

— Non, non, revenez en arrière. Le problème se situe dans le bas du visage… Quelque chose autour de la bouche, mais je n'arrive pas à…

Elle poussa un petit cri.

— Si ! Sa lèvre supérieure ! C'est ça, c'est sa lèvre supérieure. Il faut l'allonger et la faire ressortir. Celle-ci donne un aspect trop lisse à son visage. Je me souviens d'une bouche beaucoup plus marquée.

Les doigts d'Avery se mirent à danser sur les touches de l'ordinateur, et le visage se transforma de nouveau.

— Voilà ! s'écria China. C'est ça. C'est bien elle. C'est la femme qui m'a tiré dessus.

Sa voix se brisa d'un coup.

— La femme qui a tué mon bébé…

Elle se mit à pleurer et cacha son visage dans ses mains.

— On s'arrête là, ordonna Ben.

Avery s'exécuta sans rien dire. De toute façon, il n'avait pas besoin de China pour ce qui restait à faire. Red l'aida à remballer son matériel tandis que Ben ramenait China devant son lit.

Quand les deux policiers eurent disparu, elle voulut se lever seule de son fauteuil. Ben l'en empêcha.

— Laisse-moi t'aider.

Il la souleva sans effort et la déposa avec précaution sur son lit. Epuisée par les efforts que la séance lui avait demandés, elle trouva à peine la force de se tourner vers lui.

— J'ai réussi, n'est-ce pas ? murmura-t-elle.

Il lui allongea les jambes et remonta la couverture au-dessus de sa taille. Le cœur gonflé de rage, il songea au portrait-robot qu'elle avait extirpé trait après trait de ses pires souvenirs. *Que Dieu ait pitié de cette tueuse, parce que, moi, je n'en aurai aucune.*

Penché sur elle, il repoussa les mèches qui lui étaient tombées sur le front et inspira profondément.

— Oui, China, tu as réussi. Comment te sens-tu ? Tu n'as pas mal, au moins ? Est-ce que tu veux que j'appelle une infirmière ?

Il avait déjà le doigt sur la sonnette quand elle l'arrêta.

— Non, ce n'est pas la peine.

— Tu en es sûre ?

— Oui. J'ai seulement besoin de repos.

— Comme tu voudras.

Elle battit un instant des paupières, puis ses yeux se fermèrent et sa respiration se fit plus lente. Ben resta à son chevet jusqu'à ce qu'elle s'endorme complètement. Alors seulement il éteignit la lumière et l'embrassa doucement sur la joue.

— Fais de beaux rêves, ma poupée.

Arrivé à la porte, il se retourna une dernière fois pour s'assurer que tout allait bien. Puis il quitta la chambre sur la pointe des pieds.

Les mots que Ben avait prononcés avant de s'en aller s'étaient logés dans le subconscient de China, ressuscitant un lointain souvenir d'enfance.

— Mais, maman, je n'ai pas envie de dormir.

— Tu as école demain, China Mae. Ferme les yeux et fais de beaux rêves.

Elle se tortilla sous les draps et ferma les yeux, mais le sommeil ne venait pas.

— Chante-moi une chanson, maman. Juste une chanson et je m'endormirai.

Sa mère se pencha vers elle, un tendre sourire sur les lèvres.

— D'accord, mais tu dois me promettre de te tenir tranquille pendant que je chante.

— Oui, maman, c'est promis.

La jolie voix de sa mère emplit la chambre.

Grâce divine, Ton nom est si doux à l'oreille.

Tu m'as sauvé, moi, pauvre hère.
J'étais perdu, et je me suis trouvé.
J'étais aveugle, et à présent je vois…

Au milieu du deuxième couplet, elle s'aperçut que China s'était endormie. Elle cessa de chanter et lui posa un baiser sur le front.

— Dors bien, ma poupée. Fais de beaux rêves.

China sourit dans son sommeil, heureuse de revoir sa mère.

Mona Wakefield claqua la porte du taxi et se dirigea à grands pas vers la galerie marchande afin d'échapper au froid. Son tailleur était certes à la dernière mode, mais pour le moins inadapté aux rigueurs du mois de décembre, et le vent s'infiltrait sous le tissu trop fin. Sa penderie avait beau être encombrée d'une bonne douzaine de manteaux, elle n'en portait presque jamais. Pourquoi cacher ce qu'elle se donnait tant de mal à mettre en valeur — c'est-à-dire elle-même ?

Un sourire flottait sur ses lèvres, dû à la perspective de pratiquer son sport favori — le shopping —, mais aussi au plaisir d'avoir réussi à déjouer la vigilance de son fils. D'humeur joyeuse, elle rajusta la bretelle de son sac à main et s'en fut d'un pas décidé à l'assaut des vitrines. Partout dans la galerie, les odeurs de cannelle et de pop-corn apportaient leur contribution à l'atmosphère festive qui précédait Noël. Elle adorait papillonner de boutique en boutique sous les regards étonnés. Et ces commentaires murmurés sur son passage, ces gens qui se tordaient le cou pour voir s'il s'agissait bien de la mère du sénateur Wakefield…

Dieu qu'elle aimait la célébrité !

Debout devant son bureau, Bobby Lee raccrocha brusquement le téléphone et pointa un doigt accusateur vers son directeur de campagne.

— Delia vient de m'apprendre que ma mère n'était plus là. Vous m'aviez pourtant assuré qu'elle était en train de dormir !

Ainsley Been blêmit sous la violence de l'attaque.

— C'est elle-même qui m'a dit qu'elle allait faire une petite sieste quand je suis passé récupérer mon dossier. Et puis je ne suis pas chargé de veiller sur elle, que je sache. Pourquoi en faire toute une histoire ? Elle a sans doute eu envie d'aller se promener, c'est tout. Mme Wakefield n'est pas une gamine. Elle ne va quand même pas demander votre permission avant de sortir…

— Toute une histoire ? répéta Bobby Lee, furieux, en l'empoignant par le revers de sa veste.

Il l'attira à quelques centimètres de son visage et gronda :

— Si vous comptez faire le voyage jusqu'à la Maison Blanche accroché à mes basques, je vous conseille d'apprendre à la surveiller ! Vous n'avez aucune idée de ce dont elle est capable, et, quand vous le découvrirez, il sera trop tard, pour vous comme pour moi !

Stupéfait, Ainsley le considéra avec de grands yeux. Jamais il ne l'avait vu dans un état pareil.

— D'accord, d'accord, murmura-t-il en se dégageant. Je

vais voir ce que je peux faire. En attendant, je crois qu'il vaudrait mieux que vous vous calmiez. Inutile de crier sur tous les toits que votre mère a besoin d'un chaperon. La presse en ferait ses choux gras.

Il s'échappa plus qu'il ne prit congé, ravi de s'en sortir à si bon compte. A un moment, il avait bien cru que le sénateur allait le frapper.

Resté seul, Bobby Lee alla se poster à la fenêtre et contempla la ville qui s'étendait à ses pieds. Cette période de l'année aurait dû être le moment idéal pour faire le point. Aucun débat ne requérait sa présence au Sénat, et l'entreprise familiale fonctionnait quasiment seule, même s'il tenait — comme aujourd'hui — à s'y montrer de temps à autre. Le commerce du pétrole avait connu des jours meilleurs, mais la Wakefield & Co avait su se diversifier à temps de sorte qu'elle continuait à prospérer. Bobby Lee se fichait que certains — des vieux barons de la finance — le traitent de nouveau riche. L'essentiel était que les affaires marchent. Pour cela, il n'hésitait pas à appliquer les méthodes du capitalisme moderne, voire sauvage. Dès le début de sa carrière, le monde des affaires l'avait considéré comme un requin. Toujours en quête de nouvelles acquisitions, il semblait doté d'un appétit sans limites pour gagner plus d'argent, mais aussi et surtout pour accroître son pouvoir. Joueur dans l'âme, il aimait prendre des risques — par exemple acheter des entreprises au bord de la faillite, puis les revendre beaucoup plus cher quelques années plus tard. Cela dit, les sommes extravagantes qu'il engrangeait lui tournaient moins la tête que la sensation de tout contrôler. Et maintenant qu'il venait de se lancer l'ultime défi, le seul capable d'étancher sa soif de pouvoir, malheur à ceux qui oseraient se mettre en travers de sa route — même s'il s'agissait de sa propre mère.

Midi n'avait pas encore sonné, et Connie Marx se versait un autre verre de whisky. Elle l'avala d'un trait avec une grimace, puis le remplit une troisième fois. Son verre à la main, elle recommença à arpenter le salon et jeta un regard sombre au texte affiché sur l'écran de son ordinateur : sa lettre de démission. Elle hésitait encore à la remettre à la chaîne. Devait-elle prendre les devants et démissionner, ou attendre d'être virée, au risque de perdre toute possibilité de retravailler un jour à la télévision ? Ce monde était sans pitié pour les perdants. En quittant volontairement son poste, elle pourrait enfin se consacrer à ce livre qu'elle remettait sans cesse au lendemain, faute de temps, et plus tard, quand cette histoire serait oubliée, elle ferait son grand retour sur les plateaux de télévision, peut-être avec un best-seller en guise de sésame.

— Et merde, lâcha-t-elle entre ses dents.

Elle vida son verre et le jeta violemment contre le mur. Il alla s'écraser sur la photographie de Larry Dee Jackson, juste entre ses deux yeux.

— Tout ça, c'est ta faute, connard ! Si tu avais fermé ta grande gueule, je n'en serais pas là !

Le téléphone se mit à sonner. Passé l'instant de surprise, elle se précipita sur le combiné pour répondre. Cela faisait des jours qu'elle n'avait parlé à personne, pas même à ce salaud de Larry Dee.

— Allô ?

— Salut, Connie, c'est Ronnie. Ronnie Boyle.

Elle s'attendait à tout, sauf à cela. C'était la première fois que son collègue l'appelait chez elle. A vrai dire, tous les deux ne s'appréciaient guère — ou, du moins, *elle* n'avait jamais pu le supporter. Et maintenant qu'il profitait de son absence pour se mettre en avant, elle n'était pas loin de le haïr.

— Salut, Ronnie.

Devant son ton peu engageant, il songea qu'il lui faudrait faire preuve de beaucoup de doigté pour arriver à ses fins.

— Je voulais seulement prendre de tes nouvelles. Tu nous manques, tu sais.

— Ah bon ?

Il fit la grimace et décida de changer de tactique.

— Ecoute, Connie, je trouve que c'est injuste, ce qui t'arrive. Je voulais que tu le saches. Personne à la chaîne ne te croit impliquée dans cette sordide affaire. Je veux dire… nous, on présente l'actualité, c'est tout. On ne trucide pas les gens pour avoir quelque chose à raconter au journal !

— C'est gentil de m'appeler, mais je suis assez occupée et…

— Attends !

Elle ne put retenir un soupir.

— Quoi encore ?

— Que dirais-tu d'une interview exclusive ? demanda-t-il à brûle-pourpoint. Es-tu vraiment la maîtresse de Larry Dee Jackson ? Ce type intéresse notre public, tu le sais aussi bien que moi. Les téléspectateurs ont le droit de…

— Putain, je rêve ! Pour qui travailles-tu, Ronnie ? Canal 7 ou les journaux à scandale ? Quant à notre public, il peut aller se faire foutre, tout comme toi, d'ailleurs !

Sur ces mots, elle raccrocha et arracha le fil du téléphone avant de balancer l'appareil à travers la pièce.

— Va au diable, Boyle ! Et toi aussi, Larry Dee ! Et surtout toi, Chaz Finelli ! J'espère que tu brûles en enfer, sale fouille-merde !

Ariel Simmons jeta un dernier regard à son miroir, puis quitta sa loge pour entrer sur scène. Dans l'amphithéâtre, une foule compacte l'attendait, principalement composée de fidèles, mais aussi de curieux venus voir de plus près la femme soupçonnée de meurtre. Sans compter les gens fascinés par celle qui prêchait la parole de Dieu le dimanche après s'être donnée au diable le samedi soir... La rumeur s'était propagée comme une traînée de poudre : la ville entière avait entendu parlé de la photographie où on la voyait brandir un fouet, toute de cuir vêtue. Salaud de Finelli. Elle ignorait encore comment il avait réussi à prendre ce cliché. Il ne lui restait d'autre choix désormais que de tout nier en bloc.

Peu lui importait le sixième commandement de Jésus : à cet instant, elle aurait fait n'importe quoi pour que tout cela cesse. Y compris transformer Finelli en passoire. Malheureusement, ce fumier reposait déjà six pieds sous terre.

— Etes-vous prête, sœur Simmons ?

Se retournant, elle se retrouva nez à nez avec son producteur. Même lui la regardait différemment depuis quelques jours. Elle sentit monter en elle toute la rage accumulée depuis la première visite de la police. Bon sang, elle n'avait pas fait tout ce chemin depuis le fin fond du Mississippi pour renoncer maintenant !

— Oui, je suis prête.

Elle s'avança sur la scène, sa robe de mousseline bleu pâle flottant autour de ses chevilles dans un nuage vaporeux.

Le murmure de la foule cessa brusquement quand elle étira les bras vers le ciel, comme pour implorer le Seigneur d'écouter sa supplique.

— On me met à l'épreuve ! cria-t-elle.

Avant que quiconque ait eu le temps de réagir, elle serra les poings et les brandit devant l'assemblée interdite.

— Satan essaie d'étouffer la parole de Dieu. Il a perverti le bon jugement de la justice, des médias et de ceux d'entre vous qui doutent de moi. Il sème le mal partout sur mon chemin, mais écoutez-moi !

Elle avait élevé la voix au point de hurler.

— Je ne me laisserai pas abattre ! Dieu est ma force ! Il est mon épée et mon bouclier ! Je suis une brebis innocente, et je refuse d'être massacrée pour complaire aux sombres desseins du Malin !

Elle tomba à genoux, ses longs cheveux blonds ruisselant sur ses épaules, et se prosterna devant la foule qui retenait son souffle.

Après un instant de stupeur, tous les spectateurs se levèrent, et de grands cris de joie fusèrent à travers l'amphithéâtre tandis que certains se mettaient à se lamenter et à prier à haute voix, honteux d'avoir pu croire, ne serait-ce qu'une seconde, aux ignobles rumeurs que l'on faisait courir sur cet ange divin.

Ariel resta immobile, le visage enfoui dans ses bras, à

écouter les cris et les lamentations de la foule en délire. Lorsqu'elle sentit vibrer le sol, martelé par les fidèles, un sourire se dessina sous le rideau de ses cheveux.

Elle se pavanait devant sa psyché pendant que Rod Stewart faisait vibrer les murs du chalet. Le frôlement de la soie rouge sur sa peau et la caresse de ses cheveux blonds contre sa nuque se révélaient une combinaison des plus aphrodisiaques. Mais c'était la musique qui l'excitait le plus. Cette chanson était son hymne, son euphorisant. Il ne manquait qu'une seule chose pour parfaire cette soirée. Elle cessa un instant de se trémousser pour s'intéresser au cliché qu'elle avait scotché sur le miroir. Les yeux sombres de l'homme, perdus dans un large visage café au lait, semblaient lui rendre son regard. Peu importait la couleur de sa peau pourvu qu'il soit équipé pour l'envoyer au septième ciel. Et, d'après ce qu'elle avait entendu dire, non seulement cet homme-là était l'un des meilleurs coups de Dallas, mais en plus il n'était pas du genre à faire le difficile. En gros, ce type était ouvert à toutes sortes de pratiques sexuelles, y compris les plus tordues. Cette envie de sortir des sentiers battus, d'essayer des choses nouvelles… Voilà ce qu'elle appréciait chez un homme.

— Dépêche-toi, mon chéri, murmura-t-elle avant de se masser la poitrine d'une main, tandis que l'autre plongeait entre ses jambes.

La soie se plaquait contre son corps aux endroits où s'aventurait sa main impatiente. Elle ferma les yeux. La tête renversée, elle imagina que les doigts qui exploraient son intimité étaient ceux d'un homme. C'était bon, tellement bon... Le sang lui montait au visage, il battait à ses tempes, en cadence avec la musique. Sans cesser de se caresser, elle rouvrit les yeux pour contempler dans le miroir son visage transfiguré par le plaisir.

Soudain, des phares de voiture balayèrent le mur derrière elle. Le cœur battant, elle se figea, la main toujours entre les cuisses, et laissa échapper un soupir.

— Juste à temps.

Elle se dirigea vers la porte avec un sourire.

Le jour venait à peine de se lever quand on trouva le corps nu et sans vie de Lashon Fontana dans la ville de Garland, abandonné près d'un container à ordures. La presse arriva sur les lieux au moment où le médecin légiste sortait de sa voiture.

— Nom de Dieu ! s'écria un journaliste. Dites-moi que je rêve... Ça ne peut quand même pas être « Passe-muraille » Fontana !

Et pourtant, si. L'homme étendu là avec une balle dans la nuque était bien la fierté de l'équipe des Dallas Slickers. Avec son mètre quatre-vingt-dix-huit et ses cent seize kilos de muscles, il avait été élu meilleur attaquant du championnat de football américain trois ans d'affilée. « Passe-muraille », ainsi surnommé pour sa capacité à percer les défenses les plus coriaces d'un simple coup d'épaule, venait de connaître une fin de carrière plutôt tragique.

Quatre heures plus tard, on retrouvait sa voiture sur le parking d'un supermarché, avec ses vêtements à l'intérieur. Si la mort de Tashi Yamamoto avait affecté quelques centaines de travailleurs — essentiellement parce qu'ils craignaient pour leur emploi —, celle de Fontana endeuillait non seulement le Texas, mais aussi la nation tout entière. D'où la ruée des journalistes sur les lieux. La police de Garland, peu habituée à voir tant de caméras et de micros camper devant son quartier général, avait bien du mal à gérer les fuites.

En fin d'après-midi, la situation se compliqua encore. Un fonctionnaire zélé de la police scientifique de Dallas compara la balle retrouvée dans le corps de Fontana avec celle qui avait tué Yamamoto. Les résultats concordaient. Cette première découverte l'incita à renouveler l'opération avec les projectiles tirés par l'assassin de Finelli. Là encore, il s'aperçut qu'il s'agissait de la même arme. Du coup, il étendit les tests à tous les meurtres similaires non élucidés perpétrés à Dallas et dans les villes voisines : avant la tombée de la nuit, la liste des homicides commis avec l'arme qui avait servi à tuer Fontana comportait six nouveaux noms.

A 22 heures, Ronnie Boyle ouvrait le journal télévisé avec ce scoop : *Un tueur en série sévit dans la région.* La nouvelle provoqua un tel choc parmi la population de Dallas et des environs que la disparition de Fontana passa aussitôt au second plan.

Assise sur son canapé, une bouteille de whisky calée entre ses jambes, Connie Marx pleurait sans discontinuer. Le mois dernier, c'était elle qui aurait donné cette information sur l'antenne de Canal 7, elle que l'Amérique aurait écoutée pour connaître les derniers rebondissements de l'affaire… Au lieu de cela, elle se trouvait sur la touche. Pire, elle était soupçonnée d'avoir joué un rôle dans cette sordide histoire.

Elle se versa un autre verre et le vida comme s'il s'agissait d'un médicament. Plus le temps passait, et plus elle sentait grandir en elle un sentiment d'injustice et de rage. Si Chaz Finelli n'était pas déjà mort, elle se serait volontiers chargée de lui régler son compte.

La brigade criminelle de Dallas était en pleine effervescence. Tandis que le gouverneur appelait le ministre de l'Intérieur pour lui faire part de ses inquiétudes au sujet des récentes révélations de la presse, le capitaine Floyd rassemblait toutes ses troupes pour une réunion d'urgence. Il plaça une équipe sous les ordres de Ben afin d'enquêter sur les meurtres de Finelli et de Yamamoto et pria tous les policiers qui ne se consacraient pas déjà à un dossier brûlant de se mettre eux aussi à son service. Enfin, il donna l'ordre de partager toutes les informations avec les polices de Garland et d'Arlington, participant elles aussi à l'enquête.

Le portrait-robot que China avait établi avec l'aide d'Avery fut distribué à chaque service de police du Texas ainsi qu'aux médias. Dès le lendemain matin, le visage de la tueuse serait omniprésent dans les journaux et sur toutes les chaînes de télévision.

Ben ne pouvait qu'applaudir à cette démarche qui aiderait sans nul doute à démasquer la coupable. Pourtant, cela lui posait aussi un problème majeur. Car le portrait-robot ne manquerait pas de mettre la puce à l'oreille de la tueuse. Elle en déduirait que la police avait retrouvé un témoin oculaire et comprendrait vite qu'il s'agissait de China.

Dans quelques heures, quand le portrait serait diffusé, China cesserait d'être en sécurité.

11.

Mattie English marchait de long en large dans le salon et ne s'arrêtait que le temps de jeter un coup d'œil par la fenêtre. Toujours aucune nouvelle de Ben. Elle lui avait pourtant laissé deux messages lui demandant de la rappeler. Depuis qu'elle avait écouté les informations la veille, China Brown ne lui sortait plus de l'esprit. La pauvre fille devait être terrifiée à l'idée d'être la seule capable d'identifier formellement un tueur en série — ou plutôt *une tueuse* en série, si l'on en croyait le portrait-robot. Bien sûr, Mattie avait songé au danger qu'elle courrait elle-même en l'hébergeant, mais elle ne se sentait pas le cœur de se rétracter. La compassion prenait le pas sur ses craintes.

Alors qu'elle passait devant le téléphone, la sonnerie retentit. Elle sursauta et se jeta sur le combiné.

— Allô ?

— C'est moi, maman.

— Ben ! Qu'est-ce qui se passe ? China va bien ? Les médias sont déjà au courant de son identité ?

— Elle va bien, maman. Quant aux médias, Dieu merci, ils ne savent encore rien. Ecoute, je voulais te dire… Ce n'est peut-être pas une si bonne idée que China vienne habiter chez toi. Sa présence risque de te mettre toi aussi en danger.

— Ne t'inquiète pas, on s'en sortira très bien. Et puis n'oublie pas que Dave sera là également. De toute façon, ma décision est prise. J'ai vécu en retrait de la vie pendant trop longtemps. Je crois qu'un peu d'action et d'adrénaline me feront le plus grand bien.

— Il ne s'agit pas d'aller essayer le nouveau Space Mountain à Disneyland, maman ! répliqua-t-il avec une pointe d'agacement. Je te rappelle qu'on a affaire à un tueur en série. Je t'aime et je ne veux pas qu'il t'arrive quoi que ce soit.

— Et China ? Que ressens-tu pour elle ?

Il y eut un silence à l'autre bout du fil. Quand Ben se décida à répondre, il ignora complètement la question.

— Il vous faut une surveillance constante. Dave s'en chargera pendant la journée, et en ce qui concerne la nuit, eh bien, je viendrai dormir au ranch.

— Ça ne va pas être drôle pour toi tous les jours, avec tous les embouteillages...

Le ranch était situé à plus de trente kilomètres du centre-ville, et, aux heures de pointe, les trajets se révélaient toujours un vrai calvaire.

— C'est vrai, mais vous en valez largement la peine. Toutes les deux.

Mattie eut une mimique entendue. Ainsi, elle avait vu juste depuis le début : l'attention de son fils envers China allait bien au-delà de la conscience professionnelle.

— Très bien, commenta-t-elle. Quand arriverez-vous à la maison ?

— J'irai chercher China quand la nuit sera tombée. Je n'ai pas envie qu'un journaliste un peu trop curieux me reconnaisse en sa compagnie et fasse le rapprochement avec le témoin mystère.

— Je vous attendrai. Sois prudent sur la route, mon Bennie. Je t'aime.

— Je t'aime aussi, maman.

Il raccrocha, un peu soucieux. *Bennie.* Cela faisait des années qu'elle ne l'avait pas appelé comme ça. Elle devait vraiment s'inquiéter. *A moi de la rassurer,* se dit-il en enfilant son manteau.

Avant de partir, il prit sous son bras un tas de dossiers et alla se planter devant le bureau d'un autre inspecteur.

— Joyeux Noël, lança-t-il en laissant tomber les dossiers devant lui. Le capitaine veut que je concentre mes efforts sur l'affaire Finelli et Yamamoto. Si tu as du mal à lire mes notes, pousse un grand cri.

Son collègue grimaça.

— Grand comment ?

— Dès que je serai loin d'ici, tu pourras gueuler aussi fort que tu veux. Merci, ajouta Ben, je te dois une fière chandelle.

— Je saurai te le rappeler en temps voulu.

Il aurait intérêt, car Ben ne s'était pas éloigné d'un pas qu'il ne pensait déjà plus qu'à China et à la façon de la faire sortir discrètement de l'hôpital. Il nota dans un coin de sa tête de demander au Dr Pope d'éliminer toute trace de son séjour à l'hôpital, du moins jusqu'à l'arrestation de la tueuse.

Le cœur battant la chamade, China attendait Ben. L'hôpital avait été pour elle une sorte de refuge, et elle ne pouvait s'empêcher d'avoir peur à l'idée de le quitter. Pour sa sortie, elle avait revêtu ses propres vêtements. Après des jours et des jours en blouse réglementaire, cela lui faisait tout drôle d'être habillée normalement. Ses vêtements étaient restés bien pliés dans l'armoire de sa chambre. Quelqu'un les y avait rangés le lendemain de son transfert depuis l'unité de soins intensifs. En les sortant du tiroir, elle avait dû faire appel à toute sa volonté pour ne pas s'effondrer, car, la dernière fois qu'elle les avait portés, elle était enceinte. Maintenant, il n'y avait plus de bébé, seulement une longue cicatrice sur son ventre. Si elle avait réussi à mettre seule son pantalon, elle avait dû demander l'aide d'une infirmière pour enfiler son pull. Il lui faudrait plusieurs mois de rééducation avant de pouvoir recouvrer l'usage normal de son bras. Mais le Dr Pope s'était montré très rassurant au sujet d'éventuelles séquelles. En attendant, ses handicaps temporaires ne cessaient de lui rappeler la tragédie qu'elle aurait tant voulu oublier.

Elle entrebâilla la porte et passa la tête à l'extérieur dans l'espoir de voir se profiler la longue silhouette de Ben. Le policier en faction lui fit un signe de tête.

— Il serait plus prudent de laisser la porte fermée, lui conseilla-t-il.

Elle s'exécuta avec un soupir. Combien de temps encore devrait-elle subir la présence de gardes du corps ? Et, si la police ne parvenait jamais à mettre la main sur la tueuse, serait-elle obligée de se cacher toute sa vie ?

Découragée, elle se rallongea sur son lit et ferma les yeux. La peur l'empêcha de trouver le sommeil. Il lui faudrait vivre non seulement cachée, mais avec des étrangers. Elle avait toujours accordé sa confiance trop facilement. Du moins avant. L'ancienne China, bien trop naïve, était morte en même temps que son bébé. Désormais, elle se méfiait de tout le monde. De tout le monde, sauf de Ben English. Jusqu'à ce jour, il s'était montré digne de confiance. L'homme aux promesses…

Comme s'il suffisait de penser à lui pour qu'il apparaisse, Ben pénétra dans la chambre, flanqué de trois policiers en uniforme, du Dr Pope et d'une infirmière poussant un fauteuil roulant.

— C'est l'heure du grand départ, annonça-t-il.

China se redressa. Aussitôt, une douleur vivace lui cisailla le ventre, et elle s'immobilisa en laissant échapper un grognement.

— Laisse-moi t'aider, proposa Ben.

Il passa un bras sous son épaule.

— Voilà… Tout va bien ? demanda-t-il une fois qu'elle fut assise sur le bord du lit.

Elle fit signe que oui.

S'approchant à son tour, le Dr Pope posa une main sur son épaule.

— Vous êtes une femme remarquable, mademoiselle Brown. Je suis heureux d'avoir fait votre connaissance, je regrette seulement que ç'ait été en de telles circonstances.

— Merci, docteur. Merci pour tout.

Il sourit, puis montra du doigt les policiers qui accompagnaient Ben.

— Ils sont prêts à vous emmener, et vous êtes en état de partir. Si vous avez la moindre question durant votre convalescence, vous savez où me joindre. Continuez à prendre les antalgiques que je vous ai donnés. Quand vous n'en aurez plus, je vous ferai une ordonnance pour les renouveler. L'inspecteur English m'a assuré qu'il se chargerait personnellement de vous la remettre. Prenez soin de vous et bonne chance.

Les larmes aux yeux, China lui passa les bras autour du cou et l'embrassa sur les deux joues.

— Vous m'avez rendu la vie. Vous pouvez compter sur moi pour en faire bon usage.

Elle descendit du lit avec précaution en s'appuyant sur Ben et le Dr Pope. L'infirmière s'avança avec le fauteuil roulant.

— Installez-vous dans le fauteuil.

— Merci, mais je peux marcher toute seule.

L'infirmière secoua la tête.

— Désolée, ce sont les règles de l'hôpital.

Avant que China ait pu répondre, Ben lui tendit un sac.

— Il fait un froid de canard, dehors, déclara-t-il en guise d'explication.

Surprise, elle regarda à l'intérieur. Ben sentit son cœur se dilater en voyant ses yeux s'écarquiller comme ceux d'un enfant devant l'arbre de Noël.

China sortit un manteau du sac. Jusqu'alors, il ne lui était même pas venu à l'idée que celui qu'elle portait le soir du drame était inutilisable. Chassant de son esprit l'image du vêtement maculé de sang et troué par les balles, elle releva la tête.

— Oh, Ben…

Il lui prit le manteau des mains et l'aida à l'enfiler. Le

manteau lui arrivait aux genoux. Elle s'enveloppa dedans, réconfortée par le contact de la laine chaude et épaisse. Ben ferma tous les boutons jusqu'au dernier, puis s'écarta pour la contempler.

— Ouf, c'est la bonne taille.

Il arrangea la capuche derrière sa tête et ajouta à voix basse :

— Il est assorti à tes yeux.

Bouche bée, elle ne répondit pas. En plus d'avoir fait preuve de prévenance en lui achetant ce manteau, il l'avait choisi de la couleur de ses yeux. Incroyable, songea-t-elle, émue aux larmes.

Elle s'assit dans le fauteuil roulant tandis que Ben récupérait son sac. Il le lui posa sur les cuisses au moment où l'infirmière s'apprêtait à la pousser hors de la chambre.

— Attendez ! l'arrêta-t-il avant qu'elle franchisse le seuil.

Il passa la tête dans le couloir et regarda à droite et à gauche.

— O.K., vous pouvez y aller.

L'infirmière poussa China dans le couloir.

La suite se passa comme dans un rêve. Ben ouvrant la marche, les trois policiers autour d'elle, l'ascenseur de service, l'odeur d'antiseptique, un rire étouffé, une télévision au volume trop élevé… Tout cela donnait une impression d'irréalité. Sans qu'elle s'en aperçoive, ils atteignirent le rez-de-chaussée. Déjà.

Son arme à la main, Ben passa le sas et sortit sur le trottoir. En le voyant brandir un revolver, China eut un haut-le-cœur. L'idée de s'enfuir à toutes jambes lui traversa l'esprit. Pour aller où ? Respirant profondément, elle stoppa net ses ruminations et s'obligea à se calmer. Si ces hommes étaient armés, ce n'était pas pour l'agresser, mais pour la protéger.

— C'est bon, déclara Ben. La voie est libre.

Dehors, il faisait un froid glacial. China rentra le cou dans son manteau, pleine de reconnaissance envers Ben. Ils se dirigèrent vers le parking où une voiture gris clair les attendait. Quelqu'un les devança pour ouvrir une portière.

Lorsque l'infirmière immobilisa le fauteuil roulant, China se leva avec précaution.

— Doucement, fit Ben en la prenant par le bras.

Tandis qu'il l'aidait à monter à bord de la voiture, elle ressentit un sentiment étrange. De nouveau, ce qui l'entourait lui parut surréaliste : le vent sur son visage, l'odeur des sièges en cuir de la voiture, le confort de son nouveau manteau, les policiers entourant la voiture armes à la main… Ce n'était pas une simple sortie d'hôpital, c'était le début d'une dangereuse partie de cache-cache.

Installée sur le siège avant, elle bouclait sa ceinture quand Ben vint s'asseoir à côté d'elle. L'habitacle parut aussitôt rétrécir de moitié.

En voyant son air craintif, Ben se demanda si elle avait peur de lui. Comme si elle avait lu dans ses pensées, elle lui adressa un petit sourire.

Il hocha la tête, compréhensif.

— Ce déploiement de forces doit être difficile à vivre pour toi. Mais, dans mon métier, on n'est jamais trop prudent.

— Ne t'en fais pas. Je sais que c'est pour me protéger.

— Je préfère ça… Bon, voilà comment ça va se passer. Je t'emmène directement chez maman. Maintenant que la nuit est tombée, on ne risque pas de se faire repérer. L'endroit où nous allons est suffisamment isolé pour te permettre une certaine liberté dans l'enceinte même de la propriété. En revanche, pas question de quitter le ranch avant que la coupable soit derrière les barreaux. Pour le moment, personne ne sait que tu es notre témoin. Mais on ne peut se permettre de prendre le moindre risque, tu comprends ?

Elle acquiesça d'un signe.

— Tu es bien installée ? demanda-t-il. Tu peux t'allonger, ce serait…

Elle posa la main sur son bras.

— Je suis très bien comme ça.

— Je ne laisserai personne te faire du mal, China.

— Je sais.

La confiance qu'il lut dans ses yeux lui fit chaud au cœur. Alors qu'elle s'adossait à son siège, les mains sagement croisées sur les cuisses, il mit le contact. Il adressa un petit signe de la main aux policiers, puis démarra. La voiture quitta le parking pour s'enfoncer dans la nuit.

Moins d'une heure plus tard, Ben se garait dans la cour de sa maison d'enfance. Il coupa le moteur et jeta un coup d'œil à China. Ils n'avaient pas quitté Dallas qu'elle dormait déjà. Ben en avait profité pour se laisser aller à une petite rêverie : China et lui étaient mariés depuis des années et elle s'était assoupie au retour d'un dîner en ville… Cela avait beau l'effrayer, il devait admettre qu'il était en train de tomber amoureux d'une quasi-inconnue.

Il l'observait, submergé par des sentiments contradictoires, quand elle remua sur son siège et ouvrit les yeux.

— On est arrivés ?

— Oui, on est arrivés. Bienvenue chez toi.

Il sortit le premier et contourna la voiture pour l'aider à descendre. Sous le choc, elle resta immobile sur son siège. Jamais elle n'aurait pu rêver d'un tel accueil.

Chez toi.

Il lui ouvrait grand les portes de sa maison.

Comment serait l'existence sous le même toit que lui ? A quoi ressemblerait une vie paisible, sans peur du lendemain ? Une vie où elle se sentirait aimée et en sécurité ?

Elle frissonna. Aimée ? D'où lui venait une idée pareille ?

Ben ouvrit la portière et glissa une main sous son épaule.

— Là… Ne fais pas de mouvements brusques. Je vais t'accompagner à l'intérieur, et je reviendrai ensuite chercher tes affaires.

— Très bien.

Elle se déplaça jusqu'à l'extrémité du siège pour se mettre debout plus facilement.

Son corps meurtri se rappela à son bon souvenir quand elle se raidit instinctivement sous la morsure du vent. Ben se colla à elle afin de la protéger des bourrasques glacées.

— Repose-toi sur moi, dit-il en l'entourant de son bras.

Elle ne répondit pas, n'osant même pas le regarder. Accéder à sa demande, au propre comme au figuré, risquait de l'entraîner vers une grande désillusion, car toute l'attention dont elle bénéficiait n'était finalement due qu'à l'importance de son témoignage. Ce n'était pas faute d'avoir envie d'accéder à sa demande, mais elle devait se rappeler qu'il était en service commandé. Une fois que le dossier serait clos, il la délaisserait pour s'occuper d'une nouvelle affaire.

Elle leva les yeux vers la maison. Le bâtiment baignait dans l'obscurité, mis à part une ou deux fenêtres éclairées, mais elle aperçut une couronne de Noël accrochée au fronton. La porte d'entrée s'ouvrit au moment où ils atteignaient la véranda. China eut à peine le temps de distinguer une femme aux cheveux gris, en jean et chemise en flanelle rouge, qu'elle se sentit entraînée à l'intérieur.

— Maman, je te présente China Brown. China, voici Mattie, ma mère.

— Soyez la bienvenue, déclara cette dernière en lui tendant la main. Vous semblez frigorifiée. Enlevez donc ce manteau et venez vous réchauffer près du feu.

— Merci beaucoup, madame.

Mattie s'arrêta net.

— Vous vous souvenez de ce dont nous sommes convenues ? Pas de *madame* entre nous, d'accord ? Faites-moi plaisir, appelez-moi Mattie.

Puis elle se tourna vers Ben.

— Qu'est-ce que tu attends ? La saint-glinglin ? Va chercher sa valise et mets-la dans la chambre bleue.

— Oui, m'dame, dit Ben.

Il adressa un clin d'œil complice à China.

— Ne te laisse pas impressionner, elle fait plus de bruit que de mal.

— Va chercher ce bagage au lieu de dire des bêtises,

répliqua sa mère. Et referme bien la porte, c'est moi qui paie la note de chauffage.

Elle aida China à se débarrasser de son manteau et l'accrocha sur une patère dans l'entrée.

— Vous arrivez à marcher toute seule ? demanda-t-elle en la soutenant par le bras. J'imagine que c'est encore un peu difficile… Nous allons y aller tout doucement.

— Je peux marcher, merci. Je suis juste un peu raide. Mais la douleur est tout à fait tolérable maintenant. C'est vrai que ça n'a pas toujours été le cas…

Mattie lui jeta un regard discret mais attentif. China n'était pas très grande, un mètre soixante-cinq tout au plus. On aurait dit qu'elle se coupait elle-même les cheveux, une masse sombre et dense. Ses traits fins lui conféraient un air fragile que l'on aurait pu facilement confondre avec de la faiblesse, mais la force qui émanait de ses yeux vous détrompait aussitôt.

— Vous êtes une dure à cuire, pas vrai, jeune fille ?

— La vie ne m'a pas donné le choix, répondit China en haussant les épaules. En tout cas, je m'en suis toujours sortie. Enfin, jusqu'à maintenant… Ben pense que je suis en danger.

— Non seulement Ben est quelqu'un sur qui on peut compter, mais c'est aussi un excellent flic. Il saura vous protéger.

— Oui. Il m'a promis qu'il ne m'arriverait rien. J'ai l'impression que votre fils sait tenir ses promesses.

Mattie hocha la tête, satisfaite de la tournure que prenait la conversation.

— Et si je vous mettais une chaise devant la cheminée ?

J'ai préparé du chocolat chaud. Une tasse vous ferait-elle plaisir ?

Un sourire vint éclairer le visage de China.

— Maman aussi faisait du chocolat chaud les soirs de grand froid.

— J'ai l'impression que cette femme était pleine de bon sens.

— Oui, madame, je dois dire qu'elle n'en manquait pas.

— Attention, je vais me fâcher si vous continuez à me donner du *madame !* Posez donc vos pieds sur ce tabouret et détendez-vous. Je reviens tout de suite avec votre chocolat.

China s'exécuta, ravie que l'on prenne les décisions à sa place. Bercée par la chaleur du feu et l'atmosphère paisible de la maison, elle s'assoupit de nouveau. Elle se réveilla quand Ben entra dans la pièce, les bras chargés d'un plateau sur lequel reposaient trois tasses fumantes. Mattie le suivait avec une assiette débordant de petits gâteaux.

— Ça sent tellement bon, murmura China.

Ben lui tendit une tasse, puis lui présenta un bol rempli de petits marshmallows en guise de sucrier.

— Tu l'aimes très sucré ou bien très sucré ?

Bien que surprise par son côté espiègle, elle n'en laissa rien paraître et répondit sur le même ton.

— Non, plutôt très sucré. Dommage que ces marshmallows soient minuscules.

— Ah, comme ça, tu les trouves trop petits ? fit-il avec un sourire de gamin. Alors laisse-moi te servir !

Et il en jeta une poignée dans sa tasse.

— Bonne indigestion, conclut-il en lui donnant une cuillère.

Assise sur le canapé, Mattie buvait son chocolat à petites gorgées en les regardant se taquiner. Elle se demanda s'ils avaient conscience de ce qui lui semblait à elle une évidence : ils étaient en train de tomber amoureux l'un de l'autre.

Moins d'une heure plus tard, China luttait pour garder les yeux ouverts. Quand Ben vit sa tête s'affaisser, il se leva et s'agenouilla près d'elle.

— Je crois que tu as eu ton compte, China, murmura-t-il avant de la soulever dans ses bras.

Elle se réveilla brusquement. Gênée qu'il la porte ainsi sous les yeux de sa mère, elle voulut protester.

— Ben, repose-moi. Je peux très bien marcher.

— Pas question, répliqua-t-il en l'emportant vers le couloir.

Mattie les regarda disparaître sans mot dire. Elle en avait assez vu pour savoir que son fils s'était mis dans un beau pétrin. Cette jeune femme était l'unique témoin d'un meurtre qu'il était chargé de résoudre, et il était fou amoureux d'elle.

Une fois dans la chambre bleue, Ben déposa China sur le lit.

— J'ai mis tes affaires sur cette chaise, l'informa-t-il. Tu trouveras une brosse à dents neuve dans le tiroir de la salle de bains et des serviettes propres juste en dessous, dans le placard. Je t'en ai déjà sorti une pour ce soir, au cas où tu voudrais prendre une douche avant de dormir. Mais peut-être préfères-tu attendre demain ?

— Oui. Je suis vraiment fatiguée.

— N'essaie pas de faire ça seule, O.K. ? Appelle maman, elle se fera un plaisir de t'aider.

China hocha la tête.

— Ta maman est vraiment gentille.

— Ouais, fit-il avec un sourire. J'ai eu beaucoup de chance.

— Tu sais, je crois qu'elle préférerait que je ne sois pas là…

Embarrassée d'avoir osé exprimer à haute voix le fond de sa pensée, elle se sentit obligée de tempérer ses propos.

— J'imagine que je ressentirais sans doute la même chose à sa place.

Ben la considéra, perplexe.

— Pourquoi ?

Elle se sentit rougir jusqu'aux oreilles et détourna la tête, incapable d'affronter son regard.

— Je crois qu'elle aimerait mieux que… Enfin, il me semble qu'elle croit que… que, toi et moi, on…

Il prit son visage dans ses mains et le tourna vers lui pour l'obliger à le regarder.

— Et ce serait une mauvaise chose ?

— Oui… Enfin, non… Mais, de son point de vue, sûrement. Mais ça va, je ne lui en veux pas… Je veux dire que son inquiétude est compréhensible. Tu es son fils et il est normal qu'elle ait de grandes ambitions pour toi.

— Et pourquoi en serais-tu exclue ?

Elle ravala les larmes qui lui montaient aux yeux et s'obligea à hausser les épaules avec un air détaché.

— Soyons réalistes, monsieur l'inspecteur. Je suis à la rue

et qui plus est impliquée dans un crime abominable. De toute évidence, je ne suis pas très maligne, sinon pourquoi aurais-je fréquenté quelqu'un comme Tommy Fairheart ? Et, pour compléter le tableau, je suis plutôt moche.

Sidéré par cette dernière phrase, il resta muet un instant.

— Qui t'a dit une chose pareille ? s'exclama-t-il enfin.

— Quoi ?

— Qui a dit que tu étais moche, pour ne parler que de ça ? C'est Tommy Fairheart ? Si c'est lui, je peux te garantir que…

— Non, non, ce n'est pas Tommy. C'est une chose dont j'ai eu conscience très tôt dans ma vie.

De nouveau, il n'en crut pas ses oreilles. Elle ne le menait pas en bateau, elle croyait vraiment qu'elle n'était pas belle.

— Qui t'a mis cette idée dans la tête ? insista-t-il d'une voix vibrante de colère.

Elle le dévisagea sans comprendre ce qui le mettait dans cet état.

— Clyde.

— Clyde ? Qui c'est, ce type ?

— Mon beau-père. Enfin, jusqu'à ce que ma mère divorce.

Ben se leva brusquement.

— Il était aveugle ou quoi ? Et toi, tu ne t'es jamais regardée dans un miroir ? Ne me dis pas que tu ignores à quel point tu es belle !

Elle ouvrit la bouche pour répliquer, mais rien n'en sortit.

— Eh bien, sache que tu l'es, décréta-t-il. Et maintenant, fais-moi le plaisir de te mettre au lit avant que je dise quelque chose que je risquerais de regretter. Si tu as besoin de quoi que ce soit pendant la nuit, tu n'as qu'à m'appeler. Ma chambre se trouve juste de l'autre côté du couloir.

Sur ces mots, il quitta la chambre d'un pas furieux.

China resta sur le rebord du lit à ressasser leur conversation jusqu'à ce que tout s'embrouille dans son esprit. Quand, enfin, elle se décida à se déshabiller, elle surprit son reflet dans le petit miroir fixé en face du lit et s'arrêta net. Incapable de supporter ce qu'elle y voyait, elle se détourna brusquement.

Ben mentait. Elle n'avait rien de séduisant, et sa vie en fournissait la triste preuve. Si elle avait été belle, comme il le prétendait, les hommes ne l'auraient pas traitée avec si peu de considération. Depuis son enfance, ses relations avec le sexe opposé n'avaient été qu'une sordide succession d'humiliations, de coups et de mensonges. Les mots de Ben, si agréables fussent-ils, ne modifieraient pas le regard qu'elle portait sur elle-même.

Elle sortit sa chemise de nuit de son sac et se rendit dans la salle de bains pour se déshabiller. Après plusieurs essais malheureux, elle réussit enfin à ôter son pull. Elle tendait la main pour prendre le gant de toilette posé sur le rebord du lavabo lorsqu'elle aperçut de nouveau son reflet, en pied cette fois, dans le grand miroir fixé derrière la porte. A la vue de la cicatrice qui s'étirait au-dessus de son sein, elle ouvrit des yeux horrifiés. Elle posa le doigt sur le trait violacé qui zébrait sa peau, puis son regard descendit plus bas, jusqu'à l'autre cicatrice dont une partie dépassait de la ceinture de son survêtement. D'une main tremblante, elle baissa son pantalon jusqu'à exposer complètement son ventre. Il avait presque recouvré son aspect d'avant, et elle ressentit une peine immense en le voyant si plat. Une peine qui parut décupler lorsqu'elle s'attarda sur la vilaine cicatrice qui descendait jusqu'à son bas-ventre. Voilà qui résumait ce qu'elle était devenue. Une femme usée, souillée… Oui, elle était désormais une femme souillée.

Prise de panique, elle se rua sur sa chemise de nuit et l'enfila d'un geste brusque malgré la douleur. Elle ne voulait plus voir son corps dénudé. Jamais. De fait, elle ne s'autorisa à rouvrir les yeux que lorsqu'elle sentit le bas de la chemise atteindre ses chevilles.

Tel un lapin pris dans les phares d'une voiture — un lapin apeuré et fataliste à la fois — elle ouvrit le robinet du lavabo. Avec un soupir, elle laissa couler l'eau jusqu'à ce qu'elle soit assez chaude et se lava le visage avec le gant de toilette. Une fois ses ablutions terminées, elle éteignit toutes les lumières. Elle revint vers son lit à tâtons et se glissa sous les couvertures. L'oreiller était moelleux et les draps propres exhalaient des senteurs de printemps, bien différentes de l'odeur aseptisée de l'hôpital. Tandis que les rafales de vent se heurtaient contre la fenêtre, elle remonta la couverture sous son menton et ferma les yeux. Une conversation étouffée lui parvenait du salon. Elle imagina la mère et son fils discutant au coin du feu. Une sensation bien agréable… Jusqu'à ce qu'une pensée lugubre vienne tout gâcher : quelque part dans la nature, une femme attendait l'occasion de terminer sa sale besogne.

China s'enfonça un peu plus profond sous les couvertures, et il lui sembla entendre sa mère la bercer.

Dors bien, ma poupée. Fais de beaux rêves, mon petit trésor.

Elle se mit à pleurer. Les larmes roulèrent sur ses joues, encore et encore. Elles ne s'arrêteraient plus, songea-t-elle sous la couverture humide de ses pleurs. Jusque-là, elle s'en était toujours sortie, elle avait même réussi à survivre à ce drame. A quoi bon ? Seule la solitude l'attendait. Et, pour le moment, rien ne lui était plus douloureux que de se sentir seule.

Quand Betty pénétra dans la chambre avec une théière fumante, Ariel Simmons se mit à éternuer violemment. Puis elle poussa un gémissement lugubre tout en faisant une provision de mouchoirs propres.

Betty posa précipitamment son plateau et se rua au chevet de sa maîtresse.

— Voulez-vous que j'appelle un médecin, mademoiselle Simmons ? Vous n'avez pas l'air dans votre assiette.

Ariel plaqua un sourire de sainte martyre sur ses lèvres et secoua la tête.

— Vous êtes adorable, merci, mais je crois qu'une bonne nuit de sommeil devrait suffire à me remettre d'aplomb.

— Mais, mademoiselle... Peut-être faudrait-il prendre votre température ? On dirait que vous avez de la fièvre.

Ariel posa la main sur son front et se laissa retomber sur la multitude d'oreillers entassés sur son lit.

— Vous avez sans doute raison, je me sens un peu fiévreuse. La semaine qui vient de s'achever a été particulièrement harassante. Satan profite toujours de vos moments de faiblesse pour vous attaquer, vous savez. Soyez gentille de poser le plateau sur ma table de nuit et de me donner ma bible. Je vais lire un peu avant de dormir. La parole de Dieu est un remède plus efficace que tous les médicaments de la terre.

Betty en eut les larmes aux yeux.

— Oui, mademoiselle, vous avez raison. Puis-je faire autre chose pour vous ?

— Non, ma chère. Allez donc vous coucher, je ne vous ai fait que trop veiller ce soir.

— Bien, mademoiselle.

La gouvernante quitta la chambre en prenant soin de refermer délicatement la porte derrière elle.

Dès qu'elle se fut un peu éloignée, Ariel se rassit dans son lit et consulta l'heure. 21 h 50. Elle savait que les soirées de Betty s'achevaient selon un rituel immuable : la gouvernante descendait trois verres de whisky avant de s'endormir comme une masse aux alentours de 22 h 30, persuadée que sa maîtresse ignorait tout de sa petite faiblesse. Ce soir, songea Ariel, ce scénario réglé comme du papier à musique faisait bien ses affaires.

Elle se débarrassa des mouchoirs en papier dont elle n'avait nul besoin et sauta du lit. La fièvre avait disparu comme par miracle. Après s'être habillée en quatrième vitesse, elle compléta sa tenue sombre d'un bonnet noir, puis descendit l'escalier jusqu'au rez-de-chaussée. La pendule de son grand-père sonna la demie au moment où elle posait le pied sur la dernière marche.

Parfait. Betty devait dormir comme un loir. Mais, pour

ne prendre aucun risque, Ariel décida de faire quand même une rapide excursion du côté des chambres de service. Elle traversa la cuisine et emprunta le couloir qui menait aux pièces destinées au personnel. Entendant les ronflements de la gouvernante avant même d'atteindre la porte de sa chambre, elle rebroussa chemin.

Après avoir neutralisé le système de sécurité, elle se glissa hors de sa maison, se faufila à travers la haie jusqu'au garage situé derrière sa propriété et s'arrêta devant une petite moto peinte en noir. Trop de gens connaissaient sa voiture. Elle poussa l'engin jusque dans la rue en s'efforçant de ne pas faire de bruit. Lorsqu'elle tourna la clé de contact, le vrombissement de la puissante mécanique calée entre ses jambes lui donna des frissons de désir. Mais ce n'était pas le moment de se laisser aller à la concupiscence. Elle mit les gaz et disparut dans la nuit.

Deux heures plus tard, à l'autre bout de la ville, un incendie se déclenchait sans raison apparente dans un entrepôt abandonné. Quelques minutes suffirent aux flammes pour tout détruire sur leur passage. Les premiers camions de pompiers arrivèrent sur les lieux dans un vacarme de sirènes, recouvrant le bruit d'une moto qui fuyait.

La pendule du grand-père indiquait 3 heures du matin quand Ariel regagna sa maison. Elle remit l'alarme, vérifia de nouveau que Betty dormait sur ses deux oreilles et grimpa à l'étage supérieur. Une fois dans sa chambre, elle se déshabilla, fourra ses vêtements dans un sac destiné à l'Armée du Salut, prit une douche pour éliminer l'odeur de fumée qui lui collait à la peau et se calfeutra enfin sous les draps.

Elle ferma les yeux sans dire ses prières et s'endormit vite, rassurée à l'idée que, désormais, son nom ne pourrait plus être associé à cette photographie. La combinaison en cuir, les chaînes et le fouet venaient tout juste de s'envoler en fumée.

12.

— Bonjour, sénateur. Comment voulez-vous vos œufs, ce matin ?

— Bonjour, Delia, répondit Bobby Lee. Je crois que je vais opter pour des œufs pochés. Et rapportez-moi également des toasts et du bacon.

— Bien, monsieur.

Elle lui versa une tasse de café et ajouta :

— Voici votre journal. Je reviens tout de suite avec votre petit déjeuner.

— Merci, Delia, dit-il en portant aussitôt la tasse à ses lèvres.

— Sénateur, je voulais vous demander…

Il interrompit son geste et l'encouragea à poursuivre d'un regard interrogateur.

— Madame votre mère est-elle réveillée ? s'enquit-elle.

— Je ne crois pas. Que le cuisinier prépare mon petit déjeuner tout de suite. Si ma mère arrive avant que j'aie terminé, je vous sonnerai.

— Très bien, monsieur.

La gouvernante reposa la cafetière et retourna dans la cuisine.

Bobby Lee but une gorgée de café lentement, en prenant

garde de ne pas se brûler, puis il se renversa sur sa chaise et ouvrit le journal. Un visage féminin occupait la première page, juste sous le gros titre : « *La tueuse en série court toujours.* » Sous le choc, il en oublia d'avaler le café qui restait dans sa gorge. Le liquide brûlant lui ressortit par le nez, et il laissa échapper le *Dallas Morning News* avec un hurlement de douleur.

— Merde, un costume tout neuf ! rugit-il en tamponnant sa veste avec une serviette pour absorber le café.

Après s'être débarrassé de la serviette, il se baissa pour ramasser le journal et jeta un autre regard horrifié sur le visage en première page. Comment était-ce possible ? Il eut une bouffée de chaleur et dut desserrer sa cravate.

Sa mère fit son entrée au beau milieu de son accès de panique.

— Qu'est-ce qui te met dans un état pareil dès le matin ? demanda-t-elle. Je t'ai entendu beugler depuis l'autre bout de la maison.

— Je me suis brûlé la langue avec mon café, grommela-t-il.

— Oh, mon pauvre chou…

En temps normal, il se serait réjoui qu'elle descende habillée. Mais, ce matin-là, les vêtements qu'elle portait ou ne portait pas étaient le cadet de ses soucis. Il la dévisagea comme s'il la voyait pour la première fois : ces cheveux blonds qui lui tombaient sur l'épaule, cette bouche un rien trop fine pour être vraiment sexy, ces grands yeux de chien battu, ce menton volontaire… Pris un par un, ses traits n'avaient rien de remarquable, mais ils formaient un ensemble harmonieux et séduisant. Un ensemble beaucoup trop semblable au visage de la femme à la une du journal…

Seule la chance avait permis à sa mère d'échapper à l'enquête sur l'assassinat de Finelli. De son propre aveu, elle était méconnaissable sur la photographie dont s'était servi le paparazzi pour faire chanter John Woodley. Et, Dieu merci, ce dernier avait un alibi en béton armé pour la nuit où s'était déroulé le double homicide. De plus, un coup de fil de Bobby Lee l'avait convaincu de ne pas dévoiler l'identité de la femme avec qui on le voyait faire des galipettes.

Mona lui adressa un sourire avant de venir s'asseoir près de lui, une tasse de café à la main. Comprenant que c'était le moment, il posa le journal sur la table et prit la main de sa mère dans la sienne.

— Maman, je voudrais te dire quelque chose.

La tendresse de son geste la surprit agréablement. Même s'ils se disputaient sans cesse, elle aimait son fils plus que tout au monde.

— Je t'écoute, Bobby Lee.

— Je n'ai pas été facile à vivre ces derniers temps… Depuis l'annonce de ma candidature, je suis soumis à un sacré stress, et je suis conscient de m'être montré impatient avec toi. Je regrette ces sautes d'humeur, maman, et je voudrais trouver un moyen de me faire pardonner.

Le visage de Mona s'illumina.

— Mais non, voyons… Tu n'as rien à te faire pardonner, mon Bobby. Les mères comprennent ces choses-là. Tu sais combien je suis fière de toi. Je ne reculerais *devant rien* pour t'aider à mener à bien tes projets. *Devant rien.*

Ce *devant rien* le rendit un peu nerveux.

— Merci, maman. Sache qu'il en va de même pour moi, ajouta-t-il. Voilà… J'ai une surprise pour toi.

Elle battit des mains comme une gamine.

— Oh, Bobby Lee, tu sais comme j'aime les surprises !

— Oui, maman. Ça, je le sais.

— Alors, de quoi s'agit-il ?

— Eh bien, j'aimerais t'offrir dès maintenant ton cadeau de Noël. Que dirais-tu d'un séjour de deux semaines dans un hôtel de luxe avec spa sous un ciel plus clément ? Tu pourrais te détendre et faire ce que bon te semble. Du shopping entre deux massages, des parties de tennis ou, pourquoi pas, bronzer toute la journée au bord de la piscine…

Mona était aux anges. Faire les boutiques et s'occuper de son corps étaient ses deux activités préférées.

— Oh, mon chéri, quelle merveilleuse idée ! Rien ne pourrait me rendre plus heureuse que de quitter ce climat glacial.

— Je suis heureux que ça te fasse plaisir. Alors, c'est entendu. Dès que j'arriverai au bureau, je demanderai à Duffy de s'occuper de ton voyage. Et si tu partais à Los Angeles ? On te trouverait un hôtel chic à Hollywood, à proximité de Rodeo Drive[1] pour que tu puisses dévaliser les boutiques.

Mona hocha la tête, un sourire jusqu'aux oreilles.

Il lui rendit son sourire et la regarda de haut en bas, comme s'il la jaugeait.

— Tu sais ce que tu devrais faire pendant que tu seras là-bas ?

— Quoi ?

1. Rue de Los Angeles réputée pour ses magasins de luxe.

— Un peu de chirurgie esthétique. Le président des Etats-Unis se doit d'avoir une mère resplendissante.

Il vit les traits de sa mère se crisper à l'idée qu'il la trouvait physiquement perfectible. Mais il s'attendait à cette réaction.

— Tu es une si belle femme, maman, poursuivit-il, enjôleur. Pourquoi ne pas profiter de ton séjour à Hollywood pour mettre en valeur cette beauté naturelle ? Lui donner tout son éclat ? Les meilleurs spécialistes du monde exercent dans cette ville. La perfection est leur credo. Alors, qu'en dis-tu ?

Elle se détendit. Evidemment, vue sous cet angle, la proposition n'avait rien d'insultant, tout au contraire.

— Une mère ne pourrait rêver d'avoir un meilleur fils que toi.

Bobby Lee se renversa sur sa chaise, satisfait. Les taches de café étaient oubliées. Quand sa mère reviendrait de son séjour à Hollywood, elle n'aurait plus rien à voir avec le portrait-robot diffusé dans les journaux.

China était réveillée depuis déjà un moment quand elle entendit du mouvement derrière sa porte. Ben et sa mère traversaient le couloir en discutant à voix basse. Bien qu'il lui soit impossible de distinguer la nature de leur conversation, elle sentait l'amour qui les unissait. Mattie avait une voix gentiment moqueuse, et Ben riait doucement. Tout à coup, sa propre mère lui manqua terriblement. Elles aussi partageaient cette sorte de connivence affectueuse avant sa mort.

Les murmures s'éloignèrent en direction de la cuisine. Ben

n'allait pas tarder à partir pour Dallas. A l'idée qu'elle ne le verrait plus de la journée, China se redressa et sortit de son lit avec précaution. Une fois debout, elle s'aperçut qu'elle avait moins mal que la veille. Le Dr Pope avait dit vrai : son corps se remettait de ses traumatismes. Si seulement l'âme pouvait guérir avec la même facilité, songea-t-elle avec un soupir.

Dans la salle de bains, elle prit le temps de choisir ses vêtements avant d'entrer dans la douche. Si se laver et s'habiller constituaient autrefois des tâches routinières, aujourd'hui, elle devait s'y préparer avec minutie, prévoir le moindre geste pour éviter la douleur.

L'eau chaude lui fit le plus grand bien, et elle resta longtemps sous le jet à masser ses muscles endoloris. Lorsqu'elle sortit de la douche, elle se sentait beaucoup mieux. Même les nœuds qui la taraudaient semblaient avoir diminué de moitié. En attrapant sa serviette, elle nota que le grand miroir fixé derrière la porte était complètement embué. *Tant mieux,* songea-t-elle. *Au moins le spectacle de mon corps me sera-t-il épargné.*

Quelques minutes plus tard, elle quittait la salle de bains, vêtue d'un jean et d'une chemise un peu passée, mais qui avait le mérite de s'enfiler facilement. La dernière fois qu'elle avait porté ces vêtements, l'été allait succéder au printemps, et son ventre n'avait pas encore commencé à s'arrondir. Pourtant, elle avait tellement maigri durant son séjour à l'hôpital qu'une ceinture n'aurait pas été de trop.

Elle s'aventura dans le couloir, ses chaussettes dans une main et un élastique pour ses cheveux dans l'autre. Quand elle pénétra dans la cuisine, Ben lisait le journal. Il dut deviner sa présence, car il leva les yeux vers elle.

— Bonjour. Bien dormi ?

Prise au dépourvu, elle croisa les bras sur sa poitrine et ne répondit pas tout de suite.

Mattie se retourna, une poêle à la main.

— Bonjour, jeune fille. J'espère que vous avez faim. Le petit déjeuner est bientôt prêt.

— Ça sent très bon, répondit China avant d'ajouter à l'intention de Ben : le lit est très confortable, merci.

— Tant mieux.

Il avait conscience qu'elle n'avait pas vraiment répondu à sa question. Un lit confortable n'était pas forcément synonyme d'une bonne nuit de sommeil…

Il remarqua les chaussettes qu'elle tenait à la main.

— Tu as besoin d'aide ? demanda-t-il.

Sans lui laisser le temps de répondre, il se leva et s'approcha d'elle. Elle lui tendit ses chaussettes un peu contre son gré.

— Oui, merci. Je suis désolée de te demander ça, mais…

— Tu n'as pas à t'excuser, la coupa-t-il fermement. Ce n'est pas ta faute si tu n'y arrives pas seule.

Elle s'assit sur une chaise, et Ben s'agenouilla devant elle. Inquiète de la façon dont Mattie risquait d'interpréter son geste, China lui jeta un rapide coup d'œil. Mais Mattie se préoccupait plus de ses œufs que de son fils, agenouillé devant elle. Rassurée, China baissa les yeux vers Ben qui lui enfilait ses chaussettes avec douceur. Elle remarqua un épi rebelle au sommet de son crâne et y posa spontanément la main.

— Tu as dû en passer du temps à essayer de peigner ça quand tu étais petit.

Sentir sa main dans ses cheveux le fit frissonner. A son grand soulagement, sa mère intervint avant qu'il ait eu le temps de se ridiculiser.

— Vous parlez de son espèce de houppe ? Je vous montrerai des photos tout à l'heure. C'était quelque chose quand il était petit ! Vous avez déjà vu le garçon qui jouait Alfalfa dans *Les Petites Canailles*[1] ?

China sourit.

— Celui avec des taches de rousseur sur le nez et une mèche dressée sur la tête comme un sémaphore ?

— Oui, celui-là, répondit Mattie en s'esclaffant. Eh bien, l'épi de Bennie était un peu comme ça, sauf qu'au lieu d'être tout droit il formait une grande boucle.

Ben ne put s'empêcher d'intervenir.

— Ouais, et à cause de cette foutue mèche, Peter Farmer m'avait traité de fille. Ça lui a valu un bel œil au beurre noir…

Sa mère éclata de rire.

— Je m'en souviens très bien. C'est après cet épisode que ton père a décidé de t'emmener chez le coiffeur. Quand tu en es ressorti, tes cheveux étaient si courts que tu n'avais même plus besoin de les peigner.

China rit à son tour. Le léger malaise qu'elle avait éprouvé en arrivant dans la cuisine avait complètement disparu.

Ben acheva de lui lacer ses tennis et se redressa.

1. Dessin animé tiré d'une série américaine des années 1930.

— Ce n'est pas trop serré ?

Elle remua les orteils et secoua la tête. Dans le mouvement, une grande mèche de cheveux lui tomba sur le visage.

— Mattie, quand vous aurez terminé, pourrez-vous me faire une queue-de-cheval, s'il vous plaît ? Mon bras est encore un peu trop raide pour que j'y arrive toute seule.

— Je m'en occupe, décréta Ben sans laisser à sa mère le temps de répondre.

Prise de court, China bredouilla :

— Je… euh… Enfin, ne te sens pas obligé de…

— Attention, mademoiselle ! Le sexisme n'est pas toléré sous ce toit. Tu me crois incapable de te faire une queue-de-cheval parce que je suis un homme ?

— Non, ce n'est pas ce que je voulais dire… Je pensais juste que…

— N'entrez pas dans son jeu, China, intervint Mattie avec un clin d'œil. Il vous fait marcher.

Puis elle agita le doigt en direction de Ben.

— Sois gentil avec elle, ou tu vas la faire fuir avant que vous ayez eu le temps de vous connaître vraiment.

Il eut un sourire narquois.

— Il ne manquait plus que ça… Deux femmes au lieu d'une pour me faire tourner en bourrique.

— C'est que tu fais si bien la bourrique, mon Bennie.

Tandis que Mattie commençait à servir le petit déjeuner, Ben se plaça derrière China.

— Tu es sensible du cuir chevelu ?

— Non.

— Tant mieux, fit-il en enfonçant ses doigts dans la masse sombre et épaisse de ses cheveux.

Au lieu de la rendre mal à l'aise comme elle l'avait craint, le mouvement de ses mains dans ses cheveux eut sur elle un effet apaisant. S'abandonnant à cette sensation, elle ferma les yeux et le laissa lisser lentement ses cheveux. Ses doigts lui massaient agréablement le cuir chevelu.

— Tu la veux au niveau de la nuque ou plus haut ? demanda-t-il en maniant l'élastique avec dextérité.

— Au niveau de la nuque, merci.

— Ça ne te tire pas trop ?

— Non, c'est parfait.

Il avait à peine fini de la coiffer que Mattie déposait une assiette remplie d'œufs brouillés devant elle.

— J'espère que vous aimez les œufs bien cuits, China. Je ne les fais jamais autrement. Les jaunes baveux me soulèvent le cœur.

Décidément, elle n'avait pas la langue dans sa poche, songea China en retenant un sourire. Mais au fond c'était plutôt sympathique.

— Ça me va très bien.

— Il règne une certaine liberté dans cette maison… sauf en ce qui concerne la nourriture, plaisanta Ben.

Sa mère leva un sourcil.

— Tu as réussi à survivre, que je sache.

— Non seulement j'ai survécu, mais je me suis toujours régalé. Et maintenant, si tu avais la bonté de bien vouloir me servir, j'aurais peut-être une chance d'arriver à l'heure au travail.

Elle lui déposa sans ménagement une assiette sous le nez avant de l'embrasser sur la joue. Ben sourit, puis, se tournant vers China qui ne savait plus sur quel pied danser, il lui adressa un clin d'œil espiègle. Elle se détendit aussitôt. Heureux que leur petit jeu ne l'ait pas trop embarrassée, il s'attaqua à ses œufs.

China s'apprêtait à l'imiter quand elle s'aperçut que Mattie ne s'était pas encore assise. Elle reposa sa fourchette et attendit que la maîtresse de maison vienne les rejoindre à table.

— Vous n'avez pas faim ? s'enquit Mattie en revenant avec les tartines.

— Je ne voulais pas commencer avant vous.

Touchée par son attention, elle se dépêcha de poser les tartines sur la table et de s'asseoir.

— Servez-vous. Bennie, passe-moi la confiture.

Il attrapa le pot de confiture en levant les yeux au ciel.

— Seulement si tu cesses de m'appeler Bennie.

Elle parut un peu décontenancée, puis recouvra vite son sens de la repartie.

— Excuse-moi, mon chéri. Ça ne correspond pas à l'image que tu veux donner, peut-être ?

China attrapa le moulin à poivre et en saupoudra ses œufs pour éviter de regarder Ben. Mais, au silence éloquent qui suivit, elle devina sans peine le genre de grimace qu'il adressait à sa mère.

Quelqu'un changea de sujet et l'atmosphère se détendit de nouveau. Le petit déjeuner se poursuivit dans la bonne humeur.

Ben avait toutes les peines du monde à se concentrer. Malgré les papiers qui s'amoncelaient chaque jour un peu plus sur son bureau, il ne pouvait s'empêcher de songer à

China, au fait qu'elle serait à la maison lorsqu'il rentrerait du travail. D'accord, elle n'était pas vraiment censée l'attendre et le ranch n'était pas tout à fait sa maison, mais cette pensée n'en était pas moins troublante.

— Dis donc, est-ce que Mme Milam fait toujours partie de la liste des suspects ? demanda Red.

Ben releva la tête.

— Non. D'après China, même avec une perruque et une tonne de maquillage, elle ne pourrait pas ressembler à la femme qui l'a agressée. Et puis la tueuse était plus grande d'environ trente centimètres. Tu as oublié ou quoi ?

— Ah, ouais, c'est vrai, fit Red en mettant le dossier de côté. Tant mieux, ça en fait une de moins.

Il s'étira longuement.

— Je vais aller me chercher du café. Tu en veux ?

— Ouais, merci, répondit Ben distraitement en lui tendant sa tasse.

Au bout d'un moment, il s'aperçut que son coéquipier n'était toujours pas revenu. Il promena son regard sur la vaste salle qu'il partageait avec les autres inspecteurs. Aucun signe de Red. Il se leva et s'étira à son tour. Il aimait être flic, mais la paperasserie inhérente à son métier l'ennuyait à mourir.

Tout à coup, il vit Red débouler dans la salle. Sans café. Même les tasses semblaient avoir disparu.

— Tu es allé faire la récolte sur place ? lui lança-t-il, amusé.

— Qu'est-ce que tu racontes ?

— Tu n'étais pas censé aller nous chercher du café ?

— Merde, c'est vrai… Où est-ce que j'ai bien pu mettre ces foutues tasses ?

Puis il chassa la question d'un geste de la main, comme s'il se rappelait brusquement la raison pour laquelle il était revenu en courant.

— Oublie le café. Je viens de tomber sur Jones. Tu ne devineras jamais ce qu'il m'a dit.

— Jones ?

— Mike Jones, du service déminage.

Ben se creusa les méninges, et l'image d'un homme costaud et trapu — une sorte de bulldog — lui revint à l'esprit.

— Ah ouais, ce Jones-là… Et alors, quel est le scoop ?

— Il y a eu un incendie ce matin dans un vieil entrepôt de la zone industrielle. Comme les témoins avaient entendu une explosion, les pompiers ont appelé le service de déminage, au cas où. En fait, il s'est avéré que l'incendie s'était déclenché avant l'explosion, laquelle était due à un stock de produits chimiques.

— C'est bien joli, tout ça, mais quel rapport avec nous ?

— D'après Jones, il s'agit d'un incendie criminel. Mais ce n'est pas pour ça qu'il est venu me voir. C'est quand il a entendu le nom du propriétaire de l'entrepôt que ça a fait tilt.

— Et le gagnant est… ?

— Ariel Simmons, figure-toi.

L'intérêt de Ben se réveilla aussitôt.

— Pas possible !

— Et ce n'est pas tout… Jones m'a aussi parlé de trucs bizarres qui ont résisté aux flammes.

— Comme quoi ?

— Une paire de menottes et une chaîne fixée au mur... Ils ont également retrouvé les restes de ce qui ressemble fort à un lit.

— Tu ne trouves pas que ça vaudrait le coup de demander à Mlle Simmons ce qu'elle pense de tout ça ?

Red était déjà en train d'enfiler son manteau.

— Je savais que tu allais me le proposer, répondit-il avec un sourire. J'ai déjà prévenu le capitaine qu'on allait rendre une autre visite à cette sainte femme.

Ariel Simmons prenait son rôle très à cœur. Depuis le petit déjeuner, Betty s'était déjà rendue deux fois dans sa chambre, d'abord pour lui apporter du miel et du thé au citron censés apaiser une toux persistante, puis pour lui donner le courrier qui venait tout juste d'arriver. Elle avait reçu l'ordre de répondre à tous les appels téléphoniques. Prudente, Ariel tenait à ce que tout le monde sache qu'elle était souffrante.

Il n'était pas encore tout à fait midi quand la sonnette de la porte d'entrée retentit. En entendant le carillon résonner dans le hall, Ariel se passa la main dans les cheveux de façon à les ébouriffer et se pinça le nez à plusieurs reprises pour lui donner un aspect rouge et congestionné. Puis, après s'être emparée d'une poignée de Kleenex, elle s'étendit comme une mourante sur son lit, la tête enfoncée dans ses oreillers. Au dernier moment, elle repoussa la couverture de la jambe afin que même son lit témoigne d'une nuit passée à chercher le sommeil. Satisfaite de sa mise en scène, elle attendit, un masque de douleur sur le visage, que l'on vienne frapper à sa porte.

— Je suis désolée de vous déranger, mademoiselle Simmons, chuchota la gouvernante en apparaissant sur le seuil, mais il y a ici deux inspecteurs qui tiennent absolument à vous parler.

— Si ces messieurs de la police ne craignent pas les microbes, je ne vois aucun inconvénient à les recevoir. Seulement, il faudra qu'ils viennent jusqu'à moi. Je ne suis pas en état de descendre dans le salon.

— Bien, mademoiselle. Je vais les en informer sur-le-champ.

Quelques minutes plus tard, on frappa de nouveau à sa porte. Des papillons de nuit attirés par les flammes, songea-t-elle avec un sourire en coin. Incapables de résister à l'envie de voir si elle était vraiment souffrante.

— Entrez, je vous en prie, articula-t-elle d'une voix d'outre-tombe.

A travers ses yeux mi-clos, elle regarda la porte s'ouvrir lentement.

— Inspecteurs, veuillez m'excuser de vous recevoir dans ces conditions, mais, comme vous pouvez le constater, je ne suis pas au mieux de ma forme.

Red jeta un coup d'œil à son coéquipier pour voir s'il était aussi gêné que lui. Mais Ben affichait le visage neutre d'un joueur de poker. Red préféra lui laisser faire le premier pas.

Ben prit tout son temps pour décrypter le tableau qu'il avait sous les yeux. Certes, Ariel Simmons était alitée, mais, à part une tasse de thé à moitié vide et quelques mouchoirs en papier jetés en boule sur les draps, il chercha en vain des signes de sa maladie. Pas de médicaments ni de sirops sur la table de nuit. Aucune trace de fatigue sur son visage. Malgré ses talents de comédienne, elle ne semblait nullement fiévreuse. Et ses yeux, ni rougis ni humides, ne brillaient que de l'intérêt qu'elle portait à ses visiteurs. Bien que persuadé qu'elle les menait en bateau, il décida quand même de ne pas attaquer bille en tête.

— Nous aimerions vous poser quelques questions supplémentaires, déclara-t-il simplement.

Elle ne put dissimuler son agacement. Il aurait au moins pu s'excuser de la déranger jusque dans sa chambre.

— Si c'est absolument nécessaire… Mais faites vite. Je ne vais vraiment pas bien.

— C'est vous qui le dites.

A ces mots, elle rougit — une rougeur qui n'était pas due à la fièvre. Telle une reine bafouée, elle s'assit dans son lit et remonta pudiquement les draps jusque sur ses épaules.

— Je vous écoute.

— L'un de vos entrepôts est parti en fumée la nuit dernière. Les pompiers ont récupéré des objets étonnants parmi les décombres. Des objets identiques à ceux que l'on voit sur la photo de Chaz Finelli — combinaison en cuir et tout le tralala. Voilà qui ébranle sérieusement votre thèse selon laquelle ce cliché serait un montage.

Ariel sentit son cœur faire un bond dans sa poitrine.

— Désolée, mais j'ignore de quoi vous parlez. Je ne vends pas de marchandises, je prêche la bonne parole. Que voulez-vous que je fasse d'un entrepôt ? Vous devez faire erreur sur le propriétaire.

— L'acte de vente stipule que le propriétaire des lieux est le ministère religieux Simmons, rétorqua Ben, imperturbable.

Elle secoua la tête d'un air perplexe. Afin d'en rajouter un peu, elle simula un éternuement.

— A vos souhaits, dit Red.

Ariel lui décocha son plus beau sourire.

— Merci, inspecteur.

— Et cet entrepôt ? insista Ben.

— Je n'en ai pas la moindre idée, répondit-elle avec une mimique désolée. Vous devez comprendre que mon ministère reçoit chaque année des centaines de propriétés en donation. Il n'est pas impossible que l'un de mes fidèles m'ait fait don de cet entrepôt pour servir la cause du Seigneur, mais je n'en ai pas été informée. Je vais vous fournir les coordonnées de mon comptable. Il sera plus à même que moi de vous renseigner à ce sujet. Je vous avoue que je ne perds pas mon temps avec ça. Je préfère consacrer toute mon énergie au Très-Haut.

Red sortit son calepin pour y inscrire les nom et adresse du comptable, mais Ben n'en avait pas encore terminé.

— Où étiez-vous hier soir ?

Ariel le considéra avec indignation.

— Vous n'allez pas remettre ça ! s'exclama-t-elle. Je ne vais pas passer ma vie à justifier de mon emploi du temps ! Vous n'avez donc personne d'autre à harceler ?

Elle attrapa vivement le combiné du téléphone posé sur sa table de nuit et pria Betty de les rejoindre. Puis elle ajouta à l'intention des inspecteurs :

— Je suis restée couchée toute la soirée, en proie à ce rhume

— ou cette grippe, appelez ça comme vous voulez… Betty peut en témoigner. Vous n'aurez qu'à le lui demander.

Comme en réponse à un signal, la gouvernante frappa à la porte et pénétra dans la chambre.

— Que puis-je faire pour vous, mademoiselle ?

— Ces messieurs souhaiteraient vous poser quelques questions.

— Oui ? fit-elle en se tournant vers les deux inspecteurs.

Ben décida de l'interroger, malgré ses réticences. Il n'était pas impossible que cette femme leur mente pour couvrir sa maîtresse.

— Vous vous appelez Betty, c'est bien ça ?

Elle hocha la tête.

— Très bien, Betty. Pouvez-vous nous dire à quelle heure vous avez vu Mlle Simmons hier soir pour la dernière fois ?

Elle plissa le front comme si elle faisait un effort pour s'en souvenir.

— Je lui ai apporté du thé au miel et au citron pour sa gorge… C'était juste avant 22 heures. Elle était malade, tout comme maintenant, et je me suis éclipsée pour la laisser dormir.

— Vous vivez dans cette maison ?

— Oui, dans un studio qui se trouve derrière la cuisine, juste au bout du couloir.

— De votre chambre, pouvez-vous entendre les allées et venues ? Si quelqu'un sortait, par exemple ?

— Oui, absolument. Seul un mur sépare ma chambre du garage, et je n'ai rien entendu.

Ariel leur lança un regard triomphant.

— Merci, Betty, ce sera tout.

Elle attendit que la gouvernante soit sortie pour reprendre la parole.

— Avant que vous me posiez la question, oui, c'est bien ma voiture qui est garée devant la maison. Par conséquent, si je l'avais prise, Betty ne l'aurait peut-être pas entendue démarrer. Cela dit, j'affirme qu'elle n'a pas bougé de cette place depuis avant-hier. Je suis sûre qu'avec la technologie actuelle vous avez les moyens de vérifier ce que j'avance. Maintenant, je vais vous demander de bien vouloir me laisser, j'ai besoin de repos.

Ben lisait dans ses yeux qu'elle était impliquée dans l'incendie volontaire qui avait ravagé l'entrepôt. Et si ce mensonge en couvrait d'autres, plus graves encore ? Avec la perruque adéquate et beaucoup de maquillage, elle aurait pu ressembler à la femme qui avait tiré sur China. D'autant qu'elle avait admis porter des postiches pour les besoins de son ministère… Depuis le début de l'enquête, elle passait son temps à mentir. Il était temps de trouver la faille pour la coincer, songea Ben.

Alors qu'ils étaient sur le point de s'en aller, il remarqua le *Dallas Morning News* posé au pied du lit. Ariel avait forcément vu le portrait-robot. Il ramassa le journal et le posa devant elle, montrant du menton le visage de la tueuse.

— La ressemblance est flagrante, non ?

— Vous plaisantez, j'espère ! se récria-t-elle, soudain livide. Cette femme ne me ressemble pas le moins du monde !

— Je n'en suis pas si sûr, répliqua-t-il en jetant un coup

d'œil à Red. Et toi, qu'est-ce que tu en penses ? Tu ne trouves pas qu'on dirait Mlle Simmons ?

Red plissa les yeux, comme s'il étudiait le visage de l'évangéliste.

— Ma foi, il y a quelque chose… Avec une perruque et un peu de maquillage, ça pourrait très bien correspondre.

Ariel eut un haut-le-cœur. Pour la première fois depuis qu'elle était alitée, elle eut le sentiment d'être vraiment malade.

— Sortez, murmura-t-elle d'une voix vibrante de colère. Sortez et laissez-moi en paix.

Sur ces mots, elle sauta de son lit et, attrapant un peignoir au passage, se précipita dans la salle de bains. Ils l'entendirent vomir avec une violence qui ne pouvait être feinte.

— Qu'est-ce que tu en dis ? demanda Red.

— J'ai l'impression qu'on a mis le doigt là où ça fait mal.

13.

China s'efforçait de se faire toute petite. Depuis l'arrivée de Dave Lambert au ranch, la bonne humeur de la maîtresse de maison s'était envolée, et Mattie English semblait dans tous ses états. A bien les observer, il ne faisait pourtant guère de doute que ces deux-là éprouvaient de l'affection l'un envers l'autre. Malheureusement, China ne disposait pas des clés nécessaires pour comprendre la nature du conflit qui les opposait.

Le courant était tout de suite passé entre Dave et elle. Sous ses airs bourrus, ce policier à la retraite cachait une vraie douceur. Au moins, China savait à quoi s'en tenir avec lui, ce qui ne semblait pas le cas de Mattie. Cette dernière ne pouvait rester deux minutes en sa compagnie sans lui lancer une pique. Tout était prétexte à chamaillerie. Après un moment, China préféra se retirer dans sa chambre pour échapper à leurs disputes incessantes.

Quand midi sonna, Mattie était une vraie boule de nerfs. Ses constants sarcasmes mettaient la patience de Dave à rude épreuve. De fait, il finit par exploser, à tel point que China l'entendit depuis sa chambre.

— Ça commence à bien faire, Mattie ! Je sais que ma présence ici ne te plaît pas, tu me l'as suffisamment fait sentir comme ça. Sache que je ne suis pas ici pour toi, mais pour cette jeune femme. J'ai promis à ton fils de lui rendre ce service, et je ne compte pas me dédire. Tu as donc deux possibilités : sois tu m'acceptes sous ton toit, sois tu boudes et tu la boucles !

Un silence pesant suivit ses paroles. Dans sa chambre, China retenait sa respiration quand elle entendit une porte de placard se refermer violemment, puis Mattie qui se décidait enfin à répondre.

— Très bien.

— Quoi, très bien ? aboya Dave.

— Je te laisse deviner.

Et leur dispute s'arrêta là.

China esquissa un sourire. Elle n'était pas vraiment fatiguée, mais elle décida de rester dans sa chambre plutôt que de prendre le risque de troubler leur cessez-le-feu. Elle repéra quelques livres disséminés sur une petite étagère fixée sous la fenêtre et s'accroupit de façon à pouvoir lire les titres. Alors qu'elle attrapait un livre pour le feuilleter, le bruit d'un moteur se fit entendre. Elle écarta les rideaux afin de jeter un œil à l'extérieur.

Comme elle s'y attendait, ce n'était pas la voiture de Ben. Il était beaucoup trop tôt pour espérer le voir rentrer au ranch. Vaguement curieuse, elle resta quand même à son poste d'observation et regarda la voiture s'immobiliser dans l'allée. Le soleil se reflétait sur le pare-brise, masquant le conducteur. Quand la portière s'ouvrit, China s'aperçut qu'il s'agissait en réalité d'une conductrice.

Grande et mince, elle portait un pantalon noir et un manteau trois-quarts. Un large sac se balançait curieusement sur son épaule. Quant à son visage, il disparaissait à la fois sous une capuche bordée de fourrure et derrière des lunettes de soleil. Soudain, China vit la femme baisser la tête et se mettre à courir vers la porte d'entrée.

Prise de panique, elle se précipita hors de sa chambre en hurlant. Dans la cuisine, Dave bondit sur ses pieds et dégaina son arme. Il fonça vers elle, le doigt sur la détente.

— Quoi ? cria-t-il.

Tremblante, elle tendit le doigt vers la porte d'entrée.

— Une femme… grande… Elle courait vers la maison, bredouilla-t-elle.

Mattie les rejoignit, un peu affolée par toute cette agitation.

— Qu'est-ce qui se passe ?

— China a vu une femme courir vers la maison.

Dave avait à peine fini sa phrase que l'on frappa à la porte. Presque aussitôt, le battant s'ouvrit à la volée et alla cogner le mur, ébranlant les décorations de Noël posées devant la baie vitrée.

Dave fit volte-face, prêt à faire feu, tandis que China poussait un autre hurlement.

Mattie se rua vers la femme en criant.

— Ne tire pas, Dave ! Ne tire pas ! C'est Patsy Renolds, la représentante en cosmétiques !

Dave reconnut Patsy — non seulement représentante en cosmétiques, mais aussi sa voisine — et baissa son arme.

— Nom d'un chien, Patsy, tu as failli te faire descendre, grommela-t-il avant de passer en revue sa collection de jurons.

— Je… j'ai frappé, balbutia-t-elle, rouge de confusion.

Des larmes se mirent à rouler sur ses joues tandis que son grand sac glissait de son épaule et atterrissait sur le sol avec fracas.

— J'aurais dû attendre que vous me disiez d'entrer, mais j'avais tellement besoin d'aller aux toilettes, expliqua-t-elle à Mattie.

China était tellement soulagée qu'elle ne put s'empêcher de rire.

— Eh bien, vous savez où se trouve le petit coin, répondit Mattie.

— Je crois que la peur m'a fait passer l'envie.

China se mit à rire de plus belle. Déconcertée, Patsy la considéra d'un air bizarre. Visiblement, elle ne savait pas comment prendre la réaction des habitants de cette maison.

Mattie étouffa un soupir. Quant à Dave, il rengaina son arme dans son étui avec la tête de quelqu'un qui vient de gober une mouche.

— Prenez un siège, Patsy, proposa Mattie. Il faut nous excuser, vous êtes arrivée au beau milieu d'un petit moment de tension.

Patsy Renolds s'assit sur le rebord de la chaise, comme si elle préparait déjà sa fuite.

— Ça devait plutôt être un *grand* moment de tension, répliqua-t-elle en jetant un regard inquiet vers la porte derrière laquelle Dave avait disparu. Pour qu'il en vienne à sortir son arme…

Cette réflexion déclencha un vrai fou rire chez China. Incapable de se maîtriser, elle s'excusa d'un signe de la main et partit se réfugier dans sa chambre.

— Qui est-ce ? demanda Patsy en la regardant s'éloigner.

Mattie leva les yeux au ciel.

— Oh, une lointaine cousine de Ben…

Revenant au but initial de sa visite, Patsy fouilla dans son sac et en sortit un catalogue flambant neuf. Elle l'ouvrit devant Mattie.

— Tenez, vous y trouverez tous nos derniers produits. Je vous conseille particulièrement notre crème hydratante pour les mains. Elle est très concentrée, comme vous l'aimez. Et, avec ce froid, sa formule enrichie à la glycérine est particulièrement efficace pour prévenir les gerçures et la sécheresse de la peau. Si vous achetez deux tubes, le troisième est offert.

Mattie n'avait pas la moindre envie de consulter un catalogue de produits de beauté, mais si dépenser quelques dollars en crème hydratante pouvait aider cette pauvre Patsy à se remettre de ses émotions… Une couronne de fleurs pour ses funérailles aurait coûté bien plus cher.

Debout devant la baie vitrée de son appartement de Highland Park, Connie Marx faisait le point sur sa vie. Elle n'avait pas bu une goutte de whisky depuis deux jours, c'est-à-dire depuis qu'elle avait accepté sa part de responsabilité dans les ennuis qui lui tombaient sur la tête. Fille de paysans du Mississippi, elle s'était battue toute sa vie pour sortir de sa condition et se hisser au sommet. Et voilà qu'au moment où ses rêves se concrétisaient enfin elle avait mis sa réussite en péril en allant batifoler avec le mari d'une autre.

Au cours de ces journées où elle s'était apitoyée sur son

sort, perdue dans les vapeurs d'alcool, un souvenir ancien lui était revenu à la mémoire. Juste après que Connie avait fêté ses six ans, la pluie était tombée sans discontinuer pendant cinq jours et cinq nuits. Le lit de la rivière située en contrebas de leur ferme avait débordé et, juste avant la tombée de la nuit, l'eau avait emporté la maison. Debout sur un promontoire qui surplombait ses terres inondées, son père avait contemplé le désastre d'un air qu'elle ne lui connaissait pas. Puis il s'était assis, la tête dans les mains, et s'était mis à pleurer. Deux jours plus tard, il se pendait dans la grange de son frère, mettant fin à ses ennuis et aggravant encore ceux de sa famille. Dans un accès de désespoir, sa mère avait pris ses cinq enfants sous le bras et s'en était allée droit devant elle. Ils avaient marché toute la nuit et une partie de la journée suivante, errant sans but à travers champs. Les enfants, en larmes et à bout de forces, avaient supplié leur mère de s'arrêter. Elle s'était assise sur le bord du chemin.

Et ne s'était jamais relevée. Quelqu'un qui passait par là avait donné l'alerte, décrivant aux autorités une femme et cinq gosses qui semblaient avoir besoin d'aide. L'horizon s'assombrissait déjà quand deux voitures de police s'étaient arrêtées à leur hauteur. Les enfants étaient montés dans l'une, tandis que leur mère partait dans l'autre. Ils ne l'avaient jamais revue. Des années plus tard, Connie avait appris que sa mère avait peu à peu sombré dans la folie et qu'elle avait fini par mourir en paix dans son sommeil. La faiblesse de ses parents, qui avaient renoncé à leur devoir envers eux-mêmes et envers leurs enfants, l'avait dotée d'une motivation secrète. Elle s'enorgueillissait d'être une femme forte et résolue. Une femme qui regardait toujours devant elle sans jamais se lamenter sur son sort.

Du moins, jusqu'à ce que Larry Dee Jackson entre dans sa vie. Musicien adulé des foules, homme au charme ravageur, il lui avait fait le grand jeu pour l'attirer dans son lit. Et cela avait marché : Connie Marx avait troqué ses rêves contre quelques heures de plaisir.

Les premiers temps qui avaient suivi son éviction du journal télévisé, elle s'était vautrée dans les larmes et l'alcool, attribuant ses déboires au monde entier, à l'exception d'elle-même. Elle, la battante, était allée jusqu'à envisager de mettre fin à ses jours. C'était un cauchemar qui l'avait sortie de ce mauvais pas. Le visage monstrueux de son père lui était apparu en songe, les yeux exorbités, les lèvres gonflées et la langue pendante, avec, à ses pieds, une petite mare d'urine. Elle s'était réveillée en hurlant.

Mais de cette vision atroce était né son plan de contre-attaque.

A présent, elle faisait les cent pas dans son salon en attendant que l'inspecteur English veuille bien la rappeler.

Quelques minutes plus tard, le téléphone sonna. Elle décrocha avec un sentiment de déjà-vu.

— Allô ?

— Connie Marx ? Ben English à l'appareil. Je crois que vous avez essayé de me joindre.

La main de Connie se crispa autour du combiné.

— En effet. Je voudrais que vous me rendiez un service, inspecteur.

Sidéré, Ben marqua un temps d'arrêt. C'était bien

la première fois qu'un suspect lui demandait une chose pareille.

— Oui ? fit-il d'un ton méfiant.

— Je veux être soumise au détecteur de mensonges. J'aimerais que vous organisiez ça pour moi. Je n'ai pas tué Chaz Finelli et je souhaite en apporter la preuve.

Ben n'en revenait pas. Elle avait un culot monstre, et sa voix ne laissait aucun doute quant à sa détermination.

— Vous savez que cette démarche n'a aucune valeur juridique, observa Ben afin de calmer ses ardeurs.

— Oui, mais je sais aussi à quel point l'opinion publique y est sensible. Je refuse de continuer à être traînée dans la boue à cause de Finelli. Je ne peux pas dire que sa disparition m'attriste, mais ce n'est pas moi qui l'ai tué.

— Quand seriez-vous disponible ?

— Aujourd'hui même, demain... La balle est dans votre camp.

— Quelle heure est-il ?

— Un peu plus de 13 heures.

— Très bien. Laissez-moi passer quelques coups de fil, et je vous rappelle très vite. Au fait, ajouta-t-il, je pense qu'il serait préférable que vous veniez avec votre avocat.

— Ce ne sera pas nécessaire. Je veux juste en terminer au plus vite.

Et elle raccrocha.

Un peu dubitatif, Ben reposa le combiné sur son socle et décida d'aller voir son supérieur. Il frappa une fois avant d'ouvrir la porte.

Aaron Floyd était au téléphone. Il lui fit signe d'entrer et abrégea sa conversation.

— Quoi de neuf ? demanda-t-il une fois qu'il eut raccroché.

— J'hésite encore à la croire… Ça peut être une ruse de sa part, mais je dois dire qu'elle avait l'air sincère.

— De quoi parlez-vous, nom d'un chien ? Qui avait l'air sincère ?

— Connie Marx. Elle veut être soumise au détecteur de mensonges dès que possible, expliqua Ben. Je pourrais essayer d'organiser ça en fin d'après-midi. Qu'en pensez-vous ?

— Pourquoi pas ? Rappelez-la tout de suite, donnez-lui rendez-vous à 15 heures et dites-lui où se rendre. Je m'occupe du reste.

— Bien, capitaine.

Cinq minutes plus tard, Connie Marx était prévenue. Ben laissa un mot sur le répondeur de Red, puis passa un rapide coup de fil au ranch. Il risquait de rentrer tard à cause de cet imprévu et voulait s'assurer que Dave Lambert resterait jusqu'à son retour.

Sa mère décrocha.

— Salut, maman. Tout se passe bien ?

— Tu veux vraiment le savoir ?

Au ton de sa voix, il sentit tous ses muscles se contracter.

— Quoi ? Il y a un problème ? Est-ce que China va bien ?

— Oh, elle se porte à merveille, répondit Mattie avec un petit rire narquois. Je n'en dirais pas autant de cette malheureuse Patsy Renolds. Quant à Dave, il ne nous adresse plus la parole. Mais à part ça tout va bien.

Ben eut un geste d'impatience, mais il s'efforça de conserver une voix neutre.

— Pourquoi Dave refuse-t-il de vous parler ? Et que vient faire cette Patsy Renolds dans tout ça ?

— Tu ne te souviens pas de Patsy Renolds ? Mais si… C'est ma représentante en cosmétiques Avon. Dave a failli lui tirer dessus tout à l'heure. Je crois qu'elle ne reviendra plus jamais me voir. Ça me désole parce que sa crème pour les mains est vraiment fantastique.

Il bondit sur sa chaise.

— Comment ça, Dave a failli lui tirer dessus ? Pourquoi diable s'en prendrait-il à une représentante en cosmétiques ?

Elle poussa un soupir.

— Avec le recul, je trouve que la situation était plutôt comique. Mais, sur le moment, personne n'a trouvé ça drôle. Sauf China, je dois dire. C'est d'ailleurs elle qui a déclenché toute l'histoire. Elle a déboulé dans le couloir comme une furie en disant qu'une femme courait vers la maison. Quand la porte s'est ouverte — un peu brusquement, il faut l'avouer —, Dave a pointé son arme sur la nouvelle venue. Sauf qu'il s'agissait de Patsy. Elle avait terriblement envie d'aller aux toilettes, tu comprends ? C'est pour ça qu'elle se dépêchait et… Oh, Ben, c'était la confusion la plus totale, et alors…

— … Et China ? la coupa-t-il. Comment va-t-elle ? Il ne lui a pas fait peur, au moins ?

— Peur ? Non, ça, on ne peut pas dire qu'il lui ait fait peur. Elle se gondolait, si tu veux savoir. Et plus ça allait, plus elle rigolait ! Dave, en revanche, faisait une de ces têtes…

Il est encore furieux et embarrassé d'avoir failli tirer sur sa voisine. De toute façon, il a commencé à bouder comme un gamin dès qu'il a franchi le seuil de cette maison... Que te dire d'autre ? Ta protégée a passé la journée à lire dans sa chambre. Chaque fois que je vais voir si elle n'a besoin de rien, elle me répond d'un sourire. Enfin, bref, cette journée a été un véritable enfer. Ça ira sûrement mieux demain.

Ben n'avait retenu qu'une seule chose de toute l'histoire : China avait ri. Il aurait tellement aimé entendre le son de son rire...

Il se rappela brusquement la raison de son appel.

— Ecoute, maman, je risque de rentrer un peu tard. Demande à Dave de m'attendre.

— Il ne manquait plus que ça...

— Dis-lui que je klaxonnerai deux fois pour m'annoncer afin d'éviter une nouvelle bavure, ajouta-t-il en plaisantant.

— On ne s'adresse plus la parole, mon garçon. Mais ne t'inquiète pas, je lui mettrai tout ça par écrit.

Sa bonne humeur disparut aussitôt. Il avait craint quelque chose dans ce genre.

— Vous avez intérêt à vous parler quand je reviendrai.

— S'il suffisait de vouloir pour obtenir, lâcha sa mère avec un soupir mélodramatique. Malheureusement, la vie n'est pas aussi simple. Dépêche-toi de revenir avant que je sois obligée de fuir ma propre maison.

— Bien, m'dame, fit-il, histoire de détendre l'atmosphère.

Mais elle mit fin à leur conversation sans un mot de plus.

Il soupira. Elle était la deuxième à lui raccrocher au nez en moins d'une demi-heure. Il préféra n'y voir aucun mauvais présage concernant ses relations futures avec China.

Connie Marx sortit de la salle des interrogatoires la tête haute, la démarche volontaire, le dos droit comme la justice. Ben l'attendait dans le couloir.

— Aucun mensonge détecté, déclara-t-il.

— Bien sûr, puisque je suis innocente, répliqua-t-elle sèchement. Maintenant, je vous conseille de rappeler en vitesse vos chiens de chasse. Sinon, je m'adjoindrai les services d'un avocat si teigneux qu'il vous mettra sur la paille, vous et toute la police de Dallas ! Me suis-je bien fait comprendre ?

— Il n'y a aucun chien à vos trousses, mademoiselle Marx.

Elle le considéra d'un air perplexe.

— Que voulez-vous dire par là ?

— Vous n'avez pas vu le portrait-robot publié dans les journaux d'aujourd'hui ?

— Ça fait des jours que je ne lis plus la presse, marmonna-t-elle, un peu déstabilisée.

Il lui tendit un exemplaire du *Dallas Morning News.*

Elle le déplia et promena son regard sur la manchette du journal, puis sur le visage juste en dessous. Elle ouvrit de grands yeux.

— Elle ne me ressemble pas du tout, murmura-t-elle.

— En effet, elle ne vous ressemble pas.

Elle inspira profondément.

— Vous voulez dire que vous ne me considérez plus comme suspecte ?

— C'est exact.

— Et vous m'avez laissée m'emballer au sujet du détecteur alors que vous saviez que c'était inutile ?

— Toute la ville a vu ce portrait-robot, sauf vous. Je ne pouvais pas me douter que vous faisiez la grève des informations. Et puis, il faut voir les choses du bon côté, mademoiselle Marx : non seulement vous allez vous mettre l'opinion publique dans la poche, mais la police a désormais deux bonnes raisons de vous croire innocente. Pour ma part, j'estime qu'on n'est jamais trop sûr.

— Quelqu'un a-t-il appelé mon employeur pour l'informer que je suis blanchie ? demanda-t-elle d'une voix tremblante.

— Non, mademoiselle. Ce type d'annonce ne fait pas partie de nos attributions.

Elle releva la tête et le regarda droit dans les yeux. Il lui restait encore quelques obstacles à franchir.

— Je voudrais vous demander une faveur.

Il hocha la tête.

— Dites toujours.

— Je veux être la première au courant quand vous aurez arrêté cette femme.

Il la considéra avec une certaine admiration. Décidément, elle ne manquait pas de cran.

— Je ne peux rien vous promettre, mais je ferai de mon mieux.

— Je vous remercie, dit-elle avant de s'éloigner.

— Mademoiselle Marx ?

Elle s'arrêta et se retourna.

— Où puis-je vous joindre au cas où je voudrais vous donner l'exclusivité de cette information ? demanda-t-il.

— Chez moi. Je ne compte pas revenir la queue entre les jambes sur Canal 7. Soit je fais mon *come-back* avec le scoop de l'année et une augmentation substantielle de salaire, soit j'ouvre un stand de hamburgers et je grille des steaks pour le restant de mes jours.

Une réponse digne d'elle, songea-t-il, amusé. Il lui fit un petit signe d'au revoir auquel elle répondit d'un sourire maussade.

Elle se dirigea vers l'ascenseur. Alors qu'elle s'en approchait, les portes s'ouvrirent sur Larry Dee Jackson. Quand il l'aperçut, un immense sourire éclaira son visage, et il ouvrit grand les bras pour la prendre contre lui. Elle n'en crut pas ses yeux.

— Ma chérie, j'ai vu le journal. Désormais, tout le monde sait que tu ne peux pas être la tueuse. Je t'ai cherchée partout, tu sais. C'est ton avocat qui m'a dit où tu étais. Le cauchemar est terminé, n'est-ce pas, ma beauté ? C'est vraiment terminé.

Elle le dévisagea avec froideur en se demandant ce qu'elle avait bien pu lui trouver. Certes, il était beau, mais à l'intérieur il n'y avait rien. Une coquille vide. Il l'avait dénoncée à la police, puis abandonnée dès qu'on l'avait soupçonnée de meurtre. Et voilà qu'il revenait, toute honte bue, avec ce petit sourire satisfait qui semblait dire : « Je sais que tu meurs d'envie de te mettre au lit avec moi. »

Là, mon pauvre Larry Dee, tu te fourres le doigt dans l'œil, songea-t-elle, en proie à une colère froide. *Jusqu'au coude.*

— Ça, pour être terminé, c'est terminé ! répliqua-t-elle en lui administrant une claque magistrale.

Sur ce, elle monta dans l'ascenseur avec un sourire satisfait. Sa main allait en garder la trace quelques heures, mais Dieu que c'était bon de pouvoir enfin se défouler !

A l'autre bout du couloir, Ben ne put s'empêcher de se dire que Jackson ne l'avait pas volé. Il avait fait preuve d'un égoïsme sans nom vis-à-vis de Connie Marx. Et puis, au moins, cette histoire lui apprendrait que tout ne s'arrangeait pas à coups de dollars.

Se rappelant China et la situation explosive qui régnait au ranch, Ben songea qu'il était temps de rentrer.

Aux alentours de 18 heures, China quitta sa chambre, attirée par l'odeur alléchante qui se dégageait de la cuisine. Elle était gênée de ne pas avoir proposé son aide pour le repas du soir. En traversant le couloir, elle entendit Dave et Mattie discuter dans la cuisine. Elle s'arrêta pour écouter, prête à rebrousser chemin, mais, pour une fois, ils ne semblaient pas se disputer. Rassurée, elle se remit en route d'un pas léger. Une fois devant la porte, elle entendit Mattie rire — un rire intime, de ceux qui ponctuent les conversations entre amis de toujours. La hache de guerre semblait bel et bien enterrée, en tout cas pour le moment.

— Est-ce que j'arrive trop tard pour donner un coup de main ? demanda-t-elle en passant la tête par la porte entrouverte.

Ils levèrent les yeux, et Mattie lui fit signe d'entrer.

— Je croyais que vous vous étiez barricadée à tout jamais dans votre chambre pour échapper à nos querelles.

— Barricadée est un bien grand mot, observa China avec un sourire. Disons que je me tenais prudemment en retrait du champ de bataille.

— Je t'avais dit que c'était une maligne, intervint Dave.

Mattie montra une chaise avec la cuillère de bois qu'elle tenait à la main.

— Asseyez-vous, ma petite China. Vous aurez bien le temps de m'aider quand vous serez tout à fait remise. N'oubliez pas que c'est la première journée complète que vous passez loin de votre chambre d'hôpital. Je crois que vous avez droit à un peu de repos.

— Oh, mais je me suis reposée. Et puisque je constate que personne n'hésite à exprimer le fond de sa pensée dans cette maison, je tiens à vous dire que je me sens vraiment coupable de m'être immiscée de la sorte dans vos vies. Je sais que Ben vous a un peu forcé la main, et j'en suis désolée.

— Sachez, jeune fille, que je ne laisse personne m'imposer quoi que ce soit, rétorqua Mattie en agitant sa cuillère de plus belle. Asseyez-vous et oubliez ces idées farfelues.

Dave se leva et avança une chaise.

— Je vous conseille d'obéir, China. C'est la seule façon de la faire taire.

Elle s'exécuta tandis que Mattie retournait à ses fourneaux en marmonnant quelque chose dans sa barbe. Elle jeta un coup d'œil discret à l'horloge de la cuisine.

— Ben a appelé cet après-midi pour dire qu'il rentrerait un peu tard ce soir, lui apprit Dave avec un sourire malicieux.

Elle piqua un fard.

— Je n'étais pas en train de… Enfin, je veux dire, je ne me demandais pas…

— On sait ce que ça veut dire, les protestations de ce genre !

— Maintenant, je comprends mieux pourquoi Mattie vous fait taire de temps en temps, murmura-t-elle, mi-figue mi-raisin.

Dave éclata de rire.

— David Wayne Lambert, cesse tout de suite de l'asticoter ! s'insurgea Mattie.

Il se tut et se renversa sur sa chaise, les lèvres serrées pour s'empêcher de rire. Ses yeux pétillaient.

Le silence retomba, un peu pesant. China commençait à regretter de ne pas être restée dans sa chambre quand le bruit d'une voiture se fit entendre. Deux coups de Klaxon retentirent.

— Ce doit être Ben, déclara Dave. Je vais aller voir.

China sentit son cœur faire un bond dans sa poitrine. A l'idée de sa voix grave et puissante, de la douceur de ses caresses, elle fut prise d'une sorte de panique. Elle était prête à fuir dans sa chambre quand Mattie se retourna. Elle pointa sa cuillère dans sa direction.

— Si vous voulez bien mettre la table, les couverts se trouvent dans le tiroir du haut, à gauche de l'évier.

— Oui, madame.

Mattie poussa un profond soupir. Elle abandonna sa cuillère sur le plan de travail et vint prendre China dans ses bras.

— Je suis désolée d'avoir été si pénible aujourd'hui. Vous n'y êtes pour rien, ma petite China. Dave et moi avons quelques vieux comptes à régler, et vous vous êtes retrouvée prise entre deux feux.

Son accolade était si chaleureuse, et sa voix si sincère, que China sentit les larmes lui monter aux yeux. Heureusement, elle réussit à chasser la boule qui lui nouait la gorge.

— Je m'en doutais un peu, commenta-t-elle avec un sourire. Ne vous inquiétez pas, vous ne m'avez pas fait de peine.

Espiègle, Mattie lui pinça le bout du nez.

— Tant mieux. Mais je dois vous prévenir : la prochaine fois que vous m'appelez *madame*, je vous enfonce une chaussette dans la bouche.

China éclata de rire.

C'est la première chose que Ben entendit en entrant. Il s'immobilisa sur le seuil, comme pétrifié, avec le sentiment qu'elle lui avait manqué plus que tout au monde. A cet instant, il dut admettre qu'il était amoureux d'elle.

— C'est pas trop tôt !

Revenant sur terre, il considéra Dave avec stupeur. Il venait seulement de s'apercevoir qu'il se tenait devant lui.

— Et si tu fermais la porte, mon garçon ? Je ne sais pas si tu as remarqué, mais il fait un froid de canard dehors. Ta mère va encore piquer sa crise.

— Ah oui, pardon, fit-il en pénétrant à l'intérieur.

Il referma la porte derrière lui et se débarrassa de ses gants et de son manteau.

— Comment s'est passée la journée ? s'enquit-il en rangeant ses affaires dans le placard de l'entrée.

Dave eut un petit rire.

— Pas trop mal, à part que j'ai failli faire un carton sur la représentante en cosmétiques Avon.

— C'est ce que j'ai entendu dire, répondit Ben avec un sourire.

— Alors pourquoi me poser la question ? Pour voir si j'allais t'en parler ?

Ben lui donna une tape amicale dans le dos.

— Avouer, c'est alléger son âme. Ce sont tes propres mots, tu t'en souviens ?

— Ouais, mais je t'avais dit ça parce que je t'avais surpris en train d'allumer un cigare derrière la grange de ton père, répliqua Dave. Il y a quand même une grande différence entre fumer en cachette et descendre sa voisine !

— Il paraît qu'elle avait un besoin urgent d'aller aux toilettes.

— Ça a dû sortir tout seul quand elle a vu mon flingue pointé sur elle, remarqua Dave, hilare.

— Je regrette d'avoir raté ça.

— Ouais, je regrette aussi que tu n'aies pas été là. Que veux-tu, ça me rend nerveux de passer mes journées dans une maison où il n'y a que des femmes… Suis-moi, on va aller voir ta mère avant qu'elle vienne nous chercher par la peau des fesses.

— Et China ? Comment va-t-elle ?

Dave s'arrêta et le considéra avec gravité.

— Tu es raide dingue d'elle, pas vrai ?

Ben n'eut pas le temps de répondre. Sa mère avait surgi de la cuisine, une cuillère à la main.

— Ah, vous êtes là tous les deux ! s'exclama-t-elle en

venant l'embrasser. Le dîner est prêt. On se met à table dans cinq minutes.

— Ça sent drôlement bon. Je vais juste aller dire bonjour à China avant de me changer.

— Elle est…

Elle ne termina pas sa phrase. Ben avait déjà disparu dans le couloir. Elle fronça les sourcils, visiblement contrariée.

— Qu'est-ce qu'il y a ? demanda Dave, surpris par sa réaction. Je croyais que tu l'appréciais, cette gamine.

— J'aime bien ce que je connais d'elle jusqu'à présent, mais elle n'est là que depuis hier soir. Ça fait des années que j'espère voir mon Bennie se caser avec une gentille fille. Après tout, il a une bonne trentaine d'années, maintenant. Mais je ne sais trop que penser d'une femme comme China.

— Elle m'a l'air d'une fille comme il faut.

— Il n'y a pas si longtemps, elle vivait avec un autre homme dont elle était enceinte, bien qu'ils ne soient pas mariés. Le soir où on lui a tiré dessus, elle errait dans les rues comme une âme en peine, sans domicile fixe. A présent, elle est l'unique témoin d'un meurtre… Ce n'est pas exactement le genre de femme dont rêve une mère pour son fils unique.

Il la considéra d'un air incrédule.

— Je trouve que tu as la mémoire bien courte, répliqua-t-il sans ménagement.

Elle s'empourpra.

— Je ne vois pas de quoi tu parles.

Il l'agrippa par les épaules.

— Par sens du devoir, tu es restée mariée des années à un homme que tu n'aimais pas.

Sa voix se fit plus douce, mais ses mains la tenaient fermement.

— On aurait pu être heureux, tous les deux, mais tu nous as privés de ce bonheur qui nous tendait les bras. Ton mari n'était pas enterré depuis une semaine qu'on faisait déjà l'amour.

Elle secoua la tête, refusant d'en entendre davantage. C'était compter sans Dave qui n'avait pas encore vidé son sac.

— Je sais que tu ne me l'as jamais pardonné, Mattie. Pourtant, nous étions deux cette nuit-là… Alors, peut-être devrais-tu éviter de porter un jugement hâtif sur cette jeune femme. Tu vaux mieux que ça, tu ne crois pas ?

Mattie se décomposa. Dieu, que la vérité pouvait être parfois difficile à accepter…

— Je dois aller servir le dîner, articula-t-elle, les yeux brillants de larmes contenues. Va donc te laver les mains.

— Je crois que j'ai passé assez de temps ici pour aujourd'hui. Je rentre chez moi.

— Si tu franchis le seuil de cette maison, n'espère pas y remettre les pieds un jour.

Sur ces mots, elle tourna les talons et disparut dans la cuisine.

Dave resta quelques secondes cloué sur place, puis décida d'aller se laver les mains.

14.

Quand Ben pénétra dans la cuisine, China était en train de prendre les couverts dans le tiroir.

— Ça y est ? Maman t'a déjà mise au boulot ?

Sa voix grave et profonde la fit tressaillir. De surprise, mais aussi de plaisir. Rester maîtresse d'elle-même en sa présence devenait de plus en plus difficile.

— C'est moi qui lui ai proposé de l'aider, répondit-elle en revenant vers la table d'une démarche mal assurée.

Ben suivait des yeux chacun de ses mouvements avec inquiétude. Elle souffrait encore de ses blessures, il suffisait de la voir marcher pour le savoir.

— Tu as fait trop d'efforts aujourd'hui, remarqua-t-il en lui prenant les couverts des mains.

Il commença à les disposer sur la table tandis qu'elle protestait :

— J'ai passé presque toute la journée dans ma…

— Ah oui, la coupa-t-il en riant. J'ai entendu dire que tu avais disparu dans la nature après que Dave avait failli tirer sur la représentante en cosmétiques.

— Pas dans la nature, corrigea-t-elle en souriant malgré elle. J'étais bien sagement dans ma chambre. Je crois que je n'aurais pas dû rire comme ça.

— Et pourquoi pas ? Apparemment, la situation était plutôt cocasse.

— Tout ça est arrivé par ma faute. Quand j'ai vu cette femme courir vers la porte d'entrée, j'ai complètement paniqué. Dave ne cherchait qu'à me protéger. A cause de moi, cette dame a failli se faire tuer.

— Dave est un trop bon flic pour tirer sur une personne désarmée. Quoique j'aie entendu dire que cette femme transportait des substances dangereuses.

— Non, non, pas du tout.

— Et son sac rempli de produits de beauté, alors ?

Elle s'esclaffa.

— Oh, non… Ça ne va pas recommencer.

Il n'arrivait pas à détacher son regard d'elle. Il ne la connaissait que souffrante, en proie à la douleur et au chagrin. Cette nouvelle facette de sa personnalité était une merveilleuse surprise.

— Je crois que mes nerfs ont lâché… J'étais tellement soulagée que cette femme ne soit pas venue me tuer, tu sais… Quand elle a expliqué qu'elle avait besoin de faire pipi, j'ai été prise de fou rire.

Elle redressa une cuillère, puis inversa un couteau et une fourchette placés du mauvais côté d'une assiette, tout en continuant à se justifier.

— J'ai essayé de m'arrêter, je te le jure. Mais pas moyen. Plus la situation empirait, plus je riais. Il me suffisait de regarder le visage furieux de Dave ou de songer à ta mère en train de hurler : « Ne tire pas ! Ne tire pas ! C'est la représentante en cosmétiques ! » et ça repartait de plus belle. Quant à cette pauvre femme, si tu avais vu sa tête…

A ce souvenir, elle éclata de rire.

Ben poussa un soupir, et elle vit ses traits se figer brusquement.

— Seigneur…

Elle s'arrêta net. La tension venait de monter d'un cran, et elle ne savait pas pourquoi. Quand Ben contourna la table pour venir vers elle, elle se raidit instinctivement.

— Quoi ? Qu'est-ce que j'ai dit ?

Il s'arrêta tout près d'elle et, approchant la main de son visage, dessina du doigt le contour de ses lèvres. C'était doux. Tellement doux.

— Ton rire, murmura-t-il. Il te change…

Mal à l'aise, elle voulut se retourner, mais il l'en empêcha.

— Je dois avoir l'air stupide, lâcha-t-elle, de plus en plus nerveuse. De toute façon, mes yeux sont trop grands et j'ai une bouche de clown.

En prenant soin de ne pas lui faire mal, il posa les mains sur ses épaules.

— Regarde-moi.

Son visage était juste devant le sien au point qu'elle sentait son haleine sur elle. Elle ne put faire autrement que d'accéder à sa demande.

— Ton rire est magnifique, China, tout comme toi. J'aimerais tant être celui qui le déclenche… Ça prendra le temps qu'il faudra, mais je sais qu'un jour tu finiras par avoir confiance en toi.

Il s'obligea à s'éloigner d'elle. Il ne pouvait rester à ses côtés sans l'embrasser.

Le cœur de China battait la chamade, et mille questions

se bousculaient en elle. Comme elle aurait aimé le croire… Malheureusement, le miroir lui renvoyait ses défauts à la figure depuis de trop longues années.

A ce moment-là, Mattie fit son apparition dans la cuisine, les yeux brillants et comme éclairés d'un feu intérieur. China devrait attendre avant de pouvoir poser à Ben les questions qui lui brûlaient les lèvres.

— Je vais me changer, déclara-t-il. J'en ai pour cinq minutes.

Restée seule avec Mattie, China comprit en la voyant qu'elle aussi était en proie à un grand trouble. Elle s'assit sans un mot, gênée, en comptant sur le silence pour la rendre invisible. A sa grande surprise, Mattie se tourna vers elle avec un sourire.

— J'espère que vous avez faim, ma petite China. J'ai cuisiné assez de blanquette de poulet aux quenelles pour nourrir tout un régiment.

— Oh, j'adore ça ! s'exclama China. Ça fait des années que je n'en ai pas mangé !

Ces mots agirent sur Mattie à la manière d'un sésame. Elle se détendit complètement et se mit à parler de tout et de rien, comme si elles se connaissaient depuis toujours. Quand tout le monde fut réuni autour de la table, l'ambiance était au beau fixe.

Une heure plus tard, il ne restait ni poulet ni quenelles dans le plat. Après avoir aidé à ranger la table et à remplir le lave-vaisselle, Dave salua l'assemblée et rentra chez lui pour la nuit. Mattie s'installa dans le salon dans son fauteuil, ses aiguilles à tricoter sur les genoux et la télécommande à portée de main. Quant à Ben et China, ils se retrouvèrent seuls dans la cuisine.

— Ça te dirait, une petite promenade ? demanda-t-il.

Elle se sentit tout excitée à l'idée de sortir, même si ce n'était pas pour aller loin.

— Ça me ferait grand plaisir.

— Alors va vite mettre ton manteau.

Elle se leva trop vite et fit la grimace.

— Pas la peine de te presser, ma chérie. Je ne vais pas partir sans toi.

Elle alla prendre son manteau accroché dans l'entrée, ravie de prendre l'air au lieu de se terrer dans la maison comme une fugitive. Mattie leva le nez de son tricot au moment où elle passait près d'elle, chaudement vêtue.

— On va se promener, expliqua China.

— Ça vous fera le plus grand bien. Rien de tel qu'un bol d'air frais avant de se coucher pour trouver le sommeil.

— On revient très vite.

— Prenez tout votre temps. Avec mon fils, il ne peut rien vous arriver.

China se dépêcha de revenir dans la cuisine où Ben l'attendait. Ces neuf petits mots lui avaient fait chaud au cœur : *Avec mon fils, il ne peut rien vous arriver.* Mattie avait raison, Ben veillerait sur elle. Pas seulement parce que c'était son devoir de flic, mais parce qu'il lui en avait fait la promesse.

Il l'aida à boutonner son manteau, puis serra la capuche autour de son visage de façon que le froid épargne ses oreilles.

— Je ne veux pas que tu attrapes un rhume.

— Hier, ta maman m'a dit que j'étais une dure à cuire.

Il recula d'un pas et la dévisagea.

— Elle a raison.

China resta un moment hypnotisée par son regard. Puis un frisson la secoua : le moment était passé. Ben la prit par le bras et la conduisit vers la porte de derrière. Dehors, le vent avait cessé de souffler, et le paysage semblait figé dans l'air glacé. Une fine couche de givre recouvrait l'herbe qui craquait sous leurs pas. China renversa la tête en arrière et inspira goulûment, avide d'oxygène. Seules quelques étoiles brillaient dans le ciel, signe que la tempête annoncée par la météo approchait.

— Tu es assez couverte ? s'enquit Ben.

Elle hocha la tête, puis confirma de la voix de peur qu'il n'ait pas vu son geste dans le noir.

— Il vaut mieux que tu me donnes la main, déclara-t-il. Le sol n'est pas toujours très plat, et je ne veux surtout pas que tu tombes.

Elle s'exécuta sans arrière-pensée, mais, dès que leurs paumes se touchèrent, elle sentit une onde de chaleur la traverser.

— On va juste faire un petit tour. Les vraies promenades seront pour plus tard, quand tu te seras complètement rétablie. Je crois qu'un aller-retour jusqu'à la grange suffira pour ce soir.

Ils marchèrent en silence. Ils se sentaient bien ensemble et n'avaient pas besoin de meubler le silence avec des mots. China plissa les yeux : l'ombre d'un bâtiment se profilait au loin, sans doute la grange. Alors qu'ils s'en approchaient, un long hennissement s'en échappa, la faisant sursauter.

— C'est juste Cow-boy qui te souhaite la bienvenue, la rassura Ben. Cow-boy est mon cheval. Il est né dans ce ranch il y a vingt ans de ça, et il a toujours vécu avec nous.

China sentit son cœur se serrer. Même cet animal avait une maison… Refusant de s'apitoyer sur son sort, elle se força à sourire.

— On peut aller le voir ? demanda-t-elle.

— Je dirais même qu'on *doit* aller le voir, corrigea Ben. Il sait qu'on arrive, et, si on ne vient pas lui apporter quelques friandises, il boudera pendant toute une semaine.

— Mais on n'a rien à lui donner.

— J'ai des morceaux de sucre. J'en ai mis une poignée dans ma poche pendant que tu allais chercher ton manteau.

— Je n'ai encore jamais caressé un cheval, avoua-t-elle.

Ben marqua un temps d'arrêt et la dévisagea avec stupéfaction.

— Depuis combien de temps vis-tu au Texas ?

— Presque vingt ans.

— Voilà ce que j'appellerais une grave lacune dans ton éducation, remarqua-t-il. Permets-moi d'y remédier sur-le-champ.

China entra dans la grange le cœur léger. Le bâtiment avait beau être ouvert à ses deux extrémités, il y régnait une atmosphère chaleureuse, et l'on s'y sentait à l'abri. Pendant qu'elle retirait sa capuche, Ben appuya sur un interrupteur. Une puissante lumière inonda la grange. Tout de suite, un grand alezan doré au chanfrein orné d'une tache blanche passa la tête par-dessus le vantail inférieur de son box.

— Oui, je sais que tu es là, mon vieux, lança Ben. On se dépêche de venir te voir.

Tout excitée, China le devança avant qu'il ait pu la retenir. Cow-boy n'aimait guère les étrangers, et Ben s'apprêtait à la mettre en garde quand le silence particulier qui s'installa entre le cheval et elle l'en dissuada. Tous les deux se jaugèrent un long moment. Immobile, Ben savoura cet instant où l'homme et l'animal communiquent par les sens.

China était aux anges. Le vieux cheval, les narines légèrement dilatées, s'imprégnait de son odeur sans la quitter des yeux. Au bout d'un moment, il s'ébroua doucement comme pour lui dire bonjour. Radieuse, China se tourna vers Ben pour l'interroger du regard. Lorsqu'il lui fit signe d'y aller, elle tendit la main vers l'animal. Ses lèvres douces et veloutées lui chatouillèrent la paume, à la recherche de sa friandise favorite. Ben sortit un morceau de sucre de sa poche et le posa dans la main de China. Quand le cheval le prit dans sa bouche sans même toucher sa peau, elle ne put retenir un soupir émerveillé.

— Son nez, murmura-t-elle. Il est si doux.

— Il t'aime bien.

— Tu crois ? demanda-t-elle avec l'enthousiasme d'une petite fille.

Ben hocha la tête.

— Il ne se laisse pas caresser par n'importe qui, tu sais.

— Tu as d'autres morceaux de sucre ?

Ben lui donna tout son stock et regarda avec satisfaction son cheval se servir dans sa main fine.

— Et voilà, déclara-t-elle quand le dernier sucre eut disparu dans la bouche de l'animal. C'est tout pour ce soir.

Comme s'il avait compris, Cow-boy releva vivement la

tête avant de venir frotter son nez contre la joue de China. Puis il se mit à jouer avec ses cheveux et les tira doucement entre ses lèvres.

Surprise, elle eut un mouvement de recul. Ben voulut s'interposer, persuadé qu'elle avait peur.

— Non, non, l'arrêta-t-elle. Il ne me veut pas de mal. Il exprime seulement son affection, n'est-ce pas ?

Ben eut l'impression qu'une flèche lui transperçait le cœur.

— Comment pourrait-il en être autrement ? demanda-t-il, la voix tremblante d'émotion. Comment ne pas t'aimer ? Il est si facile de tomber sous ton charme…

Elle posa sur lui des yeux tristes.

— Tu veux dire qu'il est facile de me faire tourner la tête avec de belles paroles. Au fond, tu as raison… Il suffit de voir comment j'ai succombé au petit numéro de Tommy, comment je l'ai laissé me traiter…

— Non, la coupa Ben avec fermeté. Ne me fais pas dire ce que je n'ai pas dit. Tu ne l'as pas *laissé* te maltraiter. Tu as simplement été victime d'un dragueur professionnel, d'un sale type habitué à jeter son dévolu sur des femmes jeunes et innocentes. Des femmes seules et un peu perdues. Il les attire dans ses filets avec son baratin et sa belle gueule, et profite au maximum de chacune d'entre elles avant de les laisser tomber.

Il s'approcha d'elle, et sa voix s'adoucit.

— Tu ne peux pas te reprocher d'avoir voulu y croire. Etre amoureuse n'est pas un crime, et tout le monde espère connaître un jour ce bonheur… Je suis désolé que tu sois tombée sur la mauvaise personne, China. Et plus désolé encore qu'il t'ait fait du mal.

Elle jeta un coup d'œil vers lui et détourna aussitôt le regard.

— Ce que tu dis est peut-être vrai, mais je ne me sens pas moins bête pour autant. Si tu savais comme j'ai honte…

— Tu l'aimes encore ?

— Certainement pas, répondit-elle en s'éloignant légèrement. J'avais cessé de me croire amoureuse de lui bien avant qu'il file avec mes économies. Mais je me disais que mon bébé aurait besoin d'un père.

Ben dut admettre qu'il était soulagé. Cela faisait un obstacle de moins pour atteindre son cœur. Et il était bien déterminé à franchir tous ceux qui se présenteraient. A ses yeux, cette femme valait tous les sacrifices.

— Tant mieux. Ça me rend la tâche plus facile.

Elle fronça les sourcils.

— En quoi ça peut t'aider à me protéger de cette criminelle ?

— Je ne parle pas de ça, murmura-t-il en prenant son visage dans ses mains. Je parle de t'apprendre à me faire confiance. Il n'y a pas d'amour sans confiance, et, crois-moi, il n'est rien au monde que je désire plus que ton amour.

Elle ouvrit la bouche pour parler, mais aucun son n'en sortit.

Profitant de sa stupeur, il se pencha vers elle et posa ses lèvres sur les siennes. Elle renversa la tête en arrière. Le corps plaqué contre le sien, il approfondit son baiser, fouillant sa bouche avec ardeur. Il sentait son trouble, la douceur de ses lèvres sous les siennes. Elle était douce, si douce, et tellement effrayée…

En l'entendant gémir, il s'écarta aussitôt.

— N'aie pas peur. Pas de moi. Je ne te ferai jamais de mal.

Il l'embrassa sur la joue, doucement.

— Jamais.

Elle le fixa. Il lui avait déjà montré la tendresse dont il était capable à son égard. En revanche, elle ne savait que penser de la passion qu'elle découvrait en lui. Il l'avait embrassée avec une telle fougue qu'il lui semblait conserver sur ses lèvres l'empreinte de son baiser. Elle y porta la main comme pour vérifier s'il s'y trouvait encore.

Devant son geste, Ben se maudit. Il eut peur d'avoir tout gâché en dévoilant trop tôt la force de ses sentiments. Mais qu'est-ce qui lui avait pris de se jeter comme ça sur elle ?

— China…

Elle l'arrêta d'un geste de la main.

— Jamais ? demanda-t-elle.

— Jamais, China.

— Tu me le promets ?

Il hocha vigoureusement la tête.

— Ai-je déjà manqué à ma parole ?

— Non, dit-elle en se mordant la lèvre inférieure. Pas encore.

A cet instant, il regretta de ne pas avoir étranglé Tommy Fairheart lorsqu'il en avait eu l'occasion. Il se fit violence pour dissimuler ses sentiments, mais, quand il reprit la parole, sa voix tremblait de colère contenue.

— Ecoute, China…

— Quoi ?

— Ne me fais pas payer les erreurs d'un autre.

— Je…

— Je crois qu'on ferait mieux de rentrer. Il commence à se faire tard, et il ne faut pas que tu restes dehors trop longtemps. On y verra plus clair demain.

Ils regagnèrent la maison en silence. Une fois à l'intérieur, Ben verrouilla soigneusement la porte derrière eux.

China se demandait si sa réaction pour le moins pessimiste n'avait pas compromis leur relation future. Elle finit par chasser cette idée de son esprit : pourquoi s'angoisser pour quelque chose qui n'existait même pas ? Ben l'avait embrassée, voilà tout. Inutile de se faire des idées à propos d'un avenir qui n'existait que dans ses rêves.

— Passe-moi ton manteau, proposa-t-il. Je vais le ranger dans l'entrée.

Elle le lui donna, puis resta là, immobile, dans la cuisine. Mettre un terme à cette soirée lui semblait au-dessus de ses forces.

— Ben… Merci pour la promenade. Et pour Cow-boy. Et…

Incapable de poursuivre, elle haussa les épaules en guise de conclusion.

Devant son air désemparé, il sentit les derniers vestiges de sa colère fondre comme neige au soleil. Il lui sourit tendrement.

— Tout le plaisir était pour moi.

Elle allait quitter la cuisine quand il l'appela.

— China ?

— Oui ?

— Tu as besoin d'aide pour te déshabiller ?

— Non, merci. Je peux m'en sortir seule.

Alors qu'elle allait disparaître dans le couloir, il la

rappela. Elle se retourna sans rien dire et le fixa d'un air interrogateur.

— Dors bien, ma China. Fais de beaux rêves.

Elle se détendit, et un sourire timide se dessina lentement sur son visage.

— Merci. Fais de beaux rêves toi aussi.

Cette fois, elle s'en alla pour de bon, sans se retourner, de crainte que le désir qu'elle venait de lire dans ses yeux la trouble de nouveau.

De retour dans sa chambre, elle se coucha et attendit le sommeil en vain. Tout le monde s'était couché depuis longtemps quand elle se releva pour s'asseoir devant la fenêtre. Les yeux perdus dans la nuit noire, elle se repassait en boucle sa soirée avec Ben, depuis le moment où il avait remonté sa capuche sur sa tête jusqu'à celui où il lui avait souhaité de beaux rêves. La sensation de ses lèvres sur les siennes ne la quittait pas, et elle se sentait désorientée. Que devait-elle faire à présent ? Elle ne pouvait se permettre de tomber amoureuse. Elle avait suffisamment d'ennuis comme cela, et jamais elle ne parviendrait à se remettre d'une nouvelle blessure.

Sauf que Ben ne la blesserait pas, contrairement à d'autres. Lui était délicat et attentionné, il tenait ses promesses.

Si seulement elle arrivait à *se* faire confiance autant qu'à lui…

Entièrement nue, elle ouvrit le placard et tendit le bras vers les déshabillés. Elle laissa ses doigts glisser lentement sur la soie et le satin avant de porter son choix sur une mousseline rouge sang. En sentant la caresse du tissu sur sa peau, elle lâcha un soupir de satisfaction. Le déshabillé vaporeux s'évasait à partir de la taille et balayait le sol quand elle marchait. Elle chaussa une paire de mules assorties, enfila un peignoir carmin et le ferma avec un joli nœud.

En passant à proximité de la chaîne stéréo, elle ne put résister au plaisir de mettre un autre disque. Une pression du doigt, et les basses d'un groupe de rock résonnèrent dans le chalet. Parcourue de frissons, elle sentit les pulsations s'infiltrer jusque dans les recoins les plus intimes de son corps. Elle se mit à danser en rythme, ondulant sensuellement devant le miroir. Après un regard critique à son reflet, elle s'interrompit brutalement et attrapa une perruque posée sur la commode qui jouxtait la psyché. Elle s'en coiffa d'une main experte. Sa nouvelle coupe de cheveux rendait le postiche un peu moins stable, et elle dut batailler quelques secondes avant qu'il se mette en place. Revenant vers le miroir, elle se regarda longuement, satisfaite. Dommage que personne ne puisse en profiter… Le jeu devenait trop dangereux, et elle n'avait d'autre choix que d'y mettre un terme.

Le portrait-robot imprimé en première page du *Dallas Morning News* lui revint à l'esprit. Contrariée, elle plissa le front. La musique continuait à résonner dans le chalet, mais elle ne l'entendait plus. Comment diable la police avait-elle réussi ce tour de force ? Elle s'était toujours montrée si prudente, ne laissant pas de témoin derrière elle. Personne n'avait jamais vu son visage — personne qui soit encore vivant, en tout cas.

Au souvenir de Chaz Finelli surgissant de nulle part, son appareil photo à la main, elle sentit une sueur froide couler le long de sa colonne. Il l'avait surprise dans son accoutrement réservé à ses aventures nocturnes. Bon sang, heureusement qu'elle ne sortait jamais sans son arme ! Elle lui avait réglé son compte en deux temps trois mouvements. Quant au Nikon, les flics ne le retrouveraient jamais : elle l'avait balancé dans un container à ordures à l'autre bout de la ville, après avoir pris soin de retirer la pellicule qu'elle avait brûlée dans les toilettes d'un restaurant. Des précautions imparables… Bien sûr, elle aurait préféré ne pas devoir tuer la jeune femme enceinte. Mais bon, c'était la loi de la nature : seuls les plus forts survivaient. Elle avait consenti à trop de sacrifices pour arriver là où elle en était. Pas question de mettre sa réussite en péril par un accès de sensiblerie.

Soudain furieuse, elle se rua vers la chaîne stéréo afin d'éteindre la musique, puis elle arracha ses vêtements un à un et les jeta contre les murs. Une fois qu'elle se fut calmée, son reflet dans le miroir avait une tout autre apparence. Elle se nettoya le visage jusqu'à faire disparaître toute trace de maquillage, remit les vêtements qu'elle portait en arrivant, éteignit la lumière et quitta le chalet.

Dans une semaine ou deux, après les fêtes de fin d'année, elle mènerait une enquête discrète. Elle avait de l'argent, de l'influence et des amis haut placés. D'une manière ou d'une autre, elle finirait par découvrir comment la police avait réussi à réaliser ce portrait-robot. L'enjeu était trop important pour prendre le moindre risque.

Des nuages gris et bas plombaient le ciel en ce matin de Noël. Pelotonnée sous ses couvertures, China n'avait pas envie de quitter son lit. Depuis la mort de sa mère, cette journée de réjouissances ne signifiait plus rien pour elle. Si, enceinte, elle s'était prise à rêver à des Noëls joyeux, aux jouets qu'elle achèterait à son enfant et à leur bonheur d'être ensemble, cet espoir, comme tout ce qu'elle avait chéri dans son existence, s'était brisé contre la dure réalité de la vie.

Quelqu'un frappa à sa porte.

— China, tu es levée ? lança Ben de l'autre côté du battant.

— Non.

Il ouvrit la porte.

— Mais tu es réveillée.

— Maintenant, oui.

— Tant mieux, fit-il joyeusement. Je voulais t'offrir ton cadeau de Noël.

— Mais je n'ai rien pour toi !

Il feignit l'indignation.

— Quoi ? Tu n'es pas allée en ville au beau milieu de la nuit pour m'acheter une nouvelle cravate ?

— Je suis exemptée de corvée de cadeaux, alors ?

— Oui, je t'accorde une dérogation exceptionnelle.

— Je ne sais pas si c'est très juste pour toi, remarqua-t-elle en se redressant.

Il s'assit sur le rebord du lit et lui tendit un petit cadeau emballé dans du papier doré.

— Ouvre-le, s'il te plaît.

Elle défit le ruban, puis déchira le papier. Une boîte apparut. Elle la considéra un moment en silence avant de soulever le couvercle.

— Oh, Ben…

Les larmes aux yeux, elle sortit de la boîte une petite statuette. Un ange avec un bébé dans les bras.

— Dès que je l'ai vu, j'ai pensé à toi, expliqua-t-il.

— C'est… parfait. Ça me rappelle ma fille. C'est là qu'elle est, maintenant. Au ciel, avec les anges… Merci.

Elle le serra dans ses bras. Tout en lui rendant son étreinte, Ben se sentit soulagé. Elle réagissait ainsi qu'il l'avait espéré.

— J'aime te faire plaisir, murmura-t-il en lui volant au passage un petit baiser de Noël. Bon, ma mère est en train de sortir des biscuits du four. Tu te sens d'attaque pour venir les goûter ?

— Et comment ! Donne-moi cinq minutes, et je te rejoins dans la cuisine.

— Si tu as besoin d'aide, crie très fort.

Il lui adressa un clin d'œil complice, puis sortit de la chambre, la laissant seule avec son cadeau. Envahie d'une émotion indéfinissable, China le considéra longuement. L'ange en porcelaine était parfaitement exécuté jusque dans les moindres détails. Elle le prit dans la main et le leva vers la lumière qui filtrait à travers la fenêtre. Une vague de tristesse la submergea quand elle découvrit l'inscription gravée sur le socle.

Quelqu'un veille sur toi.

Elle reconsidéra ce cadeau à la lumière de ces quelques mots : il pouvait aussi symboliser sa relation avec Ben — elle, le bébé démuni devant les dangers de la vie, et lui, l'ange protecteur. Pour qu'il ne lui arrive rien, il se consacrait entièrement à elle. Et c'est cette pensée rassurante qui l'accompagna tout au long de la journée.

Ben mit de côté le dossier qu'il venait de terminer et se renversa sur sa chaise.

— Red, où emmènes-tu Rita ce soir ? demanda-t-il.

Son collègue leva le nez de ses papiers.

— Nulle part. Pourquoi ?

— Tu vis sur quelle planète ? C'est le réveillon, nom d'un chien ! Demain, une nouvelle année commence. On est censé faire la fête, tu te souviens ?

Red remua sur sa chaise, visiblement mal à l'aise.

— Elle ne m'en a pas parlé.

— Peut-être qu'elle espère que tu lui feras la surprise.

— Ah bon… Alors tu crois que je devrais réfléchir à une sortie ?

— A ta place, c'est ce que je ferais, répondit Ben avec un sourire moqueur.

Red croisa les bras sur son bureau et se pencha en avant.

— Dis donc, bourreau des cœurs, toi qui sais toujours comment te comporter avec les femmes, qu'est-ce que tu as prévu pour toi et la poupée made in China ?

Ben se rembrunit.

— Ça n'a rien à voir. Elle vient tout juste de quitter l'hôpital. Et puis on ne sort pas ensemble. D'ailleurs, même si c'était le cas, je ne pourrais pas l'emmener au restaurant. Je te rappelle qu'elle doit se cacher jusqu'à ce qu'on retrouve la tueuse.

— Ouais, bon… N'empêche que tu pourrais quand

même organiser quelque chose. Ce serait sympa de lui faire oublier ses malheurs le temps d'une belle soirée.

Ils se remirent au travail, mais l'idée continua à faire son chemin dans la tête de Ben. Il finit par appeler le ranch.

— Salut, maman. C'est moi. Je venais simplement aux nouvelles.

— Tout va bien. China fait la sieste, et je crois bien que je vais l'imiter. Dave bricole dans la grange. Il me semble qu'il essaie de trouver de quoi réparer un store cassé.

— Dis-lui que son bonheur se trouve peut-être dans le fenil.

— Je le lui dirai. Tu vas rentrer tard ?

— Non, et c'est un peu la raison de mon appel. Tu as déjà commencé à préparer le dîner ?

— Pas encore. Je ne sais pas pourquoi, je n'arrive pas à m'y mettre. Mais, sois tranquille, je ne vais pas vous laisser mourir de faim.

— Et si je rapportais quelque chose à la maison ? proposa-t-il. On pourrait manger chinois, qu'en dis-tu ? C'est le réveillon, après tout. Je me suis dit qu'on allait fêter ça à notre façon. Tu n'as qu'à demander à Dave de se joindre à nous jusqu'aux douze coups de minuit.

Elle ne répondit pas tout de suite, comme si elle hésitait. Cela ne lui ressemblait pas.

— Quoi ? fit-il, étonné.

— Eh bien… Dave m'a invitée au restaurant pour le dîner. Mais je ne lui ai pas encore donné ma réponse, ajouta-t-elle vivement.

Ben faillit pousser un cri de joie. Une soirée entière seul avec China ? Rien ne pouvait lui faire plus plaisir.

— Mais qu'est-ce que tu attends pour lui dire oui ? s'exclama-t-il. On n'a pas besoin de baby-sitter, tu sais. China et moi, on va se gaver de nems pendant que tu feras la java avec Dave.

— Il m'a dit qu'il y avait un bal à l'hôtel Elks Lodge, mais je crois que je ferais mieux de m'abstenir. De toute façon, je n'ai rien à me mettre…

— Maman, arrête tes chichis et accepte son invitation. Si tu ne le fais pas pour toi, alors fais-le pour moi. Je sais qu'il t'arrive de te sentir un peu seule parfois. Rien ne me ferait plus plaisir que de savoir qu'il y a enfin quelqu'un dans ta vie.

Il y eut un silence un peu embarrassé à l'autre bout de la ligne, puis sa mère finit par capituler.

— Génial ! s'écria Ben. Alors c'est entendu. Informe China de nos projets respectifs quand elle se réveillera. Et si elle n'aime pas la cuisine chinoise, préviens-moi avant que je quitte le bureau. Je peux ramener autre chose si elle veut.

— D'accord, Ben. Et merci.

— Ce serait plutôt à moi de te remercier, maman. Je sais que je t'en demande beaucoup en ce moment.

— Tu m'as déjà remerciée. Et, pour être honnête, je dois avouer que je prends un certain plaisir à toute cette effervescence. C'est agréable de prendre soin de quelqu'un d'autre que soi.

— China n'est pas trop sauvage ?

— Elle ne se confie pas, mais on s'entend bien. Cela dit, il y a une chose qui me tracasse chez elle.

— Ah bon ? Quoi ?

Elle hésita un instant avant de lâcher :

— Sais-tu qu'elle se croit laide ?

Ben hocha la tête en se rappelant les confidences de China sur son beau-père.

— Oui. C'est dur à croire, n'est-ce pas ?

— D'autant qu'elle est absolument ravissante. Ses cheveux bruns sont superbes. Et ses grands yeux bleus… Je me demande ce qui a pu se passer pour qu'elle s'imagine une chose aussi absurde.

— Je te demande d'être patiente avec elle, maman.

Elle rit doucement.

— C'est toi qui mets ma patience à rude épreuve, pas elle, répliqua-t-elle avec humour. China est d'une telle discrétion que, pour un peu, on en oublierait sa présence.

— Comment ça, je mets ta patience à rude épreuve ?

Elle s'esclaffa.

— Sois prudent sur la route, dit-elle.

— Oui, m'dame. Bien, m'dame. Je serai là vers 18 h 30, 19 heures au plus tard.

15.

Mattie se comportait comme une adolescente. Censée s'habiller pour sa soirée avec Dave, elle sortait une à une ses robes de sa penderie avant de les jeter à terre avec des soupirs à fendre l'âme. Elle avait réquisitionné China sous prétexte de lui demander son avis, mais en réalité elle se sentait coupable d'avoir accepté l'invitation à dîner. La présence de la jeune femme lui permettait de ne pas s'appesantir sur son sentiment de culpabilité.

Depuis de longues années, elle s'en voulait d'avoir fait l'amour avec Dave à peine une semaine après la mort de son mari. Bien qu'elle sache qu'il s'agissait d'un acte de désespoir, du besoin d'affirmer son appartenance au monde des vivants, ces quelques heures d'abandon pesaient sur sa conscience. Et plutôt que d'accepter ce moment de faiblesse bien compréhensible, elle l'avait reproché à Dave comme à elle-même.

Chassant ces sombres pensées de son esprit, elle montra à China un fourreau bleu marine.

— Et que pensez-vous de celle-ci ?

— Trop sombre. Je préfère la rose foncé.

Elle poussa un gémissement désespéré.

— Seigneur, je n'arrive pas à me décider…

— Oui, je m'en suis aperçue, observa China avec un sourire. Puis-je faire une suggestion ?

Mattie leva les bras au ciel.

— Oui, par pitié !

— Pendant que vous faites votre toilette, je m'occupe de choisir votre tenue. Quand vous aurez fini de vous coiffer et de vous maquiller, vous enfilerez sans discuter les vêtements que j'aurai posés sur le lit, et vous partirez vous amuser avec Dave. Qu'en dites-vous ?

— Oh, non… Mes cheveux ! J'avais complètement oublié. Comment vais-je me coiffer ?

China se leva et la poussa doucement vers la salle de bains.

— Allez, ouste ! fit-elle. Coiffez-vous comme à votre habitude. Vous n'avez qu'à imaginer que nous sommes dimanche et que vous vous préparez à aller à la messe. De toute façon, Dave ne s'attend pas à ce que vous vous mettiez sur votre trente et un. Il serait déjà très heureux si vous l'accompagniez habillée comme vous l'êtes maintenant.

Mattie baissa les yeux sur son pantalon froissé et son pull informe.

— Vous avez sans doute raison… Je ne sais pas ce qui me prend.

Un peu calmée, elle se dirigea vers la salle de bains.

— China ? lança-t-elle en se retournant.

— Oui ?

— Merci.

— Vous faites tellement pour moi… Je suis contente de pouvoir vous aider à mon tour, répondit China.

Il y eut un silence, puis Mattie reprit :

— Vous savez, quand j'étais jeune fille, je voulais une famille nombreuse. Au moins trois enfants, peut-être plus. Mon rêve s'est envolé au moment de ma fausse couche. L'arrivée de Ben dans notre foyer a été le plus beau jour de ma vie, mais avec le recul je regrette de ne pas avoir adopté d'autres enfants. J'ai toujours voulu une fille. Quelqu'un comme vous aurait fait mon bonheur.

Elle lui posa un baiser rapide sur la joue et disparut dans la salle de bains, la laissant complètement abasourdie.

China s'approcha du miroir. *Quelqu'un comme moi ?* La femme qu'elle avait devant elle était maigre avec des yeux grands comme des soucoupes. Quant au corps qui se cachait sous ses vêtements… A cette idée, elle sentit son ventre se tordre. *Personne ne peut vouloir de quelqu'un comme moi.*

Pourtant, les mots de Mattie continuèrent à lui tourner dans la tête. Et tout en fouillant dans les vêtements disséminés sur le parquet, elle se surprit à sourire. Même si elle n'y croyait pas vraiment, elle dut admettre que cela faisait du bien à entendre.

Quand Mattie émergea enfin de la salle de bains en peignoir et avec des bigoudis sur la tête, les vêtements avaient réintégré la penderie et China s'était volatilisée. Une tenue complète attendait sur le lit, avec les chaussures assorties, posées par terre dans le prolongement du pantalon.

Mattie ne put retenir un soupir. C'était l'ensemble le plus osé de sa garde-robe. Un tailleur pantalon noir au décolleté plutôt audacieux. En revanche, les chaussures avaient l'avantage d'être plates — parfait pour danser —, et le petit sac de soirée lui suffirait à emporter le strict nécessaire — un poudrier, du rouge à lèvres et quelques dollars, au cas où.

Elle enfila ses vêtements un peu à reculons, mais, lorsqu'elle se regarda quelques minutes plus tard dans le miroir, la crainte céda le pas à l'enthousiasme. Elle se tourna et se retourna afin de s'admirer sous tous les angles. Pour une femme frisant la soixantaine, elle avait de beaux restes.

Elle en était là de ses réflexions quand le bruit d'une voiture se fit entendre dans l'allée. Elle consulta sa montre : c'était sûrement Ben. Dave et elle étaient donc libres de partir. Ils passeraient d'abord chez lui afin qu'il se change, puis la soirée pourrait commencer. Ajustant la lanière de son sac sur son épaule, elle jeta un dernier regard à son reflet et sortit d'un pas décidé.

En passant devant la chambre de China, elle s'aperçut que la porte était entrouverte. Elle passa la tête par l'entrebâillement. China était assise près de la fenêtre, droite, immobile, les mains posées sur les cuisses. Quand Mattie l'appela, elle se retourna. Son visage était baigné de larmes.

— Oh, ma pauvre chérie ! s'exclama Mattie en se précipitant vers elle. Qu'est-ce qui vous arrive ? Est-ce que je peux faire quelque chose ?

— Non, répondit China en s'essuyant les yeux. Vous êtes resplendissante, Mattie.

— Quand je pense que je m'apprête à aller m'amuser alors que vous…

— Ne vous occupez pas de moi, la coupa China. Dave et vous avez beaucoup de temps à rattraper, et c'est tout ce qui compte ce soir, d'accord ?

— Très bien.

Mattie prit la pose et lança :

— De quoi ai-je l'air ?

— D'une femme amoureuse, répondit China en souriant à travers ses larmes.

Mattie faillit s'étrangler de stupeur. Elle ne s'attendait pas à une telle réponse !

— Je n'ai pas envie d'être aussi belle que ça, répliqua-t-elle une fois son sens de la repartie revenu. En tout cas, pas encore, ajouta-t-elle timidement.

— On n'a qu'une vie. Il ne faut pas se priver du bonheur quand il vous tend la main.

Mattie passa le bras autour de ses épaules.

— Je risque de rentrer tard, mais je vous promets de ne pas faire de bruit. Ben ne travaille pas demain. On pourra dormir tard, demain matin. Prenez soin de vous, mon trésor, votre santé me tient à cœur.

— Merci, répondit China, émue par sa sollicitude.

Mattie l'embrassa sur les deux joues et lui fit un petit signe de la main avant de refermer la porte derrière elle.

Après son départ, China trouva sa chambre bien vide. Elle se retourna vers la fenêtre, bien qu'il fasse déjà noir au-dehors. Elle ne voyait que les phares des voitures qui passaient de temps à autre sur la route au-delà du ranch. Le temps semblait comme suspendu. Brusquement, le cri d'un coyote, probablement juché sur une colline voisine, résonna dans la nuit noire. Elle dut se faire violence pour rester calme malgré l'image qui s'était imposée dans son esprit. Un enfant, une petite fille qui n'avait jamais vu le soleil, reposait dans un cercueil, plusieurs mètres sous terre. Elle avait beau être intimement persuadée que son bébé vivait désormais dans le royaume des cieux, le chagrin s'abattit sur elle, telle une marée noire. Peut-être en aurait-il été autrement si elle avait pu lui dire au revoir…

Elle entendit des rires dans le jardin, puis le bruit d'une voiture qui s'éloignait. Mattie et Dave partaient s'amuser. Le cœur lourd, elle s'efforça de ne pas se laisser aller au désespoir. Ben allait la rejoindre d'une minute à l'autre, et elle ne voulait pas pleurer devant lui.

Passant dans la salle de bains, elle se lava le visage, puis hésita à se brosser les cheveux. Certains gestes lui étaient encore trop douloureux, et elle finit par abandonner. Ce n'est qu'en revenant dans sa chambre qu'elle prit conscience qu'elle allait passer la soirée en tête à tête avec Ben. Cette idée la fit frissonner. Elle ne pouvait nier qu'il lui plaisait, mais cela suffisait-il ? Même s'il s'était toujours montré généreux et prévenant à son égard, elle craignait de se tromper — une fois de plus. Elle n'avait pas confiance en son propre jugement.

Comme elle s'y attendait, il ne tarda pas à l'appeler.

— China ?

Elle respira un grand coup, redressa les épaules et le rejoignit dans le couloir.

— Bonsoir, Ben.

Il l'embrassa sur la joue.

— Ferme les yeux, déclara-t-il, une lueur malicieuse dans le regard.

— Pourquoi ?

— J'ai une surprise pour toi.

Elle ne put retenir un sourire.

— Ah ?

— Allez, ferme les yeux et donne-moi la main.

Elle s'exécuta, et il la conduisit dans la cuisine.

— C'est bon, fit-il. Tu peux ouvrir les yeux, maintenant.

Elle sentit la surprise avant de la voir.

— Oh, Ben… J'adore la cuisine chinoise.

— Génial. Comme je ne sais pas ce que tu aimes, j'ai pris un peu de tout.

A la vue du nombre de barquettes éparpillées sur la table, elle laissa échapper un petit rire.

— En effet… Combien de barquettes as-tu rapportées ?

— Je t'avoue que je n'en sais rien. Une bonne douzaine, au bas mot. Attends…

Il les compta rapidement en les pointant du doigt.

— Il y en a treize. Quatorze avec les biscuits.

— Ceux avec un petit message à l'intérieur ? Oh, donne-m'en un tout de suite !

— Ah non, protesta-t-il. Ce n'est pas du jeu. On ne doit les ouvrir qu'à la fin du repas. Et maintenant, pose ton joli corps sur cette chaise et laisse faire le grand chef.

Un peu surprise par son compliment, elle le regarda ouvrir les barquettes plastifiées, puis lui proposer les plats les uns après les autres. Il mettait un tel enthousiasme à jouer au serveur qu'elle sentit sa tristesse diminuer légèrement — et c'était déjà plus qu'elle n'en avait espéré pour ce soir.

— Voilà, déclara-t-il. Ça s'organise. Tu sais que tu vas devoir manger avec des baguettes.

— Je ne sais pas m'en servir.

— Moi non plus, avoua-t-il en riant. Mais il me semble

qu'on se doit d'apprendre quelque chose pour entamer dignement la nouvelle année. Qu'en dis-tu ?

— L'idée ne manque pas de panache, mais tu ne crois pas qu'on pourrait trouver quelque chose de moins futile que le maniement des baguettes ?

— Après la journée que je viens de passer, je crains de ne pouvoir relever un plus grand défi.

China plaça tant bien que mal les baguettes dans sa main et visa un morceau de poulet à l'ananas. Il retomba piteusement dans son assiette.

— Existe-t-il vraiment un plus grand défi ? demanda-t-elle avec une grimace.

— Tu veux peut-être que j'aille te chercher une fourchette ?

— Pas question, je peux y arriver ! s'insurgea-t-elle avant de réessayer.

Ben la regarda se débattre avec la nourriture en admirant sa ténacité. Lorsqu'elle parvint enfin à coincer un morceau entre ses baguettes et à le porter à sa bouche avec un air victorieux, il se sentit encore plus amoureux. Le repas se poursuivit sur le même mode, entrecoupé de rires et de taquineries, avec en point d'orgue une courte mais intense bataille de riz cantonais. L'atmosphère ne bascula qu'en fin de repas, quand ils ouvrirent leurs biscuits pour lire les petits messages qu'ils renfermaient.

— Le mien sera meilleur que le tien, décréta China.

Et elle lui brandit joyeusement son bout de papier sous le nez.

— C'est ce qu'on verra, répliqua-t-il en ouvrant son biscuit. *Vous dînez avec la femme de vos rêves,* lut-il à haute voix.

— Arrête, Ben. Qu'est-ce qu'il y a d'écrit ?

Il lui tendit le message.

— C'est incroyable… Regarde toi-même, je n'ai fait que lire ce qui est inscrit.

Elle prit le bout de papier et se figea, incrédule. Puis elle le considéra avec un demi-sourire.

— C'est toi, n'est-ce pas ? C'est toi qui l'as mis à l'intérieur du biscuit…

— Non, juré. Je suis aussi stupéfait que toi. Tu n'as qu'à lire le tien pour t'en convaincre. Si vraiment j'avais tout manigancé, il devrait logiquement y être marqué : *Vous dînez avec l'homme de vos rêves*, non ?

— Je suppose, admit-elle avant de déplier le sien.

Elle parcourut le message et pâlit. Puis, sans lui laisser le temps de réagir, elle quitta la cuisine. Ben ramassa le papier qu'elle avait laissé tomber et le lut : *Quelque chose dans votre vie reste inachevé.*

Il se répéta les mots à voix basse en se demandant ce qui avait pu lui faire de la peine. Quittant la cuisine à son tour, il alla frapper à la porte de China et entra. Il la trouva assise dans le noir, devant la fenêtre.

— China, je ne comprends pas…

— Je sais, répondit-elle.

L'obscurité dissimulait son visage, mais, au son de sa voix, il comprit qu'elle pleurait.

— Alors explique-moi. Je ne peux pas t'aider si j'ignore pourquoi tu as du chagrin.

Elle baissa la tête et essuya les larmes qui roulaient sur ses joues.

— Je n'ai plus aucune prise sur ma vie, Ben.

— C'est vrai, mais ça ne durera pas.

— Pour la première fois depuis que j'ai l'âge de travailler, je ne suis plus en mesure de subvenir à mes besoins… Je me sens complètement démunie, inutile. J'ai l'impression d'être un poids pour les autres.

— Ne dis pas une chose pareille…

— Tu ne sais pas ce que je ressens. Tu ne peux pas comprendre. Je n'ai ni famille, ni travail, ni maison. Je suis seule au monde. Personne ne peut ouvrir un album photos et me raconter des anecdotes sur mon enfance, expliqua-t-elle avant de s'animer. Je me suis conduite comme une imbécile. Je me suis fait embobiner par un beau parleur, je l'ai laissé me mettre enceinte, et pire, que tout, je n'ai pas su protéger mon bébé… Je n'étais même pas présente à son enterrement, Ben, tu te rends compte ? Et tu crois savoir ce que je ressens ? cria-t-elle en se levant d'un coup. Personne ne peut comprendre, et surtout pas toi !

— Non, je ne peux pas, admit-il, dévasté devant tant de souffrance. Mais tu peux m'ouvrir ton cœur, China, et je t'écouterai avec le mien.

Elle lui agrippa le bras avec la violence du désespoir. Ses ongles s'enfoncèrent dans sa chair.

— Je joue à celle qui va bien, je fais comme si j'arrivais à surmonter mon chagrin. Mais j'ai besoin de voir ma petite fille. J'ai besoin de voir où elle repose, d'aller me recueillir sur sa tombe… Je ne sais rien du… de comment tu…

Incapable de poursuivre, elle se tut et prit une profonde inspiration. Elle tremblait des pieds à la tête.

— Dis-moi tout ce que tu sais à son sujet, reprit-elle après un moment, la voix rauque mais ferme. N'aie pas peur de me faire de la peine, parce que la vérité ne peut être pire que mon imagination.

Ben hésita un instant, effrayé à l'idée de lui faire du mal. Mais elle avait raison. C'était son bébé, et elle avait le droit de savoir.

— Très bien.

Il la vit hocher la tête dans le noir.

— Elle était toute menue, vraiment minuscule… Elle faisait à peine un kilo et demi. Selon le médecin légiste, elle est morte sur le coup.

— Comment ?

— Une balle a ricoché sur une côte avant de l'atteindre.

China étouffa un cri dans sa main.

Ben la prit dans ses bras et poursuivit :

— J'ai choisi un cercueil blanc orné d'un ange sur le couvercle. On l'a enveloppée dans une couverture rose.

— Pour qu'elle n'aie jamais froid, murmura China.

— Oui, elle sera au chaud pour l'éternité.

Elle colla son visage contre son torse, un peu rassérénée.

— J'ai besoin de me rendre sur sa tombe, murmura-t-elle.

— Les cimetières ferment leurs portes à la tombée de la nuit, et je ne peux pas courir le risque de t'y emmener en plein jour.

Elle s'écarta légèrement et le défia du regard.

— C'est ma vie qui est menacée, et il me semble que c'est à moi de décider si je veux prendre ce risque.

Il se raidit. C'était la première fois qu'elle lui demandait

— ou plutôt qu'elle exigeait — quelque chose. Mais cela ? Devait-il accéder à sa demande, quitte à passer outre aux règles de sécurité les plus élémentaires ?

— Je t'en prie, Ben…

En l'entendant pousser un soupir, elle sut qu'elle avait gagné.

— Les portes s'ouvrent dès le lever du jour. Je t'y emmènerai à ce moment-là. En général, toute la ville fait la grasse matinée les lendemains de réveillon.

— Merci. Ça compte tellement pour moi…

Elle se blottit de nouveau contre lui, et sa voix grave vint chatouiller son oreille.

— Ne me remercie pas encore. Je ne serai tranquille que quand on sera rentrés sains et saufs de notre expédition.

Elle leva les yeux vers lui.

— Maintenant, tu sais ce que je ressens.

Les douze coups de minuit avaient sonné depuis environ deux heures quand Dave ramena Mattie au ranch. Ben entendit la voiture faire demi-tour, puis la porte d'entrée s'ouvrir. Sa mère s'arrêta dans l'entrée, sans doute pour retirer ses chaussures, parce qu'ensuite il n'entendit plus rien. Quelques instants plus tard, les grincements de son lit lui indiquèrent qu'elle venait de se coucher.

Il se leva pour procéder à une petite ronde de nuit. Il vérifia pour la énième fois que les portes et les fenêtres étaient bien fermées — autant de précautions qui lui paraîtraient bien futiles le lendemain matin, lorsqu'il conduirait China en ville. Il fronça les sourcils. Comment lui refuser une visite au cimetière ? Faire son deuil était compliqué, et il savait qu'elle n'y arriverait qu'après avoir dit au revoir à sa fille.

En passant devant sa chambre, il s'aperçut qu'elle avait laissé sa porte entrouverte. Il jeta un coup d'œil à l'intérieur. Elle dormait sur le dos, un bras dans le vide et l'autre sous les couvertures. Il hésita un instant, puis se dirigea vers son lit sur la pointe des pieds. Il attrapa doucement le bras qui pendait et le replaça sous le drap. Avec un soupir, elle tenta de se tourner sur le côté en gémissant de douleur dans son sommeil. Il plaça la main contre ses omoplates et l'aida à se mettre dans la position qu'elle recherchait. Elle cessa de s'agiter, le visage détendu et serein.

Satisfait de la voir dormir en paix, Ben remonta la couverture sur ses épaules et s'attarda un moment au pied du lit pour la contempler. Dans la pénombre, elle ressemblait un peu à une enfant, mais il savait que derrière ce corps meurtri se cachait une âme forte, une femme pleine de ressources. Il agrippa le montant du lit des deux mains jusqu'à ce que ses doigts lui fassent mal. Et là, dans l'obscurité, il lui fit une nouvelle promesse.

— Cette femme devra répondre de ses crimes. Quoi qu'il m'en coûte, je la retrouverai et je la remettrai entre les mains de la justice. Crois-moi, China, elle paiera pour tout le mal qu'elle t'a fait.

Sur ces mots, il s'en alla et regagna sa chambre, conscient que le petit matin viendrait beaucoup trop vite.

Les portes du cimetière de Restland étaient déjà ouvertes quand Ben ralentit pour amorcer son virage vers l'allée centrale. Hormis de brefs échanges anodins, China et lui s'étaient tus pendant le trajet. Il l'observa du coin de l'œil. Elle était pâle et tranquille — peut-être même trop. Mais il était un peu tard pour faire marche arrière.

— Je ne suis pas sûr de me rappeler l'endroit exact où elle repose. Ça risque de prendre quelques minutes…

— Je sais où est la tombe de maman, déclara China d'une voix blanche. Va tout droit et prends la troisième allée à gauche.

Il suivit ses indications et retrouva très vite ses repères. Bientôt, il se gara en haut d'une côte, non loin d'une tombe récente.

— Je ne peux pas m'approcher plus avec la voiture, expliqua-t-il en se tournant vers China.

Elle se redressa sur son siège. Le monticule de terre fraîchement retournée ressemblait à une blessure mal refermée. La cicatrisation prendrait du temps.

Ben contourna la voiture pour l'aider à sortir. L'air était froid sous l'épaisse couche de nuages qui assombrissait le ciel. Quand China sortit, il lui remonta sa capuche et retira ses propres gants pour les lui donner.

— Tiens, tu vas sans doute flotter dedans, mais ça te tiendra quand même chaud.

Elle lui présenta ses mains comme une enfant, trop anéantie pour prendre la moindre initiative, et le laissa lui enfiler les gants. La douceur et la chaleur du cuir lui donnèrent le sentiment que leurs paumes se joignaient. Elle croisa les bras sur sa poitrine et aspira lentement l'air glacé.

— Tu es prête ? demanda-t-il.

Elle leva vers lui des yeux brillants de larmes.

— Pardonne-moi, Ben, mais il faut que j'y aille seule.

Il lança un regard inquiet autour de lui. Bien que le cimetière soit désert, il se demanda s'il pouvait accepter. Il n'eut pas à réfléchir longtemps. Sans attendre sa réponse, elle s'écarta et commença à traverser l'étendue d'herbe gelée qui les séparait de la tombe. Il la regarda s'éloigner, impuissant.

Comme à sa sortie d'hôpital, China baignait dans un sentiment d'irréalité. Tout ce qu'elle percevait semblait n'être qu'un songe. L'herbe qui cédait sous ses pas en craquant. Le cri d'un faucon là-haut dans le ciel. Cette odeur particulière quand l'air devient si froid qu'on a du mal à respirer. Les battements de son cœur qui résonnaient dans ses oreilles. Et le parfum sombre et musqué de la terre fraîchement retournée…

Elle s'immobilisa devant le petit monticule et baissa les yeux vers la tombe. Sous une petite croix se trouvait cette inscription : *Bébé Brown* — la preuve qu'elle avait perdu une partie d'elle-même. Personne n'avait donné de nom à son enfant. Inconsciemment, elle caressa son ventre comme elle l'avait si souvent fait avant cette soirée tragique. Sauf que, cette fois, il était plat. Et ce qui lui donnait autrefois cet aspect lisse et rebondi se trouvait désormais à ses pieds, sous la terre gelée.

Son regard se déplaça vers la pierre tombale juste à côté. *Clara Mae Shubert, une mère tendre et affectueuse. Repose en paix.*

Un violent frisson la parcourut. *Repose en paix.* Ces mots lui ouvrirent les yeux. Voilà ce qu'elle avait oublié : pour que son bébé repose en paix, elle devait accepter sa disparition.

Les yeux fermés, elle songea au moment de sa mort et à la journée qui l'avait précédée. Sa petite fille n'était pas sous terre, prisonnière d'un cercueil. Elle était déjà ailleurs.

Elle releva la tête, le cœur lourd. Un rayon de soleil perça à travers les nuages, réchauffant son visage comme le baiser d'un homme que l'on n'espère plus. Son regard s'envola vers le carré bleu qui luttait pour se faire une place dans l'horizon plombé, et, avec un soupir, elle y abandonna ses derniers restes de culpabilité. Ce n'était pas sa faute si sa fille était morte, et pas elle. Elle n'avait pas été épargnée par hasard, mais pour permettre à la police de retrouver celle qui avait commis ce crime impardonnable.

Elle chercha Ben des yeux. Debout contre sa voiture, il ne la quittait pas des yeux. Malgré la distance, elle put lire toute la compassion qui l'animait, et le désespoir laissa place au souvenir brûlant du baiser qu'ils avaient échangé dans la grange.

L'homme aux promesses…

Elle rebroussa chemin. Ben venait à sa rencontre, et plus il s'approchait, plus sa tristesse s'envolait. Quoi qu'il arrive, quoi qu'elle fasse, il serait toujours là pour elle.

Pour Ariel Simmons, les jours se succédaient, identiques. En tournée à travers tout l'Etat, elle prêchait la bonne parole devant un public clairsemé tout en combattant une dépression rampante. Elle avait fait tout ce qui était en son pouvoir pour se protéger des conséquences du meurtre de Chaz Finelli, mais apparemment cela ne suffisait pas. Trop de gens croyaient au vieil adage selon lequel il n'y a pas de fumée sans feu, et elle payait au prix fort les effets de la rumeur. Des courriers bourrés d'insultes inondaient quotidiennement sa boîte aux lettres, et Betty devait faire face à une déferlante de coups de fil plus obscènes les uns que les autres. Amaigrie et dévorée de honte, Ariel traînait son désarroi de ville en ville en se bourrant de tranquillisants et de somnifères pour ne pas s'effondrer. Elle avait beau prier comme si sa vie en dépendait, rien n'apaisait le sentiment de culpabilité qui la rongeait à petit feu.

Connie Marx avait disparu de la circulation. Elle vivait recluse dans son appartement, subsistant grâce à l'argent qu'elle avait habilement placé en Bourse. Tout son temps était consacré à faire des recherches sur Charles Finelli, ainsi que sur les autres victimes de la mystérieuse tueuse de Dallas. Elle découpait chaque article consacré à cette affaire, enregistrait le moindre reportage, imprimait tout ce qu'elle trouvait sur Internet. Elle avait décidé de jouer son retour à la télévision sur un coup de poker. Quand la tueuse serait arrêtée, elle espérait en être la première informée. L'inspecteur English lui devait bien ça. Et, avec toutes les informations qu'elle aurait collectées entre-temps, elle serait prête pour faire un retour en fanfare.

A sa manière, Mona Wakefield préparait également une rentrée triomphale. Elle s'apprêtait à réintégrer la bonne société de Dallas après un séjour aux mains des experts de Hollywood. Elle avait réussi à se convaincre qu'un changement complet d'apparence effacerait comme par magie tous les soucis laissés au Texas.

Bobby Lee avait regagné Washington D.C., où il évoluait avec délice dans les sphères influentes du pouvoir et s'adonnait sans retenue aux joies de sa popularité grandissante. Il n'était pas du genre à s'attarder dans le passé. Il avait réglé ses problèmes et se concentrait désormais sur une tâche pressante : devenir le prochain président des Etats-Unis.

Ces personnages en vue n'étaient pas les seuls à essayer d'aller de l'avant. Après sa visite au cimetière, China changea du tout au tout. Son moral s'améliora, de même que son corps qui finit par guérir tout à fait. Ses accès de déprime étaient loin derrière elle, et elle se fortifiait de jour en jour.

Un mois passa, puis un autre. Et pendant que tout le monde regardait ailleurs, absorbé par le train-train quotidien, le printemps arriva sur la pointe des pieds.

— Je vais faire un tour dans la grange, annonça China à la cantonade.

Elle disparut par la porte de derrière avant que quiconque ait eu le temps de répondre. Dave se leva pour la suivre, mais Mattie le retint par le bras.

— Laisse-la un peu vivre, déclara-t-elle. Personne ne peut pénétrer dans le ranch sans se faire repérer bien avant d'atteindre la grange ou la maison. Et puis, j'ai l'impression que le danger est passé. Aucun meurtre n'a été commis depuis des mois. La tueuse a sûrement quitté le Texas depuis belle lurette.

— Très bien, je vais la laisser tranquille. Mais de là à dire que le danger est derrière nous… A ta place, je n'en serais pas si sûr, observa Dave en fronçant les sourcils. Mon expérience de flic m'a enseigné qu'un tueur en série est incapable de s'arrêter. C'est une des caractéristiques de la pathologie qui les pousse à commettre des crimes.

Mattie regarda par la fenêtre, le front plissé. China venait de quitter la véranda et s'éloignait vers la grange.

— C'est que je me suis beaucoup attachée à elle. Si quelque chose lui arrivait, je ne sais pas si je m'en remettrais.

Dave passa son bras autour de ses épaules et posa un rapide baiser sur sa tempe.

— Tu n'es pas la seule à être tombée sous son charme. Ton fils est complètement fou d'elle. Je ne sais même pas s'il se rend compte à quel point il l'a dans la peau.

Mattie soupira, puis lui caressa la joue.

— Merci d'être là pour elle... Et pour moi, ajouta-t-elle dans un souffle.

Il planta ses yeux dans les siens, et son visage tanné s'éclaira.

— Je n'aurais jamais cru entendre un jour ces mots dans ta bouche.

— Trouve-toi une occupation au lieu de me provoquer. J'ai trop à faire pour me disputer.

Et elle quitta la pièce, poursuivie par son rire.

China était dans son monde à elle. Malgré une petite brise, la journée était plutôt douce, et elle s'était fait des nattes afin que le vent ne puisse pas lui emmêler les cheveux. Les bourgeons commençaient à pousser sur le massif de lilas planté derrière la maison. Elle s'y arrêta et effleura du bout des doigts les protubérances replètes qui ne demandaient qu'à éclore. Alors qu'elle s'apprêtait à poursuivre son chemin, elle aperçut un petit ver de terre sur une tige.

Brusquement, elle remonta dans le temps et redevint la fillette de six ans cachée sous la véranda, en train d'observer une chenille brune. A l'époque, elle se sentait comme elle : disgracieuse et insignifiante. Elle avait même prié pour devenir aussi minuscule, afin que son beau-père ne la retrouve jamais. Seulement, voilà, cela n'avait pas marché.

Si, aujourd'hui encore, elle se trouvait chétive et quelconque — une créature insipide, sans la moindre importance —, quelque chose en elle se transformait. Par exemple, elle n'avait plus envie de se cacher. Et, face à cette journée pleine de promesses, son cœur s'emballait sans raison apparente, comme si des merveilles l'attendaient au détour du chemin.

Revenant dans le présent, elle abandonna le ver de terre et se dirigea d'un pas léger vers la grange. Ses poches étaient bourrées de sucre. Cow-boy la sentirait venir de loin, songea-t-elle joyeusement.

A l'intérieur du bâtiment, elle cligna plusieurs fois des paupières afin de s'habituer à la pénombre. Par l'une des ouvertures latérales, elle aperçut le vieux cheval dans le corral. Elle le siffla, et il accourut aussitôt au petit trot. Il s'arrêta à la barrière.

— Salut, Cow-boy, lança-t-elle en le rejoignant.

Elle s'installa à califourchon sur la clôture et fouilla ses poches. Impatient, il vint frotter son nez contre ses mains.

— Attends un peu, espèce de goinfre ! s'exclama-t-elle en riant. Je sais qu'ils sont quelque part par là... Tiens, en voilà un !

Il attrapa le morceau de sucre qu'elle lui tendait et en réclama un autre avant même d'avoir avalé le premier. Elle le regarda s'empiffrer avec plaisir. Quand sa réserve de sucre fut épuisée, elle le tira vers elle et, prenant appui sur la barrière, se hissa sur son dos, puis s'allongea contre sa crinière. La joue posée sur ses longs poils soyeux, elle entoura des deux bras son cou tout chaud.

Cow-boy resta immobile sous le soleil. Il acceptait son affection avec le même naturel qu'il acceptait d'être nourri de sa main, comme s'ils se connaissaient depuis toujours.

— On est bien comme ça, hein, Cow-boy ? lui chuchota-t-elle à l'oreille. Oui... Tu es un beau cheval...

Un taon vint le harceler en bourdonnant. Hormis un bref mouvement de queue, Cow-boy ne bougea pas d'un pouce. China finit par fermer les yeux, le visage enfoui dans sa crinière sombre, somnolant sous le soleil brûlant, bercée par la brise et la respiration de sa monture.

C'est ainsi que Ben la trouva. Emu par le spectacle qui s'offrait à lui, il resta immobile à les regarder, elle et Cow-boy. Ces deux-là s'étaient plu dès le premier contact. Comme si Cow-boy avait senti ses souffrances, il lui avait offert toute son affection pour tenter de l'apaiser. Et, malgré ses difficultés à exprimer ses sentiments, China lui avait rendu cet amour au centuple.

Sans bruit, Ben marcha jusqu'au corral et escalada à son tour la barrière. Cow-boy l'accueillit avec un hennissement discret.

— Ouais, je te vois, mon bonhomme. Et n'essaie pas de me raconter des salades. Elle t'a mis la tête à l'envers à toi aussi, pas vrai ? lui lança Ben.

En l'entendant, China se redressa, les cheveux en bataille, un sourire sur les lèvres.

— J'ai failli m'endormir, dit-elle.

— Failli ? Tu dormais comme un loir, oui ! Viens par ici, China. Je ne sais pas depuis combien de temps tu es là, mais tu vas attraper un coup de soleil.

Elle posa la main sur sa nuque. Elle était brûlante.

— Oh, tu as raison.

Comme elle lui tendait les bras, il la souleva, l'assit sur la barrière et n'ôta ses mains de sa taille qu'une fois qu'elle eut recouvré l'équilibre. Posant pied à terre, elle brossa les poils de cheval et les brins de paille qui parsemaient sa chemise.

— Tu es rentré tôt, observa-t-elle tout en essayant d'attraper un brin de paille tenace derrière son épaule.

— J'ai pris mon après-midi pour raisons personnelles.

Elle s'arrêta pour mieux le regarder. Il avait déjà troqué le costume qu'il portait au travail contre une vieille paire de bottes, un jean et une chemise de bûcheron.

— Tu es malade ?

— Non, juste un peu fatigué. Et puis tu me manquais.

Ces mots lui firent chaud au cœur.

— C'est vrai ?

— Oui, c'est vrai, répondit-il avant de la prendre dans ses bras. Et toi, comment te sens-tu ?

— Bien.

— Tu n'as plus mal nulle part ?

— Non, je me sens en pleine forme.

— Tant mieux. Viens avec moi. J'ai une surprise pour toi, ajouta-t-il avec un sourire mystérieux.

— Où m'emmènes-tu ?

— Pas bien loin.

Elle adorait les surprises. Tout excitée, elle le suivit dans la grange en s'efforçant de deviner de quoi il s'agissait. Mais ils n'avaient pas fait dix mètres que Ben s'arrêtait.

— Quoi ? dit-elle. Déjà ?

Elle jeta un regard déçu autour d'elle. Rien, sauf des portes ouvertes et des récipients vides.

— C'est ça, ta surprise ?

— Un peu de patience, mademoiselle, répliqua-t-il en indiquant une échelle posée contre le mur. Nous allons là-haut.

— Dans le fenil ?

Il hocha la tête.

— Vas-y la première. Je préfère te suivre pour pouvoir t'attraper si tu tombes.

Si tu tombes. Elle réprima un sourire. Elle se sentait toujours en sécurité avec cet homme.

— Qu'est-ce qu'il y a là-haut ? demanda-t-elle.

— Tu verras quand tu y seras.

Réprimant un rire nerveux, elle commença à grimper.

16.

Au moment où China passait la tête par l'ouverture du fenil, un pigeon s'envola d'une poutre et disparut par la fenêtre ouverte. Elle s'arrêta un instant et embrassa du regard le vaste espace sans cloison.

— Tout va bien ? s'enquit Ben.

— Oui, je m'assure seulement qu'il ne reste plus de bestioles là-dedans.

Elle gravit les derniers barreaux de l'échelle et pénétra dans le fenil. Il y faisait encore plus chaud que dans la grange. Ici, un vieux matelas recouvert d'une bâche reposait contre un mur. Là, une paire de crochets à foin pendait au-dessus d'un tas de sacs en toile de jute. Une couveuse avait été remisée dans un coin — une antiquité qui datait du temps où les English faisaient éclore leurs poussins. Partout étaient disséminés des témoignages hétéroclites de l'histoire du ranch. C'était comme entrer dans le grenier d'une vieille demeure et y découvrir les fragments de vie de ses habitants.

— Qu'est-ce que c'est ? demanda-t-elle en voyant Ben ramasser quelque chose par terre.

— C'est un fer en fonte. Ma grand-mère s'en servait pour repasser ses habits à l'époque où il n'y avait pas encore d'électricité. Elle le faisait chauffer sur le poêle à bois et l'utilisait jusqu'à ce qu'il refroidisse. Il me semble qu'il existait à l'origine un système de socles interchangeables. Tu sais, elle en faisait chauffer un pendant qu'elle se servait de l'autre, et, quand celui dont elle se servait avait refroidi, elle le troquait contre le socle tout chaud.

— Quand on y pense, commença China, le bon vieux temps n'était peut-être pas aussi bon que ça…

Puis, passant du coq à l'âne, elle le regarda d'un air ravi.

— Tu n'avais pas parlé d'une surprise ?

— Si, si, dit-il en souriant. Par ici.

Il la prit par la main et l'emmena tout au fond de la pièce.

— Ne fais pas trop de bruit, la vieille Katie se méfie des étrangers.

Elle écarquilla les yeux.

— La vieille Katie ?

— Chuuuut…

Il posa son index sur ses lèvres avant de le pointer vers une caisse.

China s'approcha prudemment et se pencha au-dessus. D'abord, elle ne vit qu'un amas de magazines et de papier journal. Puis plusieurs pages s'écartèrent pour laisser place à un gros chat. Ben retira le reste des journaux.

En voyant le contenu de la caisse, China porta la main à sa bouche.

— Oh, Ben…

Au milieu de la caisse, une femelle calico nourrissait une

portée de chatons. En apercevant les visiteurs, elle émit un feulement.

— N'aie pas peur, ma douce, murmura Ben.

Et il attrapa le poignet de China qui était sur le point de caresser l'animal.

— Pas maintenant, ma chérie. Pas quand elle nourrit ses petits.

— Oh, pardon.

Elle recula d'un pas, mais sans quitter des yeux les minuscules chatons qui frétillaient dans la caisse. Fascinée, elle resta un moment immobile, puis annonça soudain :

— Il faut leur trouver des noms, tu sais.

— Oui, je crois que ça s'impose, acquiesça-t-il. Et si tu les choisissais ? Je crois que la vieille Katie n'y verra pas d'inconvénient.

Elle les observa les uns après les autres en s'attardant sur leurs infimes différences. Mais, sans pouvoir les prendre dans la main, cela s'avérait une tâche impossible.

— Ils ressemblent tous à leur mère, commenta-t-elle avec un soupir.

— Oui, la vieille Katie a des gènes surpuissants.

Elle les étudia encore un peu, puis son visage s'éclaira.

— Je sais ! s'exclama-t-elle, triomphante. On va les appeler Eeny, Meeny, Miney et Moe.

— O.K., fit Ben en riant. Mais comment savoir qui est qui ?

— Avec des noms pareils, ça n'a aucune importance.

Elle s'agenouilla de façon à les observer de plus près. Au bout d'un moment, Ben dut la tirer par la manche pour la rappeler à la réalité.

— Allez, on y va. On ferait mieux de laisser la vieille Katie tranquille.

— Tu me laisseras revenir ?

— Bien sûr, mais pas trop souvent. De nombreuses visites pourraient la rendre nerveuse et la pousser à déménager avec sa petite famille. Et là, pour les retrouver…

China le regarda, surprise.

— Vraiment ? Elle irait jusque-là ?

— Oui. L'instinct maternel… Elle ne reculera devant rien pour protéger ses petits.

A ces mots, China tressaillit comme si elle venait de recevoir un coup. Elle dut se faire violence pour retenir ses larmes.

— Je comprends, murmura-t-elle. Protéger ses enfants est la chose la plus importante qui soit.

En voyant la souffrance qui était apparue sur son visage, il maudit ses paroles malheureuses. Il la prit dans ses bras et la serra contre lui, comme si son étreinte pouvait effacer son chagrin.

— China, mon cœur, pardonne-moi. Je ne voulais pas…

Elle posa le doigt sur ses lèvres.

— Ne dis rien. Ce n'est pas ta faute.

Il embrassa son doigt, puis sa bouche glissa vers sa main, son poignet… Elle frissonnait à chaque baiser, et une drôle de sensation vint se loger au creux de son ventre. Elle voulut murmurer son prénom, mais seule une plainte étouffée passa le seuil de ses lèvres.

Ben releva la tête et se figea en voyant l'expression de son visage. Dieu, qu'il avait attendu cela… Et voilà qu'il n'osait plus bouger de crainte de la faire disparaître.

Il lui prit la main et la posa sur son cœur pour qu'elle le sente battre. La pulsation était forte, rapide, au rythme du sang qui bouillonnait dans ses veines. Les yeux dans les siens, il promena les doigts sur son visage, dessinant du majeur la courbe de ses lèvres, avant de glisser la main dans l'épaisseur de ses cheveux.

Quand il l'attira à lui, elle ne lui offrit aucune résistance. Il plaça une main sur sa nuque. Elle mit ses bras autour de son cou et inclina légèrement la tête en arrière. Posant ses lèvres sur les siennes, il l'embrassa longuement.

Elle poussa un petit soupir et s'approcha encore, jusqu'à ce que leurs corps se touchent.

— Tu me rends fou, murmura-t-il. Fou de toi.

Le souffle court, il la dévorait du regard. Ses yeux brillaient de désir. Il la désirait, elle. De tout son être, de tout son cœur, de toutes ses forces. Et c'était contagieux. Elle sentit une vague d'euphorie la submerger.

— Je veux faire l'amour avec toi, China. Voir ton visage s'éclairer du plaisir que je t'aurai donné.

Il la souleva de terre et la porta jusqu'au vieux matelas appuyé contre le mur. Du pied, il le fit basculer. Le matelas atterrit avec un bruit mat, soulevant un nuage de poussière que ni l'un ni l'autre ne remarqua. Ben libéra une main et retira vivement la bâche avant de se laisser tomber avec China sur cette couche improvisée.

Elle se colla contre lui. Cela faisait si longtemps — une éternité — qu'elle ne s'était pas sentie aussi vivante… Elle avait l'impression de ne plus s'appartenir, et cette sensation était délicieuse.

Ben couvrait son visage de baisers, s'imprégnant de la chaleur de ses lèvres, de la texture de sa peau, de la supplique muette qu'il lisait dans ses yeux… Sa main glissa sur ses fesses, longea la ceinture de son jean, puis se faufila à l'intérieur.

Contre toute attente, China se raidit et le repoussa. Se levant précipitamment, elle serra les pans de sa chemise contre sa poitrine.

— Excuse-moi, Ben… Je… je suis désolée, bredouilla-t-elle, les yeux baissés. Je ne veux pas que tu voies la… Je ne peux pas…

Il se leva à son tour, visiblement blessé.

— Il suffisait de me dire non, murmura-t-il. Tu sais que je ne te ferai jamais de mal.

Un peu hébétée, elle le vit se diriger vers l'échelle.

— Ben ! Attends !… Ne pars pas comme ça. Je ne veux pas que tu penses que je… Que tu ne me…

Il se retourna.

— Quoi, China ? Explique-moi ce qui se passe.

Elle entrouvrit sa chemise, sans le regarder, de peur de lire du dégoût sur son visage.

— Ça n'a rien à voir avec toi, lâcha-t-elle avant de montrer son ventre, puis ses seins. C'est à cause de mes cicatrices… Elle sont horribles… Tellement que je ne voulais pas que tu les voies. Moi-même, je n'arrive plus à me regarder nue dans un miroir. Comment pourrais-je…

Il poussa un juron retentissant. Surprise par sa réaction, elle recula d'un pas.

— Tu me crois si superficiel ? lança-t-il, hors de lui. Tu crois qu'une marque sur ta peau pourrait m'empêcher de t'aimer ? De te désirer ?

— Non, pas superficiel, mais je…

Il la saisit par les épaules et l'obligea à le regarder.

— Arrête ça tout de suite. J'ai vu tes blessures le jour où les urgentistes t'ont ramassée dans la rue. Je les ai vues à l'hôpital, quand ton ventre était recouvert d'agrafes. Je suis resté des heures à ton chevet à prier pour que tu ouvres les yeux, pour que tu parles… Et pas une fois, China, pas une seconde je n'ai pensé que tu avais perdu ne serait-ce qu'une once de ta féminité !

Elle aurait voulu disparaître sous terre. Il avait vu son corps, ce corps qu'elle ne pouvait regarder sans avoir un haut-le-cœur…

— Ne détourne pas les yeux, ordonna-t-il en haussant la voix. Tu peux éviter les miroirs, China, mais pas mon regard. Tes cicatrices ne m'impressionnent pas.

Avant même d'avoir terminé sa phrase, il ouvrit sa chemise et la jeta au sol avec violence. China se couvrit le visage de ses mains.

— Si tu trouves tes cicatrices si repoussantes, alors je ferais bien de te montrer la mienne tout de suite.

Il se retourna, et la lumière tamisée qui pénétrait dans le fenil vint éclairer un sillon de chair rosâtre, long et irrégulier, sur ses côtes.

— Voiture piégée. Ma première année de service. Chaque fois que je vois cette cicatrice, je me dis que j'ai de la chance d'être encore en vie.

China rentra la tête dans les épaules. La blessure avait dû être terrible pour laisser une marque pareille.

— Oh, mon Dieu…

Son air dégoûté acheva de le convaincre que tout était fini entre eux. Fatigué de se battre pour une cause perdue, lassé de cet amour à sens unique, il se baissa pour ramasser sa chemise. Les doigts de China se refermèrent sur son poignet.

— J'ai honte de moi, murmura-t-elle en posant la main sur sa poitrine. Aide-moi, je t'en prie. Apprends-moi à m'aimer comme je t'aime.

Comme je t'aime. A ces mots, il sentit son cœur se gonfler comme une voile.

— Je ne peux pas t'apprendre ça, China. Je ne peux que t'aimer. Toi seule peux faire le reste.

— Alors, sois patient avec moi.

Et, baissant les yeux, elle se mit à défaire les derniers boutons de sa chemise.

Il lui effleura la main pour l'arrêter et posa un baiser sur sa bouche.

— Laisse-moi le faire…

Elle laissa retomber les bras le long de son corps, la tête toujours baissée.

— Ah non, fit-il en lui relevant doucement le menton. Maintenant que tu as eu le courage de me dire que tu m'aimais, il faut aller jusqu'au bout. Regarde-moi, China. Ne vois-tu pas à quel point je suis sincère ?

Elle lui lança un rapide coup d'œil, trop pudique pour soutenir son regard tandis qu'il la déshabillait. Lorsqu'elle fut entièrement nue, il se déshabilla à son tour et lui fit face, parfaitement à l'aise malgré son érection.

— Tu es la plus belle femme du monde à mes yeux, China. Je t'ai aimée au premier regard, alors que tu étais étendue sur le trottoir. Et, depuis ce soir-là, mon cœur t'appartient.

Sans répondre, elle lui tendit la main et le conduisit jusqu'au matelas. Là, elle se serra contre lui.

— Fais-moi l'amour, Ben.

Il l'allongea sur le matelas et prit place à ses côtés. Capturant de nouveau ses lèvres, il la couvrit de son corps.

Et le temps s'arrêta.

Non loin d'eux, lovée dans sa caisse, la vieille Katie dormait, ses bébés serrés contre elle. Le pigeon qui s'était envolé quand China avait fait son apparition dans le fenil voletait dans la grange, à la recherche d'un nouvel endroit où établir ses quartiers. Cow-boy, lui, dormait debout à l'ombre d'un arbre, pendant que son propriétaire, là-haut sous les combles, faisait l'amour à la femme de sa vie.

Leurs corps se balançaient en rythme, dans un accord parfait, gravissant un à un les échelons du plaisir, depuis les premières caresses jusqu'aux prémices de la jouissance. Ils s'aimaient comme on respire, et le monde aurait pu s'écrouler autour d'eux sans qu'ils s'en aperçoivent. Puis arriva le moment où ils surent l'un comme l'autre qu'ils ne tarderaient pas à atteindre le paroxysme.

Ivre de désir, China se cambra et accentua ses mouvements pour accompagner les va-et-vient de Ben. Brusquement, une onde de feu la traversa avec une telle intensité qu'elle crut s'évanouir. Elle laissa échapper un gémissement de plaisir, et ses jambes s'agrippèrent instinctivement à lui pour le retenir en elle.

Il ne tarda pas à la rejoindre dans l'orgasme. Lui aussi se cambra sous la vague de plaisir qui le submergeait, et ses spasmes de délivrance se mêlèrent à la sensation de bien-être qui envahissait China.

Le calme revint, profond, silencieux, à l'image de leur union. Ils restèrent serrés l'un contre l'autre, remplis de bonheur, jusqu'à ce que le froid les ramène à la réalité. Ben voulut bouger pour libérer China, mais il n'en avait plus la force. Il parvint tout juste à se soulever sur son coude pour la regarder. Ses cheveux sombres s'éparpillaient en éventail sur le matelas. A en juger par son regard absent, son esprit s'attardait dans le monde où il venait de la conduire. Mais son corps était bien là, magnifique et détendu, comme repu de plaisir.

— Tu es si belle…

Tournant la tête vers lui, elle aperçut son reflet dans ses pupilles.

— C'était bon ? murmura-t-elle.

Il poussa un grognement ravi.

— Non. *Bon* n'est pas le mot que j'utiliserais pour qualifier ce que tu viens de me faire. Je crois que j'ai perdu l'usage de mes jambes.

— Tant mieux, commenta-t-elle avec légèreté. Comme ça, tu ne pourras plus m'échapper.

— Inutile de me couper les jambes pour me garder auprès de toi, répondit-il en riant. Je t'aime, China. Tu ne doutes plus de moi, n'est-ce pas ?

— Non.

Il enfouit son nez dans son cou et caressa ses seins.

— Dans ce cas, je vais te donner l'occasion de me témoigner ta confiance jusqu'à la fin de nos jours.

Les sourcils froncés, elle plongea ses yeux dans les siens.

— Comment ça ?

— Quand cette affaire sera enfin terminée, on ira ensemble dans une bijouterie, et je t'offrirai le plus gros diamant que je pourrai trouver. Ensuite, je te laisserai organiser notre mariage avec maman, ajouta-t-il d'un air malicieux. China, tu m'as dit un jour que tu n'avais plus de place dans ce monde. Permets-moi de te corriger : ta place est auprès de moi.

Les larmes aux yeux, elle se donna à lui une nouvelle fois. Même si ces belles paroles partaient un jour en fumée, elle voulait y croire, ne serait-ce qu'un moment. Y croire vraiment.

Les nerfs à vif, elle ouvrit la porte du chalet d'un coup de pied. Ses petits jeux lui étaient désormais interdits, et il lui manquait un exutoire pour libérer sa colère. Certes, cela faisait maintenant des mois que le portrait-robot avait été diffusé dans la presse, mais cela ne signifiait pas que le risque était passé. Elle avait bien trop à perdre dans cette histoire.

Si elle voulait un jour recommencer ses virées nocturnes et retrouver l'excitation incomparable qui les accompagnait, il lui fallait découvrir qui avait donné sa description à la police. Elle n'avait encore aucune idée de l'identité de ce témoin mystère, mais le temps jouait pour elle. Il lui suffisait d'attendre que sa petite enquête porte ses fruits.

Tôt ou tard, elle connaîtrait son nom.

Au milieu du printemps, il y eut un nouveau rebondissement dans l'affaire du meurtre de Chaz Finelli. Quelqu'un téléphona à un journaliste du *Dallas Morning News* afin de proposer une information contre de l'argent — beaucoup d'argent. Le journaliste, en retard pour rendre son papier, coupa court à la conversation.

— Désolé, mon vieux, mais le *Dallas Morning News* n'est pas un journal à sensation. On n'achète pas les infos.

— Tant pis pour vous, répondit le type avant de raccrocher.

Le journaliste retourna à son article, mais il ne put s'empêcher de se demander ce que l'homme avait à vendre. Ce n'est que dans la soirée, alors qu'il mangeait une pizza devant le journal télévisé, qu'il trouva la réponse à cette question.

Ronnie Boyle, le présentateur du journal de 22 heures sur Canal 7, arborait le même petit sourire goguenard que le chat d'*Alice au pays des merveilles*. Même s'il doutait que la chaîne câblée s'amuse à rémunérer ses informateurs, le journaliste du *Dallas Morning News* songea qu'un type comme Boyle n'avait sans doute pas ce genre de scrupules. Il augmenta le volume de la télévision et avala sa dernière part de pizza en écoutant les propos du présentateur.

« Ce soir, Canal 7 est en mesure d'affirmer qu'une des victimes de la tristement célèbre tueuse en série de Dallas a survécu à ses blessures. Selon les autorités, cette femme, enceinte au moment des faits, aurait assisté par hasard au meurtre de Chaz Finelli. Elle est aujourd'hui cachée en lieu sûr, en attendant de pouvoir témoigner lors d'un éventuel procès. Le bébé qu'elle portait est malheureusement décédé au moment du drame, mais elle s'en est tirée grâce à la célérité des secours et aux bons soins du personnel de l'hôpital de Parkland. Nous ne dévoilerons pas son identité pour des raisons évidentes. »

— Ça, par exemple…

Le journaliste avala une canette de bière pour faire passer sa pizza en se demandant s'il avait bien fait d'envoyer balader cet informateur anonyme.

A peu près au même moment, au ranch de la famille English, China sauta sur ses pieds en entendant les titres du journal télévisé.

— Ben ! Ben ! hurla-t-elle.

Il se précipita dans le salon, sa mère sur ses talons.

— Que se passe-t-il ?

— Là… Ecoute… La télévision, bredouilla-t-elle en tremblant de la tête aux pieds.

Comme le journaliste du *Dallas Morning News*, ils s'assirent tous les trois face au petit écran et écoutèrent Ronnie Boyle mettre à sac la paix fragile qui s'était installée dans la vie de China.

Avant même la fin du journal, Ben s'entretenait au téléphone avec son supérieur, la voix vibrante de rage et d'indignation.

— Quelqu'un a mis sa vie en danger pour de l'argent ! On n'aurait pas fait pire en l'abandonnant au coin d'une rue avec « Tuez-moi » marqué sur le front !

— Ils n'ont pas dévoilé son identité, fit remarquer Floyd pour le calmer, tout en sachant que cela ne suffirait pas — loin de là.

— Mais enfin, capitaine, si quelqu'un a été assez dégueulasse pour vendre à Canal 7 tous ces détails, il n'hésitera pas à révéler son identité au plus offrant ! Et la tueuse n'aura qu'à allumer sa télé pour entendre le nom de China Brown. Boyle a joué au type bien en ne disant rien, mais la vérité, c'est que le mouchard a sûrement gardé cette information en réserve pour la monnayer plus tard, une fois que la mayonnaise aura monté et que ça vaudra de l'or.

— Peut-être… En attendant, le mal est fait, et on ne peut pas revenir en arrière. On poursuit l'enquête sans rien changer.

— Pas d'accord, rétorqua Ben qui ne l'entendait pas de cette oreille. A partir d'aujourd'hui, je me charge de surveiller jour et nuit notre témoin. Et merci de m'épargner votre laïus sur le rôle d'un inspecteur de police. Je sais que nous ne sommes pas des gardes du corps, capitaine. Gardez plutôt votre salive pour le gouverneur ; c'est lui qui est sur votre dos du matin au soir.

A l'autre bout du fil, Floyd lâcha un grognement.

— Arrêtez de jouer au petit chef, English. Ici, c'est moi qui donne les ordres. Vous êtes en train de confondre le service public avec vos intérêts personnels, et vous le savez aussi bien que moi.

— Mes intérêts personnels ? Bien sûr qu'il s'agit de mes intérêts personnels ! Je vais épouser China ! Mais je ne pourrai le faire que quand la tueuse dormira en prison. Et, si on ne protège pas China, ça ne risque pas d'arriver !

Debout à côté de lui, China tremblait de tous ses membres sans pouvoir s'en empêcher. Elle aurait voulu fuir, partir loin pour qu'on oublie jusqu'à son existence, mais elle n'avait nulle part où aller. Ben était son seul refuge.

En la voyant si démunie, il lui prit la main et la serra pour la rassurer.

— Si vous ne me laissez pas carte blanche, capitaine, reprit-il dans le combiné, je vous remets ma lettre de démission demain matin à la première heure.

Dans son bureau, Floyd retint un juron bien senti. English était assez cinglé pour mettre sa menace à exécution. Or perdre l'un de ses meilleurs éléments — sans parler du seul témoin dans l'affaire Finelli — était bien la dernière chose dont il avait besoin.

— Très bien, grommela-t-il, à bout d'arguments. Mais c'est temporaire. Jusqu'à ce qu'on trouve une meilleure idée.

— L'idée, c'est d'arrêter la tueuse, un point c'est tout, répliqua Ben.

Et il raccrocha sans attendre la réponse de son supérieur. Jetant le téléphone sur le canapé, il attira China contre lui.

— Ne t'inquiète pas, ma chérie. Je te promets que tout se passera bien. Je ne bougerai pas d'ici jusqu'à ce que cette affaire soit bouclée.

Puis il leva les yeux vers sa mère. Elle semblait horrifiée par ce qui se passait.

— Maman, sois gentille d'appeler Dave. Mets-le au courant s'il n'a pas regardé les infos.

China la regarda à son tour avec embarras.

— Oh, Mattie… Je suis désolée, vraiment désolée. Je n'aurais jamais dû venir dans votre maison.

— Taisez-vous donc, répliqua Mattie en tendant la main vers le téléphone. Vous faites partie des nôtres, désormais. Et nous n'avons pas pour habitude de laisser tomber un membre de la famille.

— Maman a raison, approuva Ben.

Tandis que sa mère quittait la pièce pour passer son coup de fil, il s'assit sur le canapé et attira China sur ses genoux.

— Même si on préférait ne pas trop y penser, commença-t-il doucement, on savait que ça arriverait à un moment ou un autre, n'est-ce pas ? Au fond, on a eu de la chance que la presse n'ait pas découvert ton existence plus tôt. Suite à la diffusion du portrait-robot, les journalistes ont dû faire de nombreuses recherches pour essayer de découvrir l'identité de ce mystérieux témoin.

Elle hocha la tête, un peu rassérénée. Ben avait le don de l'apaiser. Ses paroles, sa voix… Tout en lui la rassurait, la réconfortait. De fait, il avait raison : que la presse divulgue son identité était inévitable, et, finalement, cela ne tombait pas au plus mauvais moment. Elle se sentait en pleine forme — plus forte qu'elle ne l'avait jamais été dans sa vie. Et si elle voulait retrouver une vie normale, elle devait accepter cette nouvelle épreuve.

— Tu as raison, admit-elle avec calme. Je crois que c'est d'entendre ça brusquement à la télévision qui m'a fait paniquer. Ça a été un choc, c'est vrai, mais à la réflexion je suis contente que ce soit fait. Je veux tourner la page, même si je dois servir d'appât à une tueuse.

Il blêmit.

— Ote-toi tout de suite cette idée de la tête. Il est hors de question de t'exposer de quelque façon que ce soit.

— Soyons réalistes, Ben, c'est ce que je suis, répliqua-t-elle en affrontant son regard. La tueuse a vu mon visage, elle n'aura aucun mal à m'identifier. Il lui suffira de se renseigner un peu. Combien de gens à l'hôpital de Parkland pourront témoigner de mon séjour là-bas ? Et des visites régulières de cet inspecteur qui passait son temps à son chevet sans se soucier du qu'en-dira-t-on ? Il ne lui faudra pas longtemps pour réunir les éléments du puzzle.

— Arrête, China. Tu me fais peur…

— Moi aussi, j'ai peur. Mais maintenant, la colère l'emporte sur la frayeur. Cette femme m'a volé quelque chose que je ne pourrai jamais remplacer. J'ai le droit de mener une vie normale, Ben. De marcher dans un centre commercial sans craindre à chaque pas qu'on me tire dans le dos. Je veux pouvoir travailler, faire mes courses, aller au cinéma, m'asseoir dans un parc, énuméra-t-elle en s'animant. Je t'aime, mais j'en ai assez de me cacher. Cette femme n'a pas volé que mon bébé ; elle m'a aussi volé ma vie. Et si personne ne pourra jamais me rendre mon enfant, je compte bien récupérer ma vie.

Il la serra contre lui.

— Je ferai tout mon possible pour t'aider, China. Et je jure sur l'honneur de te protéger.

Elle sourit.

— Je n'ai plus besoin de tes promesses, puisque j'ai ton amour.

Ben et China n'étaient pas les seuls que le journal télévisé de Canal 7 avait ébranlés. Dans une maison cossue située en plein cœur de Dallas, quelqu'un d'autre était resté bouche bée devant ces révélations.

La femme enceinte !... Celle qui m'a suppliée de ne pas tirer... Mais les journaux avaient pourtant affirmé qu'il y avait eu deux victimes. Comment est-ce poss...

Le bébé, bien sûr ! Que je suis bête. C'est le bébé qui est mort, pas sa mère.

Putain de merde ! Elle a tout vu, tout entendu. Oh, mon Dieu, mon Dieu... Je suis à sa merci. Elle peut foutre en l'air tout mon bel édifice...

Connie Marx martelait les touches de son clavier, pressée de compléter son dossier avec les dernières informations fournies par cet abruti de Boyle.

Un témoin ! Depuis tout ce temps, ils avaient un témoin ! Elle eut une bouffée de colère. Dans ce cas, comment avaient-ils pu la soupçonner ? Au moment même où elle se posait la question, la réponse fusa dans son esprit. Avant de pouvoir obtenir des renseignements plus précis de la bouche de la victime, la police ne savait rien de l'assassin, sauf qu'il s'agissait d'une femme. Sans doute une grande blonde, à en croire la liste de celles qui avaient été suspectées au même titre qu'elle. Les flics n'avaient cessé de s'intéresser à son cas qu'une fois le portrait-robot établi.

Elle cliqua sur « Imprimer », puis alla chercher un dossier rangé dans un placard. Elle en éparpilla le contenu sur son bureau et y ajouta ce qu'elle venait d'écrire. Reculant d'un pas, elle contempla les fiches de toutes les proies de Finelli dont elle avait pu se procurer le nom. La coupable pouvait fort bien se trouver parmi elles.

A moins que…

Et si la tueuse n'avait jamais été prise en photographie par Finelli ? Si tous ces meurtres n'avaient rien à voir avec les petites magouilles du maître chanteur ? S'il avait seulement voulu photographier une personnalité dans une situation compromettante sans savoir qu'il s'attaquait à un tueur en série ? Plus elle y songeait, et plus cela semblait évident. D'après ce que l'on savait de l'enquête, les autres victimes avaient participé à des jeux sexuels pour le moins étranges avant d'être assassinées. Et elles avaient été froidement exécutées, quand Finelli semblait avoir été la cible d'un acte impulsif dicté par la rage. Rage de quoi ? D'être prise la main dans le sac ? Mais que pouvait donc savoir Finelli que le reste de Dallas ignorait ?

Abandonnant ses notes et ses fiches, elle alla regarder par la fenêtre sans cesser d'échafauder des hypothèses. Si seulement elle pouvait s'entretenir avec ce témoin… L'inspecteur English lui avait quasiment promis l'exclusivité des informations concernant cette affaire. Eh bien, il allait voir de quel bois elle se chauffait.

Elle portait déjà le combiné du téléphone à son oreille quand elle suspendit son geste.

Non. Elle s'était déjà mise dans le pétrin à cause de son envie de tout vouloir tout de suite. Mais elle avait changé. Désormais, elle se voulait patiente : une simple observatrice en quête de vérité.

17.

A Dallas, China était devenue une célébrité anonyme. Tout le monde savait maintenant qu'elle avait survécu à ses blessures, mais, personne ne connaissant son nom ni son histoire, chacun y allait de sa théorie. De fait, les rumeurs les plus folles circulaient en ville. La tueuse en série était revenue au premier plan, et son portrait-robot s'affichait de nouveau dans les journaux et à la télévision. C'était à qui débusquerait des informations inédites sur l'affaire. Les coiffeurs se frottaient les mains devant le nombre de blondes qui souhaitaient teindre leurs cheveux de crainte d'être assimilées à la femme recherchée par la police.

Charlotte Humbolt, rédactrice en chef de la rubrique mondaine du *Dallas Morning News*, était en train de consulter les photographies des personnalités de la ville quand elle tomba sur quelques clichés de Mona Wakefield, pris lors d'une soirée caritative. Elle fit la grimace au souvenir de son arrivée tonitruante. Une fois de plus, Mona s'était donnée en spectacle avec sa robe de soie aussi légère que transparente. Toby Walters, le président de la banque Saving and Loan, l'avait regardée avec une telle concupiscence qu'il avait trébuché sur un muret en pierre au beau milieu de la foule et avait réussi à se casser une jambe.

Charlotte empila cette série de photographies sur un coin de son bureau avec un sourire goguenard. Quelle garce, cette Mona Wakefield… Elle s'apprêtait à consulter d'autres clichés quand celui qu'elle avait posé au sommet de la pile retint son attention. Quelque chose la chiffonnait, mais quoi ? Elle fouilla de nouveau dans le tas et retira une photographie où l'on voyait la mère du sénateur en gros plan, en train de vider une coupe de champagne. Elle la fixa pendant une bonne minute en essayant de comprendre ce qui la perturbait ainsi. En vain. C'était aussi frustrant que d'avoir un mot sur le bout de la langue. Elle venait de remettre le cliché avec les autres en se disant qu'elle se faisait des idées quand elle eut une illumination.

— Qu'est-ce que je vais imaginer là ? marmonna-t-elle en prenant le journal du matin dissimulé sous le désordre qui recouvrait son bureau.

Sentant son pouls s'accélérer, elle l'ouvrit à la page où était imprimé le visage de la tueuse en série et posa la photographie de Mona juste à côté. La ressemblance était frappante. Elle ne put s'empêcher de songer à toutes ces soirées où Mona Wakefield et son fils l'avaient snobée, et un petit sourire revanchard apparut sur ses lèvres.

Elle réfléchit un moment à ce qu'elle devait faire. Pourquoi ne pas appeler la police, après tout ? songea-t-elle soudain en décrochant le téléphone. Même si elle ne croyait pas une seconde que Mona soit la tueuse, elle lui ressemblait suffisamment pour que les flics aillent l'embêter avec leurs questions. Une descente de police serait du meilleur effet chez ces gens arrogants.

Elle allait appeler de son bureau lorsqu'elle se souvint

que la police n'aurait aucun mal à localiser son appel et à remonter jusqu'à elle. Mieux valait rester anonyme. Les Wakefield avaient le bras long, et Dieu sait ce qu'ils feraient s'ils apprenaient qui était responsable de leurs ennuis. Prudente, elle prit l'ascenseur, descendit plusieurs étages et se dirigea vers le téléphone public situé dans le hall de l'immeuble. Des centaines de personnes entraient et sortaient chaque jour de ce bâtiment. Non seulement les policiers ne retrouveraient jamais l'auteur du coup de fil, mais le sénateur aurait bientôt quelques bonnes sueurs froides.

Voilà une journée qui s'annonçait particulièrement belle.

— Red ! Un appel pour toi !

Red décrocha en croisant les doigts pour que ce soit Ben. Peut-être ce dernier avait-il enfin décidé de quitter le ranch pour revenir travailler à ses côtés...

— Inspecteur Fisher, brigade criminelle.

— Comparez la photo de la tueuse en série à celle de Mona Wakefield, lança une voix féminine à l'autre bout du fil.

— Allô ? Qui est à l'appareil ? Allô ? Allô ? répéta Red.

Mais la mystérieuse correspondante avait déjà raccroché.

Bien que cette piste lui paraisse hautement improbable, il se mit en quête d'une photographie de la mère du sénateur. Ben avait donné pour consigne de ne négliger aucun tuyau, même anonyme. Ce qui leur avait déjà valu quelques solides inimitiés de la part de personnages importants...

Mais, puisque les huiles étaient déjà furieuses contre eux, cela ne coûtait pas grand-chose de mettre une fois de plus les pieds dans le plat. Comme ça, la classe politique tout entière voudrait avoir leur peau. C'était le capitaine qui allait être content.

— Quelqu'un a-t-il une photo de la mère de Bobby Lee Wakefield ? cria-t-il à la cantonade.

Personne n'en avait. En revanche, chacun y alla de son commentaire salace. Red décida d'appeler l'un de ses amis qui travaillait pour un journal local.

— Salut, Mike. C'est Red. Je voudrais te demander un petit service.

— Ouais, et moi j'ai besoin de mille dollars pour calmer mon banquier !

— Compte pas sur moi, désolé, répliqua Red. Je t'avais pourtant dit de cesser de jouer aux courses. Comment peux-tu espérer miser sur le cheval gagnant, Mike ? Tu n'es même pas capable de te dégoter une pouliche !

L'autre éclata de rire en le traitant de divers noms d'oiseaux.

— Alors, ce service ?

— Envoie-moi une photo de Mona Wakefield par e-mail.

— La mère du sénateur ?

— Ouais, en personne. Et si tu trouves un gros plan de son visage, c'est encore mieux.

— Oh, on a tout ce qu'il faut en stock. Elle ne manque jamais une occasion de se faire remarquer, celle-là. Je n'étais pas fou de la mère de mon ex, mais c'était une crème à côté de Mona Wakefield. Pauvre Bobby Lee… Ça ne doit pas être marrant tous les jours d'être le fils d'une bonne femme pareille.

Red sourit au souvenir des tenues affriolantes de Mme Wakefield.

— Je ne te le fais pas dire… Bon, je dois raccrocher. Merci de m'envoyer la photo aussi vite que possible.

— C'est déjà parti.

Quelques minutes plus tard, il fixait la photographie, médusé. Comment n'avaient-ils pas fait le rapprochement plus tôt ? Mona et le portrait-robot se ressemblaient comme deux gouttes d'eau. Bien sûr, il s'agissait sûrement d'une coïncidence, mais tout de même…

Il imprima la photographie et se précipita vers le bureau de son supérieur.

Aaron Floyd en avait ras le bol de toute cette affaire. Depuis qu'il avait posé les fesses dans son fauteuil, le téléphone ne cessait pas de sonner. Rien que des journalistes avec les mêmes questions à propos du fameux témoin. Quand il entendit frapper à sa porte, il fut soulagé à l'idée de passer à autre chose. Un soulagement qui s'envola sitôt que Red eut plaqué la photographie devant lui.

— C'est Mona Wakefield, constata-t-il avec une pointe d'agacement. Et alors ?

— Comparez-la au portrait-robot de la tueuse en série.

Il lui rit au nez.

— Vous avez bu ou quoi ?

— Allez-y, capitaine, insista Red. C'est très sérieux.

Floyd ouvrit le tiroir de son bureau et en sortit une copie du portrait-robot. Avant même de l'avoir posée à côté de la photographie, il s'était levé et lâchait le plus gros juron de sa collection.

— Qui vous a filé ce tuyau ? demanda-t-il.

— Un coup de fil anonyme.

— Nom de Dieu…

Que Mona Wakefield soit coupable ou non, les retombées allaient être terribles.

— L'a-t-on déjà interrogée ?

— Non, capitaine. A notre connaissance, elle n'a pas été prise en photo par Finelli. En tout cas, elle n'apparaît sur aucun des clichés en notre possession. Maintenant que j'y pense, c'est bizarre qu'elle ait été épargnée. Avec la réputation qu'elle se trimbale…

— Moi aussi, ça m'étonne. Il faut vérifier.

— Bien, capitaine.

— Appelez English, et tenez-le au courant de la situation, ordonna Floyd en se rasseyant à son bureau. Ça va peut-être le faire sortir de son foutu ranch.

Red ne put retenir un sourire. C'était la meilleure nouvelle de la journée.

Pendant que Dave et Mattie disputaient une partie de Scrabble acharnée dans le salon, China était montée au fenil et tentait d'amadouer la vieille Katie avec les restes de son déjeuner. Ben n'était pas loin. Muni du tuyau d'arrosage, il lavait sa voiture garée devant la maison. A la vérité, elle n'était pas vraiment sale, mais il n'avait rien trouvé de mieux pour garder un œil sur la grange sans que China se sente prisonnière de ses mouvements. Même si, au fond, elle n'avait guère de liberté.

Il venait de fermer le robinet quand sa mère l'appela par la fenêtre entrouverte.

— Ben ! Téléphone ! C'est Red.

Il abandonna le tuyau d'arrosage par terre et courut répondre. Il attrapa le téléphone que sa mère lui tendait.

— Red ? Quoi de neuf ?

— On a reçu un appel anonyme tout à l'heure. Une information qui ne va peut-être déboucher sur rien, mais, bon, sait-on jamais… Le capitaine m'a demandé de t'appeler au cas où tu voudrais participer à l'interrogatoire.

— C'est du sérieux, ou c'est une ruse pour me faire sortir de mon trou ?

— On vient de découvrir que Mona Wakefield est le portrait craché de la tueuse en série.

Ben s'efforça d'intégrer cette nouvelle au reste du puzzle.

— Figurait-elle sur la liste des personnalités que Finelli faisait chanter ?

— Non.

— Quand on pense à sa réputation, ça tient du miracle qu'elle ait échappé à l'objectif de notre paparazzi, tu ne trouves pas ?

— Tu vois, Ben, c'est pour ça qu'on fait équipe, toi et moi, commenta Red avec un sourire. J'ai dit exactement la même chose au capitaine… Alors, tu es des nôtres ?

— Oui, je ne veux pas rater ça. Donne-moi une demi-heure, et je te retrouve directement chez les Wakefield. C'est sur mon chemin.

— Prends ton temps… Au fait, comment China vit-elle tout ça ?

— Elle a réagi à peu près comme je m'y attendais. Sous ses airs fragiles, c'est une vraie battante. Je n'ai jamais vu quelqu'un avoir autant soif de justice.

— Sauf toi, peut-être…

— Ouais, peut-être. A tout de suite, Red.

A peine Ben eut-il raccroché qu'il se mit à courir vers la maison tout en ôtant sa chemise.

— Que se passe-t-il ? s'enquit Mattie alors qu'il s'engouffrait en coup de vent dans le couloir.

— On a peut-être une piste sérieuse, mais rien n'est moins sûr. Dis à China que je vais…

— Je suis là, Ben.

— Suis-moi dans ma chambre, je vais t'expliquer où je vais pendant que je me change.

Elle obéit tout en sentant le souffle de l'angoisse glisser sur sa peau. Quand elle pénétra dans la chambre de Ben, il était déjà en caleçon, une jambe dans son pantalon.

— Ça me concerne ? s'enquit-elle.

— Ça concerne ton affaire. Red a reçu un appel anonyme qui nous dirige vers un nouveau suspect. Une femme qu'on n'a pas encore interrogée.

— Elle ressemble au portrait-robot ?

— Tu as déjà vu Mona Wakefield ? demanda-t-il en rentrant sa chemise dans son pantalon.

— La mère du sénateur Wakefield ? Oui. Enfin, je crois.

Il s'assit et se mit à lacer ses chaussures.

— Essaie de t'en souvenir plus précisément, ma chérie. Est-ce qu'elle pourrait correspondre à la femme qui t'a tiré dessus ?

Cette fois, l'angoisse lui broya le ventre, au lieu de glisser sur elle. La peur n'était jamais bien loin, tapie dans l'ombre, à attendre le moment propice pour prendre possession d'elle.

— Je n'arrive pas à me rappeler son visage précisément, répondit-elle d'une petite voix. Tout ce que je peux dire, c'est qu'elle est, elle aussi, grande et blonde.

— Ce n'est pas grave, China. Je te rapporterai une photo d'elle. Dave est là et…

— Vas-y, Ben. Fais ce que tu as à faire pour mettre un terme à ce cauchemar.

Il décrocha sa veste du cintre et attira China contre lui. Elle posa la joue sur sa chemise toute propre.

— Alors ? fit-il en lui caressant tendrement les cheveux. La vieille Katie t'a-t-elle laissée lui donner à manger aujourd'hui ?

Elle leva les yeux vers lui en souriant.

— Oui. J'ai même pu regarder les chatons. Mais je me suis souvenue de ce que tu m'as dit, et je n'ai pas essayé de les caresser.

— Dès qu'elle se sera habituée à ta présence et que ses petits auront un peu grandi, elle te laissera jouer avec eux. Maintenant, il faut que j'y aille. Je dois retrouver Red chez les Wakefield… Donne-moi de l'énergie, ma chérie, ajouta-t-il en l'embrassant.

Elle lui rendit son baiser avec la même ardeur.

— Mmm, fit-il en s'écartant enfin. Reste dans cet état d'esprit jusqu'à mon retour, d'accord ?

Elle hocha la tête gravement.

— Sois prudent, Ben.

— Ne t'inquiète pas. Ça ne prendra pas longtemps.

Elle l'accompagna jusqu'à la porte d'entrée, puis le regarda s'éloigner au volant de sa voiture dans un nuage de poussière.

— Et dire qu'il vient tout juste de la laver, fit remarquer Mattie d'une voix peinée.

China se retourna, surprise. Elle ne l'avait pas entendue arriver.

En voyant son air soucieux, Mattie la prit par la main et l'entraîna dans le couloir.

— Cessez de vous faire du mauvais sang et venez avec moi. Il faut que je retourne à ma partie de Scrabble. Je crois que Dave profite de mon absence pour tricher.

— J'ai entendu ! cria Dave depuis le salon.

China s'obligea à sourire. Mais son esprit était avec Ben, et il le resta tout au long de l'après-midi.

Cela faisait un moment que Red attendait devant la résidence des Wakefield quand il vit la voiture de Ben se garer derrière la sienne.

— Tu as fait vite, dis donc ! s'exclama-t-il en lui ouvrant la portière du côté du passager.

Ben s'installa sur le siège.

— C'est que je suis motivé. Pour tout avouer, j'ai un bon pressentiment. On tient peut-être enfin quelque chose, Red.

— D'accord avec toi, mon vieux. On y va ?

Redémarrant, Red s'approcha des grilles impressionnantes qui protégeaient la luxueuse demeure du sénateur, et baissa sa vitre pour sonner à l'Interphone.

Ils attendaient depuis déjà quelques secondes quand une voix féminine se fit entendre dans l'Interphone.

— Bonjour, messieurs. Que puis-je faire pour vous ?

Ils exhibèrent leurs insignes devant l'œil de la caméra qui surplombait le haut-parleur.

— Nous avons besoin de parler à Mme Mona Wakefield. Est-elle là ?

— Oui, messieurs. Je dois simplement…

— Delia ? lança une voix derrière elle.

La gouvernante abandonna un instant l'Interphone pour faire face à Bobby Lee.

— Oh, sénateur, deux inspecteurs se trouvent devant le portail. Ils souhaitent s'entretenir avec votre mère, et j'étais sur le point de…

Il dissimula son inquiétude derrière un large sourire.

— Courez vite prévenir Madame que nous avons de la compagnie, ordonna-t-il. Je vais voir ce que je peux faire pour ces messieurs de la police.

Tandis que Delia se précipitait à l'étage, Bobby Lee ouvrit les grilles à l'aide d'un bouton et sortit sur le perron. Il regarda la voiture des inspecteurs longer l'allée semi-circulaire, puis s'arrêter devant lui.

— Entrez, inspecteurs. Entrez donc !

Après avoir gravi les marches, Ben et Red lui emboîtèrent le pas jusqu'à une vaste bibliothèque située à proximité du hall. De toute évidence, le sénateur s'apprêtait à leur faire son grand numéro de charme.

— Je vous offre un verre, les gars ?

Le type sympa et sans manières. C'était sa spécialité.

— Non, merci, répondirent-ils de concert.

— Nous sommes en service, ajouta Ben avant qu'il ait le temps d'en rajouter. Monsieur le sénateur, nous aimerions poser quelques questions à votre mère.

— Pas de problème. Auriez-vous l'amabilité de me dire de quoi il s'agit en attendant sa venue ?

Le sénateur en imposait, il fallait le reconnaître. Pourtant, malgré son importance et toute la pression qu'il savait mettre sous ses manières tantôt bon enfant, tantôt policées, Ben resta intraitable.

— Si vous n'y voyez pas d'inconvénient, je préférerais attendre Mme Wakefield et m'entretenir d'abord avec elle.

Bobby Lee eut un sourire compréhensif, mais il n'aimait pas la tournure que prenait la situation. Il n'avait pas l'habitude qu'on lui tienne tête, et cet inspecteur ne se montrait guère accommodant.

— Comme vous voulez. Alors donnez-vous la peine de vous asseoir. Je vais voir si je peux accélérer un peu le mouvement, expliqua-t-il avant de les planter là.

Red se tourna vers Ben.

— Pas mal, comme baraque, hein ? lança-t-il avec admiration.

Ben n'eut pas le loisir de répondre. Des éclats de voix se firent entendre du côté du hall, et il tendit l'oreille. Malheureusement, la porte de la bibliothèque était trop épaisse pour qu'il puisse comprendre de quoi il s'agissait. Quelques instants plus tard, Mona Wakefield faisait son entrée, suivie de près par son fils. Elle portait un tailleur de marque dont la jupe bleu pâle lui tombait juste sous le genou. Son visage, encadré de cheveux blond vénitien, était élégant et sa mâchoire volontaire.

A peine l'eut-il vue que Ben sentit s'envoler tous ses espoirs. Cette femme n'avait rien à voir avec la photographie que Mike avait envoyée à Red ! Il eut un moment de panique à l'idée que le journaliste leur avait peut-être fourni par erreur la photographie de quelqu'un d'autre. Mais non, cela ne tenait pas debout…

— Permettez-moi de vous souhaiter la bienvenue chez les Wakefield, déclara Mona en leur serrant la main. Je vous en prie, asseyez-vous…

Elle se tourna vers la gouvernante qui se tenait sur le pas de la porte.

— Delia, veuillez nous servir le café, s'il vous plaît.

— Pas pour nous, merci, intervint Ben.

Pas question de transformer l'interrogatoire en visite de courtoisie.

— Allons, allons, fit Mona en chassant la gouvernante d'un geste de la main. Vous allez me vexer…

Elle se laissa tomber lascivement sur une bergère.

— A nous, messieurs. En quoi puis-je vous être utile ?

Ben ouvrit le feu en s'efforçant de rien laisser paraître de son trouble.

— Vous savez sûrement que la police de Dallas travaille d'arrache-pied depuis plusieurs mois pour mettre la main sur une tueuse en série, et que nous ne négligeons aucune piste, quelle que soit la qualité des personnes que nous devons interroger.

— Oui, j'en ai entendu parler, répondit-elle en souriant. Pour ne rien vous cacher, plusieurs de mes connaissances ont fait les frais de votre zèle… Mais vous n'êtes pas ici pour me faire subir le même sort, n'est-ce pas ? ajouta-t-elle avec une pointe de taquinerie.

Sans leur laisser le temps de réagir, elle se tourna vers son fils en riant.

— Bobby Lee, tu m'as organisé une petite plaisanterie, c'est ça ? C'est pour la caméra cachée ?

Il lui sourit, mais Ben eut l'impression qu'il venait d'avaler de travers.

— Non, maman, ce n'est pas une plaisanterie, même si je dois avouer que c'est aussi l'impression que ça me donne.

Mona ne semblait pas le moins du monde inquiète. Au contraire, ses yeux pétillaient de curiosité.

— Veuillez m'excuser, messieurs. J'étais persuadée que c'était l'un de ces pièges pour une émission de télé. Vous savez, pour se faire élire président de nos jours, il faut avoir le sens du spectacle… Je vous en prie, poursuivez.

— J'ai besoin de savoir où vous vous trouviez le soir du 11 décembre dernier.

Elle leva les yeux au ciel.

— Oh, par pitié, mon garçon… Je n'en ai pas la moindre idée.

— Si tu t'es rendue à un événement mondain, intervint son fils, je suis sûr que ta secrétaire l'aura consigné dans ton agenda.

— Mais oui, tu as raison ! Si vous voulez bien m'excuser, je reviens tout de suite.

Elle se leva dans un mouvement digne d'un mannequin haute couture et se dirigea vers la porte, parfaitement consciente des regards posés sur son dos.

A peine eut-elle quitté la pièce que Bobby Lee passa à l'attaque.

— Je dois vous avertir que je n'apprécie pas du tout vos insinuations, commença-t-il d'un ton sec. Ma mère, impliquée dans un meurtre ? Et puis quoi encore ? Enfin, messieurs, un peu de bon sens ! La pauvre femme ne sait même pas se servir d'un revolver !

— Détrompe-toi, le corrigea-t-elle en revenant, un agenda épais à la main. Ton père m'a appris à tirer sur les serpents à sonnette alors que tu n'étais pas encore né.

Elle adressa un sourire charmeur à Ben tout en se rasseyant.

— Nous vivions à Amarillo à l'époque. Comme vous le savez sûrement, cette partie du Texas se transforme parfois en véritable nid à serpents.

— Je l'ignorais, madame, mais je vous crois sur parole, répondit-il, imperturbable. Et en ce qui concerne votre soirée du 11 décembre ?

Elle humecta son doigt et commença à tourner les pages à toute vitesse jusqu'à la date demandée.

— Là… J'y suis, fit-elle en parcourant des yeux la journée en question. Ce soir-là, je me suis rendue à une petite soirée de Noël au Country Club. Je me souviens d'y être arrivée légèrement en retard — à dessein cela va de soi.

Une moue espiègle se dessina sur ses lèvres, désormais pulpeuses grâce aux miracles de la chirurgie esthétique.

— Il faut savoir se faire attendre…

— A quelle heure êtes-vous arrivée au Country Club et à quelle heure en êtes-vous partie ? demanda Ben sans se déconcentrer.

— Il était presque 21 h 30 quand le chauffeur m'a déposée, et je ne suis pas rentrée à la maison avant 2 heures du matin. Je m'en souviens parce que Bobby Lee était resté debout pour m'attendre.

Elle regarda son fils avec tendresse.

— Il neigeait cette nuit-là, n'est-ce pas, Bobby Lee ? Tu t'inquiétais de me savoir dehors par un temps pareil, et tu t'apprêtais à partir à ma recherche quand je suis arrivée.

Elle reporta son attention sur les policiers tout en poursuivant :

— Il était déjà emmitouflé dans son manteau et avait même chaussé ses après-skis pour aller secourir sa petite maman. N'est-ce pas adorable ? Je connais bien des mères qui me l'envieraient. Figurez-vous qu'il est allé jusqu'à m'offrir une petite escapade à Hollywood comme cadeau de Noël. Il m'a convaincue des bienfaits d'un changement d'apparence, et je dois dire que je ne le regrette pas. Que voulez-vous, je n'ai plus vingt ans… Que cela reste entre nous, inspecteurs, mais je me suis autorisé quelques injections de collagène dans les lèvres et un peu de laser pour me débarrasser de mes pattes-d'oie. Le chirurgien était si gentil… Et pas vilain garçon avec ça. Pour me ménager, il appelait ça des rides du sourire. Quant à celles du front, c'est le Botox qui en a eu raison. Et ce n'est pas tout ! J'avais la même coiffure depuis au moins vingt ans, vous vous rendez compte ? J'ai tout changé. Avant, ils étaient très longs et blond platine, vous vous en souvenez peut-être… Mais je trouve cette nouvelle coupe et ce blond vénitien tellement plus proches de ma véritable personnalité… Qu'en dites-vous ?

— Maman ! s'exclama Bobby Lee, visiblement au supplice.

Les inspecteurs se moquent complètement de tes aventures chez les coiffeurs de Hollywood !

Puis il se tourna vers eux avec un clin d'œil complice.

— Désolé, les gars, mais vous savez comment sont les femmes… Impossible de les arrêter quand elles commencent à parler de leurs cheveux.

— Ne vous en faites pas, sénateur, répondit Ben. Les policiers sont toujours friands de détails, vous savez.

De fait, les propos de Mona Wakefield avaient piqué sa curiosité.

— Et puis-je savoir quand vous avez effectué ce séjour en Californie, madame Wakefield ? s'enquit-il.

— C'était juste avant Noël, puisque Bobby Lee m'a rejointe le 25 pour passer la journée avec moi au spa.

— Merci, madame. Je dois vous avertir que nous allons vérifier votre alibi pour la soirée du 11 décembre.

Offensée de l'entendre parler d'alibi à son propos, elle se leva brusquement pour signifier que l'entretien était terminé.

— Appelez le Country Club et demandez Carl, déclara-t-elle en guise de conclusion. Il vous fournira la liste des invités présents ce soir-là.

A ce moment, Delia entra les bras chargés d'un plateau garni de tasses et de biscuits. Mona la renvoya d'un geste impatient.

— Désolée, Delia, mais nos invités nous quittent déjà. Vous pouvez rapporter tout ça dans la cuisine.

Puis elle se retourna vers Ben, non sans avoir jeté un bref regard à son fils.

— Ce sera tout ?

— Pour le moment, oui. Nous vous appellerons si nécessaire.

Sur ces mots, ils prirent congé et laissèrent le sénateur et sa mère dans la bibliothèque. Ils attendirent d'être remontés dans la voiture pour commenter leur visite.

— C'est quand même bizarre, cette envie soudaine d'envoyer sa mère se faire ravaler la façade, observa Red en démarrant.

Ben fronça les sourcils.

— Limite louche. Je serais curieux de savoir combien de temps s'est écoulé entre le moment où le portrait-robot a été diffusé dans la presse et le départ de Mona Wakefield pour Hollywood.

— En s'en prenant à la mère du sénateur, on va au-devant des ennuis… Si tu veux mon avis, cette histoire sent mauvais.

— Vu la tête qu'ils faisaient, tu n'es pas le seul à avoir un odorat développé, remarqua Ben. Tu veux bien t'occuper de rédiger le rapport ? J'aimerais être de retour au ranch avant la nuit. China ne dort pas bien en ce moment.

— Elle fait des cauchemars ?

— Après ce qu'elle a vécu, le contraire serait étonnant.

Red lâcha un soupir.

— Parfois, je me dis qu'il faut avoir un cœur de pierre pour arriver à supporter ce boulot.

Ben récupéra sa voiture, et chacun partit de son côté, sans se douter du cataclysme que leur visite avait déclenché chez les Wakefield.

Rouge de colère, Bobby agrippait le bureau des deux mains pour se retenir de frapper sa mère.

— Tu ne pouvais pas te contenter de répondre à leurs questions, hein ? hurlait-il. Non, bien sûr que non ! Il a fallu que tu racontes ta vie comme une beauf ! Comme la sale prolo que tu es restée !

Il s'empara d'un presse-papiers et le balança à travers la pièce. L'objet atterrit sur une photographie encadrée dont le verre se brisa en mille morceaux.

Mona était anéantie. Elle avait passé sa vie à avoir honte de ses origines modestes, et entendre son propre fils la rabaisser ainsi était plus qu'elle ne pouvait supporter.

— Si ta mère est une beauf, alors qu'est-ce que tu es, toi ?

— J'ai la malchance d'être ton fils, voilà ! J'ai passé ma vie à rattraper tes conneries. Mais quels que soient les efforts que je déploie pour essayer de donner un semblant de respectabilité à notre nom, tes frasques incessantes le replongent chaque fois dans le caniveau où tu sembles te complaire.

Blessée par ses mots, elle pâlit.

— Tu ne sais pas à quel point je me suis sacrifiée pour toi, murmura-t-elle.

— Mais je sais à quel point tu nous as foutus dans la merde ! rugit-il, hors de lui. Et maintenant, voilà que la police vient mettre le nez dans nos affaires à cause de toi. Tout ça parce qu'une bonne soirée pour Mona Wakefield est une soirée qui se termine le pantalon sur les chevilles ! Tu as tout foutu en l'air ! Tout ! Je viens de mener la campagne présidentielle la plus courte de l'histoire des Etats-Unis. Elle est terminée avant même d'avoir commencé !

Mona releva fièrement le menton et se leva, les yeux baignés de larmes.

— Ce n'est pas la seule chose qui soit terminée, lâcha-t-elle avant de quitter la pièce.

Resté seul, Bobby Lee se remit à jurer et à hurler comme un possédé, en proie à une véritable crise de rage, reprochant à son père d'avoir épousé la reine des putes et se lamentant de ne pas être orphelin. Il mit longtemps à se calmer. Et ce n'est que lorsqu'il recouvra le contrôle de lui-même qu'il prit conscience de ce qu'il venait de faire. Il se précipita hors de la bibliothèque et grimpa l'escalier quatre à quatre jusqu'à la chambre de sa mère. Personne. Râlant et pestant, il courut de pièce en pièce. Mais elle n'était nulle part.

Lorsqu'il fit son apparition dans la cuisine en poussant violemment la porte, Delia, complètement affolée, lui apprit qu'elle était partie.

— Comment ça, partie ? cria-t-il.

— Comme je vous l'ai dit, monsieur, répondit la gouvernante entre deux sanglots. Elle a pris ses clés et a quitté la maison sans même repasser par sa chambre.

— A-t-elle dit où elle allait, au moins ?

Les sanglots de Delia redoublèrent.

— Non, monsieur. Elle m'a seulement remerciée de m'être si bien occupée d'elle durant toutes ces années, et ensuite…

La gouvernante dut s'interrompre pour se moucher bruyamment.

— Et ensuite, elle m'a conseillé de ne jamais avoir d'enfants ou alors de les noyer à la naissance.

Bobby Lee n'en menait pas large. La situation était plus grave qu'il ne le pensait. Il fit volte-face et revint au pas de course vers la bibliothèque pour appeler son directeur de campagne.

Ainsley Been s'abandonnait aux délices d'une fellation quand son téléphone se mit à sonner.

— N'arrête pas, ordonna-t-il à la prostituée.

Pas question d'interrompre un moment pareil. D'autant que le répondeur se chargerait d'enregistrer le message. Rien n'était plus important que ce qu'il vivait en ce moment précis.

Mais en entendant Bobby Lee gueuler comme un putois dans l'appareil, il sentit mollir sa résolution. Il repoussa la fille sans ménagement et se contorsionna pour saisir le combiné.

— Bonjour, bonjour, fit-il d'une voix faussement enjouée, coupant le sénateur au milieu d'une injure particulièrement grossière.

— Ainsley, nom de Dieu, qu'est-ce que vous foutez ? Vous en mettez du temps à décrocher ! Nous sommes dans la merde, figurez-vous. Et jusqu'au cou. La police est venue interroger ma mère cet après-midi au sujet du meurtre de Finelli, et voilà qu'elle s'est évaporée dans la nature en emportant toutes ses affaires.

— Comment ça, évaporée ? demanda Ainsley, de plus en plus inquiet.

— On a eu un petit différend après le départ des inspecteurs, et elle l'a très mal pris. Je veux que vous mettiez quelqu'un sur le coup tout de suite. Il faut absolument la retrouver avant que la police apprenne son départ. Vous imaginez ce que les flics vont penser s'ils entendent dire qu'elle s'est enfuie juste après avoir été interrogée ?

Ainsley inspira profondément.

— Je dois vous poser une question, Bobby Lee, et je ne veux pas que vous le preniez mal.

— Quoi ? aboya le sénateur.

— A-t-elle une quelconque raison de craindre la police ?

— Elle, je n'en sais foutre rien. Mais moi, j'ai beaucoup à perdre dans cette histoire, répliqua-t-il. Si les médias s'emparent de cette affaire, je peux dire adieu à la Maison Blanche !

— J'arrive tout de suite.

18.

A peine Ben se fut-il garé devant la maison que China se précipita vers lui. Submergé par un bonheur dont il n'avait fait que rêver jusqu'alors, il la serra contre lui et la souleva de terre. Son rire, franc et limpide, lui donna envie de pleurer. Il n'était pas si loin, ce temps où il espérait tant arriver à la faire rire.

— Voilà ce que j'appelle un accueil digne de ce nom ! s'exclama-t-il en la dévorant du regard.

— Tu le mérites, voilà tout.

Et elle l'embrassa avec ardeur. Achevant de perdre le peu de raison qui lui restait, il poussa un cri de joie. Avec elle, il avait le sentiment d'être un homme complet.

— Bon sang, comme je t'aime, chuchota-t-il à son oreille.

Elle s'écarta légèrement et le considéra avec gravité.

— Alors, tu me racontes ? demanda-t-elle.

— Et si on allait d'abord se mettre au chaud ? Je voudrais te montrer quelque chose.

En entrant dans la maison, ils croisèrent Dave qui s'apprêtait à sortir.

— Je vais aller jeter un œil au bétail, expliqua ce dernier. Tu veux que je repasse plus tard ?

— Oui. Ta présence est plus nécessaire que jamais.

— Ah bon ? Il y a du nouveau ?

— On a peut-être enfin une piste sérieuse.

Dave ouvrit de grands yeux.

— Vraiment ?

— Demande au sénateur Wakefield si ça le fait rire.

— Hein ? Qu'est-ce qu'il vient faire là-dedans celui-là ?

Ben mit la main dans la poche de son manteau et en sortit une photographie qu'il tendit à China.

— Je crois qu'on va laisser China nous le dire.

La photographie était à l'envers. Elle la retourna lentement et découvrit avec horreur un visage tout droit sorti de ses pires cauchemars.

— Alors qu'en penses-tu ? s'enquit Ben.

Pour toute réponse, elle laissa échapper un cri. Le cliché lui glissa des doigts et atterrit sur le carrelage de l'entrée. La voyant près de s'évanouir, Ben l'empoigna par les bras de crainte qu'elle tombe à la renverse. Il ne s'était pas attendu à une telle réaction.

— Est-ce que c'est elle ?

— Je crois que je vais vomir, articula-t-elle d'une voix blanche.

Se dégageant brusquement, elle fila vers la salle de bains. Ben courut à sa suite.

Resté seul, Dave se pencha pour ramasser la photographie.

— Nom de Dieu, murmura-t-il entre ses dents. Mona Wakefield… Comment est-ce possible ?

Mattie, qui sortait de la cuisine pour les rejoindre, vit China lui passer devant à toute vitesse.

— Tout va bien ? demanda-t-elle.

Mais sa protégée était déjà loin. Et, quand Ben lui fit le même coup, elle comprit qu'il se passait quelque chose d'anormal. Elle les suivit, histoire d'en avoir le cœur net. C'était sa maison, après tout, et tout ce qui s'y passait la concernait.

En déboulant dans la salle de bains, Ben trouva China penchée au-dessus du lavabo, en train de se laver le visage à grande eau.

— Ça va ?

Elle se redressa et posa ses mains de part et d'autre du lavabo tout en secouant la tête. Non, elle n'allait pas bien. Pas du tout.

Ben commençait à lui sécher le visage avec une serviette quand Mattie arriva à son tour.

— J'aimerais bien qu'on m'explique ce qui se passe.

China se laissa glisser le long de la baignoire, le visage dans les mains.

— Je viens de montrer à China la photo d'une femme que l'on suspecte, et voilà comment elle a réagi, expliqua Ben en s'agenouillant à côté d'elle.

Mattie vint s'accroupir auprès de China.

— C'est vrai, ma belle ? Vous avez reconnu la femme qui vous a tiré dessus ?

— Elle… elle lui ressemble, bredouilla China en frissonnant. Oh, mon Dieu, elle lui ressemble trait pour trait…

— Je n'ai pas besoin d'en entendre davantage, déclara

Ben en se relevant. Il faut lancer un mandat d'arrêt au plus vite. J'appelle le capitaine Floyd.

— De qui s'agit-il ? demanda Mattie.

— De Mona Wakefield.

Mattie manqua de s'étrangler.

— Quoi ? *La* Mona Wakefield ? La mère du sénateur ?

— En personne, confirma-t-il.

— Mais, Bennie, pourquoi voudrais-tu qu'une femme comme elle commette des meurtres ?

— Qu'est-ce que j'en sais, moi ? Mais je peux t'assurer qu'elle va le payer cher. Maman, tu veux bien rester avec China ? Il faut que j'aille passer quelques coups de fil.

— Vous allez l'arrêter ce soir ? s'enquit China.

— Je t'en dirai plus après avoir parlé avec mon supérieur, ma chérie. Tu seras la première au courant.

— Je veux être là quand tu lui passeras les menottes, murmura-t-elle, une lueur farouche dans le regard.

— Il n'en est pas question.

Elle se leva et riva ses yeux aux siens.

— J'en ai besoin, Ben. J'ai besoin de la voir en chair et en os, de voir les menottes à ses poignets… De savoir qu'elle ne pourra plus jamais me faire de mal.

Il se sentit flancher devant sa détermination.

— On verra, lâcha-t-il à contrecœur.

— Je reste avec toi pendant que tu passes tes coups de fil. Etre au cœur de l'action me rassure.

Il lui tendit la main, et elle s'y agrippa comme si sa vie entière en dépendait. Quittant la salle de bains, ils se dirigèrent vers le salon.

— Tu es encore là, toi ? lança Mattie, étonnée, en tombant sur Dave dans le couloir.

— Cette affaire me tient à cœur depuis le moment où Ben a amené la petite au ranch. Pas question de rater le dénouement.

— C'est ce que j'aime chez toi. Quand quelque chose t'intéresse, tu ne veux pas en perdre une miette.

Il l'attrapa par les épaules et posa un rapide baiser sur ses lèvres.

— Alors il y a des choses que tu aimes en moi ?

Elle ne répondit pas. Le rouge qui lui montait aux joues était suffisamment embarrassant comme cela.

Il chercha son regard et l'obligea à lui faire face.

— Et que comptes-tu faire de cet amour ? Le temps passe vite à notre âge, tu sais.

— C'est une demande en mariage ? répliqua-t-elle sur le ton de la plaisanterie.

— Tu dirais oui si c'en était une ?

— Peut-être, murmura-t-elle. Quand toute cette histoire sera terminée…

Puis elle ajouta, plus fort :

— Eh bien, j'ai l'impression qu'on n'aura pas le temps de dîner, ce soir. Viens, je vais faire du pop-corn. Je meurs de faim.

— Je te suivrais au bout du monde, répondit Dave avec emphase.

— La cuisine suffira pour l'instant, répliqua-t-elle en s'esclaffant.

Alors qu'ils allaient entrer dans la cuisine, la voix de Ben leur parvint depuis le salon. Apparemment, il parlait avec Floyd, son supérieur. Dave s'arrêta pour écouter, mais Mattie lui fit les gros yeux et l'entraîna à sa suite.

Les doigts serrés sur le combiné, Ben écoutait les arguments de son patron. Ce dernier ne voulait pas se précipiter tête baissée dans l'arrestation de la mère d'un sénateur.

— Ecoutez, capitaine, notre témoin a formellement identifié Mona Wakefield. Elle l'a désignée comme étant la femme qui lui avait tiré dessus le 11 décembre. Que vous faut-il de plus ?

China suivait la conversation à sens unique. En voyant les mimiques impatientes de Ben, elle comprit que Floyd faisait valoir un nouvel argument.

— Je sais, je sais, dit Ben avec impatience. Pardon ?... Oui, elle a un alibi, mais on n'a pas encore eu le temps de le vérifier. Elle affirme s'être rendue à je ne sais quelle soirée de Noël au Country Club. Mais il y a tellement de monde dans ce genre de sauteries... Elle a très bien pu se montrer un peu, filer sans que personne s'aperçoive de son absence, puis revenir comme si de rien n'était une fois son crime commis. Souvenez-vous que China a décrit une femme vêtue d'une robe de soirée et d'un manteau de fourrure. Tout à fait approprié pour un cocktail au Country Club, vous ne trouvez pas ?

Il se mit à arpenter le salon de long en large tout en écoutant la réponse de Floyd. China tenta de croiser son regard dans l'espoir d'y glaner une information, mais il avait baissé la tête comme un taureau prêt à charger. Soudain, il explosa.

— Mais enfin c'est ridicule, capitaine ! Vous voulez lui

laisser le temps de quitter le pays, ou quoi ? Je ne suis pas d'accord.

— Je me fous que vous soyez d'accord ou non, English, répliqua Floyd à l'autre bout du fil. Pas question d'arrêter une vieille dame, mère d'un sénateur de surcroît, avant d'avoir prouvé que son alibi ne tient pas debout.

— Mona Wakefield n'est pas une grabataire, mais un danger public. Et, puisqu'il semblerait que la parole de notre témoin ne vaille pas un clou, vous vous débrouillerez sans elle !

Sur ce, il raccrocha violemment le téléphone et le jeta sur le canapé.

— Quel enfoiré !

— Alors elle va rester en liberté ? demanda China d'une petite voix.

Il haussa les épaules.

— Pour le moment. Les Wakefield ont des relations haut placées — très haut placées, même. Et le patron a trop peur de se faire taper sur les doigts.

Il ajouta en lui prenant les mains :

— Mais ne t'inquiète pas, on ne va pas en rester là. Red a déjà récupéré la liste des invités présents à la soirée où elle prétend s'être rendue le 11 décembre. Et Floyd a chargé plusieurs inspecteurs d'appeler tout ce beau monde. Avant demain matin, je saurai ce que portait Mona Wakefield au Country Club, et même ce qu'elle y a bu et mangé. Si elle nous cache quelque chose, je le découvrirai.

— Je suis toujours en danger ?

Il hésita, puis hocha la tête. Il n'y avait pas la place pour le mensonge entre eux.

— Sans doute plus que jamais, admit-il. Mais Dave et moi sommes là pour te protéger. Nous nous relayerons pour surveiller la maison. Je ne crois pas que quiconque connaisse ton nom, et encore moins sache où tu te caches. Cela dit, nous ne prendrons aucun risque.

— C'est bientôt terminé, n'est-ce pas ?

Il lui caressa les cheveux.

— On touche au but, mon cœur. Ça ira ?

— Oui.

Il la serra un instant contre lui, puis lança brusquement :

— Tu n'as pas faim ? Parce que moi, je pourrais dévorer un bœuf !

Elle eut un sourire amusé.

— On dirait ta mère… Elle se sert de sa cuisine pour guérir tous les bobos, y compris les bleus à l'âme.

— C'est un remède plutôt efficace, non ?

— Oui, sauf si on en abuse et qu'on se goinfre du matin au soir…

Mona roulait sans but en direction du sud, un sac rempli de billets à côté d'elle. Elle avait vidé son compte en banque avec pour seul projet de s'éloigner autant que possible de Dallas. Mais, avec la distance, les souvenirs se faisaient de plus en plus douloureux.

Bobby Lee, son propre fils, l'avait traitée de beauf. De sale prolo. Il avait dit regretter de ne pas être orphelin, tant lui faisait honte le nom des Wakefield. Seigneur, comment les choses avaient-elles pu en arriver là ? Elle s'était pourtant sacrifiée pour lui. A la mort de son mari, les propositions de mariage avaient afflué de toutes parts, de la part d'hommes riches et pour certains très séduisants. Avait-elle pour autant succombé à la tentation ? S'était-elle préoccupée de ses propres envies ? Pas du tout. Elle avait choisi de rester aux côtés de son fils.

Elle avait tout de suite su qu'il était extraordinaire. Enfant, quand les garçons de son âge se laissaient aller à l'indolence de la jeunesse, lui cherchait toujours à se surpasser. Jamais il ne s'était contenté de la deuxième place. Doté d'une ambition sans borne, il se donnait les moyens d'atteindre ses objectifs. Et ce, grâce à sa mère, présente dans les bons et les mauvais moments. Même durant son mariage éclair, elle avait été aux petits soins pour lui. Et à l'heure du divorce, lorsqu'il avait fallu l'aider à se remettre d'aplomb et à réorganiser sa vie, elle avait une fois de plus répondu présent.

D'accord, elle avait arrêté ses études à seize ans, mais cela ne faisait pas d'elle une imbécile. Elle avait une grande expérience de la vie et en savait bien plus que nombre d'intellectuels.

Etouffant un sanglot, elle se moucha tout en changeant de voie pour prendre la I-35. Elle devait réfléchir à l'avenir, mais avant tout il fallait qu'elle se trouve un endroit où se cacher. Elle connaissait suffisamment son fils pour savoir qu'il chercherait à la ramener à la maison. Pas parce qu'il s'en voulait, oh non. Mais pour préserver intacte son image de président potentiel. Son image. Rien d'autre n'avait d'importance à ses yeux.

Elle décida d'éviter les motels. Trop évident. Même si elle payait sa chambre en liquide, il parviendrait à la localiser. Alors qu'elle traversait la banlieue de Houston, elle se rappela brusquement sa vieille amie Bitsy Chance. Si celle-ci vivait toujours à Pasadena, elle ne refuserait sûrement pas de l'aider. Après tout, elles se connaissaient depuis une éternité.

Un peu rassérénée, elle sortit à la première station-service et se dirigea vers la cabine téléphonique. Pas question d'utiliser son portable : avec les relations qu'il avait, Bobby Lee serait bien capable de se procurer la liste de ses appels. Heureusement, il y avait un annuaire dans la cabine. Elle le compulsa fébrilement à la lettre C. Challard… Chamaco… Chance ! Bitsy Chance. Dieu soit loué, elle vivait encore là. Ce n'est qu'en composant le numéro que Mona s'aperçut que l'annuaire avait presque cinq ans.

— Oh, Seigneur, faites qu'elle n'ait pas déménagé, murmura-t-elle tandis que les sonneries défilaient.

Un homme décrocha après vingt secondes.

— Allô ? fit-il d'une voix bourrue.

— Bonjour. Puis-je parler à Bitsy, je vous prie ?

— Qui est à l'appareil ?

— Je suis une amie de Bitsy. On s'est connues à Amarillo. Dites-lui que c'est Baby Doll.

— Dis donc, Bitsy ! gueula le type. Il y a une bonne femme qui veut te causer. Baby Doll, ça te dit quelque chose ? Il paraît que c'est une amie d'Amarillo…

Mona entendit un cri strident. Quand Bitsy prit le téléphone, elle était en larmes.

— Oh, ma chérie ! Ma Baby Doll ! Je n'arrive pas à y croire ! C'est vraiment toi ?

Mona réprima un sanglot.

— Oui, Bitsy. C'est bien moi.

— Oh, ma puce, je lis tous les articles sur toi et ton fils, tu sais. Tu es devenue quelqu'un d'important, pas vrai ? Je m'étonne même que tu te souviennes d'une pauvre fille comme moi.

— Ecoute, Bitsy, j'ai des ennuis… J'ai besoin d'un endroit où dormir pendant quelques jours.

Toute la distance que le temps et l'argent avaient pu mettre entre Bitsy et elle s'envola aussitôt. C'était comme au bon vieux temps, quand elles faisaient le mur au nez et à la barbe de leurs parents pour aller pousser la chansonnette dans les bars à cow-boys.

— Où es-tu, ma chérie ?

Mona plissa les yeux pour essayer d'apercevoir le nom de la station à travers le verre crasseux de la cabine téléphonique.

— Je suis à Pasadena. Dans un endroit qui s'appelle le In and Out.

Bitsy poussa un cri.

— Pas possible ! Le destin veut vraiment nous réunir, Mona ! J'habite à cinq minutes.

— Ma présence ne va pas déranger ton mari ?

— Ecoute, répliqua-t-elle en riant, d'abord, ce tocard n'est pas mon mari, ensuite, il aura foutu le camp bien avant que tu arrives.

— Ne lui dis surtout pas qui je suis, d'accord ?

— Ne t'inquiète pas, il n'en saura rien. Et attends-moi là où tu es, je viens te chercher.

Mona raccrocha et alla s'enfermer dans sa voiture en

attendant Bitsy. Elle pleurerait plus tard, quand elle n'aurait plus besoin d'y voir pour conduire.

Il était 6 h 30 quand Bobby Lee ouvrit la porte à son directeur de campagne. Ainsley commença à parler avant même d'entrer dans la maison.

— Je suis navré, sénateur, mais votre mère semble s'être volatilisée.

Bobby Lee poussa un grognement furieux et le tira par le bras pour le faire entrer.

— C'est une catastrophe. Une véritable catastrophe. Mettez d'autres gars à ses trousses. Elle va bien laisser des traces derrière elle à un moment ou à un autre !

— Elle a vidé son compte courant. Y avait-il beaucoup d'argent ?

— Au moins trente mille dollars, répondit-il en tournant en rond dans le hall comme un animal en cage.

Décidément, c'était plus grave que ce qu'il avait imaginé. Il avait cru qu'elle bouderait toute la nuit et reviendrait au petit matin, flanquée d'un jeune éphèbe, histoire de lui montrer qu'elle n'avait pas perdu la main. Mais le fait qu'elle ait retiré tout son argent ne présageait rien de bon. Bien au contraire.

— J'ai passé la nuit à retourner la situation dans tous les sens, Ainsley.

— Et… ?

— Et je veux que vous m'organisiez une conférence de presse.

Ainsley fronça les sourcils.

— Pour quoi faire ? Vous ne comptez quand même pas raconter vos soucis de famille aux journalistes ?

— Non. Mais j'ai décidé de me faire aussi discret que possible en attendant que tout ça se tasse. Je suis toujours sénateur et mon honneur est intact. Je suis encore assez jeune pour tenter ma chance une autre fois.

— Que voulez-vous dire ?

— Je me retire de la course à la présidence, Ainsley. J'évoquerai des raisons personnelles.

Ainsley accusa le coup. Son avenir s'assombrissait brusquement. Qui voudrait engager un directeur de campagne qui s'était montré incapable de préserver son candidat d'un scandale ?

— Vous avez bien pesé votre décision ? demanda-t-il d'une voix blanche.

— Oui. Faites ce que je vous ai demandé. Organisez la conférence à l'hôtel Wyndham Anatole pour demain matin. Je veux en finir au plus vite. C'est là que j'ai annoncé ma candidature, et c'est là que j'annoncerai mon retrait.

— Très bien, monsieur, fit Ainsley, défait. Je vous appellerai plus tard pour vous communiquer les détails.

Aussitôt que son directeur de campagne eut quitté sa maison, Bobby Lee commença à élaborer les grandes lignes de son discours. Peut-être que, s'il parvenait à verser une larme, la presse le transformerait en héros. Un homme triste, dévasté par sa décision, mais néanmoins un héros qui faisait passer les intérêts de sa famille avant ses ambitions personnelles.

Un énorme cafard. Voilà la première chose que vit Mona en ouvrant les yeux. Encore à demi assoupie, elle le regarda traverser le plafond sans trop savoir s'il s'agissait d'un rêve ou de la réalité. *Curieux comme ces petites créatures parviennent à défier les lois de la gravité,* songea-t-elle avant de se demander où elle pouvait bien être. Cela faisait des années qu'elle ne s'était pas réveillée avec cette étrange sensation. Tout lui revint à la mémoire quand elle entendit Bitsy se racler la gorge et cracher dans la salle de bains située de l'autre côté du couloir. Mais oui… Elle était à Pasadena, et elle venait de s'enfuir de chez elle.

Elle quitta son lit et se dirigea vers la salle de bains, parfaitement à l'aise malgré sa nudité.

— Bitsy, tu en as pour longtemps ? cria-t-elle à travers la porte. J'ai besoin de faire pipi.

— Donne-moi une seconde pour me rincer la bouche !

En sortant, Bitsy poussa un petit cri de surprise en tombant sur elle, nue comme un ver.

— Eh ben, dis donc ! fit-elle en ouvrant de grands yeux. Toujours la même, on dirait. Je me souviens qu'à l'époque tu pouvais passer la matinée entière à poil !

— Et alors ? On est toutes faites pareil.

— Si seulement c'était vrai, murmura Bitsy après que son amie eut refermé la porte.

De retour dans sa chambre, elle enleva sa chemise de nuit et se campa devant le miroir. Qui aurait cru que Mona était plus âgée qu'elle ? Et pourtant, presque dix ans les séparaient. Mais Baby Doll avait toujours l'air d'avoir quarante ans. Bitsy jeta un regard maussade sur les bourrelets et les vergetures qui vieillissaient son corps, puis se détourna avec un petit sourire résigné. Quelle importance, après tout ? Ce n'était pas comme si elle se cherchait un homme. Elle en avait connu des dizaines sans jamais vouloir en garder un seul.

Quand Mona eut terminé ses ablutions, elle vint directement dans le salon où beuglait la télévision. En la voyant parader devant les fenêtres, seulement vêtue d'une serviette de toilette qui couvrait à peine son bas-ventre, Bitsy abandonna la cafetière pour se précipiter vers les rideaux. Elle les tira d'un geste sec et se retourna vers Mona.

— C'est comme ça que tu te caches, Baby Doll ? Tu vas rameuter tout le quartier, sans parler des flics, si tu continues à te balader cul nu devant les fenêtres !

— Ah oui, fit Mona. Je n'y avais pas pensé.

Bitsy la considéra avec un sourire indulgent. Décidément, malgré la vie dorée qu'elle menait à Dallas, elle n'avait pas changé d'un poil.

— Et si tu prenais du café, que tu t'asseyais tranquillement et que tu me racontais tout ? proposa-t-elle.

Mona aller se verser du café dans une tasse et revint s'asseoir sur le canapé. Elle se mit à boire le liquide épais à petites gorgées tandis que son amie la regardait avec curiosité. La nuit lui avait porté conseil : confier ses problèmes à quelqu'un qu'elle n'avait pas vu depuis des années lui semblait maintenant une très mauvaise idée. Qui sait ? une parole malheureuse risquerait de compromettre les chances de Bobby Lee dans sa course à la Maison Blanche… Non, mieux valait garder pour soi ce genre de problèmes.

Elle posa sa tasse et ouvrit la bouche pour débiter un gros mensonge. Au même instant, le téléphone se mit à sonner. Sauvée par le gong…

— C'est sûrement mon patron, expliqua Bitsy en se

levant. J'ai appelé ce matin pour dire que j'étais malade, mais je crois qu'il ne m'a pas crue. Je vais répondre dans la chambre et lui faire le grand jeu, O.K. ?

— Comme tu veux, répondit Mona, la tête ailleurs.

Elle attrapait la télécommande de la télévision pour baisser le volume quand elle entendit le présentateur prononcer le nom de son fils. Suspendant son geste, elle se rassit en songeant à tout ce qu'elle avait laissé derrière elle. Les premières choses qui lui vinrent à l'esprit furent ses vêtements luxueux, les biscuits pur beurre de Delia et ses draps que l'on changeait tous les jours.

« Le sénateur Wakefield a convié la presse cet après-midi dans les salons de l'hôtel Wyndham Anatole à Dallas, déclara le présentateur du journal. D'après nos informations, il aurait l'intention d'annoncer le retrait de sa candidature aux élections présidentielles. Si ces renseignements s'avéraient exacts, il s'agirait de la candidature la plus courte de l'histoire de notre pays. Ainsi, M. Wakefield n'aurait pas encore exposé son programme qu'il renoncerait déjà à l'appliquer un jour... »

— Oh, non, gémit-elle en se cachant le visage dans les mains. Bobby Lee, tu n'as pas le droit de me faire ça !

Quand Bitsy revint dans le salon, prête à tailler le bout de gras avec son amie, celle-ci était en train de quitter la pièce.

— Un problème, Baby Doll ?

— Il faut que je rentre chez moi. Bobby Lee est sur le point de faire la plus grosse bêtise de sa vie, et je dois l'en empêcher.

— Mais tu viens juste d'arriver ! protesta Bitsy.

— Je sais, et je ne pourrai jamais assez te remercier pour ton aide. Mais il faut absolument que je sois à Dallas avant midi.

— Tu es folle ! Tu ne pourras jamais couvrir cette distance en si peu de temps !

— Je n'ai pas le choix. L'avenir des Wakefield en dépend.

Cinq minutes plus tard, Mona remontait dans sa voiture, laissant son amie avec un lit défait, quatre serviettes mouillées et une tasse de café à moitié vide. *Elle était plus drôle quand elle avait moins d'argent,* songea Bitsy en la regardant s'éloigner.

Mona se moquait complètement de l'impression qu'elle avait pu lui laisser. Lorsqu'elle arriva enfin sur la voie rapide I-35 en direction du nord, elle agrippa le volant et mit le pied au plancher.

China se réveilla dans les bras de Ben. La dernière chose dont elle se souvenait, c'était son visage penché sur elle, puis la porte qui se refermait derrière lui. Dave et lui avaient monté la garde à tour de rôle pendant la nuit pour surveiller la maison. Profitant de son sommeil, elle l'observa longuement. Des cernes noirâtres bordaient ses yeux, et ses joues creusées lui faisaient un visage presque exsangue. Elle se sentit terriblement coupable à l'idée que tout ce stress était dû à sa présence.

Elle se colla un peu plus contre lui et soupira de plaisir lorsqu'il la serra dans ses bras. Même endormi, il lui témoignait son affection. Bien qu'il lui dise souvent « Je t'aime » et lui en donne de nombreuses preuves, elle n'en revenait toujours pas qu'il veuille bien d'elle. Elle avait encore du mal à se persuader que ce bonheur pouvait durer. Quant à envisager une vie entière à ses côtés… De toute façon, ils n'en étaient pas là. Pas encore. Impossible d'envisager l'avenir tant que la tueuse n'était pas hors d'état de nuire.

Elle replongeait doucement dans un sommeil paresseux quand le téléphone se mit à sonner. Ben tendit le bras et décrocha avant même d'ouvrir les yeux.

— Allô ?

— Ben, c'est Red. Ça y est, on a notre mandat d'arrêt.

Il rejeta les couvertures et s'assit sur le bord du lit sans lâcher le combiné.

— Vraiment ? Et son alibi ?

— Tout le monde se souvient qu'elle est passée au Country Club, mais personne ne peut nous garantir qu'elle y est restée toute la soirée. Ni les invités ni les membres du personnel ne se souviennent de l'avoir vue partir.

— Tu as eu une description de ce qu'elle portait ?

— Ouais. Une robe de soirée pailletée qui tombait jusqu'au sol. D'après certains, elle était gris perle, mais la plupart l'ont décrite comme bleu pâle.

Cette information acheva de le réveiller. Cela correspondait au témoignage de China.

— Et le manteau de fourrure ? Est-ce qu'elle en portait un ?

— Tu parles qu'elle en portait un ! Si j'en crois les récits choqués qu'on a recueillis, une bonne moitié de l'assemblée était composée de défenseurs des animaux ! Ils n'ont pas eu de mots assez durs pour condamner le vison de Mme Wakefield.

— Nom de Dieu, murmura Ben en se levant.

Puis il adressa un clin d'œil à China qui s'efforçait de suivre la conversation.

— Est-ce qu'on a aussi un mandat de perquisition ? demanda-t-il.

— Absolument, confirma Red. Quand le capitaine a entendu la description de ses vêtements, ça a été le déclic. Il a dit que le sénateur pouvait aller se faire foutre, ou quelque chose d'approchant, et il nous a donné le feu vert. Il a passé quelques coups de fil, a trouvé un juge qui n'est pas du même bord que notre cher sénateur, et en avant la musique ! Quand seras-tu prêt ?

— Quelle heure est-il ?

— Presque 7 heures.

— Retrouvons-nous dans une heure devant la résidence des Wakefield.

— On y sera peut-être un peu avant, mais on t'attendra.

Ben raccrocha et se tourna vers China avec un air de triomphe.

— On a notre mandat d'arrêt !

— Je t'accompagne ! s'écria-t-elle en sautant du lit.

Il se passa la main dans les cheveux, visiblement indécis.

— Ecoute, China, je ne suis pas sûr que ce soit une très bonne idée…

— Tu ne me feras pas changer d'avis, répliqua-t-elle en commençant à s'habiller.

Il poussa un petit soupir et secoua la tête, résigné.

— Alors ne traîne pas. Oublie la douche et va voir si maman a préparé du café. Je n'ai dormi que trois heures, et je n'ai pas envie de m'écraser contre un platane avant d'avoir coffré cette ordure.

19.

Bobby Lee était toujours en pyjama quand il entendit la sonnette d'entrée résonner dans le hall. Il enfila une robe de chambre à toute vitesse et descendit l'escalier quatre à quatre. *Pourvu que ce soit maman...* Il déchanta vite en reconnaissant par la fenêtre les inspecteurs, accompagnés d'autres policiers en uniforme.

Delia se tenait devant la porte fermée, sur le point d'éclater en sanglots.

— Oh, monsieur le sénateur, ces messieurs voudraient voir madame votre mère... Je n'ai su que leur dire.

— Allez me chercher du café, Delia, et apportez-le dans le salon.

— Bien, monsieur, dit-elle avant de détaler vers la cuisine.

Il lissa ses cheveux du plat de la main et resserra la ceinture de sa robe de chambre.

— Bonjour, inspecteurs, lança-t-il en ouvrant grand la porte. Faites-moi le plaisir d'entrer avant que les moustiques envahissent la maison.

— Nous sommes venus pour votre mère, sénateur. Nous avons un mandat d'arrêt à son encontre.

Bobby Lee eut l'impression de se vider de son sang. Les

oreilles bourdonnantes, il se demanda s'il n'allait pas tourner de l'œil pour la première fois de sa vie.

— C'est une plaisanterie, j'espère ?

— Au contraire, c'est très sérieux, répliqua Ben. Mme Wakefield a été formellement identifiée comme étant la personne qui a tué Charles Finelli. Et vous n'êtes pas sans savoir que l'arme utilisée pour ce meurtre a également servi à commettre d'autres crimes dans Dallas et ses environs. Maintenant, à vous de choisir, sénateur : soit vous lui demandez de descendre, soit nous montons la chercher.

— Non, attendez un instant ! lança Bobby Lee alors que Ben faisait signe aux policiers en uniforme d'investir la maison. Elle n'est pas là. Vous avez ma parole.

Tout le monde s'immobilisa dans un silence de mort. Puis, tout à coup, Ben empoigna le sénateur par le revers de sa robe de chambre.

— Comment ça, elle n'est pas là ? gronda-t-il.

— Nous nous sommes disputés hier après votre visite. Elle a quitté la maison sur un coup de tête, et je ne l'ai pas revue depuis. J'ai chargé des gars de mon équipe de la retrouver, mais ils ont fait chou blanc.

Ben le poussa contre le mur.

— Je vous préviens, sénateur : si vous nous avez menti, je vous ferai coffrer pour entrave à la loi, complicité avec une criminelle en cavale, ou pour tout autre chef d'accusation qui me viendra à l'esprit !

— Je vous dis la vérité, je vous le jure, bredouilla Bobby Lee. Et croyez-moi, en ce qui concerne ma mère, vous faites fausse route, inspecteur. Elle ne ferait pas de mal à une mouche. Elle est tout simplement incapable d'avoir commis de tels actes.

Ben le lâcha, écœuré par ses dénégations, et se tourna vers les policiers qui l'accompagnaient.

— Commencez la perquisition, ordonna-t-il.

Puis, se tournant vers Red :

— Je vais lancer un avis de recherche pendant que M. Wakefield te conduit à la chambre de sa mère.

— Oui, suivez-moi, articula péniblement Bobby Lee en se dirigeant vers l'escalier.

A ce moment-là, China apparut dans le hall.

— Je t'avais demandé de m'attendre dehors, lui reprocha Ben en lui prenant le bras pour l'emmener à l'écart.

— Où est-elle ? Il faut que je l'aie devant moi, comme le soir où elle m'a tiré dessus.

— Elle n'est pas là, China.

Elle eut un frisson involontaire.

— Quoi ? Ne me dis pas qu'elle a réussi à prendre la fuite ?

— J'ignore ce qui s'est passé. Allez, va m'attendre dans la voiture, s'il te plaît.

Elle hocha la tête, anéantie. Elle allait ressortir quand elle aperçut un homme dans l'escalier. C'était la première fois qu'elle voyait le sénateur en chair et en os, et elle ne le trouva pas à la hauteur de sa réputation. D'abord, il n'était pas aussi séduisant que cela. Et puis, au lieu de sa confiance légendaire, il affichait la mine contrite d'un enfant pris en faute.

— Vous êtes le témoin… n'est-ce pas ? demanda-t-il en

s'arrêtant au milieu des marches. Vous êtes la femme sur laquelle ma mère a prétendument tiré.

China s'approcha de l'escalier.

— Mon bébé est mort par sa faute.

Il poussa une plainte étouffée et s'assit sur une marche. Manifestement, ses jambes ne le soutenaient plus.

— C'est un affreux malentendu, gémit-il.

Le visage fermé, China ne répondit pas. D'ailleurs, personne autour d'elle ne semblait disposé à le croire.

— Monsieur le sénateur, intervint Ben, vous étiez censé montrer la chambre de votre mère à mon coéquipier…

— Première porte à gauche en arrivant sur le palier. Pardonnez-moi de ne pas vous accompagner, mais je ne me sens pas très bien. Je vous en prie, faites comme chez vous.

Red, accompagné de plusieurs policiers, abandonna le sénateur effondré sur les marches pour aller fouiller la chambre de Mona.

Ben empoigna China par le bras et l'entraîna vivement vers la porte.

— Va dans la voiture. Tout de suite.

— J'y vais, j'y vais…

— Ta seule présence est une entorse à la procédure, lui expliqua-t-il. Alors pas la peine de faire du zèle, O.K. ? Le capitaine n'attend que ça pour me passer un savon.

— Est-ce qu'elle va échapper à la justice ?

— Sûrement pas. Le visage de Mona Wakefield est aussi connu au Texas que le M du MacDo. Où qu'elle aille, elle ne passera pas inaperçue. Son arrestation n'est qu'une question d'heures, tu peux me croire. Attends-moi dehors, maintenant. Après, il faudra que je fasse un saut au bureau, mais on sera de retour à la maison avant midi.

Ce n'était pas vraiment ce qu'elle voulait entendre, mais elle n'avait pas le choix. Tandis qu'elle retournait à la voiture, Ben se joignit à ses collègues qui fouillaient la résidence.

Réfugié dans la bibliothèque, Bobby Lee cherchait fébrilement le numéro de téléphone de son avocat. Au comble de la frustration, il finit par envoyer balader son carnet d'adresses à l'autre bout de la pièce et décida d'appeler son directeur de campagne.

— C'est moi, déclara-t-il dès qu'Ainsley eut décroché. La police a un mandat d'arrêt à l'encontre de ma mère, et ma maison est perquisitionnée en ce moment même. A quelle heure est prévue la conférence de presse ?

— Bon sang, votre mère est recherchée par la police, et vous vous inquiétez de l'horaire de la conférence de presse ?

— Contentez-vous de me répondre, bordel de merde ! Je sais ce que je fais !

Ainsley soupira. De toute façon, il n'aurait plus à supporter ce type bien longtemps. Une chance.

— A midi.

— C'est trop tard. Changez pour 10 heures.

— Quand ? Ce matin ? Mais on n'a plus le temps. Comment voulez-vous que je…

— Débrouillez-vous, le coupa Bobby Lee. Je veux prendre l'initiative et prévenir moi-même la presse des événements en cours. Pas question de donner l'impression de subir, ou, pire, d'être moi-même impliqué dans cette histoire !

— Vous désolidariser de votre mère équivaudrait à la condamner aux yeux de tous, fit remarquer Ainsley.

— Elle n'a pas besoin de moi pour s'enfoncer. Le moment est venu qu'elle paie pour ses frasques.

— Si vous le dites. J'espère que vous savez ce que vous faites.

— Je sais toujours ce que je fais, rétorqua Bobby Lee avant de lui raccrocher au nez.

Un peu regonflé, il attendit que la police ait déserté la maison pour remonter dans sa chambre. Il préféra ne pas s'attarder sur le spectacle qu'offrait celle de sa mère, sens dessus dessous après le passage des flics. Mieux valait ignorer ce qu'ils y avaient découvert. Moins il en savait, plus il avait l'air innocent. Tout en s'habillant, il mit en place sa stratégie de communication. Non seulement il trouva le moyen de ne pas subir les conséquences de ce désastre, mais en plus il comptait bien en profiter pour se forger une image de héros. Il allait annoncer aux citoyens de sa bonne ville qu'il avait lui-même dénoncé sa mère aux autorités après avoir découvert sa duplicité et l'horreur de ses crimes. Certes, le moment serait difficile à passer, mais c'était une question de survie.

Après cela, il ne lui resterait plus qu'à parler de son retrait aux élections présidentielles, et tout redeviendrait comme avant. Il n'irait pas à la Maison Blanche, et après ? Plus il y pensait, plus il se persuadait que cela avait toujours été le rêve de sa mère, et non le sien.

Clin d'œil du destin, la voiture de Mona creva à la sortie d'Austin. Elle parvint à rouler jusqu'à une aire de repos et s'arrêta sur le parking. Sans perdre de temps, elle ouvrit le coffre à la recherche de la roue de secours, bien qu'elle n'ait pas la moindre idée de comment la sortir de là. Quant à remplacer celle qui était à plat... Mais elle se motiva en se répétant qu'elle était issue d'une lignée de robustes pionniers et que son arrière-arrière-grand-mère avait traversé le pays à pied de Boston jusqu'au Texas, dans l'espoir d'une vie meilleure. Si cette femme avait réussi à marcher plusieurs milliers de kilomètres et à survivre aux attaques des Indiens et des Mexicains, sa descendante devait être capable de changer une roue.

Elle remonta les manches de son tailleur Prada et se pencha au-dessus du coffre afin d'étudier la situation. Pour être sûre de ne pas faire de bêtise, elle alla chercher la notice. Mais, avant qu'elle ait eu le temps de passer le chapitre consacré au réglage de l'heure sur l'horloge digitale, un camion vint se garer derrière elle.

— Merci, Seigneur, dit-elle à haute voix.

Puis elle ouvrit sa portière en se composant un sourire enjôleur.

Lorsqu'il la vit se diriger vers lui, le routier descendit précipitamment de sa cabine, persuadé que c'était son jour de chance. Quelques secondes plus tard, il lui expliquait comment sortir la roue du coffre, placer le cric sous la voiture, puis desserrer et revisser les boulons.

— Heureusement que vous êtes là, susurra-t-elle dans son rôle de faible femme incapable de planter un clou. Je ne sais pas ce que j'aurais fait sans vous.

Maintenant que le type avait terminé son cours de mécanique, elle comptait bien sur une démonstration. Parce qu'elle n'avait aucune intention de mettre elle-même ses enseignements en pratique.

— Pensez donc, ma p'tite dame, fit-il en tirant sur la roue de secours. Tout le plaisir est pour moi.

Mais, malgré ses efforts et ses gros bras musclés, la roue refusa de bouger.

— Ça, par exemple… Il y a quelque chose qui coince, remarqua-t-il en se penchant plus avant dans le coffre.

Il se remit à tirer, de plus en plus violemment, et, après plusieurs tentatives, il se retrouva avec le tapis de coffre dans les mains.

— Je comprends, maintenant ! s'écria-t-il comme s'il venait de résoudre une équation épineuse. Quelque chose s'est renversé là-dessus. Regardez-moi ça ! Le tapis était complètement collé au pneu. Je suppose que c'est la première fois que vous crevez, sinon vous auriez déjà remarqué le problème.

Elle hocha la tête d'un air concerné. Mais au fond elle se moquait éperdument de ses explications. Tout ce qui l'intéressait, c'était de pouvoir repartir au plus vite.

— Je vais le remettre en place pendant que vous changez la roue, d'accord ? proposa-t-elle dans l'espoir d'accélérer le mouvement. J'ai l'impression que c'est plus votre truc que le mien.

Il sourit. Pas de problème : il allait lui changer sa roue, et, quand il en aurait terminé, ce serait au tour de cette belle plante de lui montrer ce qu'elle savait faire…

Mona devinait sans peine ce à quoi il pensait, mais, malgré son appétit sexuel, elle n'avait jamais été du genre à s'envoyer en l'air avec un parfait inconnu. Sans compter que le temps pressait. Elle finissait de replacer le tapis dans le coffre quand un reflet attira son attention. Elle souleva de nouveau le tapis et chercha ce qui pouvait bien briller de la sorte.

Son cœur bondit dans sa poitrine.

Un revolver. Seigneur Jésus, c'était un revolver !

Qui l'avait caché là ? Cette voiture lui appartenait. Cela faisait moins d'un an qu'elle l'avait achetée, et elle était la seule à la conduire. Impossible que cette arme ait été…

Une expression étrange passa sur son visage. Elle jeta un regard discret en direction du routier pour s'assurer qu'il n'avait rien vu, puis acheva tranquillement d'étendre le tapis de coffre.

Quelques minutes plus tard, sa voiture était prête à repartir.

— Merci beaucoup, déclara Mona. Dites-moi, est-ce que je vous dois quelque chose pour votre aide ?

Le routier referma le coffre d'un coup sec après y avoir balancé la roue et le cric.

— Ne roulez pas trop vite avant d'avoir vérifié la pression du nouveau pneu, lui conseilla-t-il. Quant à ce que vous me devez… eh bien je vous laisse en décider, ajouta-t-il en se frottant les mains au niveau de la braguette.

Elle sourit malgré l'obscénité du geste.

— Pourquoi ne pas remonter dans votre camion et m'attendre, le temps que je me refasse une beauté ?

Mais le type n'avait aucune envie d'attendre. Il la prit par la main et l'entraîna au pas de course vers le semi-remorque, si vite qu'elle manqua de casser un talon. Pourtant, elle ne se laissa pas aller à la panique. Il ne faudrait pas longtemps avant que se présente l'occasion de calmer les ardeurs de ce bouc en rut. Elle avait déjà pensé à un moyen efficace de le retarder assez longtemps pour qu'elle puisse disparaître dans le flot de voitures sans s'inquiéter de le sentir à ses trousses.

Il se hissa le premier dans la cabine, puis l'aida à l'y rejoindre. Aussitôt, il retira son pantalon et grimpa sur le petit lit tandis qu'elle s'installait sur le siège passager. Après avoir jeté un œil circonspect à la chair molle qui pendait entre ses jambes, elle arracha la clé de contact et sauta hors du camion.

Elle atterrit au sol avec un bruit sec. Cette fois, un de ses talons se brisa net sous le choc, mais elle ressentait une telle montée d'adrénaline qu'elle ne s'en aperçut même pas. De toutes ses forces, elle lança les clés en direction des herbes folles qui bordaient le parking et détala sans demander son reste.

Pendant ce temps-là, le routier s'efforçait de se rhabiller tout en descendant de son camion. Dans sa précipitation, il faillit dégringoler la tête la première. Il se redressa en jurant comme un charretier et considéra alternativement la garce qui s'enfuyait et l'endroit où elle avait jeté ses clés. Il n'eut pas le temps de se décider. La voiture de Mona démarra en trombe, le laissant seul sur le parking. Furieux, il remonta sa braguette et se dirigea vers les herbes folles en ponctuant chacun de ses pas de jurons dont il était désormais le seul à profiter.

Mona se rappelait vaguement sa mise en garde au sujet de la pression du nouveau pneu, mais elle n'avait pas de temps à perdre en vaines précautions. De nouveau, elle appuya sur le champignon et agrippa le volant comme une pilote de rallye, sans se douter une seconde de ce qui l'attendait.

Quelques heures plus tard, alors qu'elle atteignait la périphérie de Dallas, la radio l'informa qu'elle arrivait trop tard : l'enfant chéri de la ville venait de retirer sa candidature à la présidence.

Mais ce n'était pas tout. Et les nouvelles qui suivirent l'horrifièrent plus qu'elle ne l'avait jamais été.

Complètement abasourdie, elle apprit qu'elle était sous le coup d'un mandat d'arrêt. Pire : toutes les stations s'accordaient pour désigner son fils comme celui qui l'avait dénoncée. Blessée au-delà du possible, elle décida de prendre la route du lac Texoma où se trouvait le chalet de famille. Cela faisait des années qu'elle n'y avait pas mis les pieds, mais c'était un endroit idéal pour se cacher en attendant de prendre une décision. Elle se sentait dans la peau d'un ours blessé qui se réfugie dans sa tanière afin de lécher ses plaies.

Elle traversa la ville la peur au ventre, persuadée que tout le monde la dévisageait. Elle conduisait vite, malgré le point orange allumé au bas de sa jauge d'essence. Elle manqua la sortie du lac Texoma et dut faire demi-tour. Lorsqu'elle arriva enfin au chalet, le réservoir était pratiquement vide.

Elle sortit de la voiture en vacillant. Son estomac, vide depuis trop longtemps, émettait de pathétiques gargouillis. Mais elle avait d'autres priorités : une douche et un lit où s'effondrer. Et, s'il n'y avait pas d'eau chaude, elle irait se baigner dans le lac plutôt que de passer une demi-heure à allumer le chauffe-eau.

Elle tourna la poignée, mais la porte était fermée à clé.

Quelle idiote ! Comment n'y avait-elle pas songé plus tôt ? Au comble de la frustration, elle éclata en sanglots et martela des deux poings le battant. C'en était trop. Mais alors qu'elle avait perdu tout espoir, quelque chose tomba de la gouttière et vint atterrir à ses pieds avec un bruit métallique. Une clé. Bien sûr ! C'était la seconde clé du chalet, toujours cachée là en cas de besoin.

Elle ouvrit fébrilement la porte, se glissa à l'intérieur et s'immobilisa sur le seuil, interdite. Pas de draps sur les meubles, pas de poussière ni cette odeur de renfermé à laquelle elle s'était attendue... Tout était au contraire d'une propreté éclatante, et il lui sembla même que plusieurs aménagements avaient été effectués très récemment.

Elle alluma la lumière, constata au passage que l'électricité n'avait pas été coupée, et se dirigea vers les chambres. Les placards et les tiroirs regorgeaient de vêtements comme si quelqu'un avait eu le culot de s'installer là, voyant le chalet inoccupé. A cette idée, elle courut verrouiller la porte. A moins que... Mais oui, Bobby Lee avait certainement loué le chalet sans l'en avertir. C'est vrai qu'elle n'y venait jamais. Malheureusement, cela n'arrangeait pas ses affaires. Quelqu'un pouvait débarquer d'une minute à l'autre et la trouver là.

Impossible de rester. Il fallait trouver une autre solution.

Les larmes aux yeux, elle se sentait à bout de forces. Peut-être pouvait-elle au moins prendre une douche et se changer, voire manger quelque chose, avant de partir. Elle n'aurait qu'à laisser un peu d'argent pour les habits et la nourriture, puis passer à la boutique de pêche du lac. On trouvait de tout, là-bas, des appâts comme de l'essence. L'idée de reprendre le volant lui semblait au-dessus de ses forces, mais elle n'avait pas le choix.

Eperdue, elle courut dans la salle de bains et se déshabilla. Quelques minutes plus tard, elle sortait de la douche, dégoulinante d'eau. Prenant à peine le temps de se sécher, elle se mit en quête de vêtements propres.

Dans la première chambre, les placards étaient vides. Mais celle d'à côté avait de quoi combler une star de cinéma. La coiffeuse croulait sous les produits de beauté et de maquillage, tous d'excellente qualité. Certains étaient encore ouverts, comme si la femme qui vivait là venait à peine de s'en servir. La penderie n'était pas en reste, débordant de robes plus luxueuses les unes que les autres. Mona les passa rapidement en revue, à la recherche d'une tenue confortable. A sa grande surprise, elle s'aperçut qu'il n'y avait là que des déshabillés et des robes du soir. On imaginait mal une femme s'habiller de la sorte dans un lieu aussi sauvage. Elle se rabattit sur le placard, dans l'espoir d'y trouver au moins un jean ou un pantalon.

Ouvrant grand les portes, elle poussa un hurlement avant de comprendre que ce qu'elle avait sous les yeux n'était pas un alignement de têtes décapitées. Elle posa la main sur son cœur. Il s'agissait seulement d'une collection de perruques blondes, posées sur des têtes en plâtre.

— Dieu du ciel, marmonna-t-elle en effleurant les postiches de ses doigts experts. Du bon marché… Toutes ces perruques, et pas une seule qui soit de bonne qualité.

Elle était sur le point de se résoudre à choisir une robe

de soirée dans la penderie, quand elle tomba enfin sur un jean et une chemise propres pliés sur l'étagère.

— Ah, quand même, lâcha-t-elle en les sortant d'un geste rageur.

Etonnamment, les vêtements lui allaient plutôt bien. Le jean bâillait peut-être un peu au niveau du ventre, mais il n'y avait rien à redire sur la longueur des jambes. De même, les manches de la chemise couvraient complètement ses poignets, chose rare étant donné sa taille.

Lorsqu'elle enfonça les mains dans les poches du jean, elle en ramena une poignée de reçus. Une bonne occasion d'en savoir plus sur la femme qui occupait son chalet. Assise sur le rebord du lit, elle se mit à déplier chaque papier et les lut méthodiquement, les uns après les autres. Plus elle en apprenait sur leur propriétaire, et plus son visage se crispait sous la douleur.

Elle leva les yeux. Son regard glissa de la penderie remplie de robes du soir aux visages sans corps coiffés de perruques blondes, puis revint se poser sur les reçus qui tremblaient dans sa main. Elle songea au revolver caché dans le coffre de sa voiture, à la police qui la recherchait pour une série de meurtres, à son fils qui l'avait dénoncée. Elle reconsidéra les vacances à Los Angeles qu'il lui avait offertes — et surtout son insistance pour qu'elle change d'apparence. Et ce qu'elle en conclut lui donna envie de vomir. Mais elle n'avait rien mangé depuis si longtemps que seule un peu de bile lui monta à la bouche, rendant encore plus amer le goût de la trahison.

Pliée en deux, le front contre les genoux, elle attendit que les spasmes cessent. Le jour où son fils était né lui revint à la mémoire. Tout ce sang. Toute cette souffrance pour lui donner la vie. Ces nuits blanches, ces journées sans repos, à veiller sur son bien-être… Et voilà ce qu'elle récoltait en retour.

— Oh, mon Dieu… Mon Dieu… Qu'ai-je fait pour mériter ça ?

Elle se coucha sur le lit et se recroquevilla en position fœtale. Quelles que soient les souffrances qui l'attendaient, il leur faudrait attendre demain pour se manifester. Pour le moment, elle avait besoin de sommeil. Rien que de sommeil.

Les médias ne parlaient plus que de cela : un mandat d'arrêt avait été lancé à l'encontre de Mona Wakefield, la mère du sénateur Bobby Lee Wakefield.

Quand Ariel Simmons entendit la nouvelle, elle se mit à rire comme une folle. Dieu merci, le cauchemar venait de se terminer. Mais plus elle riait, plus elle se sentait mal. Et, bien vite, les éclats de rire se muèrent en sanglots. Non, le cauchemar était loin d'être terminé. Sa réputation était en miettes, et la nouvelle de son innocence ne suffirait pas à lui rendre son succès d'antan. Non seulement le nombre de ses fidèles avait considérablement diminué, mais en plus les assemblées désormais clairsemées étaient en grande partie composées de vieillards sans le sou. Prêcher devant des gens venus entendre la parole de Dieu n'était pas une activité rentable. Ceux qui remplissaient les caisses de son ministère étaient ceux qui pensaient pouvoir s'acheter une place au paradis. Sans eux, les suites des palaces se transformaient en chambres de motels miteux. Comme celui-ci.

Elle finit par sécher ses larmes et alla se laver le visage dans la salle de bains. Sa tournée s'achevait ce soir. Après son dernier prêche, elle partirait vers le sud, en Floride peut-être, pour s'y réinventer. Là-bas, son visage n'était pas aussi connu qu'à Dallas. En vendant sa maison et le reste de son patrimoine, elle aurait assez d'argent pour vivre confortablement jusqu'à la fin de ses jours.

Plus elle y songeait, plus cette solution lui semblait la bonne. *Après tout,* songea-t-elle en recouvrant un semblant de sourire, *tant qu'il y a de la vie, il y a de l'espoir.*

Il faisait noir dehors quand la balle fit exploser la fenêtre devant laquelle China était assise. A peine eut-elle le temps de crier qu'elle se retrouva plaquée au sol par Ben. Le corps couché sur le sien comme un bouclier, il pressait sa main contre sa bouche. Lorsqu'il la retira enfin, elle tenta d'aspirer une grande bouffée d'air en haletant.

Il se mit à la palper frénétiquement.

— Tu n'es pas blessée, n'est-ce pas ? murmura-t-il, affolé. Dis-moi que tu n'es pas blessée.

— Je n'ai rien, Ben, je n'ai rien…

— Nom de Dieu, gronda-t-il avant de la pousser entre le mur et le canapé. Quoi qu'il arrive, ne bouge pas d'ici, tu m'entends ?

— Ben ! Bennie ! Est-ce que tout va bien ?

Les pas pressés de sa mère se firent entendre dans le couloir.

— Maman ! Allonge-toi par terre et restes-y jusqu'à ce que je te dise le contraire.

Mattie s'exécuta, et il l'entendit pleurer.

— Bennie, China et toi n'êtes pas blessés, dis-moi ?

— Ça va, maman. Tais-toi, maintenant.

Mais son besoin d'être rassurée l'emporta sur les consignes de prudence.

— Et Dave ? Il est dehors, n'est-ce pas ? Oh, mon Dieu, et si…

— Maman, tais-toi. Et que personne ne bouge avant mon retour.

Peu après, China le vit ramper en direction de la cuisine où se trouvait le disjoncteur. Consciente des risques qu'il prenait, elle ferma les yeux et se mit à prier.

Aucun moyen de savoir s'il avait atteint sa cible. La fille se trouvait en plein dans sa ligne de mire, et elle avait disparu juste après le coup de feu. Etait-elle morte ou seulement blessée ? Et si la balle l'avait manquée et qu'elle était simplement tombée de sa chaise sous le choc ? Cela faisait beaucoup de questions sans réponses. Cette fois, il devait s'assurer que le travail était vraiment terminé.

Courbé en deux, il commençait à contourner la maison à la recherche d'un moyen de s'y introduire, quand toutes les lumières s'éteignirent brusquement. Ses lèvres formèrent les syllabes d'un juron muet. L'expédition prenait une mauvaise tournure. Il se consola en songeant qu'il avait quand même réussi à tirer sur la jeune femme. Avec un peu chance, elle n'était plus de ce monde.

L'herbe bruissa sur sa gauche. Selon ses renseignements,

il y avait un flic dans la maison, en plus de celui qu'il avait assommé près de la grange. Et s'ils étaient plus nombreux que prévu ? Pas question de prendre un tel risque.

Quelques minutes plus tard, il avait filé.

Ben trouva le corps de Dave étendu dans la grange. Au même moment, une moto accélérait dans la nuit en direction de l'autoroute. Le tireur s'enfuyait.

— Dave ! Bon sang, est-ce que ça va ?

Ben s'agenouilla à côté de lui et le secoua sans ménagement. Le vieux policier poussa un grognement.

— Oh, ma tête… Je crois que j'ai pris un coup sur le crâne. Que s'est-il passé ?

— Je préférerais qu'on se mette à l'abri dans la maison avant de tout te raconter.

En moins d'une heure, les forces de l'ordre investirent le ranch, depuis Christopher Scott, le shérif du comté de Navarro, flanqué de tous les hommes qu'il avait réussi à mobiliser, jusqu'à une bonne partie des éléments de la brigade criminelle de Dallas. Tout le monde déplora que le tireur ait pris la fuite, mais se félicita que China soit encore en vie.

— Ton agresseur s'est volatilisé, Ben, déclara le shérif après une fouille minutieuse de toute la propriété. On a trouvé des traces de pas, ainsi que l'endroit où il avait planqué sa moto, mais, pour le reste, il faudra attendre qu'il fasse jour.

— Je sais, Chris. Merci de t'être déplacé si vite.

— Je ne fais que mon boulot. Même si j'avoue que je

n'apprécie guère ce genre de grabuge sur mon territoire, tu me comprends.

— Bien sûr.

— Je vais laisser un gars jusqu'à demain matin à proximité de l'autoroute. Ça m'étonnerait qu'il revienne ce soir, mais on n'est jamais trop prudent.

— Merci. Et merci aussi d'avoir appelé une ambulance pour Dave.

— Il a sans doute une commotion cérébrale, mais ça ne doit pas être trop grave. Mattie est partie à l'hôpital avec lui ?

Ben hocha la tête tout en songeant que China était seule dans la maison.

— Je ferais bien d'aller voir comment se porte notre témoin. Le moins qu'on puisse dire, c'est que les derniers mois n'ont pas été de tout repos pour elle. Il ne manquait plus que ça…

— N'hésite pas à m'appeler si je peux faire quoi que ce soit pour t'aider, conclut le shérif en lui serrant la main.

Quelques minutes plus tard, le ranch avait retrouvé son calme. Seules restaient quelques gouttes de sang dans la grange — le sang de Dave — et de multiples traces de pas dans le jardin. Les hommes du shérif avaient posé un morceau de contreplaqué sur la fenêtre cassée, Ben la remplacerait plus tard. Pour le moment, il devait aller retrouver China et se rassurer une nouvelle fois sur son état. Il ne pouvait s'empêcher de repasser dans sa tête le moment où la vitre avait explosé, dispersant des éclats de verre autour d'elle. Cette image l'aurait hanté toute sa vie si…

Stoppant net cette pensée, il pénétra dans la maison.

— China !

Elle émergea de la cuisine en brandissant un couteau. La peur se lisait encore dans ses yeux. Ben prit soin de fermer la porte d'entrée à double tour, puis tendit la main vers le couteau.

— Et si tu me donnais ton arme ?

Elle obéit sans un mot.

Ben repoussa les mèches qui lui barraient le front en regrettant de ne pouvoir la débarrasser aussi facilement de la lueur farouche qui faisait briller ses yeux bleus.

— Le shérif a laissé un policier en faction, mais le tireur est loin d'ici à l'heure qu'il est.

Elle se laissa tomber sur le canapé du salon et baissa la tête.

— Qu'il soit loin ou non ne change rien, Ben. Tout ça ne s'arrêtera que quand je serai morte.

— Ne dis pas ça, murmura-t-il en s'asseyant à ses côtés. Je ne veux plus jamais t'entendre dire ça…

Elle poussa un profond soupir. Il n'y avait rien à faire. Les gentils pouvaient se démener tant qu'ils pouvaient, c'étaient toujours les méchants qui l'emportaient.

— Je ne veux pas mourir. Plus maintenant. Ça fait longtemps que je n'ai pas eu d'idées noires, tu sais.

— Et moi ? Tu crois que j'ai envie de te voir mourir ? Je ne laisserai personne te faire du mal. Je te l'ai promis, tu t'en souviens ?

Elle s'abandonna à ses larmes jusqu'au moment où, épuisée, elle s'endormit dans ses bras. Il l'emporta dans sa chambre et la coucha, la tête sur ses cuisses. Adossé à la tête de lit, il lui caressa doucement le dos d'une main, l'autre restant à proximité de son arme. Et là, dans le silence seulement troublé par les bruits de sa respiration, il se mit à pleurer.

Il avait peur. Terriblement peur.

Si le destin ne leur donnait pas un coup de pouce, et vite, il allait avoir toutes les peines du monde à tenir sa promesse.

La matinée était déjà bien entamée quand Ben et China arrivèrent dans Commerce Street et se garèrent sur le parking de la police de Dallas. Il devait faire son rapport concernant les événements de la veille et se mettre d'accord avec son supérieur sur la marche à suivre pour la suite de l'enquête.

— Allons-y, ma chérie, dit-il en lui ouvrant la portière. J'espère que ça ne prendra pas trop de temps, parce que j'aimerais aller rendre visite à Dave dès que possible. Maman m'a dit qu'il allait mieux, mais je préfère me rendre compte par moi-même.

China prit la main qu'il lui tendait et se leva. Comme elle détestait cette peur panique qui la saisissait chaque fois qu'elle sortait du ranch… Vivre cachée la minait à tel point qu'elle en venait presque à se moquer de la façon dont toute cette histoire se terminerait, pourvu qu'elle se termine vite. Ben l'entraîna au pas de charge vers le bâtiment, et ce n'est qu'une fois dans les locaux de la brigade criminelle qu'elle commença à se détendre. Partout où ses yeux se posaient, ce n'étaient qu'uniformes bleus, insignes de police et hommes armés. Ici, elle était en sécurité.

Ben la présenta au capitaine qui décida aussitôt que, mince comme elle l'était, elle avait besoin de manger. Il l'installa dans son propre bureau et posa une canette de Coca et une boîte de beignets devant elle.

— Je vais vous donner un bon tuyau : les beignets nappés de chocolat sont de loin les meilleurs, déclara-t-il avant de lui tendre la télécommande de la télévision. Pourquoi ne pas vous mettre à l'aise, regarder une émission ou un film, manger deux ou trois beignets ? Et, si vous êtes fatiguée, n'hésitez pas à vous allonger sur mon canapé. Je vais discuter avec l'inspecteur English dans la pièce de l'autre côté du couloir.

— Merci pour tout.

Devant son sourire, Floyd perdit tous ses moyens. Il se racla la gorge pour se donner une contenance, puis se tourna vers Ben avec un air faussement affairé.

— Oui… Euh… Eh bien, suivez-moi, English. Ne perdons pas de temps. Je veux savoir ce qui s'est passé hier soir dans les moindres détails, et j'entends recevoir sans délai un rapport complet du shérif de Navarro.

Ben envoya un clin d'œil à China dans le dos de son supérieur, avant de lui emboîter le pas. Toute l'équipe qui travaillait sur les meurtres en série s'était rassemblée dans la salle de conférences afin de faire le point. Mona Wakefield était la priorité numéro un. Elle était toujours en cavale, et le témoin qui l'avait formellement identifiée avait essuyé un coup de feu la veille au soir. L'étau se resserrait sur elle.

Restée seule, China referma la boîte de beignets sans en prendre, mais elle ouvrit la canette de Coca et la but tout en zappant à la recherche d'une émission intéressante. Rien ne retint vraiment son attention. Elle finit par s'allonger sur le canapé et s'endormit devant la télévision. Lorsque la chaîne rediffusa la conférence de presse de Bobby Lee Wakefield, elle souleva une paupière, mais ne réussit pas à se réveiller complètement. Les questions de la presse et les réponses du sénateur lui parvenaient vaguement aux oreilles. Le son devenait de plus en plus lointain quand elle entendit un journaliste crier depuis le fond de la salle pour essayer de se faire entendre.

« Bobby Lee ! Bobby Lee ! Allez-vous… »

Elle bondit sur ses pieds, les yeux grands ouverts, le cœur battant à tout rompre. Instinctivement, elle recula d'un pas et se protégea le ventre des deux mains, exactement comme elle l'avait fait ce soir-là, à Oakcliff.

— Non ! hurla-t-elle. Ne tirez pas ! Ne tirez pas !

Avant qu'elle ait eu le temps de reprendre pied dans la réalité, tous les policiers présents à l'étage, y compris Ben, s'étaient précipités dans le bureau du capitaine, l'arme au poing.

De toute évidence, personne ne menaçait China Brown, et tous rengainèrent leur arme avec soulagement.

Elle enfouit son visage dans ses mains et se mit à sangloter.

— Oh, mon Dieu… Oh, mon Dieu…

Tandis que Ben s'asseyait à côté d'elle, Floyd se fraya un passage parmi ses troupes.

— Je… J'avais oublié, bredouilla-t-elle, à moitié incohérente. Ce n'est pas possible… Dire que je viens seulement de m'en souvenir…

— De quoi ? demanda Ben doucement en lui ôtant les mains du visage. De quoi t'es-tu souvenue ?

— Le photographe… Il a crié pour attirer l'attention

de la femme. Quand elle s'est retournée, un flash nous a éblouies toutes les deux. Elle est entrée dans une rage folle. Elle a sorti un revolver de sa poche et a commencé à lui tirer dessus. Puis ça a été à mon tour d'être prise pour cible. Je me rappelais tout ça, mais j'avais oublié que Finelli l'avait appelée par son nom…

— Tu te souviens de l'avoir entendu crier « Mona » ?

— Non, fit-elle d'une voix blanche. Il a crié « Bobby Lee ». Trois fois et de toutes ses forces. C'est ça qui a mis la femme en colère… C'est là qu'elle a sorti son arme…

Il y eut un silence stupéfait, puis tous les policiers présents dans la pièce se mirent à parler en même temps. China se laissa retomber contre le dossier du canapé, les yeux fermés. Sans lui laisser une seconde de répit, Ben l'attrapa par les épaules et l'obligea à le regarder.

— Peux-tu nous affirmer que Finelli a appelé cette femme « Bobby Lee » ?

— Oui.

Il leva les yeux vers le capitaine.

— Alors ?

Floyd, le regard fixe, semblait s'efforcer de digérer ces révélations pour le moins surprenantes.

— Avery ! hurla-t-il soudain. Que quelqu'un aille me chercher Matt Avery !

Il y eut un murmure dans la pièce, puis quelqu'un s'échappa en courant du bureau pour aller chercher le policier. Matt Avery se présenta quelques minutes plus tard, son matériel informatique dans les bras. China reconnut l'homme qui l'avait aidée à établir le portrait-robot.

Il s'installa au bureau et brancha son ordinateur et ses autres appareils.

— Avery, si je vous donne la photo d'un visage, pouvez-vous la scanner et la modifier avec votre logiciel comme vous le faites pour les portraits-robots ? demanda Floyd, les sourcils froncés.

— Oui, capitaine.

— Qu'on lui donne une photo de notre cher sénateur ! hurla-t-il de nouveau. Un portrait en gros plan, hein, pas une vue d'avion ! Je suis curieux de voir ce que va en faire notre Picasso de l'informatique.

20.

C'était tout simplement magique. En quelques clics de souris, Matt Avery venait de transformer Bobby Lee Wakefield en femme fatale aux longs cheveux blonds et aux yeux enjôleurs.

— Alors, China ? s'enquit Ben.

— Oui. C'est bien elle.

— C'est pas croyable, murmura Floyd avant de s'asseoir lourdement dans son fauteuil, comme écrasé par le spectacle du sénateur en travesti.

— Ça pourrait expliquer pourquoi il a dit avoir dénoncé les prétendus crimes de sa mère, commenta Red. En se rangeant du côté des autorités, il pensait se mettre à l'abri de tout soupçon.

Floyd secoua la tête, incrédule.

— Mais enfin c'est absurde ! Ce type est un ancien champion de football, un héros de guerre et un putain de sénateur !

Il se tourna vers China, comme s'il espérait la voir revenir sur sa déclaration.

— Etes-vous absolument sûre de ce que vous avancez ? Vous aviez quand même formellement reconnu sa mère.

— Ça vous étonne, capitaine ? intervint Ben. Regardez-moi cette ressemblance : on dirait deux jumelles. Et, quand vous dites qu'il est absurde d'imaginer un homme comme lui en tueur en série, je vous répondrai que le comportement d'un criminel est rarement rationnel. Si j'en crois les bouquins de psychologie, pour lui assassiner des hommes à la sexualité déviante est une façon symbolique de supprimer le pervers qui est en lui.

— Et Finelli ? demanda China. Il était aussi porté sur ce genre de trucs ?

— Pas que je sache. A mon avis, il ignorait tout des autres victimes de Bobby Lee. Ce qui l'intéressait, c'était de faire une photo du sénateur en travesti. Tu imagines ? C'était la gloire assurée pour lui. Sans parler de l'argent que ça lui aurait rapporté.

— Il l'a eu, son moment de gloire, observa Floyd avec un sourire narquois. Mais il n'est plus là pour en profiter.

Il se passa la main sur le visage et se planta devant l'écran de l'ordinateur.

— Bon, allez me chercher ce salopard. Je m'occupe du mandat d'arrêt pendant que vous êtes en route.

China se leva, mais Floyd posa une main ferme sur son bras.

— Vous, vous restez ici, jeune fille.

— Laissez-la venir avec nous, capitaine. S'il vous plaît, ajouta Ben devant l'air contrarié de son supérieur. Elle l'a bien mérité.

Floyd hésita un instant, puis finit par hausser les épaules, vaincu.

Tandis que China remettait son manteau, Ben sortit son portable de sa poche et composa un numéro.

— Qui appelez-vous ? demanda Floyd.

— J'ai une promesse à tenir.

Connie Marx sortait de la douche, une serviette enroulée autour de la tête, quand le téléphone sonna. Elle s'allongea en travers du lit et tendit le bras pour décrocher le combiné.

— Allô ?

— Connie Marx ?

— Elle-même.

— Inspecteur English à l'appareil.

Elle sentit tous ses muscles se contracter.

— Que puis-je faire pour vous, inspecteur ? demanda-t-elle en essayant de maîtriser sa voix.

— Connaissez-vous l'adresse du sénateur Wakefield ?

Elle sentit les battements de son cœur s'accélérer.

— Oui, bien sûr. Vous allez arrêter sa mère ?

— Nous allons procéder à une arrestation, en effet. Mais pas à celle de Mona Wakefield.

Connie resta muette quelques secondes, puis tout devint clair dans son esprit.

— Non… Vous êtes sûr de vous ?

— Nous sommes en route vers la résidence de M. le sénateur, répondit-il simplement.

— Merci, inspecteur. Merci beaucoup.

Après avoir raccroché, elle attrapa les premiers vêtements qui lui tombaient sous la main et commença à s'habiller. Elle enfilait un pantalon quand elle se rappela qu'elle avait impérativement besoin d'un cameraman. Se ruant sur le téléphone, elle composa le numéro de Canal 7 et mit le haut-parleur pour pouvoir continuer à s'habiller en même temps.

— Je souhaiterais parler à Arnie White, s'il vous plaît, dit-elle quand quelqu'un décrocha à l'autre bout du fil.

— C'est moi.

— Arnie, c'est Connie. Tu es toujours mort de faim ?

Il y eut un petit silence. Tous les deux étaient animés par une ambition sans borne, et Arnie n'avait pas moins d'appétit qu'elle.

— Oh, que oui… Que me vaut le plaisir, ma beauté ?

— Je suis sur un gros coup, Arnie. Un très gros coup. Prends une caméra et viens me rejoindre dès que possible devant la résidence du sénateur Wakefield. Nous allons mettre en boîte le plus beau scoop de l'histoire du Texas.

— Je suis déjà en route, répondit-il avant de raccrocher.

Une profonde satisfaction illumina le visage de Connie. Elle avait attendu longtemps de pouvoir prendre sa revanche, et le moment était enfin arrivé. *Ce ne sera que justice,* songea-t-elle en claquant la porte de son appartement derrière elle.

Bobby Lee était en ligne avec son bureau de Washington quand il entendit une armada de véhicules se ranger sous les fenêtres de sa propriété.

— Je crois que j'ai de la visite, expliqua-t-il à son interlocuteur. Merci de suivre le dossier de ce lobbyiste de l'Agence pour la protection de l'environnement. On en reparlera quand je serai là… Oui, demain aux alentours de midi. On n'aura qu'à déjeuner ensemble.

Même s'il n'attendait personne, il ne s'étonna pas d'être

sollicité, après la bombe atomique qu'il avait larguée la veille à la conférence de presse. Il descendit l'escalier, bien décidé à se prêter de bonne grâce au jeu médiatique : le moment était idéal pour surfer sur la vague de sympathie qu'il avait su créer.

Mais au lieu d'une poignée de journalistes déférents l'attendait une horde de policiers. Quand il repéra parmi eux le visage de China Brown, il eut le sentiment qu'on venait de lui porter un coup au ventre. Elle savait. Il ignorait comment elle avait réussi à comprendre, mais elle savait !

Ben s'approcha de lui et lui tordit le bras dans le dos. La première menotte se referma sur son poignet avec un bruit métallique.

— Bobby Lee Wakefield, vous êtes en état d'arrestation pour le meurtre de Charles Finelli et du bébé de China Brown, ainsi que pour les meurtres de Tashi Yamamoto, Lashon Fontana et…

Quand la deuxième menotte vint enserrer son poignet, il sombra dans un état second. Il voyait remuer les lèvres de l'inspecteur, mais il n'entendait rien de ce qu'il racontait. Seuls lui parvenaient les mots de la jeune femme.

— Vous m'avez tiré dessus, articulait China en pointant sur lui un doigt accusateur. Je ne vous avais rien fait, et vous avez voulu m'abattre comme un chien.

Il secoua la tête, refusant l'évidence

— Non, non, bredouilla-t-il. Ce n'était pas moi. Vous faites erreur, mademoiselle. Pourquoi dites-vous une chose pareille ? Vous savez bien que c'est ma mère, la coupable… Souvenez-vous, vous l'avez formellement identifiée… C'est l'inspecteur qui me l'a dit. Ma pauvre maman n'est qu'une vieille folle issue d'une famille de beaufs de la pire espèce. C'est terrible de dire ça, mais il faut reconnaître que son éducation a toujours laissé à désirer. Allez savoir pourquoi elle a tué tous ces types… Je dois toutefois vous avouer que c'est une obsédée sexuelle. Croyez-moi, c'est gênant pour un fils de révéler ce genre de secrets, mais vous devez savoir qu'elle a le vice dans la peau. Elle a partagé le lit des hommes les plus dépravés de la ville et…

— *Tu n'es qu'un menteur !*

A ces mots, tout le monde se retourna.

Sur le seuil se tenait Mona Wakefield, les cheveux en bataille et toujours vêtue des habits de son fils. Dans son regard brillait une flamme sauvage. Tel un ange exterminateur, elle s'avança et voulut se frayer un passage parmi les policiers. Mais ils formaient un cordon infranchissable.

— Laissez-la passer, ordonna Ben.

Du coin de l'œil, il vit arriver une autre voiture. Connie Marx. Elle n'avait pas perdu de temps, songea-t-il tout en estimant qu'elle méritait bien ce petit coup de pouce.

Les jambes tremblantes, Mona traversa la foule de policiers. Voir sa maison investie par les forces de l'ordre et assister à l'arrestation du fils qu'elle avait tant chéri mettait ses nerfs à rude épreuve.

Elle se planta devant l'inspecteur en charge de l'affaire. Elle ne parvenait pas à regarder Bobby Lee. Pas encore. Pas avant d'avoir vidé son sac.

— Ces reçus proviennent du pantalon de mon fils que j'ai trouvé dans notre chalet du lac Texoma, déclara-t-elle en tendant à Ben une poignée de petits papiers blancs. L'un d'eux, libellé à son nom, concerne un revolver qui sera sans nul doute reconnu comme étant l'arme utilisée par le tueur en série, revolver que j'ai par ailleurs découvert sous ma roue de secours. Bobby Lee n'hésitait pas à emprunter ma voiture pour aller se balader quand il avait besoin d'être seul. Vous serez peut-être intéressé d'apprendre que notre chalet regorge de robes du soir et de déshabillés, dont certains offriront sûrement à vos experts des informations précieuses : traces de sang, ADN… Mais je ne vais pas vous apprendre votre métier, inspecteur. Ah oui, j'oubliais : il y a aussi là-bas une armoire pleine de perruques. Un spectacle édifiant, bien que leur qualité laisse franchement à désirer. Pas du tout mon style, pour tout vous dire.

— Maman ! s'écria Bobby Lee. Qu'est-ce que tu racontes ? Tu ne peux pas me faire ça. Je suis ton fils…

Elle accusa le coup, puis pivota lentement pour le regarder. Il serait condamné à la peine capitale. Mort par injection. Le Texas n'était pas tendre en matière de justice. Femme ou homme, jeune ou vieux, si la cour vous condamnait à mort, vous y passiez à coup sûr.

Ses yeux se remplirent de larmes, et elle sentit son menton trembler.

— Non, Bobby Lee, tu n'es plus mon fils. Tu es devenu l'orphelin que tu as toujours voulu être.

— Je t'en prie, maman ! la supplia-t-il, pathétique. Je ne pensais pas ce que je disais. Je parle toujours à tort et à travers, tu le sais bien. Dis-leur que je m'excuse pour le mal que j'ai causé. Vas-y, dis-leur pour qu'ils me laissent tranquille.

Elle le considéra comme si elle le voyait pour la première fois. Peut-être était-ce le cas. Avait-elle imaginé de toutes pièces le fils dont elle rêvait, au lieu de voir l'ordure qu'il n'avait jamais cessé d'être ? Cela n'avait plus d'importance. Plus rien n'avait d'importance.

Tournant le dos à Bobby Lee et à des années d'illusion, elle remarqua une jeune femme debout près du mur. Tout de suite, elle devina de qui il s'agissait.

— Vous êtes… Vous êtes la jeune femme sur qui il a tiré ? demanda-t-elle en s'arrêtant devant elle.

China ne répondit pas. Les mots ne sortaient pas.

— C'est bien vous, n'est-ce pas ? insista Mona, la voix brisée.

Devant le silence éloquent de China, elle parut s'affaisser, et, pour la première fois de sa vie, elle fit réellement son âge.

— Je ne sais comment vous exprimer mes regrets pour ce qui s'est passé. A cause de Bobby Lee, vous avez perdu votre enfant. Je comprends votre douleur, parce que je viens tout juste de perdre le mien. Je suis désolée. Terriblement désolée.

Se tournant vers les policiers, elle ajouta :

— Inspecteurs, faites ce que vous avez à faire. Mon avocat transmettra un communiqué à la presse dans la matinée. Je suppose que je pourrai y annoncer la levée du mandat d'arrêt à mon encontre.

— Absolument, madame Wakefield. Et merci d'avoir spontanément collaboré avec nous.

— Si j'avais su plus tôt quel genre de monstre vivait sous mon toit, je n'aurais pas attendu si longtemps pour vous aider à mettre un terme à ses agissements.

Sur un signe de Ben, les policiers parurent reprendre vie,

et le hall se mit à résonner de bruits de pas, surmontés des jérémiades de Bobby Lee. China resta immobile contre le mur. Son regard glissait de l'un à l'autre dans la pièce sans les voir, depuis Mona Wakefield jusqu'à cette femme accompagnée d'un cameraman, en passant par les policiers qui allaient et venaient dans un joyeux bazar.

— China ?

Elle leva les yeux vers Ben qui la regardait avec inquiétude.

— Tout va bien, assura-t-elle en le rejoignant.

Ils sortirent sur le perron, main dans la main. China marqua une pause en haut des marches. Levant son visage vers le soleil, elle ferma les yeux et inspira longuement l'air empreint de l'odeur douce et légère d'un lilas en fleur. La chaleur du printemps sur sa peau pâle, le pépiement d'un oiseau invisible et pourtant si proche… Toute cette quiétude lui gonfla le cœur d'un sentiment indicible. Elle songea avec délice à sa liberté recouvrée.

Elle pourrait recommencer à flâner sans contrainte dans les rues de la ville. A faire ses courses comme bon lui semblait. A marcher le nez au vent sans craindre d'être prise pour cible.

Le cauchemar venait de s'achever.

Épilogue

L'été venait d'arriver. Les gueules-de-loup exhibaient leurs larges pétales rouges, et toute la flore, depuis le pâturage du ranch jusqu'aux arbres qui bordaient l'autoroute, avait pris une teinte d'un vert intense. Partout s'étendait une terre radieuse et pleine de vie.

Assise sous le porche, China regardait Ben faire les foins. Le calme régnait sur le ranch, seulement troublé par le bruit du tracteur. Mattie n'était plus là pour lui faire la conversation, lui proposer des biscuits ou se disputer avec Dave. Depuis son mariage, elle avait déménagé au bout de la rue pour vivre auprès de son époux.

Bien qu'elle ne soit plus obligée de se cacher, China n'avait pas songé une minute à quitter le ranch. Elle était ici à sa place, dans ces lieux, auprès de Ben. Elle se rappelait ces jours où elle lisait le désir dans ses yeux, où il se contenait de crainte de la brusquer… Elle l'aimait de toutes ses forces, de toute son âme, comme elle n'aurait jamais cru possible d'aimer.

Ben, lui, en voulait plus. Il voulait l'épouser, glisser une alliance à son doigt, fonder une famille. Parler d'elle en disant *China, ma petite amie* ou *ma compagne* ne lui suffisait plus. Il voulait pouvoir dire *ma femme.*

Curieusement, elle n'avait pas encore accepté sa proposition.

Pourtant, elle ne pouvait imaginer vivre ailleurs, ni avec un autre homme. Aussi l'idée faisait-elle lentement son chemin, et chaque jour qui passait la rapprochait de lui. Elle leva les yeux vers le soleil pour estimer le temps qui lui restait avant d'aller préparer le repas. Ben n'en aurait pas terminé avant des heures.

Incapable de tenir en place, elle se leva brusquement, dépoussiéra son short du plat de la main et décida d'aller rendre une visite à Cow-boy. En chemin, elle plongea comme à son habitude le nez dans la haie de chèvrefeuille et respira avec bonheur le parfum entêtant des fleurs blanches. Alors qu'elle cédait à son petit rituel, elle remarqua du coin de l'œil un curieux mouvement de balancier. Elle releva la tête pour voir de quoi il s'agissait.

Suspendue à ce qui ressemblait à un mince fil gris, une chrysalide déchirée laissait échapper un papillon aux ailes encore mouillées, collées contre son corps. Devant ce miracle de la nature, China retint sa respiration en suivant des yeux le papillon. Il se traîna tant bien que mal vers un rameau voisin où il s'accrocha, le corps mou et les ailes chiffonnées, tel un lambeau de soie dans le vent. Il resta ainsi un bon quart d'heure, peut-être plus, sous le regard de China. Puis, subitement, il déploya ses ailes, révélant des dégradés de jaune intense bordés de spirales noires. C'était comme fixer le vitrail d'une église un jour de grand soleil.

Lorsqu'il fit vibrer ses ailes, signe d'un envol imminent, China tendit le doigt dans l'espoir de le retenir encore quelques instants. Comme attiré par la chaleur de sa peau, le papillon vint s'y poser, retardant un peu l'heure de son premier vol.

A ce moment-là, China redevint l'enfant cachée sous la

véranda pour échapper à la violence de son beau-père. Elle revit la petite chenille brune qui rampait entre les brins d'herbe, se rappela à quel point elle se sentait à l'époque laide et insignifiante. Au lieu de se voir comme une jolie petite fille, puis une femme séduisante, elle avait vécu sa vie à travers le prisme déformant d'une réflexion détestable. Clyde, cet homme rongé par l'amertume, l'avait traitée de mocheté et avait voulu la noyer comme on noie un chaton dont on ne sait que faire.

Depuis sa plus tendre enfance, cette souffrance était restée suspendue dans les ténèbres de son inconscient, l'empêchant de se libérer, de sortir de sa chrysalide. Même si elle avait fini par s'épanouir au contact de Ben, elle la conservait en elle, dissimulée dans un coin de son âme.

Le papillon battit soudain des ailes et décolla verticalement du bout de son doigt. Emporté par le vent, il disparut derrière la maison.

Pétrifiée, elle contempla le paysage qui l'entourait, puis, portant lentement les mains à son visage, explora ses traits comme l'aveugle découvre un inconnu. Après un moment, elle voulut savoir si la nouvelle apparence que venaient de sculpter ses doigts tremblants était réelle ou seulement le fruit de son imagination.

Elle se précipita dans la maison et courut jusqu'à sa chambre. Là, elle se planta devant le miroir.

La femme qui apparut devant elle avait des cheveux longs et épais, attachés au-dessus de la nuque avec un ruban du même bleu que ses yeux. Un léger hâle recouvrait son visage, et son regard brillait, comme illuminé par un sourire intérieur. Elle tendit les bras pour la toucher, mais ses doigts ne rencontrèrent que la surface lisse du miroir. Alors elle les posa de nouveau sur ses lèvres, son nez, ses joues, émue au contact de la chaleur que dégageait sa peau.

Elle ferma les yeux pour savourer l'instant.

Quelque part entre la perte de son enfant et l'arrivée de Ben, elle était devenue une vraie femme. Et l'amour de Ben l'avait rendue belle.

Elle recula lentement, réticente à l'idée de quitter le visage radieux qui lui faisait face, puis un sourire se dessina sur ses lèvres. La femme lui rendit son sourire, comme pour dire : *Ne t'inquiète pas, je serai toujours là.*

Elle sortit de sa chambre en riant et traversa la maison en accélérant le pas de plus en plus. Lorsqu'elle quitta la pelouse en direction du pâturage où Ben coupait le foin, elle courait à toutes jambes.

En la voyant se précipiter vers lui, Ben sentit son ventre se nouer sous l'angoisse. Mais non, elle riait ! Il arrêta immédiatement le tracteur et se rua hors de la cabine pour la rejoindre. Elle franchissait les petites balles de foin les unes après les autres, comme un papillon butine de fleur en fleur, comme si elle ne touchait plus terre.

Il l'attrapa au vol en riant. Quand elle enfonça les mains dans ses cheveux mouillés de sueur en lui disant « Je t'aime », il comprit que quelque chose venait de changer.

— Que s'est-il passé ? demanda-t-il.

Elle n'aurait su décrire ce qu'elle ressentait. Alors elle fit la seule chose possible : elle lui donna son cœur.

— Ben, tu répondras franchement si je te pose une question ?

— Toujours.

— Tu me le promets ?

Il ne put s'empêcher de sourire.

— Oui, je te le promets.

— Tu me trouves belle ?

Il sentit sa gorge se serrer.

— Oui, plus que je ne pourrai jamais te le dire.

Radieuse, elle leva les bras en signe de triomphe. Ben la considéra avec amusement. Il ne comprenait rien de ce qui se passait, mais voir China aussi heureuse le comblait.

— Dans ce cas, ne crois-tu pas que tu devrais m'épouser rapidement, avant qu'une cohorte de prétendants viennent s'aligner devant ma porte ?

Le souffle coupé, il eut besoin d'une seconde pour recouvrer l'usage de sa voix.

— China Brown, est-ce une demande en mariage ?

— Oui, monsieur, répondit-elle avec son plus beau sourire.

Il la souleva de terre et la fit tourner dans les airs, ivre de ses éclats de rire, de son corps contre le sien.

Ivre de bonheur.

— Alors, c'est oui ? demanda-t-elle en rivant ses yeux aux siens.

Il eut un sourire ravi.

— C'est oui ! cria-t-elle. Il a dit oui !

— Je ne sais pas quelle mouche t'a piquée, mais je lui suis infiniment reconnaissant. Tu la remercieras de ma part.

— Il ne s'est rien passé d'important, répliqua-t-elle avec légèreté. J'ai seulement vu un papillon.

DANS LA MÊME COLLECTION

Par ordre alphabétique d'auteur

OLGA BICOS	*Nuit d'orage*
LAURIE BRETON	*Ne vois-tu pas la mort venir ?*
BARBARA BRETTON	*Le lien brisé*
JAN COFFEY	*La dernière victime*
JASMINE CRESSWELL	*La Manipulatrice*
JASMINE CRESSWELL	*Le secret brisé*
JASMINE CRESSWELL	*La mort pour héritage*
JASMINE CRESSWELL	*Soupçons mortels*
JASMINE CRESSWELL	*Je saurai te retrouver*
MARGOT DALTON	*Amnésie*
MARGOT DALTON	*Kidnapping*
MARGOT DALTON	*Le sceau du mal*
MARGOT DALTON	*Crimes inavoués*
WINSLOW ELIOT	*L'innocence du mal*
LYNN ERICKSON	*Le Prédateur*
TESS GERRITSEN	*Présumée coupable*
TESS GERRITSEN	*Crimes masqués*
HEATHER GRAHAM	*L'invitation*
HEATHER GRAHAM	*L'ennemi sans visage*
HEATHER GRAHAM	*Le complot*
HEATHER GRAHAM	*Soupçons*
HEATHER GRAHAM	*La griffe de l'assassin*
HEATHER GRAHAM	*Prémonition*
HEATHER GRAHAM	*L'ombre de la mort*
GINNA GRAY	*Le voile du secret*
GINNA GRAY	*La cavale*
KAREN HARPER	*Testament mortel*
KAREN HARPER	*Le saut du diable*
KAREN HARPER	*L'œuvre du mal*
KATHRYN HARVEY	*La clé du passé*
BONNIE HEARN HILL	*La disparue de Sacramento*
BONNIE HEARN HILL	*Mortelle perfection*
CHRISTIANE HEGGAN	*Miami Confidential*
CHRISTIANE HEGGAN	*L'Alibi*
CHRISTIANE HEGGAN	*Intime conviction*
CHRISTIANE HEGGAN	*Labyrinthe meurtrier*
CHRISTIANE HEGGAN	*Troublantes révélations*

.../...

DANS LA MÊME COLLECTION

Par ordre alphabétique d'auteur

CHRISTIANE HEGGAN	*Intention de tuer*
CHRISTIANE HEGGAN	*Meurtre à New York*
METSY HINGLE	*Le masque de la mort*
GWEN HUNTER	*Faux diagnostic*
GWEN HUNTER	*Virus*
GWEN HUNTER	*Les mains du diable*
GWEN HUNTER	*Le triangle du mal*
GWEN HUNTER	*La piste du mal*
CHRIS JORDAN	*L'étau*
PENNY JORDAN	*De mémoire de femme*
PENNY JORDAN	*La femme bafouée*
R.J. KAISER	*Qui a tué Jane Doe ?*
ALEX KAVA	*Sang Froid*
ALEX KAVA	*Le collectionneur*
ALEX KAVA	*Les âmes piégées*
ALEX KAVA	*Obsession meurtrière*
ALEX KAVA	*Le Pacte*
RACHEL LEE	*Neige de sang*
RACHEL LEE	*Le lien du mal*
RACHEL LEE	*Secret meurtrier*
HELEN R. MYERS	*Mortelle impasse*
HELEN R. MYERS	*Les ombres du doute*
HELEN R. MYERS	*Mort suspecte*
CARLA NEGGERS	*L'énigme de Cold Spring*
CARLA NEGGERS	*Piège invisible*
BRENDA NOVAK	*L'étrangleur de Sandpoint*
MEG O'BRIEN	*Le piège*
MEG O'BRIEN	*En lettres de sang*
MEG O'BRIEN	*Pluie de sang*
MEG O'BRIEN	*La déchirure*
MEG O'BRIEN	*Spirale meurtrière*
SHIRLEY PALMER	*Zone d'ombre*
SHIRLEY PALMER	*Le bûcher des innocents*
EMILIE RICHARDS	*Le refuge irlandais*
EMILIE RICHARDS	*Mémoires de Louisiane*

... / ...

DANS LA MÊME COLLECTION

Par ordre alphabétique d'auteur

EMILIE RICHARDS	*Le testament des Gerritsen*
EMILIE RICHARDS	*L'héritage des Robeson*
EMILIE RICHARDS	*L'écho de la rivière*
EMILIE RICHARDS	*Promesse d'Irlande*
EMILIE RICHARDS	*Du côté de Georgetown*
NORA ROBERTS	*Possession*
NORA ROBERTS	*Le cercle brisé*
NORA ROBERTS	*Et vos péchés seront pardonnés*
NORA ROBERTS	*Tabous*
NORA ROBERTS	*Coupable innocence*
NORA ROBERTS	*Maléfice*
NORA ROBERTS	*Enquêtes à Denver*
NORA ROBERTS	*Crimes à Denver*
NORA ROBERTS	*L'ultime refuge*
NORA ROBERTS	*Une femme dans la tourmente*
FRANCIS ROE	*L'engrenage*
FRANCIS ROE	*Soins intensifs*
M. J. ROSE	*Rédemption*
M. J. ROSE	*Le cercle écarlate*
JOANN ROSS	*La femme de l'ombre*
SHARON SALA	*Sang de glace*
SHARON SALA	*Le soupir des roses*
SHARON SALA	*Meurtre en eaux troubles*
SHARON SALA	*L'œil du témoin*
MAGGIE SHAYNE	*Noir paradis*
MAGGIE SHAYNE	*Un parfait coupable*
TAYLOR SMITH	*Le carnet noir*
TAYLOR SMITH	*La mémoire assassinée*
ERICA SPINDLER	*Rapt*
ERICA SPINDLER	*Black Rose*
ERICA SPINDLER	*Le venin*
ERICA SPINDLER	*La griffe du mal*
ERICA SPINDLER	*Trahison*
ERICA SPINDLER	*Cauchemar*
ERICA SPINDLER	*Pulsion meurtrière*
ERICA SPINDLER	*Le silence du mal*
ERICA SPINDLER	*Jeux macabres*
ERICA SPINDLER	*Le tueur d'anges*

.../...

DANS LA MÊME COLLECTION
Par ordre alphabétique d'auteur

TARA TAYLOR QUINN	*Enlèvement*
ELISE TITLE	*Obsession*
CHARLOTTE VALE ALLEN	*L'enfance volée*
LAURA VAN WORMER	*La proie du tueur*

7 TITRES À PARAÎTRE EN NOVEMBRE 2007

MIRA

Composé et édité par les
éditions Harlequin
Achevé d'imprimer en août 2007

par

LIBERDÚPLEX

Dépôt légal : septembre 2007
N° d'éditeur : 13041

Imprimé en Espagne